Irmgard Kramer
Liebe ist die beste Köchin

D1855212

PIPER

Zu diesem Buch

In einem verschlafenen Bergdorf in den österreichischen Alpen liegt das Gasthaus Lamm. Während der Zahn der Zeit bereits an der Gaststube, dem Festsaal und den drei gemütlichen Zimmern nagt, brodelt in der Küche das Leben. Johanna Lehner, die achtunddreißigjährige Köchin, hat alle Hände voll zu tun. Nicht nur muss sie sich mit ihren verrückten Tanten herumschlagen und täglich für zahlreiche Gäste kochen, sondern zudem ihre Mutter Antonia im Auge behalten, die wegen ihrer Demenz abwechselnd alles unter Wasser oder in Brand setzt. »Die Wilden Weiber vom Lamm«, so werden die Lehner-Frauen von den Dorfbewohnern genannt, für die das Gasthaus wie ein zweites Zuhause ist. Als sich eines Abends der geheimnisvolle Buchhändler Jérôme zu ihnen gesellt, bleibt Johannas Herz für eine Sekunde stehen. Es ist Liebe auf den ersten Blick – doch Johanna zögert. Schließlich kann Jérôme nicht wissen, dass auf den Frauen der Familie Lehner ein rätselhafter Fluch lastet …

Irmgard Kramer, 1969 in Vorarlberg geboren und aufgewachsen, lebt als freie Autorin in Wien. 2011 hängte sie ihre Arbeit als Volksschullehrerin an den Beamtennagel und schreibt seither Kinder- und Jugendbücher sowie Artikel und Porträts für Magazine. 2014 erschien mit »Sunny Valentine« ihr vielbeachteter erster Kinderroman, viele weitere Bücher folgten. Im Jahr 2016 wurde sie mit ihrem Jugendroman »Am Ende der Welt traf ich Noah« für den DELIA-Preis nominiert, 2019 erhielt sie den Österreichischen Jugendpreis. »Liebe ist die beste Köchin« ist Irmgard Kramers erster Roman für Erwachsene.

Irmgard Kramer

LIEBE IST DIE BESTE KÖCHIN

Roman

PIPER

Mehr über unsere Autoren und Bücher:
www.piper.de

Wenn Ihnen dieser Roman gefallen hat, schreiben Sie uns unter Nennung des Titels »Liebe ist die beste Köchin« an *empfehlungen@piper.de,* und wir empfehlen Ihnen gerne vergleichbare Bücher.

FSC
www.fsc.org
MIX
Papier aus verantwortungsvollen Quellen
FSC® C083411

Originalausgabe
ISBN 978-3-492-31320-9
September 2019
© Piper Verlag GmbH, München 2019
Umschlaggestaltung und -abbildung: www.buerosued.de
Satz: Uhl + Massopust, Aalen
Gesetzt aus der Scala
Druck und Bindung: CPI books GmbH, Leck
Printed in the EU

Für alle, die in der Gastronomie arbeiten

Köchin löst Begeisterungsstürme aus

Unsere preisgekrönte Köchin Johanna Lehner sorgte vergangenen Samstag für eine Sensation. Zur Abwechslung verzauberte sie uns nicht mit ihren Speisen. Sie stand am Mikrofon und überraschte uns mit ihren eindringlichen Worten. Das Gasthaus Lamm in Moos am Buckel platzte aus allen Nähten. Wir von der Mooser Heimatchronik waren bei diesem historischen Abend dabei und haben nachgefragt, was unsere Dorfbewohner zu Johanna Lehner sagen.

Von Mandy Oberhauser

»Ehrlich gesagt, kann ich immer noch nicht glauben, was da alles passiert ist. Ich kenne Johanna Lehner seit einer Ewigkeit. Wir sind Freundinnen. Wir haben über alles geredet, aber über das, was jetzt ihr ganzes Leben auf den Kopf stellt, hat sie kein Sterbenswort verloren. All das wäre nie passiert, wenn sie Jérôme Morel nicht kennengelernt hätte. Das war bei der Lesung von Ruben Sauter hier im Gasthaus Lamm vor über einem Jahr im September. Leider war ich nicht dabei. Normalerweise mache ich mir nichts aus Lesungen. Und dieser Sauter. Ich weiß ja nicht. Ist der wirklich so toll, wie alle sagen? Ich verstehe von solchen Dingen nichts. Und dann ging bei diesem Spektakel wegen eines Löffels auch noch alles schief. Das war ein schlechter Scherz. Jeder im Saal war stinksauer auf Johanna. Von allen Seiten habe ich mir die üble Geschichte anhören müssen. Johanna hat mir leidgetan. Das hat sie nicht verdient. Die Leute haben ja keine Ahnung, was Johanna den ganzen Tag leistet, kein Wunder, dass sie die Nerven verloren hat. Als dann alles rauskam, habe ich gemerkt, wie wenig ich Johanna kannte. Keiner im Dorf hat geahnt, was sie durchmachen musste. Ich finde, wir sollten uns alle gehörig an der Nase nehmen.«

Stefanie Klocker, 38,
Freundin von Johanna Lehner,
verheiratet, drei Kinder

EINS

Die Sonne ging gerade auf, als ich sechs Kilo Rinderknochen vom Keller in die Küche schleppte, um sie in der Spüle zu waschen. Die alten Elektroplatten auf der Kochinsel glühten bereits, und Zwiebelhälften schmurgelten im Suppentopf. Auf nüchternen Magen fand ich den Geruch unangenehm – vielleicht sollte ich doch frühstücken. Ich schaltete den Dunstabzug auf die höchste Stufe. Das alte Ding machte einen Höllenlärm. Im Vorbeigehen schnappte ich mir eine Scheibe Brot vom Vortag aus einem Korb, kaute daran herum, gab die Knochen zu den Zwiebeln und goss vierzig Liter kaltes Wasser darüber. Aus der Kühlkammer holte ich Sellerie, Liebstöckel, Petersilienwurzeln und zwei Kilo Karotten für die Rindssuppe, die ich dann mit Backerbsen und anderen Einlagen anbieten konnte. Wo waren die Lauchstangen? Ich zog jede Kiste aus dem untersten Regal: Äpfel, Rote Beete, Kürbis. Geschälte Kartoffeln schwammen im Wassereimer. Auf dem Weg in den Keller überholte ich Tante Elisabeth, die einen Korb Tischwäsche zu den Waschmaschinen schleppte.

»Du meiner Seel', kann ich dir helfen?«

»Haben wir noch Lauch?«, fragte ich und eilte an ihr vorbei, ohne eine Antwort abzuwarten.

Im Trockenraum fand ich Schalotten, Mehl und Kürbiskernöl, aber keinen Lauch. Ich öffnete die Tür zur Schleuse, in die unsere Lieferanten, die alle einen Schlüssel besaßen, frühmorgens ihre Waren stellten. Dort standen zwar vierhundert Eier, mehrere Kisten Lollo Rosso, Feldsalat und Gurken, aber den Lauch hatte Toni vom Foodexpress schon wieder vergessen. Langsam hatte ich den Verdacht, dass er sich für Tante Germanas grausame Verhandlungstaktik rächte, indem er immer wieder Teile unserer Bestellung »vergaß«. Tante Germana war unnachgiebig, wenn es darum ging, die Preise zu drücken.

Ich nahm einen Stapel Eier mit hinauf in die Küche – kein Weg umsonst, das hatte ich mir längst zum Grundsatz gemacht. Tante Elisabeth folgte mir, band sich eine Schürze um und fing mit den Vorbereitungen für das Mittagessen an: Salat in Eiswasser waschen, Kräuter hacken, Karotten schälen und hobeln, Salatdressing anmachen. Dabei sang sie mit hoher Stimme und ihrem Altfrauenvibrato *Du bist das Licht der Welt*. Man musste dankbar sein, dass es zu so früher Stunde nicht das *Ave Maria* war.

Während ich Schaum von der inzwischen köchelnden Suppe schöpfte, rief ich Germana an, die in aller Herrgottsfrüh mit meiner Mutter in die Stadt zum Friseur gefahren war, der extra für sie zeitig öffnete.

»Kannst du Lauch mitbringen?«, brüllte ich gegen den Lärm des Dunstabzuges an und riss eine Kühlschublade nach der anderen auf, um zu kontrollieren, ob sonst alles da war, was ich brauchte.

»Sag bloß, der Trottel hat schon wieder falsch geliefert!«, keifte Tante Germana. »Es muss doch möglich sein, einen Lieferanten zu kriegen, der einen höheren IQ hat als sein Gemüse?«

»Bring einfach den Lauch mit, ja? Bitte.« Ich würgte das Gespräch ab und warf das Telefon neben die Fritteuse.

Bis Germana mit meiner Mutter vom Friseur zurückkam, musste ich möglichst viel geschafft haben. Ich erhitzte Rapsöl, verquirlte Wasser, Salz, Mehl und Eier zu einem Teig und ließ ihn durch ein grobes Sieb in das heiße Öl tropfen. Die goldgelben Backerbsen verteilte ich auf Küchenkrepp. Kühl gelagert in einer Plastikschüssel, müssten sie für wenigstens vier Tage reichen.

Schon zehn. Die Zeit rann mir davon. Ich verarbeitete eine große Masse Hackfleisch zu einem Falschen Hasen – sobald er fertig war, würde ich ihn kalt stellen, dann brauchte man ihn nur noch scheibenweise in einer Soße aufzuwärmen. In Gedanken hakte ich die Speisekarte ab: Kürbiscremesuppe fertig. Backerbsensuppe so gut wie. Das Kalbsragout hatte gestern sieben Stunden geköchelt und würde bis Mitte nächster Woche reichen. Vom Schweinebraten waren noch fünf Portionen übrig – ich musste mich morgen um Nachschub kümmern. Spätzle, Kartoffelstampf, Knödel und Sauerkraut waren fertig in der Kühlkammer. Für die Birne Helene war auch alles vorbereitet. Und gestern hatte meine Mutter vier Apfelstrudel gebacken, die würden für heute genügen. Blieb der Linseneintopf. Ich seufzte. Das einzige vegetarische Gericht auf der Karte durfte nicht fehlen, und ich hatte es gestern nicht mehr geschafft, es anzusetzen.

Elisabeth verschwand wieder in die Waschküche. Ich holte Zwiebeln und Knoblauch aus der Kühlkammer und rutschte beinah auf dem glitschigen Boden aus, als das Wirtshaustelefon klingelte. Germana war es zuzutrauen, dass sie mich erbost zurechtweisen wollte, weil ich zu schnell aufgelegt hatte. Aber es war nicht die Nummer meiner Tante, die auf dem Display blinkte, sondern eine Festnetznummer mit unbekannter Vorwahl. Das konnte nur eines bedeuten.

»Nicht schon wieder ein Verbandswechsel!«, stöhnte ich

und nahm den Anruf entgegen. Unsere Telefonnummer entsprach fast der einer sechshundert Kilometer entfernten karitativen Einrichtung, nur die beiden letzten Ziffern waren vertauscht. Dauernd riefen verzweifelte Kranke an, die mit offenen Beinen in einer Hauseinfahrt saßen und auf einen Transport oder eine Krankenschwester warteten.

»Ich habe eine sehr erfreuliche Nachricht... « Eine Männerstimme drang aus dem Hörer.

»Wie bitte?« Ich klemmte mir das Telefon zwischen Schulter und Ohr, griff nach meinem Messer und wetzte es am Rubin-Schleifer.

»Es geht um die Haube«, sagte der Mann.

Ich spielte mit dem Gedanken, das Telefon in der brodelnden Rindersuppe zu versenken. »Verzweifeln Sie mir jetzt nicht«, sagte ich und versuchte, beruhigend auf den Anrufer einzuwirken, »alles wird gut. Wenn Sie eine Haube oder einen Verbandswechsel brauchen, müssen Sie noch einmal wählen und die letzten beiden Ziffern vertauschen. Wir können Ihnen beim besten Willen keine Krankenschwester schicken. Höchstens einen Falschen Hasen mit Knödel. Hier ist das Wirtshaus Lamm in Moos am Buckel.«

»Genau dort wollte ich auch anrufen. Sind Sie Frau Lehner?«

»Welche Frau Lehner wollen Sie denn sprechen? Ich bin Johanna Lehner. Hier gibt es außerdem eine Germana, eine Antonia, eine Elisabeth und eine Francis – also Franziska – Lehner. Und die Töchter von Francis: Annabell, Fabienne, Pamela und Jessica.« Ich ersparte ihm, auch noch meine beiden Tanten Theresia und Hildegund zu erwähnen, die nicht mehr bei uns wohnten.

Erfahrungsgemäß waren die Leute schnell überfordert mit all den Namen. Dabei war es ganz einfach: Meine Großeltern

Franz Xaver und Josefine hatten sechs Töchter und einen Sohn. Der Sohn, Gerhard, verunglückte mit einundzwanzig Jahren tödlich im Mooser Tobel. Ein Schicksal, das er mit vielen anderen jungen Männern aus Moos teilte.

Der Mann am anderen Ende sagte etwas, doch ich verstand kein Wort.

»Einen Moment bitte, hier ist es sehr laut«, sagte ich und versuchte den Dunstabzug zurückzuschalten, aber das Monster war kaum noch zu regulieren.

Der Mann überschüttete mich mit einem Wortschwall. Ich spitzte die Ohren, wetzte das Messer und verstand immer nur »Haube« und »*Gault & Millau*«.

»Sie haben dreizehn Punkte von uns bekommen. Ich gratuliere Ihnen sehr herzlich.«

Hatte Tante Germana etwa einen Antrag auf eine Haube, den renommierten Gastronomiepreis, gestellt? Niemals.

»Eine Haube, sagten Sie?« War jemals ein Gastronomietester hier gewesen? Wann und warum? Ich war so gut wie Tag und Nacht im Lamm. Ich kannte meine Gäste. Zumindest wusste ich, in welche Schublade ich sie stecken musste – einen Gastronomietester hätte ich sofort entlarvt. Oder? Vielleicht gingen diese Leute raffinierter vor, als ich dachte.

Das Lamm war ein dreihundert Jahre altes Wirtshaus mit zwei kleinen Wirtsstuben, einer niedrigen Holzdecke, einem ehemaligen Tanzsaal im ersten Stock, dem Agatha-Saal, einem Pub im Keller und sieben Gästebetten in drei Zimmern, die wir *Morgentau*, *Bergblick* und *Sonnenaufgang* nannten. Es gab außerdem einen kleinen Garten mit einem Kastanienbaum, drei grünen Blechtischen, die immer wackelten, und einem verblichenen Sonnenschirm, auf dem »Sinalco« stand.

Bis Mitte des neunzehnten Jahrhunderts hatte ein Saumweg am Lamm vorbeigeführt. Später war der Pfad ausgebaut worden, sodass Käseleiber von hier bis in die entferntesten Teile der Monarchie transportiert werden konnten. Auf dem Rückweg brachten die Fuhrwerke dann Fässer und Kisten voller Oliven, Trauben, südländischer Gewürze, Liebesäpfel und Kastanien aus Venetien mit. Außerdem war das Lamm eine Poststation gewesen. Hier wurden Pferde umgespannt und gewechselt, hier wurde getrunken und Karten gespielt, und wenn die Wirtin gut aufgelegt war, bekam man etwas zu essen. Das hatte sich bis heute kaum geändert.

Meine Urgroßeltern hatten den Stall neben dem Wirtshaus zu Wohnungen umgebaut. Dort lebten Tante Francis mit ihren vier fast erwachsenen Kindern Annabell, Fabienne, Pamela und Jessica, und Tante Elisabeth mit Jesus, ihren Altären und Herrgottswinkeln. Das Wirtshaus und der ehemalige Stall waren auf Höhe des ersten Stocks durch einen hölzernen Trakt, eine Art Brücke mit Dach, verbunden. Dort residierte Tante Germana.

Die letzte Renovierung des Lamms war genauso lange her wie meine Geburt, nämlich achtunddreißig Jahre. Das Datum merkten sich deswegen alle, weil meine Mutter bei jeder Gelegenheit erzählte, dass ihr bei dem Versuch, einen Bauernschrank voller Tischwäsche in ein anderes Zimmer zu schieben, die Fruchtblase geplatzt sei. Seither konnte ich keine Servietten mehr aus dem Bauernschrank holen, ohne daran zu denken.

Das Lamm war schon so in die Jahre gekommen, dass mancher Gast unser Mobiliar für teuer gekaufte Retro-Accessoires hielt und fragte, wo man die Stühle bestellen und solche Ölgemälde anfertigen lassen konnte, die an den Holzwänden hingen und unsere Vorfahren darstellten – blasse, finster dreinblickende Frauen mit steifen Spitzenkrägen und dunklen ausladenden Kleidern auf schwarzem Hintergrund. Mittendrin Großvater Franz Xaver – der bei Holzfällerarbeiten von einem Baum erschlagen wurde, als meine Mutter mit mir schwanger war.

Wir hatten nichts gemeinsam mit den innovativen Gastronomiebetrieben, in deren Küchen Klimaanlagen und Induktionsplatten chromstählern glänzten und die mit gebürsteter Weißtanne und einer Wohlfühloase um zahlungskräftige Kunden warben. Bei uns gab es keine Genusspauschale. Bei uns gab es nicht einmal eine Badewanne, geschweige denn eine Sauna. Selbst in unseren kleinen Wohnräumen gab es jeweils nur ein winziges Bad mit einem Waschbecken und einer Dusche mit Plastikfalttür, die wirklich sehr schwer zu reinigen war.

Auch das Essen, das bei uns auf den Tisch kam, war zwar liebevoll und professionell zubereitet, aber keinesfalls Gourmetküche. Die Speisekarte wechselte ich nicht häufiger als viermal im Jahr, nur hin und wieder gab es eine Tagesempfehlung. Wer also hätte uns für eine Haube vorschlagen sollen?

Die meisten Leute besuchten das Lamm vor allem, um sich von Germanas Unberechenbarkeit unterhalten zu lassen und Wetten abzuschließen, ob sie ihr ein Lächeln entlocken konnten. Einige kamen aus Moos, weil sie schon immer gekommen waren. Oder aus Großdorf, dem Nachbarort, weil sie dem Massentourismus entfliehen wollten. Und ja, hin und wieder verirrten sich auch ein paar Städter zu uns, die es hip fanden, sich mit dem Flair der Siebzigerjahre zu umgeben, und die Perfektion satthatten.

Ich zog das Messer über einen Ledergürtel, der meinem Großvater gehört hatte. »Wie kommt es denn zu dieser Haube?«, fragte ich den Mann am anderen Ende der Leitung, der vermutlich schon gedacht hatte, ich hätte aufgelegt. In diesem Moment hörte ich Motorenlärm und trat ans Fenster.

Der »Ewige Benz«, wie wir ihn nannten – gurkengrün glänzend –, fuhr unter dem Verbindungstrakt durch, am Garten vorbei, und kam vor der Küche zum Stehen. Am Steuer saß Tante Germana. Der Wagen hieß so, weil meine Tante ihn im Jahr 1981 für die Ewigkeit gekauft hatte. So lange musste er mindestens halten. Globale Erderwärmung interessierte Germana nicht.

Sie stieg aus und strich den Hasenfellmantel glatt. Unter dem zu dick aufgetragenen Puder schwitzte sie wie verrückt. Wieder einmal hatte sie die passende Jahreszeit für ihren Mantel nicht erwarten können; es war erst September, und heiß dazu.

Meine Tante hängte sich die Handtasche um und rief meiner Mutter etwas zu, die ganz erschrocken aussah und ebenfalls ausstieg. Meine Mutter war zierlich wie ein Vögelchen, hatte aber erstaunlich muskulöse Arme und große Hände. Die widerspenstigen Locken, die ich von ihr geerbt hatte, waren vom Friseur zu einer schwungvollen Frisur geföhnt worden, die sie jünger machte.

Mein Anrufer ließ nicht locker. »Die Qualität Ihrer Küche hat sich herumgesprochen. Unsere Gastronomietester waren bei Ihnen. Dreizehn Punkte sind nicht gerade der Olymp, aber ein Anfang.« Er sprach inzwischen betont langsam und deutlich. Offenbar vermutete er, an eine Irre geraten zu sein. Womit er nicht ganz unrecht hatte.

»Eine Haube ist das Ende«, murmelte ich, legte das Messer beiseite und sah durch das Fenster zu, wie das Unheil nahte. Germana öffnete den Kofferraum, ließ meine Mutter beide Arme ausstrecken und belud sie bis unter die Nase mit Einkäufen.

»Kann man etwas tun, um die Haube zu verhindern?«, erkundigte ich mich schnell.

»Nein«, sagte der Mann und lachte.

»Nicht gut«, murmelte ich.

»Worauf wartest du? Rein mit dir, Antonia!«, rief Tante Germana und schob meine schwer bepackte Mutter durch den Garten, über die wenigen Stufen nach oben und hielt ihr die Küchentür auf.

»Wohin gehen wir denn?«, fragte meine Mutter mit ihrer zarten Stimme und versuchte den Lauchstangen auszuweichen, die ihr in die Nasenlöcher stachen.

»Antonia! Wir sind zu Hause. In der Küche.«

»Ja, ja, natürlich.« Meine Mutter stand da, beladen wie ein indischer Reisebus, und wusste nicht, was sie tun sollte. Mein Magen zog sich zusammen.

»Einen Moment, ich gebe Ihnen Germana Lehner, die Wirtin«, sagte ich ins Telefon, drückte es meiner Tante in die Hand und nahm meiner verwirrten Mutter die Einkäufe ab.

»Schau mal, mein Schatz, was für schöne Pflaumen wir auf dem Markt bekommen haben«, sagte meine Mutter lächelnd, strich mir über die Wange und hielt mir einen Korb Pfifferlinge unter die Nase.

»Sehr fein, Mama.« Ich roch an den Pilzen und beobachtete Germana, die den Telefonhörer umklammert hielt und zu explodieren drohte. Sie richtete ihren massigen Körper auf und hörte einen Moment zu, was an sich schon eine Seltenheit war, aber das Zittern der pechschwarzen Gewitterwolke, die sie toupiert auf dem Kopf trug, verhieß nichts Gutes. Ihre gepuderte Miene verdüsterte sich. Wütend riss sie eine Lauchstange aus dem Korb.

»Meine Mitarbeiter und ich vertreten eine gewisse Philosophie!« Sie schwang die Lauchstange, und ich fragte mich, wen sie mit »ihren Mitarbeitern« meinte – es gab keine Mitarbeiter. Es gab nur die Familie: Meine Mutter und ich kochten.

Tante Francis führte das Pub im Keller und kümmerte sich im Sommer um die Gäste im Garten. Ihre Tochter Annabell bediente. Wenn noch mehr los war, halfen auch noch Annabells Schwestern, die in der Stadt am See verschiedene Schulen besuchten beziehungsweise eine Lehre machten und sich für jeden Kücheneinsatz, der ihnen wertvolle Zeit zum Fortgehen raubte, herzlich bedankten. Wenn es gar nicht mehr ging, kam Tante Theresia mit ihrem Quad, einem PS-starken Allradvehikel von der Alp. Tante Elisabeth war immer da. Sie putzte, bügelte, wusch und half, wo es ging, während sie betete oder Kirchenlieder sang. Und Tante Germana schikanierte die Gäste und behielt den Überblick. Von einer Philosophie, wie es meine Tante nannte, wusste ich nichts.

»Eine Haube ruiniert uns das Geschäft. Was glauben Sie denn, warum unsere Stammgäste zu uns kommen? Genau weil wir keine Haube haben, weil wir noch normal kochen, weil bei uns jeder Einzelne aus voller Überzeugung die Hand ins Heft legt!« Ich verdrehte die Augen. Typisch Tante Germana – sie war einfach nicht in der Lage, auch nur eine Redewendung richtig zu verwenden, immer warf sie gleich mehrere Sprichwörter durcheinander. Ich war schon so lange mit ihr zusammen, dass ich oft selbst nicht mehr wusste, welche Redewendung richtig und welche Germanas Erfindung war. »Wie viel, sagten Sie? Dreizehn Punkte? Wollen Sie mich beleidigen? Meine Küchenbrigade kocht besser als dreizehn Punkte. Sie können sich Ihre Haube selbst aufsetzen! Ich will sie nicht! Würde mir ohnehin meine Frisur ruinieren.« Das meinte sie wohl als Scherz, gleichzeitig aber knallte sie die Lauchstange derart heftig auf den Herd, dass meine Mutter vor Schreck einen Meter zurücksprang. Germana drückte mir das Telefon in die Hand und wankte in ihrem Fellmantel wie ein Riesenhase hinaus in den Garten, bewaffnet mit einem Päckchen Dunhills. Zwischen den Zigaretten steckte ein Joint in der Packung, den sie sich täglich vor dem Frühstück drehte, um den Anforderungen des Alltags gewachsen zu sein. Den Anbau des Krauts hatte Tante Francis, die jüngste der Schwestern, vor Jahren übernommen und perfektioniert. Während sich Germana also mit einem Joint beruhigte, kümmerte ich mich um meine Mutter.

»Alles gut, Mama, es war nur der Lauch.« Etwas ermattet sagte ich ins Telefon: »Sie haben's gehört, keine Haube.«

»Tut mir leid. Damit werden Sie wohl leben müssen.«

Ich unterbrach die Verbindung.

ZWEI

Ich schob das Telefon tief unter einen Stapel frischer Geschirrtücher und begutachtete die Einkäufe. Germana hatte dabei vor allem an sich selbst gedacht: Wildschweinsugo aus der Maremma, luftgetrocknete Salami aus dem Piemont, Kalamata-Oliven, ein paar Flaschen Col del Moro di Valdobbiadene und Schokozigarren. Sündhaft teure italienische Feinschmeckerspezialitäten, die sie ganz sicher keinem Gast, wahrscheinlich nicht einmal uns anbieten würde.

Ich lenkte meine Aufmerksamkeit auf die Pfifferlinge, befühlte ihre Konsistenz, betrachtete sie von allen Seiten und roch daran. Sie waren wirklich frisch. Ich warf meine Pläne kurzerhand um und entsorgte den bereits gehackten Knoblauch im Komposteimer: Statt des üblichen Linseneintopfs würde es heute Pfifferlinge mit Knödel geben.

Meine Mutter band sich die Schürze um, stellte mit Leichtigkeit die dreiundzwanzig Kilo schwere Eisenpfanne auf die Herdplatte, drehte den Regler bis zum Anschlag auf und hastete in die Kühlkammer, um den Butterschmalzeimer zu holen.

»Kinder, legen wir los. Ist dein Mise en Place fertig, Elisabeth?«, rief sie. Ich seufzte. Für meine Mutter war Mise en Place das Wichtigste. Genauso gut hätte sie fragen können: »Ist dein Arbeitsplatz fertig? Hast du alle Zutaten bereit?«

Oder noch einfacher: »Hast du alles, was du brauchst, am richtigen Fleck, damit du nicht suchen musst, wenn's stressig wird?« Sie war unglaublich stolz auf ihr Küchenfranzösisch, und keine Wörter mochte sie lieber als Mise en Place.

»Natürlich, aber könntest du bitte das Dressing probieren? Irgendwas ist noch nicht in Ordnung.« Elisabeth lotste meine Mutter an ihren Posten, damit ich hinter ihrem Rücken den Herd ausschalten und die Pfanne wieder versorgen konnte. Es war noch zu früh.

Der Geruch von Marihuana waberte vom Garten in die Küche, und ich sah nervös aus dem Fenster. Meine Freundin Caro hatte sich für zehn Uhr angekündigt, und ich hatte keine Lust auf eine moralschwere Diskussion über den öffentlichen Konsum illegaler Drogen, wenn sie meine Tante da draußen entdeckte. Es war Viertel vor zehn – ich huschte aus der Küche durch den Flur, vorbei an den Gästezimmern und öffnete die Haupteingangstür, um sie abzufangen.

Im Saal im ersten Stock würde heute Abend eine Veranstaltung stattfinden, die Caro organisiert hatte und für die sie nun alles vorbereiten wollte. Meine literatur- und schreibverrückte Freundin hatte das geschafft, was keiner für möglich gehalten hatte: Sie hatte den berühmten Schriftsteller Ruben Sauter, der seit einem Jahr im Wald über unserem Dorf wohnte und sich noch nie hatte blicken lassen, zu einer Lesung überredet, obwohl es hieß, er scheue die Öffentlichkeit. Caro wusste, wie man Männer verführte. Sie besaß ein Dauerabo bei einer Elite-Partnerbörse, wechselte ihre Partner mit den Jahreszeiten und war entweder furchtbar traurig oder frisch verliebt.

Es dauerte nicht lange, und ich sah durchs Küchenfenster ihre durchtrainierte Gestalt auf dem Fahrrad den Sonnenrein heraufkommen. Ich wischte meine Hände an der Schürze ab, trat vor die Tür, und wir umarmten uns.

»Ist Schack noch nicht da?«, fragte sie. Schack war ihr vorletzter – oder ihr vorvorletzter? – Lover. Als Tontechniker im Landesmuseum kannte er sich mit Mikrofonen und Verstärkern aus, und er hatte Caro versprochen, eine Tonanlage für die Lesung am Abend vorbeizubringen.

»Ich schicke ihn zu dir rauf, wenn er kommt«, sagte ich und lotste Caro am Garten vorbei hinauf in den Agatha-Saal.

Als ich kurz darauf die Küche wieder betrat, putzte meine Mutter am Spülbecken die Pfifferlinge. »Johanna?« Gedankenverloren sah sie mir entgegen. »Verkaufen die jetzt eigentlich schon Hauben übers Telefon?«, fragte sie. Offensichtlich hatte sie das die ganze Zeit über beschäftigt.

»Scheint so«, knurrte Germana, die von draußen hereinkam und wie Bob Marley roch. Sie zog ihren Hasenfellmantel aus, ging an der Durchreiche vorbei zur Theke und schaltete die Kaffeemaschine an.

»Sag denen, Hauben stricken wir selbst«, gab meine Mutter zufrieden von sich. »Elisabeth, ist das Mise en Place endlich fertig?«

»Natürlich«, sagte Elisabeth. »Wir können loslegen.«

»Gut«, sagte meine Mutter, vergaß augenblicklich, was sie gesagt hatte, und betrachtete die Pfifferlinge, als sähe sie sie zum ersten Mal. Ratlos blickte sie mich an und fragte: »Wo sind eigentlich die Pflaumen?«

Ein Jahr war es her, als wir das Wort »Alzheimer« zum ersten Mal aus dem Mund eines Arztes gehört hatten. Zurück im Wirtshaus, hatte Germana nach der Flasche Rum gegriffen, die meine Mutter, als sie noch allein kochen konnte, zur Verfeinerung von Mehlspeisen wie Kaiserschmarrn und Palatschinken verwendete. Germana hatte die Flasche aufgeschraubt und einen kräftigen Schluck vom Achtzigprozentigen genommen.

Geahnt hatten wir es schon länger, aber Gewissheit darüber zu bekommen, dass meine Mutter, meine zauberhafte Mutter, die gute Seele des Lamms, ihr Gedächtnis verlieren sollte, hatte die ganze Familie in eine Krise gestürzt. Tante Elisabeth begann einen Gebetsmarathon, holte sich dabei eine Entzündung im Kniegelenk und fackelte mit ihren Kerzen beinahe das Nebenhaus – den ehemaligen Stall – ab. Tante Francis ließ die Gäste im Garten sitzen und soff sich im Pub jede Nacht einen kapitalen Rausch an. Tante Theresia donnerte mit dem Quad von der Alp, um uns zu unterstützen. Tante Hildegund, die als Einzige nicht in Moos lebte, kam angerannt und gab uns die Schuld für den Alzheimer.

Meine Mutter verkroch sich nach der Diagnose auf dem Dachboden. Nur dort konnte sie allein sein. Wir hörten sie herumräumen, Schachteln, Matratzen und Stühle schieben. Manchmal ging sie stundenlang im Kreis. Wie ein Poltergeist kam sie uns vor. Dann grub sie den Garten um. Es waren dermaßen großräumige, mächtige Erdbewegungen, als wollte sie nicht bloß neue Terrassen und Hügel für ihre Küchenkräuter anlegen, sondern sich selbst vergraben. Während ich traurig und wie gelähmt zusah, marschierte Germana in den Garten, packte Antonia am Kragen, schleifte sie in die Küche und berief eine Familienversammlung an der Kochinsel ein.

Mit der Aggressivität eines Politikers im letzten Wahlkampfduell krempelte sie die Ärmel hoch und schnürte ein offizielles, innerfamiliäres Rettungspaket: »Wir werden den Teufel nicht vor dem Abend loben!«, wetterte sie. »Die Lehner-Frauen haben sich noch nie unterkriegen lassen! Erst recht nicht von einer Krankheit, die schon nach Altersheim klingt, noch bevor sie ausgebrochen ist. Nichts wissen die schlauen Ärzte über diese Krankheit. Gar nichts. Das Gehirn ist ein einziges Mysterium! Aber wir wissen es! Wir wissen, dass Antonia, also du, meine liebe Antonia, dass du eine begnadete Köchin bist. Wir wissen, dass du die Klügste von uns bist und das größte Herz von uns Schwestern hast. Wir werden dich nicht aufgeben, Antonia! Wir werden um dich kämpfen! Mit dir! Gegen die Krankheit!« Dann nahm sie den Rum, schenkte allen ein, hob ihr Glas und sprach feierlich: »Mit dir! Gegen die Krankheit!«

Wir erhoben unsere Gläser und sprachen ihr im Chor nach: »Mit dir! Gegen die Krankheit!« Ich nahm einen Schluck, und in meinem Magen explodierte ein Öltanker. Das hellgrelle Flammenmeer fuhr durch meine Speiseröhre wie bei dem Lkw-Brand im Straßentunnel zwischen Moos und Großdorf im Mai 1996. Tränen traten mir in die Augen. Wir weinten ein bisschen.

Vielleicht hatte Germana den Achtzigprozentigen aus Solidarität gewählt, um auch in unseren Gehirnen ein paar Zellen zu töten, damit wir auf gleichem Stand wie meine Mutter waren. Aber Germanas sture, irrationale Zuversicht tat meiner Mutter und deswegen uns allen gut.

Seitdem war alles im Lamm ein bisschen anders geworden. Bis zu diesem Zeitpunkt hatte ich vorwiegend die Gäste bedient und nur manchmal in der Küche ausgeholfen, aber die Familie ging selbstverständlich davon aus, dass ich, weil ich es gelernt hatte, das Kochen übernahm.

Das Schwierige dabei war, dass wir beschlossen hatten, meiner Mutter weiterhin das Gefühl zu geben, sie sei die Chefin. Wir wollten sie nicht kränken, also führten wir in der Küche eine Zweifrontenschlacht: Während wir so taten, als würden wir ihren Anweisungen folgen, versuchten wir gleichzeitig heimlich, den größten Schaden zu verhindern. Inzwischen hatte ich die Küche – natürlich inoffiziell – so gut wie übernommen, kochte viel vor und arbeitete immer weniger im Service, was mir leidtat, weil es mir immer gefallen hatte, unter Menschen zu sein.

Meine Mutter tat, was sie konnte, aber es wurde von Tag zu Tag schwieriger. Es trieb mir die Tränen in die Augen, wenn sie einen Apfel auf eine Gabel spießte und versuchte, ihn zu schälen wie eine heiße Kartoffel. Sie war wie die tausendjährige Linde auf unserem Dorfplatz, deren gelbe Blätterkrone ich von der Tür des Gasthauses aus sehen konnte. Sie musste ein Blatt nach dem anderen fallen lassen. Nur würde es für meine Mutter keinen Frühling mehr geben.

Es war kurz nach drei am Nachmittag, als ich meine Küchenklamotten gegen ein leichtes Kleid tauschte, barfuß in Holzschlappen schlüpfte, meine Mutter in die Obhut von Tante Elisabeth gab und das Lamm nach einer stressigen Mittagsschicht mit einem Seufzer der Erleichterung durch den Haupteingang verließ. Ich blieb unter dem Vordach des Gasthofes stehen und machte ein paar tiefe Atemzüge. Holzgeruch drang in meine Nase. Sonne auf alten Schindeln roch gut. Die Grillen zirpten wie im Hochsommer.

In zwei Tagen war Alpabtrieb. Dann würden sich die Ziegen auf der Weide von Bauer Dokus, die sich vor dem Lamm ausbreitete und deren Rand wir als Parkplatz benutzten, wieder das Gras mit den Kühen teilen müssen. Ich freute mich darauf, ich mochte es, wenn mich das Gebimmel der Kuhglocken durch den Alltag begleitete.

Der Himmel über mir war so klar wie poliertes Kristallglas. Das Lamm stand am Sonnenrain, dem schönsten Fleck von Moos. Erhaben. Ich konnte von hier aus das ganze Dorf überblicken – selbst die Kirche, die viel zu groß geraten war, lag unter mir –, mitsamt dem Dorfplatz und der alten Linde. Mir gegenüber erhob sich ein senkrechtes, schroffes Bergmassiv, um das sich viele Legenden rankten. »Die Schwarze Wand« wurde sie genannt. Sie teilte Moos in eine Sonnenseite und eine Schattenseite. Die Schattenlinie wanderte je nach Jahreszeit zwischen Dorfplatz, Durchgangsstraße und Schwarzwasserfluss hin und her. Wir gehörten zu den Privilegierten – das Lamm bekam selbst im Dezember etliche Sonnenstunden ab.

»Johanna!«, hörte ich eine Stimme von weiter unten. Ich zuckte zusammen. Nach und nach erkannte ich eine Gestalt, die sich mühsam den Hang hinauf auf mich zubewegte. O nein!

Sybille Fuchs stellte keuchend ihr Fahrrad ab. Von welcher Seite war die denn gekommen? Für einen Moment schloss ich die Augen, aber vergeblich – als ich sie wieder öffnete, stand Sybille immer noch am Wegrand.

Wie an fast jedem Nachmittag hatte ich nur schnell zu Mathias flüchten wollen, um eine Tasse Kaffee mit ihm zu trinken und eine kurze Pause zu machen. Mir blieben bis zum Abendbetrieb ein paar mickrige Stunden, und wenn Sybille einmal anfing zu reden, konnte das dauern. Sie wohnte ein paar Häuser weiter und war hauptberuflich die Frau ihres Mannes Fritz, der vor seiner Pensionierung Landtagsabgeordneter gewesen war.

»Fritz hat mich geschickt. Er wollte sicherstellen, dass du uns für heute Abend einen guten Platz reserviert hast.«

»Am Tisch in der ersten Reihe. Ihr sitzt alle zusammen. Dafür hat Caro schon gesorgt.« Zwei Stufen brachte ich erfolgreich hinter mich, dann kam mir Sybille entgegen, hielt mich mit beiden Händen fest und fragte verschwörerisch: »Ist Ruben Sauter denn schon da?« Sie verrenkte den Hals und spähte nach oben zum Balkon, der vom Saal im ersten Stock abging.

Ich musste lachen. »Es geht ja erst um acht los.«

»Ich finde es wunderbar, dass hier endlich mal ein bisschen Kultur stattfindet«, sagte sie und strich sich durchs Haar, das so akkurat saß wie ihr Hosenanzug. »Ach, ich würde so gern öfters ins Theater gehen. Oder ins Kino. Aber der Fritz, der fährt ja nachts nicht mehr gern durchs Tobel in die Stadt.«

»Sybille, es tut mir wirklich leid, aber ich habe Mathias versprochen, kurz bei ihm vorbeizukommen, und ich habe nicht viel Zeit …«

Blitzartig ließ sie meine Hand los und nickte schuldbewusst. »Natürlich, natürlich. Du solltest ihn nicht warten lassen. Sag ihm einen lieben Gruß von mir.«

»Mach ich.« Schnell sprang ich an ihr vorbei und rannte die wenigen Meter quer durch den Garten, an der Kastanie vorbei. Die Tür zum Haus der Familie Ritter war selten abgeschlossen.

Mathias wohnte im Erdgeschoss. Seine Schwester Marlies und ich waren vier Jahre alt gewesen, als er geboren wurde. Wir hatten den Kleinen überall hin mitgeschleppt und ihn mit unserem Puppenwagen durch die Gegend gefahren. Wir hatten ihn vermisst, als er mit elf Jahren aufs Sportinternat gewechselt war, und wir hatten ihm später bei seinen Erfolgen zugejubelt. In den letzten Jahren war unsere Freundschaft womöglich noch intensiver geworden. Er war für mich wie ein Bruder, den ich nie hatte, während ich Marlies, die in der Stadt als Anwältin arbeitete, leider viel zu selten sah.

Mathias saß am Computer und war damit beschäftigt, eine Trainings-App für Spitzensportler zu entwickeln, die schon längst hätte online gehen sollen. Ich begrüßte ihn flüchtig und eilte zur Küchennische, um Kaffee aufzusetzen. Er arbeitete, schlief und aß in einem großen Raum.

»Schön, dich zu sehen, Johanna«, sagte er und hob seinen Blick über den Rand des Bildschirms in meine Richtung.

»Liebe Grüße von Sybille Fuchs«, sagte ich und verdrehte dabei die Augen.

»Danke.«

Ich fummelte einen Filter aus der Pappschachtel. »Du solltest dir endlich eine Espressomaschine anschaffen.«

Er lächelte. Über dieses Thema stritten wir dreimal pro Woche.

Ich löffelte Pulver in den Filter, schüttete Wasser in die Maschine, schaltete sie ein und begann in der Wohnung ein bisschen Ordnung zu machen.

»Johanna, lass das.«

»Gleich.« Ich kratzte Spaghetti von einem Teller, warf eine leere Dose Tomaten in den Müll, räumte Geschirr in die Maschine, stellte Butter in den Kühlschrank.

»Du machst mich nervös. Fahr mal deine Festplatte runter. Du rotierst ja«, sagte er.

»'tschuldige.« Ich zwang mich dazu, still neben der Kaffeemaschine stehen zu bleiben und darauf zu warten, dass sie anfing zu röcheln. Es dauerte eine Ewigkeit. Die Maschine sollte dringend entkalkt werden. Ich trommelte auf die Ablage, polierte einen Löffel, füllte Zucker in eine Dose.

»Kannst du dich bitte hinsetzen?«

Ich setzte mich an den Tisch, seufzte laut und ließ meine Schultern sinken. Zum ersten Mal an diesem Tag spürte ich mich. Der Mathias-Effekt setzte ein. Endlich kam ich zur Ruhe. Ein Grund, weshalb ich so gern hier war. In Mathias' Gegenwart konnte ich mich erholen. Seine Wohnung war eine Insel der Langsamkeit und der Gelassenheit. Wenn einer Geduld hatte, dann Mathias. Er hatte gelernt zu warten, im Vergleich zu ihm waren wir alle hyperaktiv – wir waren es gewohnt den ganzen Tag zu rennen, und es fiel uns schwer, damit aufzuhören. Ich nahm die Stille um uns herum wahr: keine Telefone, keine Rührwerke, kein Töpfeknallen, keine keifende Germana, nur das leise, beruhigende Summen des leistungsstarken Computers. Auch den Geruch in seinem Zimmer mochte ich, der so ganz anders war als der ewige Gasthausgestank. Der störte mich am meisten in meinem Beruf – immerhin nahm ich ihn noch wahr. Er fraß sich in der Haut fest, wenn ich mich nicht täglich duschte – oder sogar zweimal täglich. Romantiker, die keine Ahnung hatten, stellten es sich vielleicht schön vor, in einer Küche zu arbeiten. Sie dachten nicht an den immerwährenden Gestank von Fett und Zwiebeln, der bis in die Haarspitzen drang.

Nachdem wir Kaffee getrunken hatten, machten Mathias und ich uns daran, seine Schallplatten und CDs zu digitalisieren, damit er von der Festplatte aus darauf zugreifen konnte. Damit waren wir schon etliche Wochen beschäftigt. Die riesige Sammlung und einen unter Musikfreaks legendären Plattenspieler hatte er von seinem Onkel geerbt. Der hatte in Wien eine Bar besessen und war, mit nur knapp fünfzig Jahren, an einem Wespenstich gestorben, als er auf dem Brunnenmarkt Obst kaufen wollte. Jahrelang hatten die Kisten unbeachtet in der Garage gestanden. Aber als Mathias' Interesse an der Musik früherer Generationen immer größer wurde, hatte er die Sammlung hervorgeholt und mit der Zeit zunehmend erweitert. Inzwischen kannte er sich wohl besser aus als sein Onkel. Mathias saß am Computer, ich bediente den Plattenspieler.

»J. J. Cale, *Really*, 1973«, sagte ich, schob die Platte in die Hülle, steckte sie zurück in die Kiste, zog mit spitzen Fingern J. J. Cale, *Naturally*, 1972, heraus, legte sie auf seinen teuren Plattenspieler und senkte die Nadel in die erste Rille. Sobald die Musik erklang, atmeten wir beide tief durch. Ich hatte versehentlich die B-Seite erwischt, aber ich wollte nicht mehr abbrechen. Die Musik stieß alle Fenster auf einmal auf, sie ließ die Türen bersten und das Dach vom Haus fliegen. Die Welt stieg zu uns herein, ballte die Fäuste und verpasste dem Dorfmief, der uns ständig belagerte, einen kräftigen Uppercut. Ich drehte mich im Kreis um den Dorfmief herum, der wimmernd vor mir auf dem Boden lag, und wir sangen:

»*After midnight*
We're gonna let it all hang out
After midnight
We're gonna chug-a-lug and shout
We're gonna cause talk and suspicion
Give an exhibition
Find out what it is all about.«

Manchmal verzog Mathias lachend das Gesicht, weil ich offenbar nicht die richtigen Töne traf. Das war mir egal. Ich drehte mich, bis mir schwindlig wurde und ich atemlos gegen das Fensterbrett torkelte. Die Sonne schien auf den Tisch, ich schloss die Augen, lehnte mich zurück und lauschte. Wenn wir in dem Tempo weitermachten, würden wir noch lange brauchen. Aber uns hetzte ja niemand.

»Wie viele noch?«, fragte Mathias.

»J. J. Cale?« Ich blätterte die Platten durch – »acht« – und nahm einen Schluck von meinem Kaffee. »Heute Abend liest übrigens Ruben Sauter bei uns im Saal.« Ich versuchte, es beiläufig klingen zu lassen. »Kommst du?«

Er hob eine Augenbraue und grinste. »Netter Versuch.«

Ich schmunzelte.

»Du musst dich schon ein bisschen mehr anstrengen. Ruben Sauter. Also bitte. Wenn du mir sagst, dass J. J. Cale im Lamm spielt, könnte ich schwach werden.«

»Gut, dann engagiere ich J. J. Cale.« Ich stand auf, hob die Nadel und drehte die Schallplatte auf die A-Seite.

»J. J. Cale ist seit 2013 tot.«

Der Dorfmief streckte mir die Zunge raus, rappelte sich auf, scheuchte die Welt nach draußen, setzte dem Haus wieder das Dach auf und verriegelte Fenster und Türen.

»Wieder nichts.« Ich seufzte. »Okay, dritte Option: Ich spiel dir was auf der Gitarre vor. Caro, Steffi und ich treffen uns jetzt jeden Montag und üben.«

Mathias kostete es offensichtlich einiges an Selbstdisziplin, den Kaffee vor Lachen nicht über den Tisch zu prusten. »Du und Gitarre spielen?« Er schüttelte den Kopf. »Das ist so was von sinnlos.«

»Danke. Heute bist du wieder besonders nett.«

»Nein, im Ernst, ich kenne niemanden, der unmusikalischer ist als du. Dein Vater muss vergessen haben, dir ein paar seiner Musiker-Gene zu vererben.«

Ich war mir sicher, dass Mathias mehr Muskeln in seinem Gesicht hatte als jeder andere. Man sah ihm sofort an, was er dachte, und das, was jetzt in ihm vorging, war eine Mischung aus Mitleid, Schadenfreude und Überlegenheit.

»Es macht mir Spaß. Wirklich. Und ich spüre, dass da etwas in mir schlummert«, sagte ich und untermalte meine Aussage mit einer theatralischen Armbewegung.

»Natürlich tut es das«, erwiderte Mathias. »Aber die Musik ist es sicher nicht. Soll ich dir sagen, was tatsächlich in dir schlummert?«

Jetzt kam die Leier wieder.

»In dir schlummert das Verlangen, dich endlich unabhängig zu machen. Im Lamm wirst du genauso gaga wie der Rest deiner Familie.« Niemand war so direkt wie Mathias. Das hasste und das mochte ich an ihm.

»Das sagst ausgerechnet du. Du wohnst ja selbst noch bei deiner Mutter. Von wegen unabhängig machen.«

Er ließ die Schultern hängen. »Das ist was anderes.«

»Quatsch, das ist überhaupt nichts anderes!«, erwiderte ich heftig. Es machte mich jedes Mal wütend, wenn er so etwas sagte. Mathias schwieg. Ich blieb stehen und sah der Nadel auf dem Plattenteller zu. Er hatte ja recht, seine Situation war eine andere, das wusste er, und das wusste ich. Und er hatte auch damit recht, dass ich irgendwann noch komplett plemplem werden würde, bliebe ich noch länger bei meinen verrückten Tanten im Lamm. Aber ich konnte einfach nicht weggehen. Ich hatte da nämlich ein wirklich großes Problem. Eigentlich sogar zwei große Probleme.

DREI

Vor zwanzig Jahren war ich felsenfest davon überzeugt gewesen, den Absprung in ein eigenes Leben zu schaffen. Ich glaubte an mich, ich dachte, dass ich anders sei als alle Lehner-Frauen, weil mein Vater anders war als ihre Väter. Mein Vater war ein irischer Musiker. Durch meine Adern floss zur Hälfte irisches Blut, und das gab mir genügend Kraft, mich gegen den Fluch zu wehren, der die Familie traf, seit mein Großvater Franz Xaver von einem Baum erschlagen wurde: Männer überlebten uns nicht. So ungefähr könnte man das auf den Punkt bringen.

Tante Germanas Mann Egon hatte sich gediegen zu Tode gesoffen. Tante Elisabeths Mann Dieter hatte sich im Badezimmer erhängt, weswegen sie beschlossen hatte, nur noch Jesus zu lieben. Tante Theresias Mann Gottfried, von allen liebevoll Göpf genannt, hatte geglaubt, nach einem massiven Wintereinbruch, bei dichtem Schneefall und höchster Lawinenwarnstufe, eine lockere Tour machen zu müssen, weil er jeden Sonntag eine lockere Tour machte, weil sein Sturschädel auf lockere Sonntagstouren programmiert war. »Es gibt kein schlechtes Wetter, nur schlechte Kleidung«, war der letzte Satz, den Tante Theresia von Göpf gehört hatte, wenige Stunden bevor er oberhalb von Großdorf am Buckel eine Lawine auslöste, die zwar knapp an den Luxushotels vorbeischrammte, aber drei historische Berghütten und ein Räumfahrzeug niederwalzte. Sechsundsiebzig Soldaten vom Bundesheer rückten an, um nach Überlebenden zu graben. Ein Lawinenhund fand den toten Lenker des Räumfahrzeugs und Onkel Göpf. Vielleicht hätte man ihn retten können, aber in seinem Lawinenpiepser, den ihm Theresia geschenkt hatte, waren keine Batterien gewesen. Theresia war eine stolze und schöne Witwe. Aber als bei der Beerdigung eine zweite Witwe auftauchte mit drei süßen, kleinen Mädchen an der Hand, die ins Grab ihres Papas Rotz und Wasser heulten, geriet Theresia ins Wanken und musste von ihren Schwestern gestützt werden. Während des Leichenschmauses – Grießnockerlsuppe, Schnitzel und Pommes, Birnenkompott – wurde ihr mit jedem Bissen klarer, warum Göpf so viel weg gewesen war und nie Zeit für sie gehabt hatte und warum er, obwohl er vorgegeben hatte, dauernd zu arbeiten, trotzdem nie Geld gehabt hatte, und vor allem, warum er von Theresia partout keine Kinder wollte. Weil er schon drei Kinder hatte. Der anderen Witwe ging es nicht viel besser. Ihr wurde während des Leichenschmauses, spätestens aber, als Germana beide Frauen an einen Tisch zitierte und eine Flasche Rum spendierte, klar, warum Göpf sie nie hatte heiraten wollen, weil er schon verheiratet gewesen war, mit Theresia nämlich, die danach nichts mehr von der Welt wissen wollte und mit ein paar Ziegen auf die Alphütte zog.

Tante Francis' Männer waren allesamt Armleuchter. Francis hatte ein ausgesprochen gutes Händchen für Armleuchter. Von jedem Armleuchter hatte sie eine Tochter. Der Erste, Annabells Vater, hieß René und war Verkehrspolizist. Nach der Geburtstagsfeier eines Kollegen, die mit Kaffee und Kuchen im Revier begonnen und sich bis vier Uhr morgens gezogen hatte, fuhr er mit seinem roten Alfa 156 Sportwagen zu schnell aus dem neu eröffneten Mooser Tunnel heraus und zu schnell ins Radar hinein und schrammte in letzter Sekunde an der Kleiderbügelfabrik vorbei, was ganz erstaunlich war, denn die meisten anderen, die damals zu schnell unterwegs gewesen waren, aus Freude über den neuen Tunnel, waren in die Kleiderbügelfabrik gefahren, was der Grund gewesen war, weswegen Charlys Vorgänger für einen Radarkasten gekämpft hatte. Nur, weil René ins Radar gefahren war, war er natürlich noch kein Armleuchter, das konnte jedem passieren. Ein Armleuchter war er, weil er den Radarkasten einen Tag zuvor eigenhändig aufgestellt hatte. Um einer Blamage zu entgehen, fuhr René in seinem Volldampf zum Bauer Dokus, der ihm einen Gefallen schuldete, klingelte ihn aus dem Bett und lieh sich den großen Traktor aus. Mit dem fuhr er gegen fünf Uhr früh zurück zum Radarkasten und band ihn mit mehreren Kälberstricken an den Traktor. Mit Schwung und 450 PS fuhr er rückwärts, riss den Radarkasten aus der Verankerung und fuhr gleich weiter, rückwärts die Böschung hinab, wobei sich der Traktor mitsamt dem Radarkasten überschlug und im reißenden Schwarzwasserfluss unterging. Die Bergungsarbeiten gestalteten sich schwierig. Renés Überreste fand man Tage später im Rechen der Kläranlage draußen am Land. Eine der Folgen war, dass der Bauer Dokus lange kein Wort mit Francis gesprochen hatte, weil er den Verlust seines Traktors nicht überwinden konnte.

Der zweite Armleuchter, Fabiennes Vater, hieß Björn und dealte mit Kampfhunden, wodurch Tante Francis Orte wie Košice, Ostrawa und Mistelbach kennenlernte, als sie nächtelang seine aggressiven Köter durch Osteuropa kutschieren musste. So lange, bis einer der Kampfhunde Björn verletzte. Nein, der Hund hatte ihm nicht die Kehle durchgebissen oder ihm das Gesicht weggefressen, er hatte ihn nur überschwänglich begrüßt und ihm mit der verdreckten Pfote ein wenig die

Haut vom Handrücken gekratzt. Nicht der Rede wert. Leider entzündete sich der Kratzer. Björn weigerte sich standhaft zum Arzt zu gehen, erstens, weil er niemals zum Arzt ging, zweitens, weil er sich von einer Frau grundsätzlich und von Francis schon gar nichts sagen ließ, und drittens und vor allem, weil er das Champions-League-Endspiel nicht verpassen wollte. Das bisschen Fieber, der Schüttelfrost und das Herzrasen würden schon wieder vergehen. Unkraut verdirbt nicht. Er rieb sich die Wunde mit Obstler ein, nahm einen ordentlichen Schluck und knallte sich mit einem Bier vor den Fernseher. Das Tor in der sechsundzwanzigsten Minute, das der blutjunge Cristiano Ronaldo gegen Chelsea schoss, kriegte Björn wohl schon nicht mehr ganz mit. Beim Ausgleich von Frank Lampard in der fünfundvierzigsten Minute war er sicher schon bewusstlos. Das eigentliche Drama aber war, dass er die Schlussphase nicht mehr erleben durfte, die ebenfalls von erhöhter Dramatik geprägt war, weil Didier Drogba wegen Tätlichkeit des Feldes verwiesen worden war und deswegen nicht beim anschließenden Elfmeterschießen mitmachen durfte und von John Terry ersetzt wurde, der beim entscheidenden fünften Strafstoß ausrutschte und den Ball an den Pfosten setzte, was Manchester im Spiel hielt. Van der Sar sorgte schließlich für einen Sieg. Monatelang hatte ich mir diese ermüdenden Analysen unter den Stammgästen im Pub anhören müssen, während ich Francis, die vorgab zu trauern, in Wahrheit aber heilfroh war, Björn losgeworden zu sein, an der Bar vertreten hatte.

Armleuchter Nummer drei, Pamelas Vater, hieß Joachim, war Staubsaugervertreter und in der Sadomaso-Szene als Sir Gustavo berühmt. Dass er ein Doppelleben geführt hatte, erfuhr Francis erst, nachdem er während einer merkwürdigen Sexpraktik in den Armen seiner Sklavinnen gestorben war. Details hatte Francis uns gegenüber keine erwähnt.

Jessicas Vater Jürgen, Armleuchter Nummer vier, war frühpensionierter Hobbygärtner und anfangs sehr nett. Einen ganzen Winter lang hatten wir geglaubt, sie hätte nun doch den Richtigen gefunden. Dann kam der Frühling, und er verwandelte die Wiese hinterm Haus in einen englischen Rasen. Jürgen liebte Kunstdünger. Ich hatte ihn im Verdacht, einen Golfplatz anlegen zu wollen. Dann grub der Maulwurf einen Hügel, und noch einen, und noch einen dritten. »Kein Problem, mit dem Tierchen fahre ich elegant ab«, sagte Jürgen mit bewundernswerter Gelassenheit – er kannte die Maulwürfe in Moos am Buckel nicht. Da es sich um ein gesetzlich geschütztes Tier handelte, holte er bei der Behörde eine Genehmigung für das Aufstellen einer Lebendfalle ein, die er mit viel Liebe zimmerte. Nur der Maulwurf hatte nicht vor, sich fangen zu lassen, weder lebend noch tot. Jürgen, immer noch frischen Mutes, legte sich, trotz all seiner Bandscheibenvorfälle, derentwegen er frühzeitig aus dem Schuldienst ausscheiden hatte können, während der ersten drei bis vier Morgenstunden, in denen der Maulwurf am aktivsten war, mit einer Schaufel auf die Lauer und versuchte den Unhold auf frischer Tat zu ertappen. Nach zwei Wochen lagen seine Nerven blank. Der heilige Zorn packte ihn. Er erklärte den Maulwurf zum Feind, rief den Krieg aus und rüstete auf. Er steckte Böller und jegliche Art von Feuerwerkskörpern in die Löcher. Er fuhr eine Null-Toleranz-Strategie gegen den Maulwurf, schob ein Moped mit einem Zweitaktmotor in den Garten, steckte einen Schlauch an den Auspuff und leitete die stinkenden Gase in das Höhlensystem. Er stopfte vergorene Milch, alte Heringe, Katzenhaare und in Lampenöl getränkte Socken in die Erde, trieb mit einem Blasebalg den Qualm in die Gänge und schüttete schließlich das Benzin direkt in den Boden, was den Kräutern im Garten nicht wirklich guttat. Nichts konnte dem Maulwurf etwas anhaben. Er band Gummireifen an Francis' Moped und fräste durch den Garten. Der Maulwurf baute neue Löcher. Dann setzte Jürgen auf Masse statt Geschwindigkeit, baute sich eine 380 Kilogramm schwere Walze, verdichtete den Boden und verlor auch diese Schlacht. Er installierte Summer, Schallgeräte und ein elend quietschendes Windrad, um den Eindringling akustisch zu zermürben. Er lieh sich von Tante Germana das Gewehr, riskierte ihren Jagdschein und schoss mit Schrot und Luftdruck in die Löcher, in der Hoffnung, dass dem Maulwurf die Lungen platzten. Germana mischte sich erst ein, als er mit einem Bagger anrückte und alles umgraben wollte. Er brachte den Bagger zurück, bastelte sich einen Maulwurfspieß mit zwanzig Eisenzacken und jagte in blindem Hass in Captain-Ahab-Manier den Feind, während sich der Garten munter in eine Mondlandschaft verwandelte. Da brannte Jürgen die letzte Sicherung durch. Er versah den gesamten Garten mit Metallstäben, schloss sie an ein 380-Volt-Kabel an und ließ den Starkstrom durch die Erde fließen – statt des Tieres erwischte es Jürgen, der vergessen hatte, seinen Garten vor dem Einschalten des Stroms zu verlassen. Wir dankten jedem Tag, an dem Francis keinen Mann hatte.

Tante Hildegund hatte von vornherein auf einen Mann verzichtet und mittels Samenbank und künstlicher Befruchtung drei kluge Mädchen bekommen. Sie spielte glückliche Familie. Immerhin hatte sie es geschafft, Moos zu verlassen und in die Stadt am See zu ziehen, aber Tante Hildegund war eiskalt, berechnend und grundböse, und so wollte ich auch nicht werden.

Der einzige Mann, der zwar gegangen, aber hoffentlich überlebt hatte, war mein Vater, und deswegen war ich anders, und deswegen war mein Plan: wegkommen. Und zwar so schnell wie möglich. So weit wie möglich. Für mindestens ein Jahr.

»Das schaffst du nie!«, hatte Germana damals gelangweilt abgewunken. »Das hat noch keine von uns geschafft.« Da wollte ich es erst recht! Mit Marlies' und Mathias' Hilfe organisierte ich meine Reise.

Einen Tag nach meiner Abschlussprüfung in der Hotelfachschule flog ich so weit wie möglich weg, nämlich nach Neuseeland. Dort arbeitete ich in einer Lodge auf Waiheke Island an der Rezeption des Spa-Bereichs, vergab Massage- und Kosmetik-Termine, wusch Handtücher, richtete nach jeder Behandlung die Räume wieder her und sorgte für einen reibungslosen Ablauf. Die Insel und die Leute waren traumhaft. Alle waren nett zu mir, alle waren zufrieden mit mir, und trotzdem brachten mich das Heimweh und das schlechte Gewissen fast um. Ich wusste, dass meine Mutter jeden Tag stressige sechzehn Stunden in der Küche des Lamms bewältigen musste und so gut wie nie freihatte. Sie jammerte nicht, aber ich konnte trotz der großen Entfernung fühlen, wie erschöpft sie war.

»Ich komme schon zurecht«, sagte sie, wenn wir telefonierten, eifrig darum bemüht, sich ihre Müdigkeit nicht anmerken zu lassen. »Für die Hochzeit am Wochenende habe ich schon alles vorbereitet. Stell dir vor, der Bruder von Alice Mangold heiratet eine Großdorferin. Neunzig Gäste – der Agatha-Saal und die Stuben platzen aus allen Nähten. Hildegund kommt und hilft.« Etwas Schlimmeres hätte sie mir nicht sagen können – Hildegund in der Küche war ein Albtraum; sie hatte von nichts eine Ahnung und wusste alles besser. »Hildegund ist nicht so ungut, wie du denkst ... Nein, natürlich lasse ich mir nichts gefallen. Zerbrich dir nicht meinen Kopf, und genieß deine Reise, mein Schatz. Ich bin sehr stolz auf dich, und vergiss nicht, dass du das Reisen im Blut hast. Dein Vater war ein Weltenbummler.«

Damit legte sie auf, und tatsächlich war ich einige Minuten lang beruhigt – bis das Telefon erneut klingelte und mir meine Cousinen mitteilten, was zu Hause alles schiefging. Hildegund machte meine Mutter sehr wohl nervös, und prompt schnitt sie sich während der Hochzeitsvorbereitungen mit einem Fleischermesser tief in den Zeigefinger. Laut den bildhaften Schilderungen meiner Tanten und meiner Cousinen wäre sie beinahe verblutet, und der Finger war so gut wie ab. In einer dramatischen Rettungsaktion mussten die Cousinen den Ewigen Benz mit Plastikplanen auslegen, damit die Ledersitze nicht blutig wurden und Germana sie zu unserem Dorfarzt Ariel Dorner, der gerade sein Studium abgeschlossen hatte, fahren konnte.

Ariel Dorner wollte meine Mutter in die Klinik bringen lassen, aber das ging nicht, weil meine Mutter für neunzig Hochzeitsgäste kochen musste. Also nähte er die Wunde und steckte ihre Hand in einen Lederhandschuh.

»Der versteht seine Arbeit. Es war überhaupt kein Problem, wirklich nicht«, beteuerte meine Mutter.

»Dreimal ist sie am Herd in Ohnmacht gefallen«, sagten meine Cousinen.

Vielleicht taten sie es nicht absichtlich, aber alle zusammen übten so großen Druck auf mich aus, dass es mir unmöglich war, mein schlechtes Gewissen und mein Heimweh loszuwerden. Jede Nacht weinte ich mich in den Schlaf und versuchte mir einzureden, dass es bald besser werden würde. Aber genießen konnte ich meine Auszeit nicht. In Gedanken war ich im Lamm.

Und dennoch biss ich mich weiter durch – ich wollte auf keinen Fall schon nach wenigen Wochen zu Hause angekrochen gekommen. Von Neuseeland reiste ich nach Dänemark und lernte in einem der besten Restaurants in Kopenhagen. Doch das Heimweh wurde noch schlimmer. Die Schnittwunde meiner Mutter hatte sich in der Zwischenzeit entzündet, blumig und lustvoll schilderten mir die Tanten, wann wie viel Eiter in welcher Farbe herausquoll. Sie sprachen von einer möglichen Blutvergiftung. Das machte mir dann wirklich Angst. Wenn meine Mutter an einer Schnittverletzung starb, weil ich sie im Stich gelassen hatte, würde ich mir das nie verzeihen. Bevor ich den Rückflug buchte, wollte ich mich aber noch vergewissern. Wie schlimm stand es wirklich um sie?

Ich rief Ariel Dorner an. Unser Dorfarzt war zwei Meter groß, hatte einen kahl geschorenen Schädel und trug extravagante Brillen. Die meisten Leute erschraken, wenn sie das erste Mal in seine Praxis kamen und einem Schrank gegenüberstanden, dem sie kaum zur Brust reichten, aber ich vertraute ihm schon damals.

Blutvergiftung? Wer? Antonia? Er lachte am Telefon, und ich musste feststellen, dass meine Tanten und Cousinen schamlos übertrieben hatten. Das machte mich so wütend, dass ich beschloss, meine Reise fortzusetzen. Ich flog nach Long Island, wohnte als Mädchen für alles in der Villa einer reichen Familie, brachte vormittags den Pudel zum Friseur, bastelte nachmittags Prinzessinnenkronen mit den Kindern und kochte abends oft für zwanzig Gäste. Wenn ich nicht mehr weiterwusste, rief ich zu Hause an und erfuhr von meiner Mutter, wie man Kokos-Mousse-Törtchen und Grießflammerie zubereitete, und von meinen Tanten, wie wahnsinnig schlecht es meiner Mutter ging und wie sehr ich an allen Ecken und Enden fehlte. Die Gelatine in Amerika war eine Katastrophe, man konnte sie an die Wand klatschen, und sie blieb kleben. Obwohl ich permanent mit Essen zu tun hatte, nahm ich zehn Kilo ab. Mathias, der mich in der Zeit einmal besuchte, weil er sich in Beaver Creek auf den Weltcup vorbereitete, erschrak richtiggehend. Zuletzt flog ich nach San Diego und heuerte dort in einem Fünfsterne-Luxusresort an, das einem Öl-Milliardär gehörte. Ich war geschockt über die Misswirtschaft und erlebte, wie schnell man viel Geld vernichten konnte. Kontrolle gab es keine. Der Weinkeller, in dem Flaschen für Zigtausende Dollar lagerten, stand immer offen. Jeder der fünfhundert Mitarbeiter nahm sich, was er brauchte. Sie bedienten sich am Wein, den Weingläsern, dem Silberbesteck, der Tischwäsche und den Bademänteln und verscherbelten die Ware in Mexiko. Den Besitzern war alles egal. Sie hatten drei Raffinerien und ein Tankstellennetz mit zweitausend Tankstellen. Das Resort machte nicht einmal drei Prozent des Umsatzes der ganzen Firma aus.

Ich dachte an das gute alte Lamm, an meine Familie, die ich im Stich gelassen hatte, bekam hohes Fieber und brach endgültig zusammen.

An den Rückflug konnte ich mich kaum erinnern. Ich brauchte Monate, um mich von dem Schock zu erholen, dass Germana recht behalten hatte: Ich hatte es nicht geschafft, das Jahr bis zum Ende durchzuziehen. Siebzehn Tage hatten gefehlt. Kopfvoran war ich in die Welt gestürmt, und die Welt hatte mich einmal durchgekaut und dann einfach wieder ausgespuckt; so jedenfalls fühlte ich mich.

Tante Elisabeth räumte ihre Wohnung im ehemaligen Stallgebäude für mich und übersiedelte ihren Altar in die Dachkammer. Meine Mutter, meine Cousinen und die Tanten päppelten mich im Kollektiv auf. Sie fütterten mich mit Hühnersuppe und löffelten mir noch mehr Schuldgefühle ein.

Als es mir wieder besser ging, bestand ich darauf, in die Dachkammer zu ziehen. Elisabeth sollte zurück in ihre Wohnung. Ich bildete mir ein, den Absprung in die Freiheit besser zu schaffen, wenn ich möglichst unkomfortabel wohnte. Immer noch wollte ich mir eine Arbeit und einen Mann suchen, ausziehen und unabhängig werden. Aber bald begann ich meine Kammer mehr zu lieben, als mir recht war. Ein Trick half mir dabei, die Gegenwart auszublenden: Ich fand heraus, dass ich die lockende Fremde da draußen in meinem Kopf geschehen lassen konnte, indem ich Geschichten aufschrieb. Ich nahm ein altes Schulheft, tauschte das wahre Leben gegen Schrift auf Papier aus und ermöglichte mir all die Abenteuer, die ich eigentlich hatte erleben wollen. So linderte ich meine Sehnsucht und mein Fernweh.

Ich machte mir nichts vor. Auf meiner Reise hatte ich viele Erfahrungen gesammelt, doch die mächtigste aller Erfahrungen war, feststellen zu müssen, dass ich unter Schuldgefühlen und Heimweh litt, und zwar so massiv, dass ich es seither kaum schaffte, länger als drei Tage wegzubleiben.

Schließlich, meine Rückkehr war erst ein paar Monate her, hatten es Caro und Steffi geschafft, mich für ein Wochenende nach Meran zu karren, wo Caros damaliger Lover ein Haus besaß. Vorher hatten sie mir versprechen müssen, sofort wieder nach Hause zu fahren, wenn ich es nicht mehr aushielt. Das war zum Glück nicht nötig gewesen, aber ich schämte mich dennoch für dieses Problem. In zwei Jahren wurde ich vierzig und wohnte immer noch zu Hause. Vierzig! Unvorstellbar.

»Ich fürchte, du bist genauso gestört wie ich«, sagte Mathias leise. Er saß die längste Zeit geduldig neben mir und sah mir beim Erinnern zu. Ich nickte und schluckte Gefühle, die ich nicht haben wollte, hinunter. »Du brauchst einen Mann!«

»Du brauchst eine Frau!«, konterte ich, beugte mich zu ihm und legte meine Wange an seine. Es war angenehm, seine Haut zu spüren. Schließlich löste ich mich widerstrebend von ihm. »Ich muss gehen, es ist schon spät.« Ich gab ihm einen freundschaftlichen Kuss auf die Wange. »Morgen komme ich wieder. Dann erzähle ich dir von Sauter.«

»Lass dich nicht aufhalten, Liebes.« Er lächelte mir zu.

Ich stellte meine Kaffeetasse zurück in die Spüle, bevor ich ging. Ich fühlte mich wie nach einem Neustart. Meine Probleme hatten wieder die richtige Größe. Mein Herzschlag hatte sich verlangsamt, und ich konnte mit neuer Energie den Abend, der vor mir lag, bewältigen.

Auf der Terrasse, über die ich die Wohnung verließ, saß Fabian, Mathias' Assistent, und bearbeitete sein Smartphone.

»Ich bin weg!«, rief ich ihm zu.

»Okay«, murmelte er, ganz auf sein Gerät konzentriert.

Mathias' Eltern Oskar und Marianne arbeiteten im Garten. Ich bat sie um Hagebuttenzweige von der Hecke. Marianne brachte mir eine Gartenschere und Oskar einen Eimer. Die beiden waren rührend, ich mochte sie wirklich gern. Dann eilte ich hinüber ins Lamm. Es war halb fünf und höchste Zeit, den Abend vorzubereiten.

Mooser Heimatchronik

»Johanna Lehner ist meine beste Freundin, und das soll auch so bleiben, deswegen möchte ich mich lieber nicht zu den aktuellen Geschehnissen äußern. Ich kann nur sagen, dass ich Johanna zutiefst bewundere. Sie hat von uns allen Respekt und Anerkennung verdient. Ich finde es nicht ganz in Ordnung, dass du hier wahllos irgendwelche Leute zu Johanna ausfragst und das für alle Zeiten in der Dorfchronik verewigst. Du weißt doch, dass hier jeder glaubt den anderen zu kennen. Dem ist aber nicht so. In Wahrheit lechzt jeder nach fünf Minuten Ruhm, weswegen sich nun Hinz und Kunz bemüßigt fühlen aus dem Nähkästchen zu plaudern und über Johanna auszupacken. Ich möchte das nicht tun. Tut mir leid, aber dafür ist sie mir viel zu wichtig.«

Caroline Mätzler, 38,
Autorin, Schreibgruppenleiterin,
Lehrerin für Deutsch und Latein

VIER

Die Gelassenheit, die ich bei Mathias gefunden hatte, hielt zum Glück noch an, als ich nach der getanen Arbeit um kurz vor sieben mein rotblondes lockiges Haar im Nacken zusammenband und mich vor dem Schrankspiegel in meiner Dachkammer drehte.

Heute Abend würde ich ausnahmsweise nicht in der Küche stehen. Wir hatten das beim Essen entschieden, zu dem wir uns immer trafen, bevor der Abendbetrieb losging. Annabell und ich würden das Bedienen im Agatha-Saal im ersten Stock übernehmen, um die Wirtshausstuben im Erdgeschoss kümmerten sich die Tanten.

Angesichts des bevorstehenden Abends war ich etwas nervös – freudig und ängstlich zugleich. Zum einen vermisste ich meine frühere Tätigkeit als Kellnerin, sodass mir dieser Abend wie eine schöne Unterbrechung aus der alltäglichen Tretmühle erschien. Ich hatte genügend vorgekocht – die Tanten mussten nur noch anrichten. Ich wusste, dass ich mich auf sie verlassen konnte, wenn es drauf ankam. Meine Mutter war bei ihnen in guten Händen. Zum anderen hatte ich Ehrfurcht vor Ruben Sauter. Aber nicht nur. Ich freute mich auch auf ihn. Es war kompliziert. Von Ruben Sauter, der in Innsbruck geboren und aufgewachsen war, hieß es, dass er alle sieben Jahre seinen Wohnsitz änderte. Sieben Jahre Äthiopien. Sieben Jahre Kambodscha. Sieben Jahre Buenos Aires. Und jetzt eben sieben Jahre Moos am Buckel. Laut Caro war sein Leben eine einzige Versuchsanordnung, ein Experiment. Am Waldrand hatte er sich auf tausend Metern Seehöhe eine Vorsäßhütte gekauft. Erstmals, seit er ziemlich genau ein Jahr zuvor hergezogen war, stieg er herab, um uns im Lamm zu beehren. Ich würde einen echten Schriftsteller live und hautnah miterleben dürfen, und dann auch noch in den eigenen ehrwürdigen Wänden. Wie aufregend! Ich wollte ihn fragen, wie es war, den ganzen Tag schreiben zu können. Bestimmt musste er lange Spaziergänge machen und viel Holz hacken, um all seine komplizierten Gedanken ordnen zu können. Aber einen Haken hatte die Sache: Ich hatte es immer noch nicht geschafft, auch nur eines seiner Bücher zu Ende zu lesen, obwohl ich es mir fest vorgenommen hatte. Ich wollte ihm zeigen, dass ich viel las. Ich wollte ihm meine Bewunderung aussprechen. Ich wollte mit ihm ein lockeres Gespräch führen und beiläufig unsere Unterhaltung würzen, indem ich einstreute, wie grandios ich diese und besonders jene Stelle fand. Nachdem mir Caro erzählt hatte, dass sie Sauter überreden konnte, bei uns zu lesen, war ich sofort in die Stadt am See gefahren und hatte mir in der Landesbibliothek sämtliche Bücher von Sauter ausgeliehen. Einen ganzen Stapel hatte ich heimgeschleppt und war voller Motivation an die Sache herangegangen. Ich hatte es wirklich versucht, aber bei keinem Buch war ich über die ersten Kapitel hinausgekommen. Das lag ganz bestimmt nicht an Sauter, sondern daran, dass ich nach der Arbeit viel zu müde war – dauernd fiel mir das Buch aufs Gesicht. Für einen waschechten Sauter musste man ausgeschlafen sein und am besten auf einem unbequemen Sessel in aufrechter Position an einem Schreibtisch sitzen und viel Kaffee trinken – das war nichts für Lümmeln im Bett. Wer sich entspannen und unterhalten werden wollte, war mit Sauter nicht gut bedient. Dies war meine letzte Gelegenheit, doch noch ein wenig in den Genuss seiner Schreibkünste zu kommen, also griff ich erneut nach dem Buch, das ihn berühmt gemacht hatte, und las den ersten Satz, der sich über vier Seiten zog. Nicht einmal im wachen, aufgekratzten Zustand gelang es mir, den Sinn zu erfassen. Außerdem war es höchste Zeit, mich fertig anzuziehen. Ich warf das Buch aufs Bett und wählte, passend zu meinem Haarband, eine dunkelblaue Seidenschürze zu meinem Dirndl. Kein billiges Oktoberfest-Dirndl, das man sich übers Internet aus China schicken lassen konnte. Dieses edle Kleidungsstück hatte mir Edgar Wintersteiger, unser Dorfschneider, genäht. Nach Maß. Edgar Wintersteiger war das, was meine Tanten einen »feinen Mann« nannten. Er war einer der wenigen in unserem Dorf, die grundsätzlich mit jedem per Sie waren. Mittlerweile war er fast achtzig Jahre alt. Lange hatte er in London gelebt. Sibylle Fuchs erzählte überall herum, er hätte sogar für Angehörige des Königshauses gearbeitet, was ich mir lebhaft vorstellen konnte, wenn ich ihn auf der Straße traf, in einem seiner schmal geschnittenen Anzüge mit Weste, Sakko und Schal. Man sah ihn förmlich, wie er es sich abends in einem Cottage im Ohrensessel bequem machte, eine Zigarre paffte und an einem Whisky nippte, während er seinem Windhund über den geföhnten Kopf fuhr.

Das Dirndl, das er mir geschneidert hatte, war das schönste Kleidungsstück, das ich besaß. Ja, vielleicht hatten wir Frauen vom Lamm doch so etwas wie eine Philosophie, und dazu gehörte die Regel: In der Gastronomie war Kleidung wichtig. In der Küche trug ich meist einen alten Kochmantel von meiner Mutter, aber wenn ich bei Veranstaltungen bedienen musste, zog ich mein edles Dirndl an.

Ich strich noch einmal über die Schürze, wandte mich

dann um und öffnete das Fenster unter dem Giebel. Die Buchen auf dem bewaldeten Bergrücken des Mooskopfs fingen langsam an sich herbstlich zu verfärben. Unter mir lag der große Garten, der früher ein Paradies aus Kräutern, Beeren, Obst und Gemüse gewesen war. Als ich noch ein Kind war, konnten sich unsere Familie und etliche Gäste von dem ernähren, was rund ums Haus wuchs. Holunderblütensaft mochte ich besonders. Und mit Rhabarberstangen hockten Marlies, Mathias und ich oft im Gebüsch, jeder eine Zuckerdose in der Hand. Im Juni hängten wir uns Kirschen an die Ohren, im Juli zupften wir Ribisel, im August lösten wir Erbsen aus. Wir konservierten den Sommer, machten Marillen zu Marmelade und füllten Gewürzgurken in Gläser. Im Herbst sammelten wir Äpfel und Birnen, meine Mutter blühte auf und kochte ein, was ging.

Jetzt sah der Garten traurig aus. Wir hatten nicht einmal mehr Zeit, die reifen Früchte, die trotz Vernachlässigung überlebt hatten, zu verarbeiten, machten höchstens Kompott daraus. Der Lavendel war in einem der letzten Winter erfroren. Immer noch hatte niemand die verdorrten Äste herausgezupft.

Annabell kam aus dem Wohntrakt herüber. Auch sie trug ein Dirndl – in ihren Lieblingsfarben: Hellgrün, Pink, Gelb. Die älteste meiner Cousinen, die noch im Haus wohnten, war vierundzwanzig Jahre alt und fand, dass wir im Lamm alle dieselben Dirndl tragen sollten. Dagegen wehrten sich alle, am meisten aber ihre Mutter, Francis. Tante Francis war am Hals, an der Schulter und am Oberarm tätowiert, was auf ihrer fünfzig Jahre alten Haut schon ein wenig blass und ausgeleiert aussah. Im Pub trug sie meist ein labberiges Trägershirt, unter dem ein BH in knalligen Farben hervorblitzte. Nicht einmal Germana hätte es geschafft, sie in ein Dirndl zu stecken.

Annabell winkte mir zu. »Fünf Minuten, ja?«, rief sie zu

mir hoch. Sie stellte sich neben die Regentonne unters Dach und rauchte noch eine Zigarette, bevor der Dienst begann.

Ich lief die Treppe hinunter und öffnete die Flügel zum noch leeren Agatha-Saal. Dann ging ich von Tisch zu Tisch und zündete Teelichter an, was man in der untergehenden Sonne nicht sah, aber das würde sich bald ändern. In jede Vase steckte ich einen Hagebuttenzweig. Die Servietten lagen am richtigen Fleck. Die Gläser waren poliert. Auf der Bühne stand ein Tisch mit einem Mikrofon, einer Flasche Wasser und einem Glas. Vor dem Ausgang an der Längsseite des Saals hatte Caro heute Vormittag einen weiteren Tisch aufgebaut, auf dem sich Sauters Bücher stapelten. Ein beeindruckender Anblick. Wie man sich wohlfühlte, wenn man so viele Werke veröffentlicht hatte?

Ich liebte den Moment, kurz bevor eine Gesellschaft eintraf, wenn noch niemand da war, wenn noch alles möglich war, wenn ein Prickeln in der Luft lag und die Anspannung zu spüren war. Die Holzwände glühten golden, und in den Sonnenstrahlen tanzten Staubpartikel. Der Parkettboden hing durch, keine Wand war im Lot, manche Stühle waren seit über hundert Jahren im Einsatz und hätten uns ein Vermögen eingebracht, wenn wir sie verkauft hätten – keinen einzigen hätten wir hergegeben, nicht für alles Geld der Welt. Agathas Saal. Benannt nach meiner Ururgroßmutter. Das machte mich immer ein wenig stolz.

Draußen auf der Treppe hörte ich Schritte, und gleich darauf raste Caro herein. Sie trug jetzt Schnürstiefeletten mit hohen Absätzen, eine Lacklederhose, eine Tunika mit tiefem V-Ausschnitt und ohne Ärmel, wodurch ihre sehnigen Oberarme zur Geltung kamen. Sie sah grandios aus, wie eine Figur aus Sauters Büchern, oder zumindest so, wie ich mir Sauters Figuren aufgrund des ersten Satzes vorstellte.

Noch einmal überprüfte Caro, ob das Mikrofon funktionierte, das Schack aufgestellt hatte. Noch einmal baute sie Büchertürme aus Ruben Sauters Werken, bis sie die richtige Höhe und die richtige Himmelsrichtung hatten. Noch einmal zählte sie das Wechselgeld in der Kasse und überprüfte, ob der Bleistift gespitzt und das Kassenbuch bereit war. Noch einmal nahm sie ehrfürchtig ein Exemplar von einem Bücherstapel und drückte es sich auf die Brust.

»Willst du was trinken?«, fragte ich.

»Champagner!« Als sie meinen Blick sah, musste sie lachen. »Sekt tut's auch.«

Ich ging in die kleine Nebenküche mit Ausschank am Eingang des Saals und goss uns beiden je ein Glas Prosecco ein. Feierlich stießen wir an. »Auf einen unvergesslichen Abend«, sagte Caro, nahm einen großen Schluck, hörte Schritte, drehte sich um und verschluckte sich fürchterlich.

Der Stargast des Abends stand in seiner ganzen Pracht unter dem Türstock: Ruben Sauter. Preisträger der renommiertesten Literaturauszeichnungen, gefeierter Star am Literaturhimmel, Dozent an den besten Universitäten und Stadtschreiber von was-weiß-ich-wie-vielen Städten. Das war ungefähr alles, was mir Caro über ihn beigebracht hatte, nachdem ich ihr gestanden hatte, dass mir Ruben Sauter, bis er nach Moos gezogen war und die Regionalnachrichten von seinem Siebenjahresexperiment berichteten, nicht wirklich ein Begriff war. Jetzt stand er wahrhaftig vor mir, und mein Plan, locker mit ihm über seinen Alltag zu plaudern, verpuffte. Er war eine fast obszöne Mischung aus Skilehrer und Filmstar, der gerade braun gebrannt von einem spektakulären James-Bond-Dreh auf einem Gletscher zu kommen schien und versehentlich in die falsche Klamottenkiste gegriffen hatte: Seinen muskulösen Körper verbarg er unter einer abgewetzten braunen Jacke, die in Kombination mit einer labberigen Lederschultasche unter dem Arm aussah, als hätte er auf einer Internetseite für Faschingsbedarf »Armer Poet« angekreuzt. Sein Haar, früher schwarz wie Motoröl, war mit silbernen Strähnen durchzogen. Und diese Augen! So strahlend blau wie der Himmel über dem Mooskopf zur Mittagsstunde an einem eisig kalten Wintertag. Man hätte sich auf der Stelle in ihn verlieben können, hätte er nicht die Aura eines verdorbenen Steinpilzes gehabt. Er war ganz offensichtlich schlecht gelaunt, und ich wich unweigerlich einen Schritt zurück.

»O mein Gott.« Caro stiegen Tränen in die Augen, weil in ihrer Luftröhre Prosecco statt Luft war. »Sorry… sorry«, sie räusperte sich, fuchtelte mit einer Hand vor ihrem Mund, mit der anderen versuchte sie die Wimperntusche am Davonlaufen zu hindern. »Sorry… du… zeig du… Ruben… Zimmer«, krächzte sie und rannte hustend und sich räuspernd in den Ausschank, um einen Schluck Wasser zu trinken.

Ruben Sauters Präsenz war einschüchternd, und ich musste mich dazu zwingen, mich ihm zu nähern. Ich bewunderte Caros hohe Kunst der Verführung. Wie hatte sie ihn nur zu diesem Abend überreden können? Es gelang mir zu lächeln – mein Job hatte eine gelernte Profi-Lächlerin aus mir gemacht.

»Ich glaube, ich darf Ihnen Ihre Garderobe zeigen«, sagte ich zu Sauter und ging voraus, einen Stock höher, und sperrte das Zimmer *Bergblick* auf. Tante Elisabeth hatte es für ihn zurechtgemacht.

»Ich hoffe, Sie fühlen sich wohl bei uns.« Er stieß einen kaum hörbaren Laut aus: Der Panoramablick über das Dorf und auf die Schwarze Wand war atemberaubend. Ich öffnete die Balkontür.

Caro hatte das Zimmer »upgegradet«, wie sie es nannte, und vor dem Fenster ein kleines Büfett aufgebaut: Gummibärchen, Obst, belegte Brötchen, Wasser, Fruchtsäfte, Tee, Kaffee,

Rotwein, Weißwein, Whisky und Bier. Ich fragte mich, wann er das alles konsumieren sollte. Und sie hatte eine Auswahl moderner Klassiker von zu Hause mitgebracht und auf die Fensterbank und den Nachttisch gestellt, damit er sich wohlfühlte. Auf dem Kopfkissen lag eingesunken ein Stapel Papier, zusammengebunden mit einem Geschenkband. Ich warf einen Blick darauf: »Atemtier. Unveröffentlichtes Manuskript von Caroline Mätzler exklusiv für Ruben Sauter mit der herzlichen Bitte um Durchsicht.« Die hatte Nerven.

»Darf ich sonst noch etwas bringen?«

»Nein danke.« Ein Lächeln entwischte ihm – gegen seinen Willen? –, und mir kam der Verdacht, dass dieser Mann noch ein anderes Gesicht hatte. Er zog seine Jacke aus, warf sie achtlos aufs Bett, und sein Blick fiel auf das Manuskript. Ich wollte nicht sehen, was er damit machte.

»Sie melden sich, falls Sie etwas brauchen, ansonsten wird Sie Frau Mätzler holen, wenn es so weit ist. Wir freuen uns, dass Sie hier sind.«

Ich huschte aus dem Zimmer und holte tief Luft. Mit Handwerkern, Landwirten und Lieferanten konnte ich besser umgehen, Literaten schienen anstrengend zu sein.

»Geht's hier zur Lesung?«, hörte ich Leute von unten fragen.

Ich eilte die Treppe hinunter. Caro kam mir entgegen, wiederhergestellt, und räusperte sich noch einmal. »Was hat er gesagt? Gefällt ihm das Zimmer? Hat er …?« Sie schluckte die restlichen Worte, die ihr offenbar auf der Zunge lagen, hinunter.

»Alles bestens«, sagte ich, eilte in die Nebenküche und kümmerte mich mit Annabell um die Getränke, während die gesamte Mooser Prominenz, oder die, die es zu sein glaubte, sich langsam einfand. Herb Müller beispielsweise und seine

Frau Manon Andexlinger-Müller, ein überzüchtetes verhungertes Nachtschattengewächs, mit dem Caro, Steffi, Marlies und ich zur Schule gegangen waren. Manon besaß eine Boutique in der vornehmen Königsstraße in der Stadt, wo sie meistens andere für sich arbeiten ließ, weil sie sich lange Auszeiten für Reisen und Nervenzusammenbrüche nehmen musste. Als sich herumgesprochen hatte, dass Sauter in Moos weilte, war sie mit ihrem Mann, einem bildenden Künstler, auffallend oft im Lamm aufgetaucht, in der Hoffnung, dass er sich zu uns verirrte. Leider hatte sich Sauter nie blicken lassen, und das Interesse der Andexlinger-Müllers am Lamm ließ wieder nach.

Während die Gäste hereinkamen, sich gegenseitig begrüßten, die Plätze einnahmen und sich überlegten, was sie trinken wollten, ging ich von Tisch zu Tisch, nahm Bestellungen auf und ließ mir hinter der Theke die Tabletts von Annabell füllen. Wir waren ein eingespieltes Team, sie war flink und merkte sich alles, was ich ihr beim ersten Mal zurief. Bis die Lesung begann, musste jeder haben, was er wollte.

Je ein Achtel Grünen Veltliner für Sybille und ihren Mann Fritz Fuchs. Bei jedem, der in seine Nähe kam, sprang er vom Stuhl und verteilte seinen berühmten, nicht enden wollenden Händedruck, der ihm den Spitznamen »Handshake« eingebracht hatte. Dass seine Partei nicht wiedergewählt worden und er deswegen aus dem Landtag ausgeschieden war, hatte ihn schwer mitgenommen. »Die Sozialdemokratie ist am Ende«, sagte er stets nach seinem dritten Achtel Grünen Veltliner – mehr, als sein nervöser Magen vertrug.

Unser Dorfarzt Ariel Dorner, der sich zu ihm an den Promi-Tisch gesellte, war da robuster. In weiser Voraussicht bestellte er eine Flasche Heideboden Cuvée Reserve.

Ich war gerade dabei, die Flasche zu entkorken und zu dekantieren, als Herb Müller, Manon Andexlinger-Müller und ihre drei pubertierenden, hochintelligenten Söhne Zack, Franklin und Delian laut und unangenehm angerauscht kamen. Die Söhne machten Gesichter, als hätte man sie mit der Peitsche hergetrieben.

»Für mich bitte ein Glas lauwarmes Leitungswasser«, sagte Manon, ohne mich anzusehen.

»Sind achtundzwanzig Grad in Ordnung?«, fragte ich und biss mir auf die Zunge, als ich merkte, dass sie meine Frage ernst zu nehmen schien. Sie wandte sich an ihren Mann: »Äh, Herb? Sind achtundzwanzig Grad okay?« Ich drehte mich zu ihren Söhnen. »Cola, Fanta, Sprite?«, ratterte ich herunter, und zu meiner Überraschung nickten alle drei.

»Herb, altes Haus!« Ariel und Herb betatschten sich kumpelhaft, setzen sich wieder und winkten noch einen Mooser zu sich: Ferdl Hopfner, der Filialleiter unserer Bank und bester Sänger im Männerchor. Seine Frau Irmela war auch dabei. Dann kamen Mandy Oberhauser – Schuldirektor und Dorfchronist, und seine stets beleidigte Frau Renate. Zuletzt gesellte sich Charly Mohr, unser Bürgermeister, hinzu, dann war der Tisch übervoll.

Stühle wurden gerückt. Plätze gewechselt. Menschen füllten den Raum und veränderten den Geruch. Tante Germana hatte sich ihr tannengrün glänzendes, bodenlanges Festtagsdirndl angezogen und die pechschwarze Gewitterwolke noch höher toupiert. Ihr Lippenstift saß ein wenig schief, dafür strahlten ihre Zahnkronen umso weißer, und ich musste daran denken, wie mir ihr Zahntechniker einmal erzählt hatte, dass sie ihn in seiner Berufsehre gekränkt hatte, weil er sich so bemüht hatte, den passenden Farbton zu finden, sie aber ein Weiß haben wollte, das nichts mehr mit Zähnen zu tun hatte. Eine Praktikantin von der städtischen Lokalzeitung betrat den Saal, ein anderer Journalist packte seine Fotoausrüstung aus, Mandy

Oberhauser zückte seinen Bleistift. Bald gab es keine Sitzplätze mehr, und das Murmeln im Saal schwang sich zu einem lauten, aufgeregten Summen hoch. Caro bahnte sich einen Weg in meine Richtung. »Hast du nicht noch ein paar Stühle?«

Ich gab ihr den Schlüssel vom Dachboden. »Du weißt, wo? Die Tür neben meinem Zimmer«, sagte ich, mit Blick auf mein Tablett und versuchte mir zu merken, welches das alkoholfreie, welches das süße und welches das saure Radler waren. »Du kannst alle Stühle holen, die du dort finden kannst, aber pass auf, ein paar sind kaputt.«

Caro und die stämmige Peggy Kühn, die Mitglied in Caros Buchclub war, eilten hinauf in den Dachboden und schleppten Stühle die Treppe herunter. Fritz Fuchs kam ihnen zu Hilfe.

»Aus! Schluss! Fertig! Das Boot ist voll!«, verkündete Tante Germana scharf. »Ich lasse niemanden mehr rein. Wir platzen aus allen Nähten. Der Saal ist nur für sechzig Leute zugelassen.« Wie ein Grenzpfosten pflanzte sie sich in die Tür. Die Wartenden, die hereinwollten, machten lange Gesichter.

»Und wenn wir hier draußen ruhig stehen bleiben und zuhören?«, fragte ein junges Paar.

»Ja, ganz genau … Hat sonst noch wer so gute Vorschläge?« Wer Germana kannte, wusste, dass sie nicht nachgeben würde. Ich balancierte mein Tablett aus dem Saal durch die Menschentraube. »Merde«, murmelte ein dunkelhaariger, zerzauster Mann, schaute mit gesenktem Blick auf sein Handy und verbaute mir den Weg. Freundlich, aber bestimmt, schob ich ihn zur Seite, zwängte mich in den Ausschank und füllte das Tablett erneut mit Getränken.

»Verzeihung, könnten Sie mir vielleicht helfen?«, fragte der Mann, während er sein Handy in die Manteltasche gleiten ließ. Ich blickte ihn an, zuckte zusammen und ließ beinahe mein Tablett fallen. Er erinnerte mich an meinen alten Freund

Daniel. Die Ähnlichkeit war verblüffend. Aber nein, das war unmöglich.

»Es müsste eine Karte für mich hinterlegt worden sein. Könnten Sie vielleicht nachsehen?« Er sprach Hochdeutsch mit dem Hauch eines französischen Akzents. Zumindest in dieser Hinsicht hatte er keine Ähnlichkeit mit Daniel. Abgesehen davon, war er ihm aus dem Gesicht geschnitten. Er trug eine Brille und hatte Schatten von zu wenig Schlaf unter den dunklen Augen. Daniel Winter! Eindeutig und trotzdem unmöglich. Da ich ihn immer noch fassungslos anstarrte, schaltete sich Germana ein. »Also, so kommen wir auf gar keinen grünen Nenner! Erstens gibt's bei uns keine Karten, die hinterlegt worden sein könnten, sondern nur Reservierungen. Und zweitens wäre ich Ihnen dankbar, Sie würden aufhören, meine Mitarbeiterinnen bei der Ausübung ihrer Arbeit zu behindern.« Sie erkämpfte mir einen Durchgang zum Saal. »Aus der Bahn, wenn ich bitten darf!«

Aber ich blieb wie erstarrt stehen und beobachtete den mir vertrauten Fremden, der den Kampf noch nicht aufgeben wollte und auf Germana einredete: »Hören Sie, Ruben Sauter ist ein guter Freund von mir. Er hat versprochen, für mich zu reservieren.«

»Schon sehr eigenartig, wie viele gute Freunde von Ruben Sauter hier plötzlich auftauchen und gratis reinwollen.« Wobei sie bei den Worten »gute Freunde« mit ihren Fingern Anführungszeichen formte. Gnadenlos schob sie Gäste, die zuletzt gekommen waren, in Richtung Treppe. Der Fremde wich in eine Ecke zurück und wirkte enttäuscht, beinahe traurig. Wie ich ihn so beobachtete, war ich mir plötzlich nicht mehr sicher, ob die Ähnlichkeit mit Daniel, die ich eben noch gesehen und die mich völlig aus dem Konzept gebracht hatte, wirklich so stark war. Ich versuchte den Schreck von mir abzuschütteln und sah mich nach einer Möglichkeit um, ihm zu helfen. Er tat mir leid. Mir tat schnell jemand leid. Mathias behauptete, ich käme nicht mal an dem räudigen Kettenhund vom alten Mohr vorbei, ohne vor Mitleid zu zerfließen. Er hatte wohl recht. Ohne lange nachzudenken, zog ich ihn am Ärmel in meine Richtung.

»Hier rein!« Ich bugsierte ihn in den Ausschank, wo Annabell gerade den Kühlschrank öffnete. »Ey! Sie können hier nicht …!«

»Er kann!«, widersprach ich, und zu ihm sagte ich: »Einen Moment, ich bin gleich wieder zurück.«

Neben dem Kühlschrank eingeklemmt, hielt er sich an seinem Mantel fest und lächelte ein Lächeln, das mich den Stress für einen Augenblick vergessen ließ. Mir schwirrte der Kopf.

Als ich zurückkam, baute ich – unter Annabells misstrauischen Blicken – den engen Platz hinter dem Ausschank um, schob einen Stapel Limonadenkisten in die Ecke und deutete darauf. »Von hier hat man einen guten Blick auf die Bühne. Sie können während der Lesung hierbleiben.«

»Danke, das ist … das ist wirklich sehr, sehr nett.« Ein wenig umständlich legte er seinen Mantel auf der Limonadenkiste zurecht und nahm vorsichtig Platz.

»Was trinken?«, knurrte Annabell – der scharfe Umgangston mit Männern war auch bei ihr verlässlich in die nächste Generation übergegangen. Für Lehner-Frauen bedeuteten Männer eigentlich immer nur eins: Gefahr! Und waren so schnell wie möglich loszuwerden.

Ich konnte nicht hören, was er bestellte, denn ich musste schon wieder los. Caro schwebte mit einem seligen Lächeln die Treppe herunter.

»Was ist los?«

»Er hat versprochen mein Manuskript zu lesen! Schau mich

an!« Sie präsentierte sich wie ein Model. »Vor dir steht die nächste Bestsellerautorin.«

»Gratuliere! Aber Caro, ich glaube, wir sollten langsam anfangen. Die Leute werden immer unruhiger.«

»Drei Minuten. In drei Minuten kommt er herunter. Also! Auf in den Kampf!« Sie pumpte noch mehr Energie in ihren schönen Körper, richtete sich auf und betrat selbstbewusst den Saal. Ich folgte ihr und stellte mich in den Türrahmen. Von hier aus hatte ich einen guten Blick über die sitzenden Gäste auf die Bühne.

Caros Aufregung war ansteckend. Vielleicht hatten wir einen schwierigen Start gehabt, aber Sauters Auftritt im Lamm war schon etwas Besonderes. Ich wollte ihn um keinen Preis verpassen. Während Caro sich zwischen den Tischen nach vorn schob, erstarb das Murmeln um mich herum und machte einer gespannten Stille Platz.

FÜNF

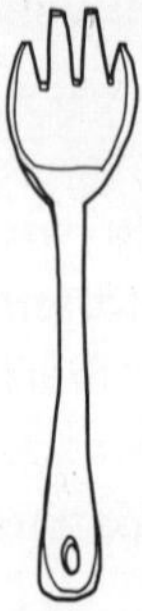

Caro griff zum Mikrofon und ließ uns wissen, dass Ruben Sauter vor annähernd zwanzig Jahren seinen ersten von vielen renommierten Literaturpreisen für sein Werk *Die Erfindung der Welt im Auge des Ohres* gewonnen hatte. Es war der erste von sieben Teilen eines Epos, das er *Mögliche Kreisfolge* nannte und das die Transformation des Sozialen thematisieren sollte, was immer das auch war. Band sechs war vor vier Jahren erschienen. Sehnsüchtig wartete die Literaturwelt auf die Vollendung seines Opus magnum.

Und wir hier im Agatha-Saal des Gasthofs Lamm in Moos am Buckel warteten auf Ruben Sauter.

Ich hörte, wie er über meinem Kopf die Treppe herunterschlurfte. Sobald er in Sichtweite kam, hielt er inne, und sein Oberkörper fiel in sich zusammen wie mein Buchtelteig, wenn Germana die Küchentür zum Garten aufriss. Er ließ seine Schultern nach vorne fallen, vergrub seine freie Hand tief in der Hosentasche und schlurfte mit griesgrämigem Gesicht an mir vorbei. Er hatte sich nicht umgezogen. Das brauchte er auch nicht. Ein Platzhirsch wie Ruben Sauter konnte im Taucheranzug auftreten, wenn er wollte, und würde damit sogar noch einen neuen Modetrend setzen. Ein Raunen ging durch den Saal, tosender Applaus folgte. Ohne die Miene zu verziehen, bahnte er sich einen Weg zwischen den Stühlen hindurch. Täuschte ich mich, oder versuchte Manon Andexlinger-Müller ihn am Oberschenkel zu berühren?

Caro himmelte ihn an und hieß Sauter in ihrer Funktion als Vorsitzende der örtlichen Literaturgruppe willkommen. Völlig desinteressiert stand er neben ihr, schaute wahnsinnig gelangweilt aus dem Fenster, und ich fragte mich wieder, wie sie ihn herumgekriegt hatte, im Lamm zu lesen. Das Klatschen des Publikums wurde noch euphorischer, als Caro ankündigte, dass der Schriftsteller heute erstmals Teile aus dem siebten, noch unveröffentlichten Band lesen wollte.

Ruben Sauter setzte sich hinters Mikrofon und zelebrierte eine aufwendige Anordnung seiner Requisiten: Manuskript herauslegen, dreimal drehen, Stift spitzen, Brille auspacken und polieren, Brillenputztuch »versehentlich« fallen lassen, woraufhin sich Sybille Fuchs, Caro und Manon Andexlinger-Müller vor der Bühne förmlich darum prügelten, wer das Tüchlein aufheben und ihm geben durfte.

Das war mir dann doch zu viel. Arbeit wartete auf mich, und ich ging zurück hinter den Ausschank, von wo aus ich die Lesung verfolgen würde. Annabell war nach draußen verschwunden, vermutlich, um eine Zigarette zu rauchen. Der dunkelhaarige geheimnisvolle Fremde mit dem Mantel saß auf seiner Kiste und spähte aus der Durchreiche auf die Bühne. Als ich hereinkam, nickte er mir zu. Und obwohl ich ihn gerne ein wenig länger gemustert hätte, wandte ich mich schnell ab, denn ich musste mich dringend um saubere Gläser kümmern, solange Zeit dafür war. Leise öffnete ich die Glasspülmaschine. Dampf schlug mir entgegen. Im Saal wurde es still. Mit einem Geschirrtuch stellte ich mich auf und trocknete ein Glas nach dem anderen.

Sauter begann leise zu lesen. In sich gekehrt, sah er kein

einziges Mal von seinem Buch hoch. Es schien ihm egal zu sein, ob Leute da waren oder nicht. Die Frauen geiferten ihn unverhohlen an. Herb Müller dagegen musterte ihn mit einer derart heftigen Antipathie, als hätte der Schriftsteller Manon vor den Augen ihrer Söhne verführt. Ich versuchte vergeblich, den Sinn von Sauters genuschelten Sätzen zu erfassen, und fragte mich ernsthaft, was mit mir los war – oder war es der geheimnisvolle dunkelhaarige Mann neben mir, der verhinderte, dass ich mich konzentrieren konnte?

Ich war nicht dumm. Ich sprach fließend Englisch, halbwegs passables Küchen-Französisch und ein paar Brocken Dänisch. Ich hatte das Abitur gemacht und die Hotelfachschule mit guten Noten abgeschlossen. Ich hatte so gut wie jedes Buch aus der Mooser Bücherei verschlungen, die leider vor ein paar Jahren schließen musste, weil niemand mehr ehrenamtlich dafür arbeiten wollte. Seither holte ich mir, wenn ich dazukam, die Bücher aus der Bibliothek in der Stadt am See. In letzter Zeit leider viel zu selten. Ich hatte immer schon viel und gern gelesen. Und trotzdem verstand ich immer noch nicht, was Ruben Sauter uns sagen wollte. Ich blickte in die Gesichter der Zuhörer. Die meisten schienen tatsächlich seinen Worten zu lauschten – auch der Dunkelhaarige auf der Kiste.

Edgar Wintersteiger hatte die Augen geschlossen. Er trug einen Anzug in rotem Schottenmuster, der gut zu seinem schlohweißen Haar passte. Peggy Kühn – sie fuhr eine historische Dampflokomotive, die zwischen Moos und Großdorf verkehrte und eine Touristenattraktion war – machte sich Notizen. Charly Mohr, unser Bürgermeister, wirkte hoch konzentriert. Selbst Zack, Franklin und Delian, die Söhne von Manon und Herb, ließen ihre Smartphones vor sich liegen und hörten zu.

Was verstanden diese Menschen, was ich nicht verstand?

Meine Aufregung, die ich vor einer Stunde noch verspürt hatte, verflog und machte so etwas wie Enttäuschung Platz.

Seufzend stellte ich das Glas ab und tröstete mich damit, andere Fähigkeiten zu haben: Kalbsragout kochen, zum Beispiel, lautlos ein Tablett beladen, Gläser schnell ein- und ausräumen, Zu-spät-Kommenden heimliche Sitzplätze auf Limonadenkisten verschaffen.

Mein Gast hatte seinen Wein fast ausgetrunken. Ich schenkte ihm nach. Er lächelte mich an, und ich sah, dass einer seiner Eckzähne ein wenig nach vorn stand, was ihn sympathisch machte – und mir von Daniel nur allzu vertraut war. Gerne hätte ich ihn nach seinem Namen gefragt, aber ich traute mich nicht. Der Schreck über die verblüffende Ähnlichkeit zu einem meiner besten Freunde saß mir immer noch in den Knochen, und auch wenn ich wusste, dass es unmöglich war, konnte ich die letzten Zweifel doch nicht abschütteln. Was, wenn ich ihn nach seinem Namen fragte und er mir die Antwort gab, die ich am meisten fürchtete?

In diesem Moment bedeutete er mir mit der Hand, näher zu kommen. Ich beugte mich zu ihm, entdeckte vereinzelt ein paar erste graue Haare an seiner Schläfe, und führte mein Ohr an seinen Mund. Er roch nach Seife und Tabak. Ich war unkonzentriert und verstand nur das letzte Wort von dem, was er sagte: »... Jérôme.« Sein warmer Atem kitzelte in meinem Ohr. Ich verstand das Wort als Frage, zeigte auf die Flasche und antwortete: »Chardonnay.«

Er lachte leise. »So heiße ich.«

Jérôme? Eine Welle der Erleichterung ergriff mich. Jérôme. Nicht Daniel. Sonst hätte ich ernsthaft an meinem Verstand zweifeln müssen.

Er hielt mir sein Ohr entgegen und schien auf meinen Namen zu warten.

»Johanna«, flüsterte ich. Einen kurzen Moment wussten wir nicht, wie es weitergehen sollte. Also gab ich ihm meine Hand. Er drückte sie fest und sah mich an. Schnell wandte ich mich ab, damit er nicht sah, wie ich rot wurde. Dieser Mann brachte mich völlig aus dem Konzept.

Ich kümmerte mich wieder um mein Geschirr und tat so, als hörte ich Ruben Sauter zu, während ich mich geistesabwesend den Löffeln widmete und abwechselnd an Daniel und an Jérôme dachte, und was für Streiche einem die Fantasie spielen konnte. Ich war mit dem Geschirr fast fertig, als es passierte. Ein Löffel entglitt mir und fiel aus großer Höhe in ein leeres Halbliterglas auf der Theke. Wahnsinnig laut. Es schepperte und klirrte. Genauso gut hätte ich einen Stein durch die Fensterscheibe werfen können. Der Löffel zerschmetterte die andächtige Stille.

Ruben Sauter verstummte schlagartig und starrte bewegungslos auf sein Manuskript. Um seinen Mund bildeten sich Falten. Er malmte mit den Backenzähnen, was man an den gespannten Wangenmuskeln sah. Dann nahm er in Zeitlupentempo seine Lesebrille ab, hob langsam, ganz langsam seine unfassbar blauen Augen und nagelte mich mit durchdringendem Blick fest.

Alle Gäste drehten ihre Köpfe in meine Richtung. Ich präsentierte mich im Ausschank wie in einer Auslage. Mein Dirndl lag viel zu eng an. Ich spürte es an jeder Naht, überall auf meiner Haut. Mein Ausschnitt war zu gewagt. Hitze kroch aus meinem Dekolleté über den Hals, über die Ohren und in mein Gesicht. Hässliche, chilirote Flecken überall. Die Schürze zu eng gebunden. Atemnot. Panik. Raus! Ich wollte nur noch hier raus!

Aber die Zeit war wie in Beton gegossen. Ruben Sauter starrte mich immer noch an. Ich wartete auf sein Urteil. So wie alle anderen Ankläger im Saal. Ruckartig wie Tauben bewegten sie ihre Köpfe hin und her, blickten mal zu Sauter, mal zu mir. Entschuldigend hob ich die Arme und fühlte mich wie vor einem Erschießungskommando. Manon Andexlinger-Müller sah aus, als würde sie sich vor lauter Ekel über mich in ihr achtundzwanzig Grad warmes Wasser übergeben wollen. Herb Müller nutzte die unverhoffte Pause, schenkte sich Rotwein-Cuvée nach, stieß mit Ariel Dorner an und grinste auf meine Kosten. Mandy Oberhauser schrieb begeistert mit – endlich hatte er etwas, worüber es sich lohnte zu berichten. Fritz Fuchs sprang auf. Sybille zog ihn energisch zurück auf den Stuhl. Mathias' Mutter Marianne, die mit ihrem Mann Oskar ganz hinten saß, sah mich mitleidig an. Und ich war unfähig, mich zu rühren.

»Hmmm-Hmmm!« Ruben Sauter räusperte sich explosionsartig und so laut, als würde er nach einem Murenabgang das Geröll aus dem Schwarzwasserfluss ausbaggern. Wo war das schüchterne Stimmchen, mit dem er eben noch gelesen hatte? Er kreiste seine Schultern, dass es knackte, ließ mich mit seinem Blick endlich von der Angel und setzte mühsam dazu an, weiterzulesen. Stockend diesmal. Lauter. Langsamer.

Er verlas sich, ein-, zwei-, dreimal, musste denselben Satz immer wieder von vorne beginnen und schaute vor jeder Wiederholung zu mir auf. Er sah nur mich an. Dann senkte er den Blick wieder, wusste nicht mehr, wo er war, und las die gleiche Stelle. Wieder und wieder. Er las sie so oft, bis jeder im Raum erkennen musste, dass er es absichtlich tat.

Das war seine Strafe. Er quälte uns mit ein und demselben Satz. Weil wir nicht brav gewesen waren. Weil ich nicht brav gewesen war.

»Krasse Scheiße«, murmelte Annabell, die mittlerweile zurückgekommen war. Ariel Dorner hustete nun auch, und weil er so groß war und so viel rauchte, hustete er ziemlich laut. Da endlich brach Ruben Sauter seinen Endlos-Satz ab, indem er ausgiebig gähnte. Müde packte er sein Manuskript ein, stand auf, stopfte sich gelangweilt sein Hemd in die hellbraune Cordsamthose, kontrollierte, ob sein Reißverschluss auch zu war, nahm die Jacke vom Stuhl und schlurfte, ohne ein weiteres Wort zu verlieren, mit hängenden Schultern hinaus.

Hinterher erfuhr ich, dass ihm jemand anbot, ihn mit einem Geländewagen nach Hause zu bringen, er aber ablehnte. Er hatte eine Taschenlampe dabei und wollte zu Fuß zurück zu seiner Waldhütte gehen und für den Rest des Jahres, eher aber für den Rest seines Lebens keinen Menschen mehr sehen. Siebzehn Minuten hatte die Lesung gedauert.

Plötzlich fassten mich zwei warme Hände an den Schultern, und eine Männerstimme sagte in mein Ohr: »Es war nur ein Löffel! Sonst nichts. Mach dir keine Gedanken.«

Mein fremder Gast. Ich versuchte zu nicken, aber das, was aus dem Saal auf mich einprasselte, erdrückte mich fast. Ich suchte Zuflucht im Kühlschrank, steckte meinen erhitzten Kopf hinein und starrte Almdudler und Siebenzwerge-Limonade an.

Fritz Fuchs ergriff das Mikrofon. Er schien froh über die Gelegenheit, endlich mal wieder vor großem Publikum sprechen zu dürfen. Der ehemalige Landtagsabgeordnete hielt eine schwungvolle Rede, in der er erklärte, dass es im Leben zu unvorhergesehenen Wendungen kommen könne, denen es zu trotzen gelte, und dass Caroline Mätzler von der Literaturgruppe zu verstehen gegeben habe, dass es trotzdem und selbstverständlich Bücher zu kaufen gebe, und er höchstselbst, Fritz Fuchs, dafür sorgen werde, dass sie nachträglich signiert würden, natürlich von Ruben Sauter persönlich.

Kein einziges Buch wurde verkauft.

Die Leute wollten ihr Geld zurück. Acht Euro. Ein Unkostenbeitrag für die Literaturgruppe, die Sauters Honorar privat bezahlte – sie hüllten sich in Schweigen, wie viel er verlangt hatte. Also setzte sich Caro wieder an die Kasse und gab den Leuten das Geld zurück, mit einem Gesicht aus Panzerglas. Peggy Kühn, die ursprünglich aus Berlin kam, versuchte der Situation die Schwere zu nehmen. »Nun übertreibt mal nicht«, sagte sie mit ihrem breiten Akzent. »Wegen eines Löffels muss man ja wirklich nicht gleich Leine ziehen. Der Typ hat sie doch nicht alle!« Am liebsten hätte ich sie umarmt.

Jérôme zog sich den Mantel an. Ich kehrte ihm den Rücken zu, weil ich mich schämte. Vielleicht wollte er noch etwas sagen, aber Manon Andexlinger-Müller steckte ihr blassdünnes Gesicht in den Ausschank und säuselte: »Das gibt's ja nicht! Jérôme! Was machst du denn hier in Moos? Bitte, komm doch mit an unseren Tisch. Wir essen noch eine Kleinigkeit, und ich stell dir ein paar Leute vor.«

Mein fremder Gast hatte keine Chance. Bevor er antworten konnte, hakte sie sich bei ihm unter und zerrte ihn mit sich. Zu gern wäre ich mitgegangen, um mehr über ihn zu erfahren, wo er lebte, woher Manon ihn kannte und vor allem, wie seine Telefonnummer lautete. Leider bekam ich nicht mit, wie sie ihn vorstellte, und zu fragen traute ich mich nicht – ich hatte an diesem Abend schon genug Aufmerksamkeit erregt. Erschöpft sank ich im Ausschank auf einen Stuhl und hätte mich am liebsten aufgelöst wie Blattgelatine in Tafelspitzsülze.

Mooser Heimatchronik

»Ich bitt' Sie, natürlich dürfen Sie mich interviewen. Mein Name ist Edgar Wintersteiger, aber das wissen Sie ja, nur dass das für die Nachwelt richtig in der Chronik erscheint. Ich wohne schattenseitig. Unten in der Siedlung. Caroline Mätzler, die Leiterin der Literaturgruppe, wohnt neben mir. Ja, ich war Schneider. Drei Jahrzehnte habe ich in London gelebt, dann bin ich mit meiner Frau zurück in die Heimat gezogen – die Heimat meiner Frau wohlgemerkt, ich bin ursprünglich aus St. Johann im Pongau. Wir haben uns in London kennengelernt. Meine Frau war Hutmacherin. Sie hat auf der Modeschule in Wien im Schloss Hetzendorf gelernt. Sie war eine große Künstlerin und hat mich stets inspiriert. Meine zwei schönsten Stücke habe ich für Johanna angefertigt. Ich bitt' Sie, Johanna hat eine perfekte Figur. Man kann ihr einen Kartoffelsack umhängen, und sie sieht umwerfend darin aus – schmale Taille, die richtigen Kurven am richtigen Fleck, dieses rotblonde, lang gelockte Haar und die türkisblauen Augen. Das Charmante an ihr ist, dass sie die Einzige ist, die ihren Liebreiz – verzeihen Sie mir den altmodischen Ausdruck – nicht zu bemerken scheint. Ich würde ihr gern mehr Kleider schneidern, aber meine Sehkraft lässt nach. Für die Lehnerinnen würde ich alles tun. Sie waren nach dem Tod meiner Frau, und all die Jahre davor, als ich sie gepflegt habe, immer für mich da. Die Ofenstube im Lamm ist mein zweites Wohnzimmer. Ich komme täglich her, mache einen Umweg über den Friedhof, wo ich mich um das Grab meiner Frau kümmere. Im Lamm esse ich eine Suppe und trinke ein Achtel. Die Lehnerinnen kochen alle ganz hervorragend, aber Johannas Suppen sind unübertroffen. Sie steckt voller Talente. Ich wünsche ihr von Herzen viel Glück und Segen.

Edgar Wintersteiger, 78,
Freund der Familie,
Schneider im Ruhestand

SECHS

Für die meisten meiner Familienmitglieder bedeutete jede unvorhergesehene Planänderung im Lamm Stress, nur Germana lief dann zur Höchstform auf: Francis bekam die Order, das Pub erst um Mitternacht zu öffnen und sofort ihre Töchter zu mobilisieren, weg von ihren Smartphones, ran an die Arbeit; sie schickte Elisabeth zum Abwasch in die Küche und meine Cousinen und mich zum Bedienen. Nach Ruben Sauters verstörendem Abgang mutierten die Gäste zu einer Horde wilder Tiere und bestellten, als wären sie kurz vor dem Verhungern. Der Schweinebraten war als Erster weg, dann das Ragout, am Ende konnte ich nur noch einen Rest des Falschen Hasen anbieten. Nach zwei Stunden war das Essen, das ich für mindestens drei Tage vorbereitet hatte, ausverkauft. Ich würde am nächsten Tag eine Extraschicht einlegen müssen.

Unsere Gäste schienen schneller als ich vergessen zu haben, dass sie wegen einer Lesung gekommen waren. Sie schoben einfach ein anderes Programm ein, und das hieß: Essen und Kampftrinken mit Freunden! Vor allem der Promitisch tat sich damit hervor. Manon hatte ihre Söhne nach Hause geschickt und Jérôme allen vorgestellt.

Dort saßen sie nun: Manon, Herb, Ariel Dorner, Charly Mohr, Mandy und Renate Oberhauser, Ferdl und Irmela Hopfner, machten Weinflaschen und Schnäpse nieder, verschwanden alle fünfzehn Minuten auf dem altersschwachen Balkon, um zu rauchen, und witzelten, dass – was für ein Glück – sie wegen Ariel ja unter permanenter ärztlicher Beobachtung standen. Manon wurde immer betrunkener, begrapschte Jérôme und lachte affektiert.

Als es endlich ein bisschen ruhiger wurde und die Rufe nach neuen Getränken leiser, ging ich nach unten. In der Ofenstube saßen die letzten übrig gebliebenen Stammgäste: Bauer Dokus, der alte Kaspar Mohr (Charlys Vater), Salvatore Russo (der Dorfinstallateur), Traugott Künzler und, was selten vorkam, Bartle Lässer, unser Bäcker. Es hatte sich herumgesprochen, dass man bei der Lesung dabei sein musste, auch wenn man sich nicht fürs Lesen interessierte.

Traugott Künzler war unser Feuerwehrkommandant. Ein fleischiger Koloss mit Rauschebart, der alle Feste organisierte, bei denen sich das Dorf kollektiv mit Alkohol ins Koma schoss: Musikfeste, Kübelrennen, Handmähwettbewerbe, Blaulicht-Clubbing, und natürlich das Faschingstreiben, das uns bald wieder ins Haus stand. Im Gegensatz zu Dokus und zum alten Mohr, quatschte er viel und gern. Vor allem über sich selbst. Noch mehr redete nur Salvatore.

Salvatore war aus seiner sizilianischen Heimat in den 1970er-Jahren hergekommen, und in Moos hatte bald niemand mehr auf seine grandiosen Improvisationskünste verzichten können, was Leitungen sämtlicher Art anging, ob Gas, Wasser oder Strom. Er war ein kleiner Mann, der dramatische Rollen liebte. Auf jedem seiner Unterlider saß eine kleine, bräunliche Warze, die wie Tränen aussahen. Obwohl er schon lange in Moos lebte, zelebrierte er sein Heimweh nach Italien immer noch mit so viel Leibesfülle und Leidenschaft, wie Pavarotti das hohe C schmetterte.

»Stella mia. Dass wir dich heute auch noch einmal zu Gesicht bekommen!« Er wollte nach meiner Hand greifen, aber ich konnte mich gerade noch entziehen und suchte Zuflucht in der Küche, die bereits geschlossen war. Ich brauchte eine Pause von all dem Trubel. Meine Tanten hatten ganze Arbeit geleistet: Die Kücheninsel und die langen Arbeitsflächen glänzten bereits. Elisabeth stand zwischen Türmen aus Schwarzgeschirr im Dampf der Haubenspülmaschine und scheuerte mit einem Stahlschrubber Teig, angebrannte Zwiebeln und eingetrocknete Gulaschreste von den schweren heißen Pfannen. Sie fischte Essenreste aus dem Abfluss und sang *Herr, deine Liebe ist wie Gras und Ufer*. Francis schleppte volle Mülleimer in den Keller, leerte Wasser auf den rutschigen Boden und schrubbte ihn mit einem Besen. Wer nichts mehr zu tun hatte, setzte sich an den Tisch und schälte Äpfel. Das machten wir meistens, bevor wir zu Bett gingen. Ein schönes Ritual, bei dem wir uns erzählten, was wir tagsüber erlebt hatten.

Meine Mutter stand in einer Ecke an der Anrichte und zog Strudelteig aus, so dünn, dass man eine Zeitung hätte darunterlegen und lesen können. Ich verharrte einen Moment. Es war einfach nur schön, ihr bei der Arbeit zuzusehen. Wie früher. Immer noch hatte sie eine bemerkenswert aufrechte Körperhaltung. Unter einem weißen Kopftuch blitzte ihr schick gewelltes Haar hervor, und ihrer Schürze konnte man ansehen, wie viel sie heute schon gearbeitet hatte. Wahrscheinlich wusste sie nicht mehr, dass es Apfelstrudel hieß, was sie da machte, aber weil sie schon als Kind ihrer Mutter helfen musste und seit ihrem vierzehnten Lebensjahr in der Küche stand, folgten ihre Hände einem einprogrammierten Bewegungsablauf.

»Mama.« Ich legte ihr einen Arm um die Taille und drückte sie kurz an mich, musste ihre Wärme spüren.

»Lass das, du bringst mich aus dem Rhythmus! Ich hoffe, du bist fertig mit deinem Mise en Place.«

Ich wischte ihr Mehl von der Wange, gab ihr einen Kuss und wandte mich seufzend um. Die Versuchung war groß, nicht zurück in den Saal zu gehen, sondern einfach die Treppe hinauf, in meine Dachkammer, und diesen Tag hinter mir zu lassen. Aber auch wenn die Küche geschlossen war, konnte ich Annabell nicht mit den Getränken allein lassen.

Ich wollte gerade widerstrebend den Saal betreten, als ich Jérôme entdeckte, der aus dem zweiten Stock herunterwankte. Was hatte er dort gemacht? Oben waren neben den Gästezimmern nur das Zimmer meiner Mutter und der Dachboden.

»Verzeihung, ich dachte, die Toilette sei oben«, murmelte er. Wie Strudelteig zogen sich die Wörter aus seinem Mund und klangen französischer als zuvor. Ich hätte ihn warnen sollen: Saufen mit Herb war kein Kinderspiel.

»Ganz unten, immer die Treppe abwärts, bis es nicht mehr weitergeht, und dann links.«

Er nickte mir zu, ging zwei Stufen hinab, hielt sich am Geländer fest und schwang sich herum in meine Richtung.

»Es war schön, dass ich bleiben durfte. Danke!«

»Schon okay.«

»Und nicht vergessen: Es war nur ein Löffel. Sonst nichts.« Statt weiter hinunterzugehen, stieg er die Stufen wieder herauf. Mit aufmerksamem Blick tastete er mein Gesicht ab, forschend, fast fragend, als suchte er etwas. Ich senkte verlegen meinen Kopf und betrachtete seine Schuhe – ein Schnürsenkel war gerissen und schlampig zusammengeknüpft. Ich fühlte, wie mir die Hitze in die Wangen stieg.

Er schien es zu bemerken, ließ von mir ab und widmete seine Aufmerksamkeit dem Schirmständer, der neben dem Eingang zum Saal stand.

»Ist Sauter immer so?«, fragte ich, um irgendetwas zu sagen.

Und auch er fragte mich etwas, allerdings genau im selben Moment, weswegen ich seine Worte nicht verstand. Und endlich brach der Bann, wir mussten lachen.

»Mach dir um Ruben keine Gedanken«, sagte er. »Jeder andere hätte einfach weitergelesen, aber Ruben kann das nicht. Er will nicht bewundert werden, gleichzeitig schreit er danach.«

»Aber warum liest er dann überhaupt?«, fragte ich.

Jérôme lächelte etwas schief, aber liebenswert. »Er mag gutes Theater. Und diese Löffelszene gehört dank dir zum Besten, was er je inszeniert hat. Deswegen bin ich zur Lesung gekommen. Ich mag seine Shows.«

Aus dem Saal ertönte leises Stimmengewirr. Noch immer waren viele Leute da. Ich musste Annabell helfen, aber ich wollte noch nicht gehen.

»Du meinst, er macht das immer?« Langsam gewann ich mehr Sicherheit.

Jérôme nickte heftig. »Er liebt es, Dinge geschehen zu lassen, mit denen niemand rechnet. Davon zehrt er dann wochenlang. Wahrscheinlich sitzt er jetzt zu Hause vor einem Fußballspiel, trinkt ein Bier und lacht sich ins Fäustchen. Ich habe schon Lesungen erlebt, bei denen er einen Psychokrieg mit dem Publikum angefangen hat, wer länger durchhält. Einmal hat er über zwei Stunden gelesen, bis es der Erste gewagt hat, aufzustehen und zu gehen, worauf die Leute, die geblieben sind, eine Schimpftirade über sich ergehen lassen mussten. Eine Weile dachte ich, er würde uns heute mit diesem einen Satz foltern wollen, aber das hat ihn dann wohl selbst gelangweilt.«

Ich staunte. Jérôme hatte tatsächlich geschafft, was ich mir noch vor wenigen Minuten nicht hatte vorstellen können: Ich fühlte mich besser.

Er hatte ja recht. Es war nur ein Löffel. Und dass Sauter eine einzige Inszenierung war, konnte ich mir gut vorstellen.

Ich wünschte, Jérôme würde weitersprechen. Ich mochte seine Stimme. Stimmen hatten schon immer etwas Besonderes für mich, die von Edgar Wintersteiger klang nach Earl Grey und Scones, die von Peggy Kühn nach Pfannkuchen, und Jérômes Stimme klang wie Olivenöl auf noch warmem, im Holzofen gebackenem Brot, gewürzt mit Meersalz und Rosmarin.

Herrgott, was dachte ich da nur? Olivenöl? War ich jetzt völlig übergeschnappt?

»Woher kennst du Sauter eigentlich?«, fragte ich schnell, um nicht wieder rot zu werden. Doch als Jérôme den Mund öffnete, um zu antworten, brach über uns die Hölle los.

»Ja, leck mich doch am Arsch der Welt!« Germanas Fluch aus dem oberen Stock ging einher mit lautem Gepolter: Gummibärchen, Äpfel, Birnen, Bananen und Pflaumen purzelten uns über die Treppe entgegen. Jérôme bückte sich, griff nach einem nach unten hüpfenden Apfel und eilte hilfsbereit auf Germana zu. Ausladend stand meine Tante über uns, bewaffnet mit einem leeren Obstkorb, dessen Inhalt nun auf der Treppe verteilt lag. Affektiert brachte sie ihre Frisur wie einen Kirchturm wieder in die Senkrechte und raffte ihre schweren Röcke. Ich kannte diesen Gesichtsausdruck – die pure Schadenfreude. Und ich wusste um ihre Fähigkeiten, Geschirr zu transportieren. Sie hätte es locker mit jeder Kellnerin auf dem Münchner Oktoberfest aufnehmen können. Seit ich auf der Welt war, hatte sie nie auch nur einen verdammten Löffel, geschweige denn etwas Größeres fallen lassen. Das Fallobst war mit Sicherheit kein Versehen gewesen. Amüsiert betrachtete sie Jérôme, der auf allen vieren um ihre Füße kroch und einsammelte, was er kriegen konnte.

»Lass, das mach ich schon«, versuchte ich ihn zu stoppen.

»Ist doch kein Problem«, sagte er und legte eine Banane zurück in den Obstkorb.

»Ich bin aber auch ein Schussel«, jammerte Germana theatralisch.

»Das haben wir gleich«, sagte Jérôme.

»Jérôme! Hör auf damit!«, rief ich. Da hielt er inne, blickte mich offen an und stand wieder auf. Seine Augen irritierten mich, in ihnen leuchtete etwas Erwartungsvolles, das ich mir allerdings auch einbilden konnte. Er hielt einen Apfel in der Hand.

»Den können Sie behalten«, gestattete Germana großzügig. »Es ist ein Berner Rosenapfel vom Biohof Hirschbühl.«

Ich hätte ihr den Hals umdrehen können.

»Ich glaube, das war ein Wink mit dem Faulzahn. Solche Ungeschicklichkeiten passieren mir nämlich nur, wenn die Gäste nicht wissen, wann sie zu gehen haben«, setzte sie hinzu. »Johanna, wie spät ist es?«

Jérôme hatte verstanden. Er hatte alles verstanden – auch Germanas Absicht, uns trennen zu wollen. Ein kaum merkliches Lächeln umspielte seine Lippen. Er drehte ihr den Rücken zu, fuhr sich durch das dichte Haar und drückte mir flüchtig die Hand. »Gute Nacht«, sagte er.

»Gute Nacht«, sagte ich.

»Schlafen Sie liegend«, rief ihm Germana triumphierend nach.

Ich sah ihm hinterher, da wurde ich von der Seite angerempelt.

»Oh. Verzeihung«, brabbelte unser Bürgermeister Charly Mohr, der seinen schlafenden Dackel, das Überbleibsel der letzten seiner glücklosen Beziehungen, an mir vorbeitragen wollte. »Ich muss ins Bett, bevor mich Herb unter den Tisch trinkt … Was ist denn hier passiert?« Hinter den Brillengläsern wirkten seine Augen wie tropische Fische in einem Aquarium. Er hob eine matschige Birne vom Boden auf, drückte sie mir in die Hand und gab mir einen verrutschten Kuss auf den Hals. »War ganz schön scheiße, das mit dem Löffel … Nimm's dir nicht zu Herzen, kann jedem passieren.« Dann näherte er sich mir erneut und hauchte mir Alkohol ins Gesicht. »Unter uns gesagt, Ruben Sauter ist ein Idiot. Wenn der so aussehen würde wie ich, käme kein Schwanz, Literatur hin oder her. Gute Nacht.«

»Gute Nacht, Charly.« Angeekelt pappte ich die Matschbirne in Germanas Obstschale, die sie mit hoch erhobenem Haupt an mir vorbeitrug. Ich wollte gerade meiner Wut Luft machen, als sie mir zuvorkam: »Fang mir bloß nichts mit diesem Unglücksburschen an.«

»Wie meinst du das?«

»Der bringt Pech und Schwafel, das kann ich dem von der Fingerspitze ablesen.«

»Er war ein Gast, mit dem ich mich unterhalten habe!«

Germana strich mir mit der freien Hand über den Kopf wie einem verhungerten Waisenkind. Dabei setzte sie dieses überlegene Lächeln auf, dieses Werde-du-erst-einmal-so-alt-wie-ich-dann-wirst-du-schon-sehen-Lächeln. »Liebes, ich kenne dich besser, als du glaubst. Du hast ihn angelächelt wie ein verschüchtertes Mädchen, und deine Wangen hatten die gleiche Farbe wie ein überreifer Cox Orange.«

»Na, hoffentlich vom Biohof Hirschbühl!«, antwortete ich schnippisch und nahm mir vor, sie für längere Zeit mit Nichtbeachtung zu bestrafen. Es machte mich rasend, dass sie mich durchschaut hatte.

»Verzeihung.« Fritz Fuchs schleppte Stühle zurück auf den Dachboden, mit Sybille und Peggy Kühn im Gänsemarsch. »Was für ein Fauxpas«, sagte er vorwurfsvoll in meine Richtung. »Da haben wir einmal einen großen Literaten im Haus, und dann passiert dir so etwas. So etwas! Verdammt noch mal! Und warum liegen hier Gummibärchen?«

»Weil meine Tante die züchtet!«

Türen knallend ging ich zurück in den Saal, räumte ab, kassierte, schaute zur Tür und hoffte, dass Jérôme noch einmal zurückkommen würde. Aber er kam nicht mehr.

SIEBEN

Eine Stunde nach Mitternacht rauschte Germana durch den Saal und klatschte dreimal kräftig in die Hände. »Freunde der Medizin, wenn ihr weitersaufen wollt, könnt ihr das unten in der Poststube tun. Hier machen wir dicht.«

Annabell und ich erledigten den Rest: Abräumen, Spülen, Geschirr versorgen, Stühle auf die Tische stellen, kehren und wischen. Dann öffnete ich die Balkontür, um zu lüften, und hielt mitten in der Bewegung inne.

Auf dem Balkon, am Rand eines großen Blumentopfs, saß Caro, von der ich dachte, dass sie schon längst gegangen wäre, Manon Andexlinger-Müller neben sich. Abwechselnd tranken sie Weißwein aus einer Flasche und rauchten. Caro war überzeugte Nichtraucherin. Ihre Arme waren nackt. Sie zitterte am ganzen Körper und aschte auf das Manuskript *Atemtier*, das vor ihr am Boden lag.

Ihre Frisur war zusammengefallen, die Wimperntusche verschmiert, schwarze Striche auf ihren Wangen. Einer von Manons zaundürren Armen lag auf Caros Schulter. Ich konnte mir nicht vorstellen, dass Caro das wirklich wärmte. Als sie mich erblickten, legten sie in ihre Mienen alles Unglück dieser Welt.

Vor dieser Begegnung hatte ich mich gefürchtet. Ich kannte

Caro, und ich wusste, dass ich die letzte Person war, die sie jetzt sehen wollte. Trotzdem machte ich kehrt, holte ihre Jacke aus dem Saal und reichte sie ihr. Manon wich vor mir zurück, als sei ich der Antichrist.

»Caro, komm doch rein. Du erkältest dich da draußen«, sagte ich.

Manon legte erneut einen Arm um Caros Schultern, als müsste sie meine Freundin vor mir beschützen. »Merkst du nicht, dass du alles noch schlimmer machst, als es schon ist?«, krächzte sie wie ein Raubvogel beim Sturz auf seine Beute.

»Wir schließen«, sagte ich knapp.

Manon schnippte ihre Kippe über den Balkon. Die beiden waren völlig besoffen. Ich befürchtete, Caro wollte die Kippe auf dem Manuskript ausdrücken, aber das tat sie dann doch nicht. Sie krallte es sich, ließ sich von Manon aufhelfen, ging an mir vorbei und lallte in unterkühltem Tonfall: »Danke, dass du mir den Abend ruiniert hast.« Sich gegenseitig stützend, wankten sie aus dem Saal. Bezahlt hatten sie nicht, aber das nahm ich auf meine Kappe.

Ich löschte die Lichter, half im unteren Stock bei den letzten Aufräumarbeiten, brachte Dokus, dem alten Mohr, Salvatore, Traugott und Bartle die allerletzte Runde und sah schließlich noch einmal nach meiner Mutter. Sie stand vor dem Ofen und schaute dem Apfelstrudel zu, wie er goldgelb wurde.

»Den hole ich nachher raus«, sagte ich und nahm sanft ihre Hand. »Komm, du musst ins Bett.«

In ihrem Schlafzimmer war es kühl, es roch nach Daunen und Gras. Ich wollte das Fenster schließen, lauschte noch ein wenig hinaus in die Nacht, hörte den Moosbach murmeln und sah zu, wie die ersten Nebelfäden aus dem Moor krochen. Als ich den Vorhang zuziehen wollte, bekam er einen Riss.

»Alles geht kaputt«, sagte meine Mutter. Erschöpft saß sie

am Bettrand und hielt die Bürste in ihrer Hand. Ich nahm sie ihr ab und bürstete ihr die Locken aus der Stirn. Lächelnd schloss sie die Augen. Ich schlug die Bettdecke zurück, zog das zusammengelegte Nachthemd hervor und vergrub meine Nase darin, bevor ich es ihr gab. »Komm, Mama«, sagte ich und führte sie in das kleine Badezimmer.

Wenig später lag sie gewaschen, mit geputzten Zähnen und mit nach Jasmin-Gesichtscreme duftenden Wangen im Bett. Wahrscheinlich hätte sie es alleine geschafft, aber mich beruhigte, was ich tat. Ich gab ihr einen Kuss und deckte sie zu. »Hab dich lieb.«

Ich verließ das Zimmer, blieb aber noch eine Weile vor der geschlossenen Tür stehen. Draußen knatterte das Motorrad von Salvatore. Der Mond warf einen nebelschwachen Schatten des Spinnrades, das vor dem Fenster stand, auf den Flickenteppich im Gang. Als ich meine Mutter schnarchen hörte, holte ich die Apfelstrudel aus dem Ofen, stieg hinauf in meine Dachkammer und öffnete das Fenster. In Mathias' Zimmer brannte Licht. Er schlief sehr wenig.

Sorgfältig hängte ich das Dirndl auf einen Haken. Die Bluse würde ich waschen müssen, sie war total verschwitzt. Ich nahm eine Dusche, zog meinen Pyjama an, legte mich mit nassen Haaren ins Bett und knipste das Deckenlicht aus und das Lämpchen auf dem Nachttisch an.

Unter meiner Matratze zog ich ein kleines Heft heraus. Ich nahm den Bleistift vom Nachtkästchen, verbannte jeden schambesetzten Gedanken an Ruben Sauter, an Caro und an das lächerliche Drama mit dem Löffel. Die Realität und die Tatsache, dass es zwei Uhr nachts war, blendete ich aus und konzentrierte mich nur auf das eine: den Mann auf der Kiste. Jérôme, der mich an Daniel Winter erinnerte, den nur ich kannte, der eigentlich gar nicht existierte ... Meine Fantasie bekam Flügel, und ich fing an zu schreiben. Es dauerte nicht lange, dann stürzte ich zwischen die Buchstaben, und endlich ging es mir besser. Endlich konnte ich das tun, was ich wirklich tun wollte. Und das erste Mal seit Jahren dachte ich darüber nach, was aus meinem Freund geworden war ...

Ich hatte Daniel Winter erfunden, als ich von meiner Reise nach Hause gekommen war. Ich hatte einen Fluchtort gebraucht, denn ich ertrug die Realität nicht. Ich ertrug es nicht, ständig meine Tanten, meine Mutter und meine nervigen Cousinen um mich herum zu haben. Ich ertrug es nicht, wieder zu Hause zu sein. Meine Träume, vielleicht irgendwo auf der Welt jemanden kennenzulernen und ein unabhängiges Leben aufzubauen, waren zerplatzt wie Seifenblasen.

Ich wünschte mir, dass mich meine Familie in Ruhe lassen würde, aber mir war schnell klar geworden, dass sie mir diesen Gefallen niemals tun würden. Also verkroch ich mich unter der Bettdecke und baute mir eine Welt, die ich betreten konnte, ohne Heimweh zu bekommen und ohne mich zu schämen. Die Hauptfigur in dieser Welt nannte ich Daniel Winter. Ich beschrieb ihn als groß, mit intensiven braunen Augen, einer etwas zu spitzen Nase, auf der eine Brille saß, vollen Lippen und einem schief stehenden Zahn.

Daniel tat alles, was ich mir selbst verwehrt hatte. Er reiste. Er lebte. Und er suchte nach der Liebe. Es spielte keine Rolle, dass er sie nie fand, es kam nur darauf an, dass er es wenigstens versuchte – im Gegensatz zu mir.

Für Daniel gab es keine Grenzen. Und während des Schreibens gab es auch keine Grenzen für mich. In gewisser Weise zog mich Daniel aus meinem Loch. Ich brauchte ihn. Er brauchte mich. Es war nicht so wichtig, was ich über ihn schrieb, sondern vor allem, dass ich es tat.

Ich schrieb morgens um fünf im Bett, nachdem der Wecker klingelte, den ich mir extra früh gestellt hatte, um genügend Zeit für Daniel zu haben, bevor ich unsere Hausgäste mit Frühstück versorgen musste. Ich schrieb während der Nachmittagspause. Ich schrieb nach Mitternacht.

Daniel Winter begleitete mich vierzehn Jahre lang. Wenn ich mit seiner Geschichte nicht mehr weiterwusste, nahm ich ein neues Heft, begann wieder mit seiner Geburt, nahm irgendwo eine andere Abzweigung, traf an einer Stelle eine andere Entscheidung, und Daniels Leben nahm einen anderen Lauf. Mich erstaunte jedes Mal wieder, dass ich dazu in der Lage war, dass ich Leben erschaffen konnte auf meine Weise. Und dass es mir eine so tiefe Befriedigung verschaffte.

Doch dann kam der Tag, an dem das echte Leben über uns hereinstürzte. In Kitzbühel, beim Hahnenkamm-Rennen, auf der gefährlichsten Skirennstrecke der Welt, brach sich Mathias am Höhepunkt seiner Karriere, kurz vor seinem dreißigsten Geburtstag, als Weltcup-Abfahrtsfahrer beim Sprung ins Ziel das Genick. Ich war mit seinen Eltern Oskar und Marianne und seiner Schwester Marlies zum Rennen gefahren. Wir hatten VIP-Karten und standen auf der Ehrentribüne zwischen einem Formel-1-Manager, einem Hollywood-Schauspieler und seiner affektierten Entourage. Rund um uns Zigtausende von Mathias' Fans, die ihre Fahnen schwenkten. Nach der zweiten Zwischenzeit lag er in Führung. Das Jubelgeschrei war ohrenbetäubend. Und in einer Hundertstelsekunde wurde aus Euphorie der blanke Horror.

Die ersten Wochen waren dramatisch. Mathias lag im künstlichen Koma, wir wussten nicht, ob er überleben würde. Die Presse belagerte uns, und täglich pilgerten Fans ins Krankenhaus oder zum Haus am Sonnenrain, brachten Genesungsbriefe und legten Plüschtiere und Blumensträuße an der

Haustür ab, als sei Mathias gestorben. Mathias' Eltern hatte der Unfall völlig aus der Bahn geworfen, und ich unterstützte sie und seine Schwester Marlies während dieser schwierigen Zeit, so gut ich konnte.

Dadurch fand mein Schreiben ein jähes Ende. Die Realität hatte mich eingeholt. Und doch hörte ich immer mal wieder Daniels empörte Stimme in meinem Kopf: »Johanna! Du kannst mich doch nicht einfach hängen lassen! Ich stehe doch noch mitten im Leben!« Aber stand er wirklich mitten im Leben? Bis zu diesem Zeitpunkt hatte ich das gedacht. Seine wahre Liebe, nach der er in der ganzen Welt suchte, hatte er schließlich noch nicht gefunden.

Doch was hieß das schon? Mathias würde seinen dreißigsten Geburtstag vielleicht gar nicht erleben. Vielleicht war dreißig gar nicht die Mitte, sondern das Ende?

Und dann tat ich etwas, das für mich noch wenige Wochen zuvor unvorstellbar gewesen wäre: Ich ließ Daniel sterben. Er war gerade in einer kleinen, quirligen Universitätsstadt in Spanien eingetroffen, da kam ihm auf der Straße ein Mann entgegen und rammte ihm ein Messer in den Bauch. Ohne Grund. Einfach, weil er es konnte. Zum falschen Zeitpunkt am falschen Ort. Wie das Leben so spielte.

Ich weinte um ihn. Ich ging in die Kirche und zündete zwei Kerzen an – eine für Mathias und eine für Daniel. Ich trauerte um beide: um Daniel und um den Teil von Mathias, der tot war.

Nach vielen Monaten kam Mathias nach Hause. Er konnte sich von der Schulter abwärts nicht mehr bewegen. Er bekam einen Rollstuhl der Extraklasse, einen Computer, den er mit dem Mund und mit Spracheingabe bedienen lernte, einen blitzenden Chrysler Voyager in die Garage und persönliche Assistenten, die sich abwechselten und ihn überall hätten hinfahren können. Tatsächlich aber hatte Mathias das Haus seitdem nur zweimal verlassen – weil er wegen einer Infektion in die Klinik musste.

Die Jahre vergingen. Ich kümmerte mich weiter um das Lamm, um Mathias, um seine Eltern und seine Schwester, die aber bald wegzog, und mit der Zeit spürte ich, wie es mich allmählich wieder zum Schreiben zog. Ich besorgte mir neue Hefte, spitzte meinen Bleistift und dachte mir neue Geschichten aus. Genau genommen, dachte ich sie mir gar nicht aus. Meine Finger schrieben, und ich sah ihnen dabei zu und fühlte eine tiefe Befriedigung. Das war es, was mich glücklich machte. Ich tat es für mich. Es war mein privates Vergnügen und ging niemanden etwas an. Über Daniel Winter allerdings schrieb ich nie wieder.

Mooser Heimatchronik

»Als es darum ging, das Amt des Bürgermeisters zu übernehmen, hat mir Johanna Lehner gut zugeredet. Ohne sie hätte ich das wahrscheinlich nie gemacht. Meine Aufgabe wird unterschätzt. Sie ist nicht einfach. So viele Konflikte, so viele Entscheidungen, Probleme an allen Ecken und Enden: der zunehmende Verkehr, die Kläranlage, der Lift auf den Mooskopf, den wir wegen fehlender Investoren stilllegen mussten, und immer wieder die Frage, was mit dem historischen Grandhotel zur Schwarzen Wand passieren soll. Früher war Moos ein beliebter Fremdenverkehrsort, aber wir können längst nicht mehr mithalten. Großdorf hat uns den Rang abgelaufen. Ich mache meine Arbeit gern, aber vor allem in meinen Anfängen wusste ich oft nicht weiter. Ich brauchte jemanden zum Zuhören. Niemand kann das besser als Johanna. Ich konnte immer zu ihr gehen und sie um Rat fragen. Für diesen Luxus habe ich jetzt leider keine Zeit mehr. Johanna übrigens auch nicht. Ich glaube, das alles hat sie selbst ein wenig überrollt. In der Küche trug sie immer diesen hübschen, altmodischen Kochmantel, den Kragen hochgestellt. Mit einem Stoffband schnürte sie ihre langen Locken aus der Stirn. Sie war meist barfuß, trug selbst im Winter nur Holzschlappen. Johanna war schon als Kind gerne barfuß unterwegs. Wir sind ja beide sonnenseitig aufgewachsen, ich nur wenige Häuser weiter neben der gedeckten Holzbrücke bei der Alten Säge. Schon damals hat sich Johanna um andere mehr gekümmert als um sich selbst. Später wurde ihre Mutter krank, und sie übernahm das Kochen auch noch. Ich liebte es immer, ihr dabei zuzusehen. Wie eine Tänzerin bewegte sie sich zwischen den Töpfen hin und her. Jeder Handgriff saß. Sie war sich so sicher in dem, was sie tat. Und das, obwohl die Arbeitsbedingungen in dieser alten Küche nicht gerade die besten waren. Ich bin nur einmal kurz am Herd gestanden und habe darauf geachtet, dass die Zwiebeln nicht anbrennen. Es war, als hielte ich mein Gesicht in ein Lagerfeuer. Meine Augen brannten schon nach wenigen Minuten. Ich hatte das Gefühl, meine Wimpern und Brauen seien weggesengt. Der Boden in dieser Küche ist glitschig wie ein Schlittschuhplatz, die Fritteuse ein Monster, und der Wärmehalter für die Teller hat siebzig Grad. Diese Frauen haben Brandflecken und Schnittwunden an ihren Händen. Sie packen das heiße Zeug an und verziehen keine Miene. Den Salat waschen sie in Eiswürfelwasser. Ich glaube, das schmerzt nicht weniger. Aber zurück zu Johanna. Während sie Knödel rollte, in Eintöpfen rührte, mit einer Pinzette Gräten aus Saiblingen zupfte und Kräuter hackte wie eine Fünfsterneköchin, hörte sie mir zu. Ich dachte mir oft, wie viel produktiver unsere Gemeinderatssitzungen verlaufen würden, wenn alle so zuhören könnten wie Johanna Lehner. Ihren Rat wollte ich nie missen. Ihr Verstand ist so klar. Sie ist so … ich kann es nicht anders beschreiben … das Gegenteil von zynisch. Sie wurde permanent von allen unterschätzt. Manchmal kam sie mir vor wie ein eingesperrter Paradiesvogel. Leider war nie jemand da, um ihren Käfig zu öffnen. Bis Jérôme Morel kam.«

Karlheinz Mohr, 38,
Bürgermeister von Moos am Buckel

ACHT

Der September blieb heiß, und Jérôme schlich durch meinen Kopf wie eine verirrte Seele, die nicht mehr in ihren eigenen Körper zurückfand. Meine Mutter räumte Speisekarten in die Spülmaschine, erinnerte sich nicht mehr an Annabells Namen und verwechselte ihre Kochschürze mit ihrem Bademantel.

Am Tag nach der Lesung war Caro komplett verkatert und schwankend bei mir in der Küche aufgetaucht. Schweigend nahm sie einen Schäler und versuchte wenig erfolgreich eine Gurke zu schälen. Ich stellte ihr ein Glas Wasser und zwei Aspirin vor die Nase. Ich wollte etwas sagen, aber sie kam mir zuvor.

»Es tut mir leid. Ich habe mich gestern aufgeführt wie die letzte Idiotin. Geschieht mir recht. Sauter wollte von Anfang an nicht kommen, aber ich konnte das nicht akzeptieren. Ich habe es wieder einmal übertrieben, wie immer, bin ihm in seinen blöden Hintern gekrochen.« Bei den letzten Silben schlug sie mit der Gurke auf einen Stapel Teller, dass es schepperte wie eine Kuhglocke.

»Ich weiß ungefähr, was du meinst.«

Die Gurke brach in zwei Hälften. Caro betrachtete sie irritiert, biss hinein, legte die Trümmerteile zurück auf den Tisch, sank auf einen Stuhl und erinnerte mich an einen Boxer, der nach einem rechten Haken in den Seilen hing.

»Mein verdammter Ehrgeiz! Und du hast es ausbaden müssen. Aber das mit meinem Manuskript macht mich wirklich fertig. Ich schreibe schon so lange daran herum, dass ich nicht mehr beurteilen kann, ob es überhaupt etwas taugt. Wahrscheinlich ist es nichts als Blödsinn. Aber ich weiß nicht, was ich außer Schreiben sonst noch tun könnte. Johanna, ich will raus aus meinem Leben. Ich meine, was bin ich denn schon? Eine gottverdammte ledige Lehrerin. Und in ein paar Jahren werde ich eine gottverdammte ledige, alte Lehrerin sein.« Man konnte Caros Restpromillegehalt daran messen, wie oft sie fluchte.

»Du kannst jederzeit bei uns anfangen. Allerdings müsstest du dann noch ein bisschen Mitgefühl entwickeln«, sagte ich und wischte den Tisch.

»Mitgefühl, für was?«

»Für die Gurke zum Beispiel. Ich meine, schau dir mal an, was du aus dem armen Ding gemacht hast. Die kann ich nicht mal mehr den Hasen geben.« Ich hielt ihr die Gurkentrümmer unter die Nase, und sie musste gegen ihren Willen lachen. Dann stand sie auf und umarmte mich.

»Du bist echt die Ärmste, dass du mich immer aushalten musst.«

»Ziemlich arm.« Ich grinste und war froh, sie wiederzuhaben.

Ich hoffte, dass sich Jérôme noch einmal ins Lamm verirrte. Er lebte bestimmt nicht in Moos, und in Großdorf wahrscheinlich auch nicht. Er hatte gesagt, er sei ein Freund von Ruben Sauter. Aber warum hatte der ihm dann keinen Platz reserviert? Schöner Freund. Sollte ich Sauter einen Besuch abstatten? Ausgeschlossen. Der würde mich so plattmachen, dass er mich anschließend zusammenfalten und als Lesezeichen zwischen die Seiten seiner *Möglichen Kreisfolge* stecken konnte.

Einen Tag später, das Mittagsgeschäft war so gut wie gelaufen, kam Annabell in die Küche und sagte: »Du wirst nicht glauben, wer gerade Platz genommen hat.« Mein Herz stolperte. Jérôme? Ich warf mich mit der Schulter gegen die Flügeltüren, stellte mich hinter die Theke zur Schankanlage und ließ Sodawasser in ein Glas. Während ich trank, schaute ich mich unauffällig um. Ruben Sauter! Er saß allein am Tisch Nummer einundzwanzig in einer Ecke in der Poststube und blickte geistesabwesend aus dem Fenster ins Grüne. Ich ging in Deckung, robbte in der Hocke zurück in die Küche und wartete, bis sich mein Herzschlag beruhigte. »Was macht der denn hier?«

»Was essen?« Annabell fuchtelte mit der Speisekarte vor meiner Nase herum.

»Kommt noch mehr Geschirr?«, fragte Tante Elisabeth, die mit dem Stahlschrubber am Schwarzgeschirr werkte. Meine Mutter polierte die Arbeitsflächen. Germana sortierte Zettel und sagte: »Annabell! Wie oft muss ich es dir noch sagen? Du musst die Gäste erziehen. Es gibt warme Küche bis vierzehn Uhr. Es ist halb drei. Können die Leute nicht lesen? Hältst du die Gardinenpauke selbst, oder soll ich das machen?«

»Der Gast ist Ruben Sauter«, sagte Annabell.

»Oh!« Germana brauchte keinen Wimpernschlag Zeit, um ihren Gesichtsausdruck und ihre Meinung zu ändern, und scheuchte Annabell hinaus. »Worauf wartest du, er hat bestimmt Hunger.«

Ich erwischte Annabell, bevor die Flügeltüren zurückflogen. »Hat er sonst noch was gesagt? Wegen dem Löffel oder so?«, fragte ich sie leise.

»Nein. Er will nur essen.« Sie ging, um Sauter die Speisekarte zu bringen. Germana folgte ihr.

»Aber nicht, dass du jetzt alles wieder schmutzig machst«, sagte meine Mutter und hängte das Geschirrtuch auf.

»Wir machen das schon. Geh in die Zimmerstunde, Mama.«

»Ich komme mit«, sagte Tante Elisabeth, nahm sich das Kopftuch ab und hakte sie unter. Auch Germana zog sich zurück, nachdem sie mit Sauter geplaudert hatte. Annabell kam in die Küche und verdrehte die Augen. »Er möchte die Karte in Ruhe studieren.« Nach drei Minuten ging sie wieder hinaus, kam aber gleich wieder. »Er kann sich nicht entscheiden.« Nach weiteren Minuten des ungeduldigen Wartens ging sie erneut hinaus und stand Sekunden später wieder in der Küche. »Er kann sich immer noch nicht entscheiden.« Beim dritten Mal warf sie das Handtuch und sagte: »Johanna! Um den musst du dich kümmern. Ich geh in die Zimmerstunde.« Ohne ihn zu fragen, was er wollte, wärmte ich eine Tagessuppe und eine Portion Gulasch und Spätzle, richtete ihm einen Beilagensalat an und trug alles hinaus. Er saß allein in der Stube und starrte in die Speisekarte wie ein Archäologe auf einen Kelch mit altertümlichen Runen. Als ich kam, hob er seinen Blick. »Hallo«, sagte er und lächelte.

»Hallo«, sagte ich und lächelte nicht. »Wir haben seit vierzig Minuten Mittagspause. Das Einzige, was ich Ihnen anbieten kann, ist das.« Ich stellte ihm die Teller vor die Nase.

»Hmm, sieht köstlich aus«, sagte er.

»Lassen Sie es sich schmecken.«

Damit ließ ich ihn allein und drehte in der Küche Däumchen, machte mich auf eine längere Wartezeit gefasst, und schaute den Zeigern auf der Uhr zu, als er nach neuneinhalb Minuten, sich den Mund abwischend und kauend, in die Küche platzte, sein Portemonnaie öffnete und fragte. »Was bin ich schuldig?«

»Nichts. Nehmen Sie es als Entschuldigung für die Sache mit dem Löffel.«

»Ich sollte mich entschuldigen. Aber danke. Wir sehen

uns. Ich muss sofort los. Das Gulasch hat mich auf eine Idee gebracht…« Aufgeregt warf er die zerknüllte Serviette, an der Gulaschspuren klebten, neben den Herd und eilte davon.

Ich erzählte Caro von seinem Besuch, aber sie war sauer auf ihn. Ich konnte sie verstehen, sie hatte sich Mühe gegeben, und er hatte sich mit seiner Aufführung über sie, ja über uns alle, lustig gemacht. Zum Trost, so erzählte es Caro, hatte Manon Andexlinger-Müller sie nach Großdorf zum Golfen mitgenommen, wo Caro sich in einen von Herbs Freunden verguckt hatte, einen hübschen Handchirurgen namens Hermann. Den gönnte ich ihr von Herzen, aber mit ihrer neuen Freundschaft zu Manon konnte ich schwer umgehen.

»Das ist nur eine ihrer Phasen«, sagte Steffi nach unserer wöchentlichen Gitarrensession, als Caro schon weg war und wir unsere Frühstückssauerei aufräumten. »Du kennst sie doch. Ich finde, am schlimmsten war ihre Ariel-Dorner-Phase.« Obwohl unser Dorfarzt zehn Jahre älter war als wir, hatte Caro auch vor ihm nicht haltgemacht. »Jetzt hat sie eben ihre Manon-Andexlinger-Müller-Phase. Geht schnell vorüber, glaub mir.«

Was allerdings noch schneller als die Manon-Phase vorüberging, war der September, ohne dass ich genau hätte sagen können, warum. Die Tage verliefen gleichförmig. Mathias und ich digitalisierten Schallplatten von Bands, die mit C begannen: Cameo, Eva Cassidy, Chicago, Clash, Ray Charles, Eric Clapton, Eddi Cochran, Leonard Cohen, Nat King Cole, John Coltrane, Chick Corea, Robert Cray, Christopher Cross und Culture Club. Meine wichtigste Aufgabe im Lamm war, dafür zu sorgen, dass die Kühlkammer mit fertig produzierten Gerichten voll war. Ich änderte die Speisekarte, schälte und dämpfte mehlige Kartoffeln, setzte Suppenhuhn an und machte den kärglichen Rest des Gemüsegartens winterfest. An meinen freien Montagen pflückte ich im Wald Preiselbeeren, verkochte sie zu Marmelade und dachte zu viel nach. Hatte ich Jérôme eigentlich tatsächlich auf eine Limonadenkiste gesetzt? Eine Limonadenkiste? Warum um alles in der Welt hatte ich ihm keinen Stuhl besorgt? Einen hätte ich schon noch gefunden. Ich hätte ihm den aus meinem Zimmer holen können. Aber nein, es hatten schmutzige, übereinandergestapelte Limonadenkisten sein müssen, die neben dem Pub im Kellerlager staubig geworden waren. Bestimmt hatte es ihn gegraust. Er hatte irgendwie ... gut erzogen, höflich, gewirkt. Selbst, als ihn Germana nicht gerade zimperlich angefasst hatte, hatte er Ruhe bewahrt. Wie gern hätte ich jemanden nach ihm gefragt. Aber die Einzige, die ihn kannte, war Manon, und so tief würde ich nicht sinken. In unregelmäßigen Abständen, aber stets um 14.10 Uhr, wenn sich die Handwerker, Stammgäste und Wanderer wieder auf den Weg machten, kam Ruben Sauter und setzte sich an Tisch einundzwanzig. Immer wartete Annabell auf seine Entscheidung, so groß war die Auswahl ja nun wirklich nicht, bis es ihr reichte, sie mich holte und ich ihm irgendwas hinstellte. Er aß in wenigen Minuten, legte einen zu hohen Geldbetrag auf den Tisch und rannte davon, hinaus aus dem Lamm, hinauf in seine Hütte, weil ein Geistesblitz in ihn eingeschlagen hatte, den er augenblicklich und in aller Tragweite und Ausführlichkeit zu Papier bringen musste. Manchmal riss er die Flügeltüren zur Küche auf und rief, während er davonstürzte: »Ihr Essen inspiriert mich!« Das nervte mich. Ich wollte ihn überhaupt nicht inspirieren. Ich wollte, dass er wie alle anderen während der Öffnungszeiten kam und mir nicht wertvolle Zeit mit Mathias oder mit meinen Büchern stahl. Im Oktober frittierte meine Mutter ihre Geldbörse und kommandierte uns herum, als sei sie Heinz Reitbauer vom Wiener Nobelrestaurant Steirereck und wir ihre Sous-Chefs –

Entremetiers, Gardemangers und Patissiers in einem, gerade wie sie es sich einbildete. Der *Gault & Millau* erschien, und im Dorf munkelte man, wir würden nun die Preise anheben und die Portionen verkleinern. Germana hielt mit einer überbordenden Schlachtpartie dagegen: Blut- und Leberwurst, Knödel und Sauerkraut zu Schleuderpreisen. Einheimische belagerten uns. Und es kamen Großdorfer, um das Hauben-Restaurant zu testen. Germana fragte, ob sie reserviert hatten. »Jetzt habt ihr erst eine Woche lang eine Haube und wollt schon ausgebucht sein?«, wetterten sie. Germana warf die »Haubenfresser«, wie sie sie nannte, raus und den Gastronomieführer in den Ofen. Sie habe von Anfang an gewusst, dass das ein ausgekochter Schmarrn sei. Und ich erinnerte mich an zwei warme Hände an den Schultern und eine Männerstimme, die mir ins Ohr flüsterte: »Es war nur ein Löffel! Sonst nichts. Mach dir keine Gedanken.«

Annabell versuchte erst gar nicht mehr Ruben Sauter zu bedienen. Sobald er kam, rief sie: »Johanna! Dein Gast!« Ich stellte ihm hin, wonach mir war, und hoffte, ihn nach Jérôme fragen zu können, aber beim Essen wollte ich ihn keinesfalls stören – eines von Germanas Gesetzen, an die wir uns eisern hielten. Kaum war sein Teller leer und so sauber geleckt, dass er sich nicht von den gespülten Tellern im Schrank unterschied, warf er den Löffel hin und stürmte mit den Worten davon: »Dein Essen ist wirklich ein Gedicht!« Ich hatte den Zeitpunkt verpasst, an dem er ins Du übergegangen war.

Manchmal gelang es mir, an meinen freien Montagen nach der Gitarrenstunde das Wirtshaus zu verlassen. Ich suchte Zuflucht an meinem Lieblingsort in den Bergen, den ich jetzt im Oktober ganz besonders mochte, und schrieb über Jérôme. Wenn er schon nicht mehr wiederkam, dann wollte ich wenigstens die Erinnerungen an ihn festhalten. Erinnerungen an eine verunglückte, aber trotzdem schöne Begegnung.

Zu Sybilles Entsetzen trat Fritz Fuchs der Literaturgruppe bei. Die Lesung hatte ihn inspiriert, sagte er. Außerdem habe er in seiner Jugend Agatha Christie gelesen. Fritz wollte einen Krimi schreiben. Sein Opfer gehörte einer politischen Partei an – nicht seiner wohlgemerkt – und war nur halb erfunden; sogar der Name klang so ähnlich wie der seines ehemaligen realen Gegners. Sybille, Caro und der Rest der Literaturgruppe waren einigermaßen verstört, als er in Einzelheiten schilderte, wie die Verbrecher dem Opfer jedes Fingerglied einzeln abhackten, ihm einen Kugelschreiber ins Auge rammten und ihn lebendig begruben. Allerhöchste Eisenbahn für Fritz Fuchs' Alter Ego, einzugreifen: Ein heldenhafter Police Chief Superintendent namens Frizz, der kurz vor der Beförderung zum Police Chief Inspector war und dem eine weibliche, junge Assistant Chief Constable namens Billy zur Seite stand. »Sie heißt wegen dir so, Sybillchen«, sagte er zu seiner Frau, was sie nach wochenlanger Gegenwehr schließlich doch zu Tränen rührte. Caro war auch den Tränen nahe, das hatte aber einen anderen Grund. In einem schwachen Moment sagte sie zu mir: »Diese verdammte Literaturgruppe geht mir so was von auf die Nerven.«

Mitte Oktober stellte sich heraus, dass der attraktive Hermann kein Handchirurg, sondern Lebensberater war. Caro schickte ihn zum Teufel und verordnete sich erst mal Männerpause und konzentrierte sich auf die Gitarre. Zu unseren Montagssessions brachte sie neue Notenbücher mit: *Spielen wie der Lagerfeuermann Teil 1–4*. Ich kam nicht über *Sweet Home Alabama* hinaus.

Mathias und ich digitalisierten mittlerweile Schallplatten von Bands, die mit D, E und F begannen. Wir stritten uns, ob Fats Domino zu F oder zu D gehörte. Das Kuhgebimmel verschwand aus Moos. Es schneite wie aus Kopfkissen. Bauer Dokus montierte den Schneepflug an seinem Traktor. Kinder kamen in Scharen mit ihren Schlitten den Sonnenrein herauf, und die ehrgeizige Mooser Laufgruppe um unsere Optikerin Alice Mangold marschierte in Tourenskiern am Lamm vorbei. Ruben Sauter blieb in seiner Hütte.

Im November blies der Föhn den Schnee innerhalb eines Tages weg. Dokus versorgte seinen Pflug in die Garage. Die Kinder versorgten ihre Schlitten und die Laufgazellen, wie sie in Moos nur genannt wurden, ihre Tourenskier. Noch vor dem ersten Advent war es grasgrün wie zuvor, und Fritz Fuchs, der den Nikolaus spielte, sah aus wie ein verirrter, durchs Dorf hoppelnder Osterhase. Aus der Zeitung erfuhr ich, dass Ruben Sauter in Wien war, um einen hoch dotierten Preis entgegenzunehmen.

Ich kochte Maroni-Selleriesuppe, siedete Tafelspitz und konnte meine Mutter nicht mehr aus den Augen lassen. Mitte November panierte sie Schnitzel zuerst in Brösel, dann in Ei. Und beim Apfelstrudel verwechselte sie erstmals Zucker und Salz. Zum Glück erwischte es Charly Mohr und keinen anderen. Er rannte auf die Toilette, spuckte den Strudel aus, ließ sich einen Enzian geben, nahm mich zur Seite und sagte: »Johanna, es tut mir wirklich leid, aber habt ihr euch schon einmal überlegt, wie das mit Antonia weitergehen soll?«

»Hat's dir nicht geschmeckt?«

»Ich glaube, im Apfelstrudel war Salz statt Zucker.« Tragisch schielend, blickte er mich an. Ich fand es sehr anständig, dass er es nicht vor allen Gästen ausposaunte und zu mir gekommen war. Charly war überhaupt einer der anständigsten Menschen, die ich kannte. Er war im gleichen Jahr geboren wie Caro, Steffi, Marlies und ich. Schon in der ersten Schulwoche hatten wir mit ansehen müssen, wie er sich die Zähne an einem Fahrradständer ausgeschlagen hatte – kaputt waren natürlich seine neuen, die zweiten Zähne gewesen, die Milchzähne hatten noch wackelnd in seinem Mund gesteckt, und das Blut war ihm übers Kinn gelaufen. In dem Stil war es in Charly Mohrs Leben weitergegangen. Er trug eine dicke Brille und litt unter schmerzhaftem Schielen, was ihm einen gequälten Ausdruck verlieh. Aber der erste Eindruck täuschte. Charly war nicht nur blitzgescheit, er konnte sich in andere Menschen hineinversetzen. Nicht umsonst war er mit zweiunddreißig Jahren zum jüngsten Bürgermeister gewählt worden, den Moos je gehabt hatte.

»Wenn du Hilfe brauchst, weißt du, wo du mich findest«, versicherte er mir und schob sich seine schweren Brillengläser auf die Nasenwurzel.

»Ich weiß, Charly, danke.«

»Es ist schwierig, Personal für die Gastronomie zu kriegen, oder?«

Ich machte mir nicht die Mühe zu antworten. Natürlich war das fast unmöglich, zumindest, wenn man nicht in einer größeren Stadt lebte. Trotzdem wussten wir beide, dass es diesmal nicht am Personal lag. Es lag an uns.

Ab Dezember stand ich nur noch in der Küche und hatte nicht einmal mehr Zeit, Sauter persönlich den Teller hinzustellen – das übernahm Germana; seit er den Preis bekommen hatte, stand er bei ihr wieder hoch im Kurs. Die Zeiten, in denen ich gemütlich vorkochen, und hin und wieder bedienen konnte, waren endgültig vorbei. Die Mooser Bauern, Germana und ihre Jagdkollegen brachten uns oft ganze Tiere vorbei. Gute Qualität. Aber was machte ich mit einem einzigen Winterkarpfen? Mit einem Ziegenkitz? Ein paar kurz angebratene Stücke, einen Braten, Ragout. Das reichte für ein halbes

Dutzend Gäste, auf die Karte setzen konnte ich das nicht. So kam ich auf die Idee, ein Überraschungsmenü, bestehend aus Suppe, Hauptspeise und Dessert, anzubieten. Wer das Wilde-Weiber-Menü bestellte, musste essen, was auf den Tisch kam. Sogar, wenn es meine Mutter gekocht hatte.

Kaum angeboten, war das Wilde-Weiber-Menü ein voller Erfolg. Ich hatte nicht damit gerechnet, dass sich das Menü so schnell herumsprechen würde. Je rustikaler und schräger es bei uns zuging, umso lieber kamen Leute aus der Stadt. Von Marlies wusste ich, welchen Ruf das Lamm in gehobenen Kreisen hatte, und der *Gault & Millau* heizte den Betrieb noch mehr an. Plötzlich wollten Wirtschaftstreibende und Anwaltskanzleien aus der Stadt ihre Weihnachtsfeiern bei uns veranstalten.

Mathias' Schallplatten mussten warten, Caro und Steffi sah ich überhaupt nicht mehr, die Gitarre stand in der Ecke. Ich arbeitete jeden Tag von acht bis Mitternacht durch. Und für meine Gedanken an Jérôme war im übervollen Wirtshaus erst recht keine Zeit mehr. Es war keine bewusste Entscheidung. Er schlich sich so aus meinem Leben, wie er gekommen war: unauffällig, zufällig.

NEUN

Mama! Was hast du gemacht?« Ich riss die Ofentür auf. Beißender Qualm verschlug mir den Atem. Ich zog das Blech aus dem Ofen und hätte heulen können. Die Bons ratterten aus der Maschine: eine Bestellung nach der anderen. Germana ruderte durch die Flügeltür und brüllte: »Zwei Wilde Weiber. Außerdem zwei Kalbskotelett, einmal mit Rosmarinkartoffeln, einmal mit … *Reis.*« Das Wort *Reis* sprach sie aus, als hätte sie in einen von Francis' uralten Jesuslatschen gebissen, mit denen sie in ihrer verrückten Jugend durch das staubige Sizilien getrampt war. »Ariel will *Reis.* Reis! Zu Kalbskotelett. Wenn er nicht unser Doktor wäre, würde ich ihm die Reiskörner einzeln in die Haare schmieren.« Nicht nur, weil Ariel gar keine Haare mehr hatte, fuhr ich dazwischen: »Kalbskotelett sind aus!« Wütend schob ich das Blech mit den verkohlten Koteletts in eine Ecke.

»Willst du mich verarschen?«, schnaubte Germana.

»Sie hat die Temperatur vom Ofen hochgedreht«, murmelte ich und deutete in Richtung meiner Mutter, die schmollend ihre Lippen schürzte und in den Garten schaute.

»Da war ja keine vernünftige Temperatur im Ofen«, sagte sie beleidigt. »Ich meine, entschuldige mal, diese blöden Dings, äh, diese Dings, liegen seit Stunden im Ofen, und keiner kümmert sich drum.« Sie fuhr herum und sah mir in die Augen. »Das ist *Fleisch*, Johanna. Kein gedünsteter Kohlrabi. Fleisch muss man scharf anbraten und schnell servieren. Haltet ihr lieber euer Mise en Place auf Vordermann. Francis! Ist dein Mise en Place fertig?«

»Jawoll!«, rief Francis, während sie Zimtäpfel mit Calvados flambierte und einen kräftigen Schluck aus der Flasche nahm, ehe sie die Sahne zu den Äpfeln rührte.

»Mama, das, was wir hier machen, ist *Niedriggaren*. Verstehst du? *Niedriggaren*!« Ich riss die Tür zur Kühlkammer auf und suchte nach Vorräten, während Germana zum Rundumschlag ausholte: »Antonia! Bist du des Teufels? Es ist kurz vor Weihnachten, die ganze Bude ist voll. Könntest du endlich mal aufhören, überall dreinzufummeln, und einfach mal machen, was man dir sagt?« Sie ging zu Francis und nahm ihr die Flasche aus der Hand. »Und du, hör endlich auf zu saufen!«

Ich schleppte eine Wanne voll Kalbsschnitzel an den sich angiftenden Schwestern vorbei und wuchtete sie neben den Herd. »Wenigstens passt da der Reis dazu«, murmelte ich.

»Ich fasse es nicht«, redete sich Germana in Rage, und meiner Mutter traten die Tränen in die Augen.

»Ich kann ja gehen, wenn du willst«, schluchzte sie.

»Liebend gern. Geh ins Bett, und schlaf dich aus. Und du, Johanna, ein bisschen dalli, dalli. Du meine Güte. Was für ein himmeltrauriger Saftladen das hier ist.« Germana stellte die Calvadosflasche ab, galoppierte wieder hinaus und rannte beinah Annabell um, die Elisabeth Nachschub für den Haubenspüler brachte.

»Mama, bleib hier!« Gerade noch konnte ich meine Mutter am Kragen schnappen und zurück in die Küche ziehen. Ich legte ihr einen Arm um die Schulter und musste mich beherrschen, nett zu ihr zu sein. »Du kannst nichts dafür. Du wusstest das ja nicht mit dem Niedriggaren. Ist halt so neumodisches Zeug.«

»Ja, genau, so neumodisches Zeug, weißt du, das hat noch so roh ausgesehen, und da dachte ich…« Sie weinte wie ein Kind. Ich reichte ihr ein Geschirrtuch, und sie schnäuzte sich lautstark.

»Ist ja alles gut.« Ich rannte in die Speisekammer, warf ihr ein paar Kilo Pastinaken auf den Tisch und flehte sie an, sie zu schälen. »Du kannst jetzt nicht gehen. Ich brauche dich doch.«

Da endlich sank sie auf ihren Stuhl und machte sich daran, das Gemüse zu schälen, bis ihr ein Sack Walnüsse ins Auge fiel und sie es viel lustiger fand, mit dem Hammer draufzuschlagen. Nach ein paar Nüssen verlor sie die Lust, stöberte in der Kühlkammer und fand in einer Schüssel die Masse aus Grieß, Ei und Butter. »Um Himmels willen! Kind! Die Grießnockerl sind ja noch gar nicht fertig. Geh mir aus dem Weg! Es geht los!«

Ich verkniff mir zu erklären, dass ich die für morgen geplant hatte, weil es heute schon genug andere Suppeneinlagen gab. Denn auch dafür war das Überraschungsmenü gut. Kein Problem mehr mit der Speisekarte. Ich tischte alles auf, womit sich meine Mutter gerade beschäftigen wollte. Ich kochte, was herumlag. Ich kochte um mein Leben.

Töpfe knallten. Der Schweiß rann mir aus allen Poren. Ich machte Kalbsrahmschnitzel, briet Kitzfilets scharf an, ich salzte einen Karpfen, zerdrückte Knoblauch und Butter in seiner Bauchhöhle, schob ihn mit Wurzelgemüse auf einem Blech ins Rohr, übergoss ihn mit Weißwein, wärmte Kohlrouladen, stach Polentataler aus, richtete Tafelspitz mit Semmelkren an, röstete Kartoffeln, verbrannte mich am Stiel der Pfanne und legte zwischendurch auf dem, wegen verspritzten Fetts rutschigen Boden, einen so schönen Telemark hin wie die Skispringer bei der Landung, während ich aus altem Brot, Milch, Rum und Ei einen Armen Ritter zauberte. Ich tat tausend Dinge gleichzeitig. Die Türen flogen auf und zu und standen nie still. Gestresste Tanten. Dampf in der Spülkammer. Sauberes und schmutziges Geschirr wanderte rein und raus.

»Hast du noch eine Portion Hirschleber?«, rief Germana und füllte Ketchup in eine Beilagenschale.

»Was glauben die denn, wie viele Lebern so ein Hirsch hat?«, fuhr ich sie an. Wer hatte sich diesen Wilde-Weiber-Wahnsinn eigentlich ausgedacht? Jeder Gast schien plötzlich einen Extrawunsch nach dem anderen zu haben, jeder wollte von allem was probieren. Hatten diese Leute eigentlich einen blassen Schimmer davon, was es hieß, allein mit einer dementen Mutter, einer besoffenen, einer herrischen und einer bigotten Tante für den ganzen Laden zu kochen? Sie bestellten wie in einem gottverdammten Schlaraffenland. Als ob die Hühner fix und fertig gebraten durch das Fenster geflogen kämen.

Als Germana bei ihrer nächsten Runde hereinkam, zerrte sie Francis aus ihrer Gardemanger-Patissier-Ecke und stellte sie an den Herd. »Du übernimmst!« Dann schnappte sie mich am Arm. »Komm mit, die Gäste wollen dich sehen.«

»Aber …«

»Kein Aber, das ist im Handumdrehen erledigt.«

Francis schob wütend den Träger ihres labberigen T-Shirts über ihre tätowierte Schulter und funkelte Germana böse an.

»Jetzt hab dich nicht so«, fauchte Germana ihre Schwester an. »Pass einfach auf, dass nichts anbrennt.«

»Die Kalbsschnitzel müssen raus aus dem Butterschmalz«, rief ich noch und ließ mich von meiner Tante mitzerren, während ich mir den Schweiß aus dem Gesicht wischte, meine Haare zurechtmachte, eine Schürze von einem Haken riss und sie über meinen Kochmantel zog, damit man die vielen Flecken nicht sah.

Du meine Güte, Tante Germana hatte sich aber wieder ein süßes Parfum aufgetragen, und die Röcke ihres mächtigen Dirndls knisterten bei jedem Schritt. Ich wollte in Richtung Ofenstube rennen, wo die meisten Gäste saßen, doch Germana lenkte mich um in die Poststube.

»Da ist sie ja!«, rief Marlies Ritter, stand von einem Stuhl auf, drückte sich eine Serviette auf den Mund und umarmte mich. Sie war heute mit ihrer Kanzlei aus der Stadt für das alljährliche Weihnachtsessen im Lamm. Es war so schön, sie zu sehen, obwohl ich mir lieber einen weniger stressigen Moment ausgesucht hätte. »Du hast so gut gekocht!«, flüsterte sie mir ins Ohr. »Meine Kollegen sind hin und weg.« Dann wandte sie sich an ihre Leute. »Darf ich vorstellen: meine Freundin Johanna Lehner – deren Kunst ihr diesen köstlichen Abend zu verdanken habt.« Ich musste Hände schütteln, nahm Komplimente entgegen und dachte voller Sorge an das, was in der Küche alles schiefgehen konnte.

»Ist das die Köchin?«, rief eine schlanke, mir unbekannte Frau, die im Durchgang zur Ofenstube stand.

»Wie der Name schon sagt, eine Köchin gehört in die Küche«, schaltete sich Germana dazwischen und wollte mich wieder wegziehen.

»Nein, nein, so einfach kommen Sie mir nicht davon«, insistierte die Schlanke und trat näher – sie trug einen schwarzen Rollkragenpullover und hatte einen Hals wie ein Schwan. Eine Mischung aus Audrey Hepburn und Audrey Tautou, aber eine Stimme wie eine Kreissäge. »Bitte, kommen Sie doch kurz an unseren Tisch. Wir waren so begeistert von Ihrem Essen.«

Germana knurrte mir ins Genick und wurde weggerufen.

Irgendetwas schien ihr nicht zu passen, aber die unbekannte Schwanhalsige, eindeutig jemand aus der Stadt, zerrte mich in die Ofenstube an Tisch Nummer dreiunddreißig. Und da saß er: Jérôme. Und lächelte mich an.

Genauso gut hätte mir jemand einen Elektroschocker an die Brust setzen können. Ich schnappte nach Luft.

Er trug ein dunkles Hemd, das nachlässig gebügelt war. Seine Nase war schmaler, als ich in Erinnerung hatte, und seine Augen funkelten hinter der Brille. Außer der schönen Audrey saß noch eine Frau an seinem Tisch, älter als die erste und runder. Mutter und Tochter. Ganz klar. Für so etwas hatte ich ein Gespür: Jérôme führte seine Frau und seine Schwiegermutter zum Weihnachtsessen aus.

Mein Herz verkrampfte sich. Daniel Winter hatte weder Frau noch Schwiegermutter gehabt. Jérôme war aber nicht Daniel. Ich seufzte. Verdammt, warum musste die Wirklichkeit so grausam sein? Daniel wäre noch zu haben gewesen.

»Hallo, Johanna!«, sagte Jérôme lächelnd.

Bevor ich ein Wort über die Lippen bringen konnte, sah ich Germana heranstolzieren. Das war ihr siebter Sinn – je besser mir ein Mann gefiel, umso weniger konnte sie ihn leiden. Jérôme stand auf und reichte mir die Hand über den Tisch. »Verrätst du mir, was ich da für ein fantastisches Filet gegessen habe?«

»Kitz.«

»Reh – kitz?«, fragte er vorsichtig nach.

»Ziege.« Ich musste lachen. Er machte ein Gesicht, als hätte er nie im Leben freiwillig Ziege bestellt.

»Sensationell, wie Sie hier kochen!«, mischte sich seine Frau von der Seite ein. »Ihr Essen hat die Genialität des wahrhaft Authentischen.« Sie drängte ihn beiseite und überschüttete mich mit Lobeshymnen, während die Schwiegermutter dazu nickte. »Maronisuppe! Was für ein Statement. Und dieses Selleriegemüse. Ich wusste gar nicht, dass Sellerie so zart sein kann.«

»Pastinaken«, sagte ich.

»Nein!«, rief sie aus. »Was Sie hier anbieten, ist *clean eating* in seiner Ursprungsidee.«

Clean was? Ich sah Jérôme lächeln und hatte keine Ahnung, wovon sie sprach. Mir war, als hätte jemand die Lautstärke abgedreht.

»Ach, wie süß. Sie wird ja ganz rot«, stellte die Audrey-Doppelgängerin fest. In Gegenwart ihrer edlen Blässe, der dunklen Haare und ihrer Eleganz fühlte ich mich wie ein verschwitzter Bauerntrampel. Wenn sie meine Wangen jetzt mit einem Apfel verglich, würde ich sie rauswerfen.

»Haben Sie noch einen Wunsch?«, fragte ich mühsam beherrscht.

Germana bohrte mir das Tablett zwischen die Rippen und ließ warnend ihre Weißzähne aufblitzen. »Meine Liebe, du wirst in der Küche verlangt. Die Herrschaften bediene ich. Falls du hier draußen noch etwas Nützliches tun willst: Evi Eberle und ihr Weidewichtel wollen schon seit einer halben Stunde zahlen.«

Seufzend wandte ich mich um, kassierte im Vorübergehen, weil ich sonst ja nichts zu tun hatte, bei Evi Eberle vom Kreativladen Weidewichtel und ihrem Mann, einem Klavierstimmer, und begrüßte Caro, die heute Abend mit Manon hier aß, während ich aus dem Augenwinkel versuchte, einen letzten Blick auf Jérôme zu erhaschen. *Verheiratet. Frau und Schwiegermutter.* Auf dem Weg in die Küche warf ich einen Blick in das Buch mit den Reservierungen. Der Tisch, an dem Jérôme saß, war auf Schwärzler reserviert.

In der Küche fluchte Francis ganz übel. Sie schüttete Weißwein über den Karpfen im Rohr, stand in einem Dampfnebel, und ihre karottenroten Haare verloren die letzte Ähnlichkeit mit einer Frisur. »Was du hier aufführst, ist kompletter Irrsinn!«, rief sie. »Hast du noch irgendeinen Überblick?« Sie fuhr sich mit den lackierten Fingernägeln durch das Haar und ging Türen knallend in den Garten, um zu rauchen.

Überblick? Was für eine Frage!

Ich griff hektisch nach den Bons. Zwei Wilde-Weiber-Menüs standen noch aus, eines davon vegetarisch. Meine Mutter hackte mittlerweile Zwiebeln und weinte wieder still vor sich hin, aber darum konnte ich mich jetzt nicht kümmern.

Rindssuppe mit Grießnockerln (ein Löffelchen Schnittlauch draufstreuen) und Blumenkohlsuppe konnten raus.

»Was ist mit Tisch vierundzwanzig und einunddreißig?«, brüllte Annabell durch die Küchentür, die sowohl in der Poststube mit den Zwanzigertischen bediente, als auch die Dreißigertische in der Ofenstube und die Zehnertische im Gastgarten.

Ich arbeitete wie auf Autopilot. Kalbsragout anrichten, Kartoffeln rösten, Olivenöl erhitzen, Polentataler braten. Meine Mutter brachte ein Stück Lachsfilet aus der Kühlkammer. »Schau, was für eine schöne Forelle ich gefunden habe.«

»Wasch sie kalt ab.« Mit der rechten Hand wendete ich Röstkartoffeln, mit der linken rührte ich in der warmen Vanillesoße für den Apfelstrudel, die mir ausgegangen war. Ein ständiger Blick zum Karpfen im Rohr. Ein Teller nach dem anderen ging raus, und ich musste mich höllisch konzentrieren, dass Gäste, die das Wilde-Weiber-Menü bestellt hatten, nicht das Dessert vor der Hauptspeise bekamen. Als ich endlich Kalbsrahmschnitzel, Polentataler mit Gemüse und den Tafelspitz mit Röstkartoffeln für Tisch einunddreißig auf den Wärmepass knallte, atmete ich tief durch. Das Gröbste war geschafft, und die Zeit, die ich im Gastraum verloren hatte, fast wieder eingeholt.

Da beugte sich Annabell, die ungeduldig an der Ausgabe auf die Teller wartete, zu mir herüber. »Diesmal hat er's also geschafft«, sagte sie.

Ich nahm einen Löffel, die Schnittlauchsoße und den Semmelkren, um den Tafelspitz fertig anzurichten. »Was meinst du?«, fragte ich und säuberte den Tellerrand mit einem frischen Tuch.

»Dein krasser Lover.«

»Wie bitte?«

Annabell grinste. »Na, der.« Sie zeigte nach hinten in Richtung Ofenstube. »Der mit den krassen braunen Augen. Den du auf die Limonadenkiste gesetzt hast.«

»Ich versteh kein Wort.«

»Ein paar Tage nach der Lesung war er wieder da und wollte was essen.«

Mir fiel – schon wieder – der Löffel aus der Hand. Außer mich selbst störte das Klirren diesmal aber niemanden. »Was sagst du da?«

»Er ist nicht mal über die Schwelle gekommen. Germana hat ihn am Dorfplatz aus dem Bus aussteigen und den Sonnenrain heraufkommen sehen und ihn mit bedauernder Miene noch vor der Tür weggeschickt. Geschlossene Gesellschaft, hat sie gesagt, und dass es ihr sehr leidtut, und dass er am besten an einem Montag wiederkommen soll. «

Der Montag war mein einziger freier Tag, und das Lamm hatte manchmal offen, manchmal auch nicht – je nachdem, ob Germana Lust hatte aufzusperren.

»Ist er gekommen?«, fragte ich düster.

Annabell nickte. »Noch zweimal. Immer am Montagabend. Beim zweiten Mal hat er nach dir gefragt.«

»Und?«

»Germana war superfreundlich und hat gesagt, dass du nur ganz gelegentlich bei uns arbeitest.«

Nur ganz gelegentlich? Mir blieb die Luft weg. Die Flügeltüren sprangen auf, und Caro platzte in die Küche. »Kannst du mir dein Fahrrad leihen?«

Ich starrte sie an. Waren denn alle um mich herum wahnsinnig geworden?

»Johanna, bitte. Ich brauch dein Fahrrad. Ich bring's dir auch gleich wieder.«

In der Küche war es plötzlich viel zu heiß. Ich griff nach einem Glas und schüttete Wasser in meine Kehle, was nicht im Entferntesten half. Ich musste an die frische Luft.

»Tisch siebenundzwanzig bekommt den Karpfen, bin gleich wieder da«, rief ich Annabell zu, bevor ich Caro hinter mir her nach draußen zerrte. Aus dem Schuppen holte ich mein Fahrrad. »Wofür brauchst du das denn jetzt? Es ist total eisig.« Mir war ein wenig schwindelig, und ich hatte das Gefühl, aus der Zeit gefallen zu sein.

»Der gut aussehende Mann in der Ofenstube, Anfang vierzig, schätz ich, mit dem du vorhin gesprochen hast, der heißt Jérôme und ist Buchhändler, hat Manon mir gerade erzählt. Vor etwas mehr als einem Jahr hat er einen Buchladen in der Königsstraße am See eröffnet, gleich in der Nähe von Manons Boutique. Ich muss sofort nach Hause, mein Manuskript holen. Er kennt sich aus mit Literatur, sagt Manon, hat gute Kontakte zu Verlagen. Der Zeitpunkt ist perfekt, er kann über Weihnachten gleich lesen. Außerdem bin ich schon viel zu lange solo.«

Damit schwang sie sich aufs Fahrrad und raste los.

»Schalt das Licht ein!«, rief ich ihr automatisch hinterher, aber sie reagierte nicht. Im Dunkeln raste sie den Sonnenrain bergab. Ich sah sie schon mit gebrochenen Beinen im Krankenhaus liegen.

Immer noch verstört ging ich zurück in die Küche und beneidete Caro. Sie tat immer einfach das, was ihr in den Sinn kam. Das Wort Scham kannte sie nicht. Verpflichtungen hatte sie auch keine. Und sie scherte sich nicht darum, ob ein Mann seine Frau zum Essen ausführte, wenn sie ein Auge auf ihn geworfen hatte. Statt sich dezent zurückzuziehen, spornte sie das nur noch mehr an.

In der Küche ging es in einem etwas langsameren Tempo weiter, und ich konnte anfangen, meine Arbeitsplatten in Ordnung zu bringen, auf denen der mörderische Abend seine Spuren hinterlassen hatte.

Annabell, die nicht den gleichen Riecher hatte wie Germana, was mich anging, aber nahe dran war und schnell lernte, informierte mich bei jedem Küchengang über Neuigkeiten aus der Ofenstube. Darüber, dass Jérôme Apfelstrudel aß und ziemlich viel Wein trank, während sich seine Begleiterinnen ein quakendes Sprechduell lieferten. Ich versuchte meine Cousine zu ignorieren und gleichzeitig nicht an die Tatsache zu denken, dass er nach mir gefragt hatte. Und zweimal wiedergekommen war.

Es dauerte nicht lange, da war Caro zurück, frisch geschminkt, mit blütenrosa Wangen und absichtlich zerzausten Haaren.

Inzwischen hatte ich meine Bestellungen abgearbeitet, der Karpfen war vor den Augen der Gäste von Germana fachmännisch zerlegt worden, und die meisten waren beim Nachtisch. Weil inzwischen so gut wie alles aus war, mussten zwei Portionen Schweinebraten mit Knödeln und Sauerkraut für späte Gäste herhalten, aber die konnte meine Mutter aufwärmen und anrichten – ihren Kummer hatte sie ein weiteres Mal vergessen. In alter Manier stand sie am Herd und fuhrwerkte herum. Ich bat Elisabeth, ein Auge auf sie zu werfen.

Mich hielt es nicht länger in der Küche. Ich schlüpfte aus meinem Kochmantel und betrat die Ofenstube. Jérôme steuerte gerade auf die Theke zu, seine Geldbörse in der Hand. Offenbar wollte er zahlen. Gut möglich, dass Germana ihn geflissentlich seit Stunden ignorierte.

Caro witterte ihre Chance und stürmte auf ihn zu. »Entschuldige, dass ich dich störe, aber hättest du fünf Minuten Zeit für mich?... Es ist nämlich so...« Sie zog ihn ans Ende der Theke und beugte sich sehr nah an ihn heran. Francis, die inzwischen den Ausschank übernommen hatte, machte einen Höllenlärm mit der Kaffeemaschine. Ich stellte mich zum Zapfhahn, trank einen Schluck eiskaltes Sodawasser und konnte nicht verstehen, was Caro und Jérôme miteinander sprachen. Ich sah nur, wie selbstsicher meine Freundin wirkte, wie respektvoll er nickte und wie ehrfurchtsvoll und fast ein wenig eingeschüchtert er ihr Manuskript entgegennahm.

»Danke! Vielen, lieben Dank! Und schöne Weihnachten!«, sagte Caro, als die Kaffeemaschine verstummt war, und schüttelte ihm strahlend die Hand. »Meine Telefonnummer steht im Manuskript. Du kannst mich jederzeit anrufen. Auch über die Feiertage. Selbst an Weihnachten. Ich bin alleinstehend, du störst also nicht.« Francis brachte die beiden Kaffeetassen an einen Tisch.

»Ich würde gerne zahlen«, sagte Jérôme.

»Sofort«, sagte Annabell und wollte noch schnell ein Tablett in die Küche transportieren. Ich hob die Hand. »Ich übernehme das.«

Annabell stellte das Tablett kurz ab und zog ihr großes Portemonnaie unter der Schürze hervor. »Ich halte dir Germana so lange vom Leib«, flüsterte sie, und da wusste ich wieder, warum ich sie am liebsten von all meinen Cousinen hatte.

Jérôme bezahlte die Rechnung bar, kramte ewig in seiner Geldbörse, gab mir ein absurd großzügiges Trinkgeld, das er sich nicht ausreden ließ, und hatte danach nichts mehr außer ein paar Cent.

Ich reichte ihm die Quittung und hätte gern noch ein paar Worte mit ihm gewechselt, irgendetwas gesagt, aber da kam schon seine schöne Frau mit der Schwiegermutter im Schlepptau. Sie drängten zum Aufbruch. »Jérôme, was machst du denn so lange?«, quäkte seine Frau und ließ sich von ihm in den Mantel helfen, während er sich förmlich bei ihr entschuldigte.

Ich wartete, bis sie weg waren, und trat ans Fenster. Jérôme zündete sich unter einer Straßenlaterne eine Zigarette an. Eine einzige Schneeflocke segelte vom Himmel, landete auf seiner Schulter und schmolz. Erstaunt richtete er seinen Blick zum Himmel. Seine Frau und seine Schwiegermutter liefen mit schnellen Schritten zu einem dicken BMW. Er hingegen schien es nicht eilig zu haben. Er legte den Kopf in den Nacken, öffnete seinen Mund und streckte die Zunge heraus, in der Hoffnung, noch eine Schneeflocke zu erhaschen. Als er mich am Fenster entdeckte, erschien ein strahlendes Lächeln auf seinem Gesicht. Er deutete in den Himmel, zeigte auf mich und hielt seine Hände wie einen Kelch auf. Ich konnte die Geste nicht richtig deuten. Dann zuckte er zusammen, weil neben ihm der BMW hielt. Seine Frau saß am Steuer und bat ihn einzusteigen. Einen Moment hielt er inne, sah einer zweiten Schneeflocke zu, ließ sie auf seiner Hand landen und machte eine Geste, als würde er sie mir zuschnippen.

Mooser Heimatchronik

»Meine Güte, die liebe Johanna. Mein Mann und ich kennen sie ja auch schon, seit sie auf der Welt ist, und wir lieben sie. Mein Mann ist der Chronik ja längst ein Begriff. Fritz Fuchs. Landtagsabgeordneter. Also, ehemaliger Landtagsabgeordneter. Silbernes Ehrenzeichen für Verdienste um die Republik Österreich. Wir sind ja jetzt privat. Mein Mann und ich, wir schreiben auch. Das ganze Dorf schreibt ja. Haha. Ist das nicht lustig? Einmal in der Woche gehen wir zu Caro in den Literaturkurs. Warum kommst du eigentlich nie in den Kurs? Da kann man eine Menge lernen. Wo du doch die Chronik schreibst. Über die Johanna hat mein Fritz, also mein Mann, ja immer schon gesagt, dass sie komplett anders sei als die anderen Lehner-Frauen. Das liegt an ihrem Vater, sagt Fritz. Du kennst sicher die Geschichte über Johannas Vater. Jeder kennt diese Geschichte. Also, falls noch etwas wichtig ist für die Chronik, du weißt ja, wir wohnen sonnenseitig, wenn man aus dem Lamm rauskommt, nach rechts, am Haus der Familie Ritter vorbei, der arme Mathias Ritter. Platz zwei im Abfahrt-Weltcup, und dann Halswirbelsäulenbruch, tragisch. Aber über ihn hast du ja auch schon mehrfach geschrieben. Wo war ich? Ach ja, wir wohnen die Straße runter in Richtung Dorfplatz. Da kommt zuerst eine Wiese, dann unser Haus, der Zaun ist frisch gestrichen. Silbermetall. Fritz legt großen Wert darauf, dass das Haus gepflegt ist. Unter uns gesagt, übertreibt er's manchmal mit der Ordnung. Nach uns kommt das Haus vom Gemeindearzt. Ariel Dorner. Hast du den schon interviewt? Sein Vater hat Johanna zur Welt gebracht, lebt zwar nicht mehr, aber Ariel kann dir bestimmt auch eine Menge über sie erzählen, was sie für Kinderkrankheiten hatte und so. Also dann, ich hoffe, diesmal kriegen wir die Chronik wieder zugestellt. Die letzte Ausgabe haben wir nämlich nicht bekommen. Und falls du wieder einmal über meinen Mann schreiben willst ...«

Sybille Fuchs, 65, Nachbarin

ZEHN

Ich hatte Weihnachten herbeigesehnt, und als es endlich Heiligabend war, war ich erschöpft wie selten zuvor. Am vierundzwanzigsten Dezember trafen wir uns bei Einbruch der Dämmerung im Garten der Ritters, um das Weihnachtsfest einzuläuten. Das taten wir nicht erst seit Mathias' Unfall, das war eine Tradition, seit ich denken konnte. Bauer Dokus brachte ein Stück Fichtenstamm, der uns später als Feuerstelle dienen sollte, während ich einen Warmhaltetopf mit Glühwein in den Garten trug und ihn auf einen Tisch stellte. Kühles Bier wäre vielleicht passender gewesen, denn das Thermometer war am Vortag auf vierzehn Grad geklettert, Tulpen reckten ihre Spitzen aus dem Boden, und ich befürchtete, die Forsythien könnten anfangen zu blühen. Meine Mutter hatte nach dem Frühstück die Kiste mit ihren Gartenzwergen nach draußen getragen, weil sie dachte, der Frühling sei gekommen. Mit dem seligen Ausdruck eines Kindes ordnete sie die Zwerge an. Sie blinzelte unentwegt, irritiert vom grellen Licht der tief stehenden Sonne, die ihr waagrecht in die Pupillen stach. Ich brachte ihr eine Sonnenbrille.

Die Weihnachtspause, die wir im Lamm nach dem vierten Advent einlegten, hatten wir alle bitter nötig. Die vergangenen Wochen steckten mir in den Knochen, wir waren förmlich überrannt worden. Germana zählte Geld und freute sich. Alle freuten sich. Nur ich freute mich nicht, und ich fragte mich, warum ich mich nicht freute. Wir hatten den besten Umsatz seit Jahren gemacht, und ich war wütend auf den Anrufer mit den Hauben, der uns das eingebrockt hatte, noch wütender jedoch war ich auf mich selbst, weil ich die absurde Idee mit diesem Wilde-Weiber-Wahnsinn gehabt hatte. Je mehr Städter auf uns aufmerksam geworden waren, umso voller war das Lamm geworden. Die Leute gingen mir mit derselben Inbrunst auf die Nerven, mit der sie regionale Küche buchstabierten und im Lamm nach einem romantisch verklärten Lebensentwurf suchten, der an kitschige Weihnachtspostkarten erinnerte, verschneites Bergpanorama inklusive. Mit der Wirklichkeit hatte das nichts zu tun. Mathias sagte, dass ich mich schon fast so zynisch anhörte wie er selbst. Das Lachen sei mir irgendwie abhandengekommen. Dann nahm er das Wort »Burn-out« in den Mund, aber das konnte ich mir beim besten Willen nicht leisten. Jérôme kam nicht wieder, natürlich nicht, dafür konnte ich diesmal die Gedanken an ihn nicht so leicht aus meinem Kopf bekommen. Warum hatte er sich die Mühe gemacht, nach mir zu fragen? Was hatte er von mir gewollt? Und was hatte die Geste am Fenster zu bedeuten gehabt?

Aber selbst wenn er sich wirklich für mich interessierte und mich treffen wollte, er war verheiratet. Vielleicht hatte er bei der Lesung Gefallen an dem einfachen Mädel vom Land gefunden, sozusagen als seine Version der kitschigen Weihnachtskulisse. Ich kannte ihn überhaupt nicht, und wenn ich ehrlich war, war ich selbst noch viel schlimmer als diese Städter mit ihren idyllischen Vorstellungen. Ich war einer Fiktion aufgesessen – und zwar im wahrsten Sinn des Wortes. Jérôme hatte nichts mit Daniel zu tun, genauso wenig wie Daniel mit

Jérôme, und heute, an Weihnachten, war ich fest entschlossen, diesen Gedanken endlich in meinen Kopf zu bekommen.

Ich sehnte mich danach, mich zu entspannen, mit meiner Familie zu feiern und Spaß zu haben. Und als dann kurzfristig die böse Tante Hildegund absagte, die eigentlich mit ihren Kindern aus der Stadt hatte kommen wollen, beschloss ich das als gutes Omen zu werten. Nicht einmal Mathias' übliches Geschimpfe, als ich ihn in seinem leichten Rolli in den Garten schob – er behauptete unsere Weihnachtslieder nicht zu ertragen, dabei verunsicherte es ihn einfach, sein Zimmer zu verlassen –, konnte mir die Vorfreude nehmen. Skeptisch schaute er mir und Marlies zu, wie wir stümperhaft versuchten, ein Feuer im Fichtenstamm zu entfachen, der wie ein Kamin funktionieren sollte, es aber nicht tat.

»Theresia kommt«, stellte er gleich darauf fest, und zum ersten Mal an diesem Nachmittag erhellte sich seine Miene ein wenig. Jetzt hörten auch wir den röhrenden Motor des Quad, der immer lauter wurde. Wir schoben Mathias an den Rand des Gartens. Von dort konnten wir sie sehen.

Wie ein Soldat im Gebirgseinsatz donnerte Theresia breitbeinig auf ihrem vierrädrigen Geländevehikel namens Grizzly aus dem Wald, querfeldein die Wiese herunter. Natürlich führte von ihrer Vorsäßhütte ein Güterweg ins Dorf, aber Theresia war ebenso stur und unverbesserlich wie Germana und nahm lieber die Abkürzung steil bergab. Sie stand eher, als dass sie auf dem Sattel saß, und wusste genau, wann und wie sie sich mit vollem Körpereinsatz in die Kurve legen musste, um nicht zu kippen. Ein fulminanter Auftritt. Immerhin fuhr sie nicht in den Gartenzaun, sondern bremste knapp davor.

»Frohe Weihnachten!«, rief sie und nahm ihren Helm ab. Zwei lange, graue Zöpfe fielen links und rechts neben ihren Ohren herab. Ohne diese Zöpfe hätte man sie aufgrund ihrer muskulösen Statur und ihres forschen Schrittes wohl eher für einen Mann gehalten. Ihre dunklen Augen und die markante Adlernase ließen einen im ersten Moment zurückweichen. Sie war eine imposante Erscheinung, wenn auch nicht so üppig und ausladend wie Germana. Ich hätte sie sofort für einen Film gecastet, der in einem Bergbauerndorf im achtzehnten Jahrhundert spielte. Das Quad allerdings hätte nicht in diese Kulisse gepasst. Theresia war eine leidenschaftliche Motorschrauberin, sie hatte neben ihrer Hütte einen Unterstand, in dem mehrere verwegene Fahrzeuge standen, an denen sie gern bastelte. Ihr Lieblingsspielzeug war ein Traktor aus den Fünfzigerjahren. Und glücklicherweise war sie ihre Geldsorgen weitgehend los, seit sie sich mit ihren Ziegenmilchprodukten einen Namen gemacht hatte.

»Was wird das denn, wenn's fertig ist?«, fragte sie und zeigte auf den stinkenden Qualm, der an den falschen Stellen dem Fichtenstamm entwich. Sie nahm die Sache in die Hand und entfachte in wenigen Minuten ein knisterndes Feuer. Dann stiefelte sie zur Gepäckbox und holte eine Tasche aus dem Quad, vollgefüllt mit liebevoll verpackten Geschenken. Jeder bekam eines. Ich freute mich schon sehr darauf, meines auszupacken. Theresia schenkte nämlich nicht irgendwas. Sie machte sich zu jedem von uns Gedanken und traf es oft auf den Punkt. Ich konnte nicht warten und riss das Papier sofort auf: ein Taschenbleistift mit eingebautem Spitzer und Radiergummi.

»Ich weiß nicht, warum, aber ich habe das Ding gesehen und an dich gedacht.«

Wir umarmten uns, und ich bedankte mich. Theresia fühlte sich kompakt an, so richtig zum Festhalten. Ganz anders war da Elisabeth, die sich, wenn man es böse formulieren wollte, wie ein Sack Knochen anfühlte. Kantig und hart an allen Stellen. Ein abgezehrtes Gesicht, nichts als Wangenknochen, Stirn und dünnes Haar. Sie kam gerade aus der Kirche und brachte das Licht von Bethlehem in einer roten Friedhofskerze mit. »Du meiner Seel', was du immer für einen Lärm und für einen Gestank machst, Schwester! Man hat dich bis in den Beichtstuhl gehört.«

»Frohe Weihnachten, Elisabeth.« Theresia gab ihr ein Päckchen, in dem ein Kerzenhalterengel war. Marlies bekam einen Seidenschal. Dann blieb sie vor Mathias stehen, kramte in ihrer Tasche und sagte: »Bei dir habe ich mir das Einpacken gespart. Wäre doch saublöd, wenn ich das zuerst verpacke und es dann selbst wieder für dich auspacken muss.«

»Kluge Frau«, sagte Mathias.

»Aber die Augen musst du schon zumachen, mein Lieber.«

Er schloss die Augen, und sie zog ein orangegelbes Plastikding mit einem Kabel aus ihrer Tasche, das entfernt an einen Toaster erinnerte. Ich sah zu Marlies, aber auch sie hatte keine Ahnung, was es war. Mathias schlug die Augen auf und erkannte es sofort.

»Du bist verrückt«, sagte er und freute sich wirklich. »Ein Mangiadischi. So geil! Wo hast du den denn her?«

Sie schmunzelte. »Auf dem Flohmarkt gefunden. Der Stecker war kaputt, aber ich habe ihn repariert. Gefällt's dir?«

»Komm her.«

Sie näherte sich seinem Gesicht, und er drückte ihr einen Kuss auf die Wange. »Wahnsinn, absoluter Wahnsinn. Danke.«

»Ein paar dazu passende Platten habe ich dir auch noch mitgebracht.« Sie zog einen Stapel historischer Vinyl-Singles aus ihrer Tasche. Mathias war begeistert über den Taschen-Plattenspieler. Während Theresia sich abwandte, um unsere Hausgäste, zwei befreundete Paare aus Kirchentellinsfurt, die jedes Jahr Weihnachten im Lamm verbrachten, zu begrüßen, blätterte ich für Mathias die altmodischen Singles durch: *Akropolis Adieu* von Mireille Mathieu, *Sage deiner Frau, dass sie die Schönste ist* von Eddie Constantine, *Der Kommissar geht um* von Falco. Am liebsten hätte er sich sofort alles angehört.

Germana wogte durch den Garten. Sie und Theresia hieben sich gegenseitig die Pranken auf die breiten Schultern und begrüßten sich wie alte Saufkumpanen. Beide unter einem Dach war unvorstellbar, sie waren sich viel zu ähnlich.

Es kamen immer mehr Leute. Mathias' und Marlies' Eltern hatten noch zu tun gehabt und sich Zeit gelassen. Marianne brachte Weihnachtskekse mit und einen Schnupfen, Oskar heiße Kastanien auf einem Blech. Meine Cousinen krochen aus ihren Nestern, aufgedonnert wie amerikanische Christbäume, und schauten, nachdem sie Theresias Geschenke ausgepackt hatten, statt ins Feuer auf ihre Smartphones.

Bald saßen wir in großer Runde ums Feuer, tranken Glühwein und plapperten alle gleichzeitig. Germana und Theresia lieferten sich einen wortgewaltigen Schlagabtausch und gaben einen Witz nach dem anderen zum Besten. Meine Mutter kicherte am lautesten. Elisabeth schüttelte entsetzt den Kopf, und Francis hatte sich schon am Nachmittag mit einem Joint und ein paar Schnäpsen weggebeamt, weil sie die geballte Familie sonst nicht ertrug. Im Dorf unter uns wurde ein Licht nach dem anderen angeknipst, und in unserer Mitte stoben Funken in die Höhe. Es roch nach Feuer, Glühwein und Kastanien. Unsere Gesichter leuchteten rot, während unsere Rücken immer kälter wurden und uns Marianne mit Decken versorgte, sodass keiner frieren musste.

Mit dem letzten Schein der Dämmerung verschwand zusehends der mächtige Schatten der Schwarzen Wand. Meine Mutter saß neben mir und hielt meine Hand. Ihre wilden Locken umrahmten ihr Gesicht, und der Schein des Feuers ließ ihre Züge jünger wirken. »Gell, wir haben es schön hier, Johannalein«, sagte sie und nippte an ihrem Glühwein.

»Ja, Mama, das haben wir.« Ich drückte ihre Hand fester.

Die Tanten verstummten kurz und schauten zu uns herüber. Wie die Orgelpfeifen saßen sie nebeneinander: Germana – die Herrische, Elisabeth – die Bigotte, Francis – die Fertige, Theresia – die Enttäuschte, Antonia – die Tapfere. Sie waren so unterschiedlich und sich doch so ähnlich. Eigenwillige Frauen mit majestätischen Profilen und Augen wie Kohlestücke.

Mein Blick traf den von Mathias. Er beobachtete mich und wusste ganz genau, was mir durch den Kopf ging. Ich musste lächeln. Er erwiderte es und nahm einen kräftigen Zug Glühwein aus einem Strohhalm. Marlies schenkte nach.

Wenig später waren die Unterhaltungen wieder in vollem Gange. Elisabeth, Theresia und Marianne diskutierten darüber, ob sie heute wohl in der Christmette die Predigt verstehen würden, denn seit Moos keinen eigenen Pfarrer mehr hatte, schickte man uns in unregelmäßiger Reihenfolge einen Polen, einen Inder und einen Afrikaner, die allesamt viel reizender waren als unser alter Pfarrer, allerdings der Sprache nicht immer ganz mächtig. Francis' rote Haarmähne sah wild aus. Mit stark vergrößerten Pupillen starrte sie ins Feuer, und Germana ließ sich von Annabell ein paar Funktionen an ihrem Smartphone zeigen, mit dem sie vor ein paar Tagen voller Stolz nach Hause gekommen war. Es war das teuerste und aktuellste Handymodell, das es derzeit auf dem Markt gab.

»Dieses Jahr gibt's digitale Familienfotos«, verkündete sie und fotografierte ohne Unterlass.

»Wo ist eigentlich der Gerhard?«, fragte meine Mutter, sah in die Runde, ließ ihren Blick von einer Schwester zur anderen gleiten und schaute mich dann anklagend an. »Sag bloß, du hast den Gerhard nicht angerufen? Keine von euch? Der muss doch auch mit auf die Fotos.«

Ich tauschte einen schnellen Blick mit Germana, die nur den Kopf schüttelte.

»Habe ich dir schon erzählt, dass Steffis kleiner Sohn Leon gestern einen Weihnachtsstern verschluckt hat und fast erstickt wäre?«, fragte ich schnell. »Ariel kam gerade noch rechtzeitig.«

»Du lenkst ab«, sagte meine Mutter erstaunlich klar. »Du hast was gegen Gerhard. Was habt ihr nur alle gegen Gerhard?« Ihre Augen wurden feucht. »Das ist nicht fair. Es ist doch Weihnachten. Habt ihr ihn nicht eingeladen?«

Ich schloss für einen Moment die Augen. Alle zwei, drei Wochen kam meine Mutter auf ihren toten Bruder Gerhard zu sprechen. Er war ihr in der Geschwisterreihenfolge am nächsten gewesen. Normalerweise waren unsere Rollen klar verteilt: Ich versuchte, meine Mutter abzulenken, bis es Germana zu bunt wurde und sie meiner Mutter ohne Umschweife vor den Latz knallte, dass Gerhard tot war, und das schon seit zweiundvierzig Jahren, woraufhin meine Mutter untröstlich zu weinen anfing, während Elisabeth »Du, meiner Seel', der Gerhard, was für eine schöne Beerdigung, du meiner Seel'« vor sich hin schwadronierte.

Um uns herum verstummten die Gespräche, als meine Mutter immer lauter nach Gerhard verlangte.

»Fertig jetzt, Antonia«, rief Germana und klatschte so laut in die Hände, dass wir alle zusammenzuckten. Ich zog den Kopf ein. Der Abend hatte so schön angefangen, aber nun würde die Trauer meiner Mutter alles überdecken. »Wir treffen ...«, Germana räusperte sich, »also, wir treffen den Gerhard nachher in der Kirche. Er ist schon mal vorausgegangen, um die besten Plätze für uns zu reservieren.«

Theresia nickte bestätigend. Die Cousinen falteten zustimmend die Hände und verkniffen sich jede überflüssige Bemerkung. Abschließend fügte Elisabeth hinzu. »Du meiner Seel', der liebe Gerhard.«

»Ach, wie schön«, freute sich meine Mutter und strahlte alle an. »Ach, wie schön.«

Ich atmete durch und legte ihr meinen Arm um die Schulter. In diesem Moment liebte ich all diese verrückten Frauen. Meine Familie.

Ich trank meinen Glühwein aus und dachte nun doch wieder an Jérôme, der wahrscheinlich im Kreise seiner Familie vor einem Christbaum saß. Plötzlich konnte ich den wohligen Schmerz mit einem Schuss Drama und Weinseligkeit genießen. Problemlos hätte ich ein bisschen weinen können. Einfach so. Weil alles manchmal ein bisschen wehtat.

»Und jetzt spielt uns Johanna ein Lied auf der Gitarre!«, rief Sabine aus Kirchentellinsfurt.

»Seit wann spielt Johanna Gitarre?«, fragte Tante Theresia.

Sie antworteten alle gleichzeitig, in einer Euphorie, die meine Knie weich werden ließ. Dass ich die Küche so gut wie allein schmiss, nahmen sie als selbstverständlich hin, aber auf meine Ambitionen, Gitarre spielen zu wollen, waren sie stolz. Viele unserer Hausgäste waren nämlich enttäuscht, wenn sie hörten, dass in der ganzen Familie niemand ein Instrument spielte. Keine Handorgel? Nicht mal Gitarre? Nicht mal ich? Bei dem Vater? Allen schien klar zu sein, dass ich die besten Voraussetzungen dafür hatte. Irgendwann hatte ich selbst daran zu glauben begonnen. Das war auch der Moment gewesen, in dem Steffi, Caro und ich in einem Anflug von Selbstüberschätzung im Internet drei Gitarren samt Online-Kurs bestellt und losgelegt hatten.

Der Alkohol schoss mir nun endgültig ins Gesicht. Ich versuchte mich zu wehren. Mathias grinste mich an und schien mir meine vorprogrammierte Niederlage jetzt schon zu gönnen.

»Ich freue mich immer, wenn du dich freust«, sagte ich zähneknirschend.

»Johanna spielt ganz toll!«, sagte er.

Ich war drauf und dran ihn zu würgen, als mir meine Mutter die Hand drückte und mir mit einem seligen Lächeln ins Ohr murmelte: »Meine Molly Malone«. Da war es vorbei mit meiner Fassung – Weihnachten und alles und jetzt das noch: Den Tod ihres Bruders vergaß sie, aber an Molly Malone konnte sie sich immer noch erinnern. So hatte sie mich früher als Kind genannt, wegen eines Liedes, das mein Vater ihr vorgespielt hatte.

Ich machte mich von meiner Mutter los und ging ins Haus, um die Gitarre zu suchen. Ich putzte mir die Nase und trat wieder hinaus. Zum ersten Mal überhaupt wurde es während unseres Weihnachtsumtrunks für einen Moment ganz still. Nur das Holz knackte im Feuer. Ich zupfte die Seiten. Es klang irgendwie anders als sonst.

»Du musst sie stimmen«, murmelte Mathias.

Natürlich, das war es! Ich versuchte mein Bestes, hatte allerdings keine Ahnung, ob ich damit Erfolg hatte. Dann legte ich meine zitternden Finger auf die Seiten, so wie wir, Caro, Steffi und ich, uns das beigebracht hatten, und schlug einen Akkord an.

»Du meiner Seel', dass wir das noch erleben dürfen«, sagte Tante Elisabeth und legte beide Hände aufs Herz.

Und dann schremmte ich drauflos. *Sweet Home Alabama*. Aus: *Spielen wie der Lagerfeuermann, Teil 1*. Wie gesagt, das einzige Lied, das ich einigermaßen hinbekam.

Meine Cousine Fabienne war die Erste, die losprustete.

»Krass!«, sagte Annabell dann. Jessica und Pamela hoben ihre Handys, um mich zu filmen.

»Wehe, ihr stellt das ins Netz!«, rief ich zwischen zwei Strophen.

»Zu spät«, feixten sie.

Ich hielt bis zum Schluss durch, die anderen auch. Als ich geendet hatte, machte sich Stille breit. Sabine aus Kirchentellinsfurt war die Erste, die sie brach. »War doch gar nicht so schlecht«, sagte sie – Sabine war Kindergartenpädagogin.

»Nicht schlecht? Da lachen ja die Götter«, polterte Germana los. »Das war das Schlimmste, was ich je gehört habe. Mir hat's sukzessive die Schuhe ausgezogen und die Zehennägel aufgerollt, und das will was heißen, weil ich nämlich Kartoffeln auf den Ohren habe. Aber was noch ist, kann ja nicht mehr werden! Und deshalb, meine Lieben, erhebt mit mir das Glas. Trinkt mit mir auf unsere wunderbare Molly Malone!«

»Auf Molly Malone!«, riefen alle überschwänglich, und ich musste lachen.

Nur meine Mutter schaute traurig.

»Kannst du das noch mal so krass spielen?«, bat Annabell und hielt ihr Handy bereit.

»Klar«, sagte ich und schlug den ersten Akkord an. Und weil sie alle genauso unmusikalisch waren wie ich, sangen sie diesmal einfach mit.

»Marlies«, sagte Mathias verzweifelt neben mir, »halt mir bitte die Ohren zu.« Und als Marlies hinter ihrem Bruder stand und ihm die Ohren zupresste, mussten wir wieder so schallend lachen, dass sogar meine Mutter das Traurigsein vergaß und in unser Gelächter einstimmte. Und weil wir so viel Spaß hatten, übernahm Sabine die Gitarre, und wir sangen noch *Kling Glöckchen* und *Leise rieselt der Schnee* und *O Tannenbaum* – Sabine war die Einzige, die von jedem Lied mehr als eine Strophe konnte. Als wir schließlich bei *Stille Nacht* angelangt waren und die Glocken der Dorfkirche mächtig zu uns emporklangen, schauten wir alle sehr feierlich und schon ziemlich betrunken ins Feuer. Eigentlich konnte ich das alles nur schwer aushalten. Wenn man nämlich unter die Oberfläche sah, erkannte man, wie jeder in dieser Runde auf seine Art verzweifelt um sein Überleben kämpfte. Marlies sah, wie es mir ging, und gab mir ein Taschentuch.

Die Versammlung steuerte langsam auf ihr Ende zu. Die Ritters gingen in ihr Haus. Wir gingen in unseres. Bei Ritters gab es Karpfen, bei uns Bratwürste und Sauerkraut. Hinterher versprach ich die Küche aufzuräumen, wenn ich dafür nicht in die Christmette musste. Die Tanten willigten ein.

Wehmütig sah ich ihnen nach, wie die fünf Frauen ineinander eingehakt und kichernd den Sonnenrain zur Kirche hinunterwankten. Wie gern ich eine Schwester gehabt hätte! Wenigstens eine.

Mit dem Aufräumen war ich schnell fertig. Dann ging ich hinüber zu Mathias. Er war allein in seinem Zimmer, hörte Musik und schaute aus dem Fenster.

»Johanna.«

»Wo ist Marlies? Ich dachte, sie bleibt hier?«

»Hab sie gegen ihren Willen in die Kirche geschickt.«

»Soll ich auch wieder gehen?«

»Nein.«

Ich steckte das Kabel des Mangiadischi in die Steckdose und schob wahllos die erste Single in den Schlitz, in der Hoffnung, die wehmütige Weihnachtsstimmung zu vertreiben, mit der wir beide nur schwer umgehen konnten. Da schmachtete Lale Andersen: »Ich bin ein Mädchen aus Piräus und liebe den Hafen, die Schiffe und das Meer. Ich lieb' das Lachen der Matrosen, ich lieb' jeden Kuss, der nach Salz schmeckt und nach

Teer.« Mathias bewahrte mich davor, wieder aus purer Sentimentalität loszuheulen, indem er übertrieben mitsang: »Ein Schiff wird kommen, und das bringt mir den einen, den ich so lieb' wie keinen, und der mich glücklich macht. Na los. Sing mit, schlimmer kann's nicht werden.«

»Du kennst den Text?«, rief ich.

»Skihütten-gestählt, meine Liebe. Wobei das noch harmlos ist. Bei dem Scheiß, der da läuft, muss man einfach mitgrölen. Komm schon, sing! Ein Schiff wird kommen...« Es klang bestimmt sehr schief, aber es tat mir unheimlich gut, als ich endlich mitgrölte: »Und meinen Traum erfüllen, und meine Sehnsucht stillen, die Sehnsucht mancher Nacht.« Bei der zweiten Sehnsucht hatte die LP einen Kratzer, und es krächzte nur noch auf einer Silbe: Sehn, Sehn, Sehn.

»Schluss. Aus«, sagte Mathias sichtlich erschöpft. Lachend wechselte ich die LP und erwischte ausgerechnet: *Tanze mit mir in den Morgen.*

»Ganz, ganz großartig!«, rief er und machte ein Gesicht, das man hätte einrahmen sollen. Vielleicht war es die Musik, vielleicht sein unerschütterlicher Galgenhumor, aber mir war, als würde mir jemand einen schwarzen, staubigen Mantel von den Schultern ziehen. Ich konnte wieder durchatmen. Die Mitte der Nacht war vorüber. Es wurde wieder heller.

ELF

Am Christtag schlief ich aus, legte dem alten Mohr Birnenbrot vor die Tür wie jedes Jahr, wanderte auf den Mooskopf und schrieb bis in die Nacht. Ich rührte keinen Kochtopf an und auch sonst keinen Finger. Weihnachten kochte traditionell Francis für die Familie, während meine Mutter und ich von der Familie bedient wurden. Wir genossen es.

Am zweiten Weihnachtsfeiertag brach Tante Francis mit ihren vier Töchtern zu einer Outlet-City auf – Fabrikverkäufe von Luxusmode, der siebte Himmel für Leute, die auf Marken-Klamotten standen, sie sich aber nicht wirklich leisten konnten. Sie wollten eine Nacht in einem Billighotel übernachten, damit sie, wenn die Läden nach den Feiertagen öffneten, die Allerersten waren.

Am Siebenundzwanzigsten hatte der Himmel die Farbe von Spülwasser und hing so dicht über uns, dass ich die Schwarze Wand nicht sehen konnte. Germana, meine Mutter und Elisabeth fuhren in aller Herrgottsfrüh zu Tante Hildegund – ein Verwandtschaftsbesuch, für den ich mir absichtlich den Magen verdorben hätte, um nicht mitzumüssen. Ich packte Germana am wundesten Punkt und sagte ihr, dass ich die Zeit nutzen wollte, um die Küche auf Vordermann zu bringen – die Vorräte prüfen, altes Zeug wegschmeißen, vorproduzieren –, und das ginge viel besser, wenn meine Mutter nicht da sei. Das sah sie ein.

Und so kam es, dass ich an jenem Morgen zum ersten Mal seit einer Ewigkeit einen ganzen Tag lang das leere Haus für mich hatte. Nachdem ich geduscht hatte, band ich mir das Haar locker im Nacken zusammen, schlüpfte in Unterwäsche, zog meinen Kochmantel direkt über die nackte Haut und knöpfte ihn zu. So leicht. Barfuß stieg ich in die Holzschlapfen, ging in die Küche und frühstückte ausgiebig. Draußen regnete es. Ich zündete den Kachelofen an und wirbelte um meine eigene Achse. Musik. Zuerst brauchte ich gute Musik. Ich verband die Lautsprecherbox mit meinem Handy und aktivierte die Playlist, die mir Mathias zusammengestellt hatte. *Burning down the house.* Grölend hüpfte ich durch die Küche, riss sämtliche Schubladen, Kästen und Schränke auf, verschaffte mir einen Überblick und beschloss, als Erstes die Gewürze alphabetisch zu sortieren – in der Hitze des Gefechts, während des Kochens, kostete es mich wertvolle Zeit, wenn ich ständig danach suchen musste.

Bockshornklee nach links, Kreuzkümmel in die Mitte, Dill und Estragon dazwischen. Kam Lorbeer vor oder nach Löffelkraut? *I'm not in love* von 10 CC hörte ich gerade zum siebten Mal, als mich ein Luftzug irritierte. Ich fuhr herum. Caro.

»Du meine Güte, musst du mich so erschrecken?« Ich drehte die Musik leiser, beendete die Endlosschleife, und wir begrüßten uns mit Wangenküsschen. Caro trug ihr Joggingoutfit. Sie schwitzte kein bisschen, war aber bestimmt schon auf einen der umliegenden Gipfel gerannt. Eine Weile lang war sie Mitglied der Laufgazellen gewesen, aber die hatten sich dann doch als zu fanatisch entpuppt.

»Sorry, die Türen waren alle offen. Ich habe geklopft, aber du hast mich nicht gehört.«

Ich fand es schade, dass ich nicht mehr allein war, ließ mir das aber nicht anmerken. »Was willst du trinken?«

Caro begutachtete meine Gewürze. Sie nahm einzelne Büchsen, öffnete sie, schnupperte daran und verzog je nachdem verzückt oder angewidert das Gesicht. »Lorbeer kommt übrigens vor Löffelkraut, glaube ich.« Caro zappelte wie ein Floh neben mir herum.

»Bist du nervös?«

Sie zog eine Vanilleschote aus einem Tütchen, rollte sie zwischen den Fingern, roch daran und lächelte verträumt. Das konnte nur eines bedeuten: Sie hatten einen Neuen.

»Bitte.« Sie reichte mir die Vanilleschote.

»Kannst du jetzt behalten. Wie heißt er?«

»Jérôme«, sagte sie genüsslich und setzt sich auf einen Stuhl. »Er kommt mich heute besuchen … du weißt schon … der smarte Buchhändler aus der Königsstraße mit den schlampigen Klamotten.« Grinsend verdrehte sie die Augen, starrte geistesabwesend an die Decke und zwirbelte die Vanilleschote wie einen Minipropeller um ihre Nase. »Er will das Manuskript mit mir besprechen.« Sie platzte fast.

»Toll.« Ich drehte mich von ihr weg und warf die Gewürze achtlos zurück in die Lade. Zimt zwischen Koriander und Basilikum. In ein paar Tagen wäre die Reihenfolge ohnehin wieder durcheinander. Zeit für die große Putzarbeit. Putzen reinigt die Seele. Sollte ich Caro darauf hinweisen, dass Jérôme eine Frau hatte?

»Er findet das Manuskript bestimmt toll«, sagte ich und stellte Caro ihr Lieblingsgetränk, einen Johannisbeersaft, aufgespritzt mit Leitungswasser, hin.

»Wenn's ihm nicht gefallen würde, hätte er es nie in so kurzer Zeit gelesen. Er will es mit mir besprechen. Unter vier Augen … bei mir zu Hause.«

»Hat *er* vorgeschlagen, sich bei dir zu treffen?«

»Meine Idee. Er hatte nichts dagegen.« Ja, weil bei ihm zu Hause seine Frau wohnte. Logisch, dass er lieber zu Caro ging. Aber ausgerechnet so kurz nach Weihnachten? Besuchte man da nicht seine Verwandten? Oder machte man nicht so etwas wie Inventur in der Buchhandlung?

»Jetzt überlege ich schon die ganze Zeit, was ich kochen soll. Hast du eine Idee?«

»Er kommt zum Essen?«

»Hat er nicht dezidiert gesagt, aber eine Kleinigkeit kann nicht schaden.«

»Wann kommt er denn?«

»Um drei.«

»Nicht wirklich Essenszeit, oder?«

»Im Weihnachtsurlaub? Da frühstücken doch eh alle erst um zehn oder elf. Und um drei kommt dann der große Hunger. Was meinst du? Was soll ich kochen?«

Ich warf einen Strauß alter Kochlöffel neben den Herd, sortierte sie aus, überlegte kurz und sagte: »Zuerst machst du eine Süßkartoffelsuppe mit Ingwer, dann eine kleine Vorspeise aus Kichererbsen, Herzravioli an Liebesapfelsoße, danach Herznudeln mit Entenbrust und Salbei, zur Hauptspeise Lammragout d'amour. Beim Dessert kannst du sowieso aus dem Vollen schöpfen: Himmlische Erdbeeren, Schokoherzen mit Vanillecremefülle, Heiße Liebe, Französische Küsse, Apfel-Mohn-Herzen oder Bienenstich-Herztörtchen. Red Velvet Mini Gugls würden sich auch nicht schlecht machen.«

»Was ist das?«

»Winzige rosarote Trüffel-Nugatkreationen in Gugelhupfform. So klein wie Fingerhüte. Gar nicht so schwer zu machen, aber unglaublich verführerisch.«

»Und was sind Französische Küsse?«

Ich winkte mit einem Kochlöffel ab. »Nicht der Rede wert, sehen besser aus, als sie schmecken, außer du magst Baiser. Aber davon mal abgesehen... Ich nehme nicht an, dass du komplett vollgefressen mit ihm auf dem Sofa sitzen willst, um dein Manuskript zu besprechen, oder?«

Caro musste lachen. »Du bist unglaublich... Ich dachte doch nur an was Einfaches.«

»Brate ihm ein Dreihundert-Gramm-Steak scharf an, und servier's möglichst blutig. Darauf fahren Männer ab. Und sag ihm bloß nicht, dass du Vegetarierin bist.«

»Und du glaubst, bei mir daheim liegt zufällig so ein Dreihundert-Gramm-Steak herum?«

Ich ging in die Kühlkammer und fand noch sehr schöne Hirschkalbsteaks. Germana hatte den Jagdschein in jungen Jahren gemacht. Ihre ruhige Hand war in Jägerkreisen legendär, und mit ihrem linken Auge konnte sie auch ohne Fernrohr fokussieren, als hätte sie ein hochfunktionelles, digitales Teleobjektiv eingebaut.

Das dickste Steak wickelte ich in Papier und gab es Caro. »Scharf anbraten, rausnehmen, Zwiebeln im Bratensaft rösten, Pfefferkörner, am besten rote, zerdrücken. Hast du rote Pfefferkörner?«

Entgeistert schüttelte sie den Kopf.

Ich wollte nach R wie rote Pfefferkörner greifen. Warum hatte ich die Gewürze eigentlich wieder unsortiert eingeräumt? Ich füllte rote Pfefferkörner ab und gab Caro das Tütchen.

»Und dann?«

»Das Übliche halt. Mit Weinbrand flambieren, mit Rotwein löschen, bisschen würzen, mit Obers aufgießen.«

Sie starrte mich an.

»Wenn dir das zu viel ist, lässt du dich einfach vom Duft

inspirieren und wirfst rein, wonach dir ist. Viel falsch machen kannst du nicht.«

»Du hast ja keine Ahnung.« Vorsichtig, als befände sich eine Bombe darin, öffnete Caro mit spitzen Fingern das Fleischpapier, und ich konnte förmlich zusehen, wie sich die Härchen in ihrem Gesicht aufrichteten. Sie starrte das wertvolle Fleisch wie das Gedärm einer Leiche an, über der bereits die Aasgeier kreisten. »Tut mir leid, aber das kann ich nicht.« Sich schüttelnd, schob sie das Fleisch über den Tisch und hielt sich die Vanilleschote unter die Nase wie hundert Jahre zuvor die feinen Damen das Riechsalz. Seufzend nahm ich das köstliche Steak wieder entgegen – manche Leute hatten wirklich keine Ahnung. »Weißt du, was man dafür beim Metzger bezahlt? Das ist eine Delikatesse. Leber hätte ich übrigens auch noch.«

Caro sah aus, als müsste sie sich übergeben. Mein Mitleid hielt sich in Grenzen. »Dann würde ich vorschlagen, du kochst Spaghetti und schüttest Tomatensoße aus der Dose drüber. Das mag man immer ... zeitlos ... geschlechtslos ... einfalls ...«

»Was ist denn heute los mit dir? Hast du ein Problem mit mir? Stimmt was nicht?«

Ich schüttelte den Kopf, fühlte mich schuldig und ließ mich auf einen Stuhl sinken. Wir saßen uns gegenüber und beäugten uns unsicher. Natürlich wusste sie, dass etwas nicht in Ordnung war. Ich hätte ihr die Wahrheit sagen sollen, aber ich gab mir selbst so viel Mühe, meine Gefühle für Jérôme zu verdrängen. Hätte ich ausgesprochen, was ich für ihn empfand, hätte ich eine Tür aufgesperrt, die ich, um nicht verletzt zu werden, lieber verschlossen halten wollte. Es war unfair ihr gegenüber, aber ich schaffte es einfach nicht.

»Tut mir leid«, platzte ich heraus.

»Ich kann halt nicht so gut kochen wie du ...«

Mir entwischte ein Lächeln.

»Na gut, ich kann überhaupt nicht kochen. Aber ist das ein Wunder? Wenn man immer allein ist?«

»Ach so, ja klar.« Jetzt musste ich schmunzeln – Caro war selten allein. Sie spielte ihre theatralische Rolle noch ein wenig weiter. »Hey, seit Mitte Oktober ... das ist eine Ewigkeit.«

Caro wäre eine gute Schauspielerin geworden, aber zwischen all dem Drama konnte sie immer dann, wenn sie anfing, Steffi und mir wirklich auf die Nerven zu gehen, gut über sich selbst lachen. Diese Eigenschaft mochte ich an ihr.

»Weißt du was?« Ich sprang auf, verschwand in der Kühlkammer und rief: »Ich habe noch Gerstensuppe. Und ein Stück Apfelstrudel kannst du auch mitnehmen. Ich muss sowieso neuen machen.«

Ich füllte die Suppe in einen kleinen Butterschmalz-Eimer, gab den Strudel in eine Plastikbox und reichte ihr beides. »Hast du Brot zu Hause?«

»Knäckebrot.«

Ich gab ihr tiefgefrorenes Gebäck. »Das kannst du aufbacken. Ist dann wie frisch. Wenn du möchtest, kannst du den Strudel kurz ins Rohr geben, dann ist er warm, und es duftet in der Wohnung.«

»Ach, Johanna!« Caro fiel mir um den Hals. »Drück mir die Daumen.«

»Das mach ich. Und vergiss den Puderzucker nicht.« Ich öffnete für sie die Küchentür und sah ihr hinterher, wie sie mit dem Eimerchen Suppe durch den Garten davonhüpfte, um mit Jérôme den Nachmittag auf dem Sofa zu verbringen. Dann drehte ich mich um und entdeckte einen Schatten hinter der Flügeltür, die zur Gaststube führte.

»Hallo?« Die Leute aus dem Dorf kamen meistens einfach rein. »Wer ist da?«

»Ich.«

»Und wer ist ich?« Ich schob die Flügeltüren zur Seite. Im Flur neben dem Bauernschrank, der für die geplatzte Fruchtblase meiner Mutter verantwortlich war, stand Jérôme, trug seinen Mantel, den ich schon kannte, den Kragen hochgestellt. »Ich bin ich«, sagte er und kämpfte damit, einen verbogenen Knirps wieder zusammenzufalten. Ein taubengrauer Schal hing um seinen Hals. Sein voller, dunkler Haarschopf glänzte feucht.

Er stand da wie ein heldenhafter Advokat in einem Westernfilm, der einzig Gebildete in einer Goldgräberstadt, einer, vor dem selbst abgebrühte Westernhelden Respekt hatten, der sich für die Armen und für das Gute einsetzte und vor Gericht glühende Reden hielt.

Himmel, was dachte ich da wieder? Ich fuhr mehrmals die Knopfleisten an meinem Kochmantel ab und vergewisserte mich, dass alle Knöpfe zu waren. Ich hätte mich anständig anziehen sollen.

»Wir haben Ruhetag«, würgte ich hervor.

»Oh, das wusste ich nicht… Die Tür war offen.«

Ich schüttelte den Kopf. »Tut mir leid, wir machen erst am zweiten Januar wieder auf.«

Er runzelte die Stirn. »Und du kommst trotzdem her?«

»Wie meinst du das?«

»Nun, ich weiß nicht, die Wirtin hat gesagt, dass du nur gelegentlich hier bist, aber offenbar arbeitest du sogar, wenn geschlossen ist.«

»Ich wohne hier«, sagte ich und lachte.

»Wie bitte?«

»Die Wirtin ist meine Tante. Ich gehöre zur Familie, und wenn ich Pech habe, muss ich den ganzen Laden eines Tages auch noch übernehmen.«

»Oh.« Verlegen fuhr er sich durch die feuchten Haare. »Hat

deine Tante eigentlich nur etwas gegen mich oder gegen alle Gäste?«

»Du bist ein attraktiver Mann. Die größte Bedrohung, die es für sie geben kann.« Ich räusperte mich, und verlegene Stille machte sich breit.

»Merde! Was mache ich denn jetzt?«, fragte er und sah auf die Digitalanzeige seiner Plastikuhr. »Ich habe nachmittags einen Termin hier in Moos. Es lohnt sich nicht, in die Stadt zurückzufahren … Gibt es noch ein anderes Wirtshaus in diesem Dorf?«

Ich schüttelte den Kopf.

»Kaffeehaus?«

»Auf dem Dorfplatz neben der Linde gibt's eines, aber das ist über die Feiertage auch geschlossen. Wie wär's mit Spazierengehen?«

Er zeigte auf seine dünnen Lederschuhe, die vom Regen durchweicht waren. »Kannst du bei deinem Termin nicht anrufen und fragen, ob du früher kommen kannst? Oder einfach hingehen?«

Ich verkniff mir zu sagen, dass Caro ihn mit Kusshand willkommen heißen würde.

Er verzog das Gesicht. »Ich reiß mich nicht wirklich darum, früher zu kommen.«

Und da sagte ich den einzigen Satz, mit dem ich mich zwar Caro gegenüber als Verräterin, aber trotzdem sicher fühlte: »Soll ich dir etwas kochen?«

ZWÖLF

Oh, wie das duftet«, sagte Jérôme, als ich das Dreihundert-Gramm-Hirschkalbssteak in heißes Olivenöl legte und anbriet. Einen Moment war ich irritiert, weil ich außer Wacholderbeeren, die ich schon bereitgestellt hatte, noch frischen Lavendel, Rosmarin, Salbei und noch etwas Salziges – Meerwasser? – roch. Die Duftmischung kam nicht aus meiner Pfanne. Sie kam von Jérôme. Er stand hinter mir und beobachtete mich beim Kochen. Als ich das Steak aus der Pfanne hob und warm stellte, konnte ich regelrecht sehen, wie ihm das Wasser im Mund zusammenlief, und musste lachen. Ich holte eine Schalotte, legte sie unter mein frisch geschliffenes Messer und wirbelte los – wenn es sein musste, konnte ich wahnsinnig schnell hacken. Meine Schuldgefühle gegenüber Caro hätte ich am liebsten gleich mitzerhackt. Jérômes große Augen wurden größer.

Die fein gehackte Zwiebel schob ich mit der stumpfen Seite des Messers in den Bratensaft. »Entschuldige, aber ich muss an diese Schublade.«

»Verzeihung.« Er ließ mich vorbei, und ich konnte seine Wärme spüren, als ich ihn streifte. »Was ist das für ein Gewürz?«

»Roter Pfeffer. Hör mal, du machst mich nervös.« Ich

berührte ihn mit beiden Händen an der Brust (Muskeln unter einem zerknitterten, dunkelblauen Hemd – vielleicht sollte man seiner Frau mal sagen, dass es auch bügelfreie Hemden gab) und schob ihn sachte von mir weg. Wie bitte sollte ich unter so verschärften Bedingungen vernünftig arbeiten? Bei Ariel Dorner, Ferdl Hopfner oder Charly Mohr hätte ich es auch nicht ertragen, wenn sie so nah neben mir gestanden hätten, dass ich ihr Deo riechen konnte, aber bei Jérôme war es geradezu unerträglich.

Ich zerstieß Pfefferkörner und Wacholder in einem Mörser, während er meine Hände unter die Lupe nahm.

»Hast du noch nie jemanden kochen sehen?«

»Natürlich«, erwiderte er ruhig, »aber noch bei keinem hat das so ausgeschaut wie bei dir.«

»Du meinst, so chaotisch und aggressiv.«

»So… elegant.«

Ich holte Luft. So ging das nicht. Ich rief mir ins Gedächtnis, dass er verheiratet war und noch dazu ein Date mit Caro hatte. Am besten konzentrierte ich mich ausschließlich aufs Kochen. Wenn ich kochte, konnte ich normalerweise die Welt um mich herum ausblenden.

Doch neben ihm gelang mir das nicht. Ich fuhrwerkte mit Gewürzen und Löffeln, flambierte mit Weinbrand und löschte mit Rotwein ab, bis wir beide in eine alkoholgeschwängerte Dampfwolke gehüllt waren. Seine Brille lief an.

»Was willst du für eine Beilage?« Ich ging in die Kühlkammer und genoss die kurze Flucht in die Kälte, als er seine Nase zu mir hereinsteckte und sich neugierig umsah.

»Du hast zur Auswahl: Kartoffeln, Nudeln, Gnocchi, Rotkraut, Knödel«, zählte ich auf.

Angesichts der vielen Schüsseln und Töpfe schien er nicht fähig, sich zu entscheiden. »Klingt alles traumhaft.«

»Dann Polenta, mach ich frisch.« Ich zwängte mich an ihm vorbei und verriegelte die Tür zur Kühlkammer.

»Kann ich dir eigentlich etwas helfen?«

»Ja, am besten du setzt dich jetzt endlich mal hin.« Streng verwies ich ihn an den Platz am Küchentisch, wo normalerweise meine Mutter saß und Gemüse schälte. Kurz überlegte ich, ihm auch ein paar Kilo Karotten vor die Nase zu schütten, um ihn zu beschäftigen, dann würde er seine schönen Augen vielleicht mehr auf das Gemüse richten als auf mich. Caros halb volles Glas stand noch da, eilig räumte ich es weg, stellte zwei Rotweingläser hin und schenkte uns großzügig ein. Flüchtig stieß ich mit ihm an und verschanzte mich dann wieder hinter meinem Herd, wo ich mich sicherer fühlte.

Ich verstand nicht, was mit mir los war. Selbst die ewig kichernde Jessica, die jüngste Tochter von Francis, hätte sich nicht so dumm benommen. Aber Jérôme war ohne ausdrückliche Erlaubnis in mein Revier eingedrungen und brachte mich in Gefahr. Immerhin war es mir gelungen, meine Grenzen neu abzustecken. Jetzt saß er am Tisch, drehte den Stil des Weinglases zwischen seinen Fingern und begnügte sich damit, mir zuzusehen. Vermutlich schaute er jede Frau so an.

Leider war ich mit dem Kochen viel zu schnell fertig. Ich richtete den Teller an, schnitt Brot auf und wusste nicht mehr, was ich tun sollte.

»Hast du keinen Hunger?«, fragte er.

»Nein, nein, lass dir's schmecken.« Ich aß prinzipiell nicht, wenn die Gäste aßen. Stattdessen wischte ich die Arbeitsfläche sauber und versorgte, was ich nicht mehr brauchte. Da entdeckte ich einen Topf mit Kürbissuppe. Ich streckte meinen Kopf aus der Kühlkammer. »Magst du Kürbissuppe?«

»Und wie!« Er schnitt ein Stück des Steaks ab. Ich wärmte eine Portion Suppe auf und verfeinerte sie, während er sich mit verträumter Miene das Fleisch auf der Zunge zergehen ließ und die unterschiedlichsten obszön klingenden Laute des Genusses von sich gab.

»Die Suppe nach der Hauptspeise, so etwas gibt's auch nur bei dir, oder?« Er hörte nicht auf, sich mit der Zungenspitze über die Lippen zu lecken.

Als er mit dem Hirsch fertig war, seufzte er. »Das war das beste Wild, das ich je gegessen habe.« Endlich drückte er sich die Serviette auf den Mund und widmete sich dann der Suppe, während ich sinnlos hin und her räumte.

»Palatschinken zum Dessert?«, rief ich.

Jérôme lachte. »Willst du mich mästen?«

»Eine Palatschinke ist immer noch gegangen.« Okay, jetzt fing ich schon an, Germanas Sätze zu verwenden. Ich musste das stoppen.

»Kann man deinen Palatschinken widerstehen?«

»Wenn sie fertig sind, nicht mehr, fürchte ich.« Das meinte ich ernst.

Er wollte schon wieder aufstehen. »Soll ich dir nicht doch etwas helfen?«

»Hinsetzen!«

»Natürlich, entschuldige.« Er grinste verschmitzt wie ein kleiner Junge und gehorchte. Ich backte sechs goldgelbe Palatschinken, füllte sie abwechselnd mit Marillenmarmelade, Vanilleeis, gerösteten Nüssen und Nussnugat, rollte sie zusammen, legte sie nebeneinander auf eine Porzellanplatte, bestäubte sie mit Puderzucker und stellte sie auf den Tisch. Sie sahen wirklich verführerisch aus, aber statt Gabel und Löffel zu nehmen, verschränkte Jérôme demonstrativ seine Arme vor seiner Brust. »Ich rühr das nicht an.«

»Wie bitte?«

»Ich probier erst, wenn du dir auch einen Löffel nimmst,

dich hinsetzt und mit mir isst«, sagte er mit sehr bestimmendem Ton.

»Na gut. Ich mach uns Kaffee.« Es wäre wirklich schade um die Palatschinken gewesen.

Er begleitete mich hinaus zur Theke und musste lachen, als er vor der Kaffeemaschine stand. »Kann man mit der Apparatur auf den Mond fliegen?«

»Sieht so aus, oder?« Ich erklärte ihm, dass die Kaffeemaschine mit Abstand das teuerste Gerät war, das es im Lamm gab. Bei der Anschaffung waren sich Germana und ihre Schwestern ausnahmsweise einig gewesen: Sie standen auf guten Kaffee. Gemeinsam hatten sie die verschiedenen Vertreter in den Wahnsinn getrieben und Hunderte Kaffeetassen ausgetrunken, bis sie sich auf ein Modell geeinigt hatten, das so viel gekostet hatte wie ein Kleinwagen.

Jérôme trug das Tablett mit den beiden vollen Tassen zu unserem Tisch in die Küche.

Sobald ich ihm gegenübersaß, war es vorbei mit meiner mühsam vorgetäuschten Lässigkeit. Ich löffelte Palatschinken und fing an zu quasseln. Über Mehlspeisen und Eis, Schokolade und Gelatine. Dabei landete ich bei meiner Reise nach Neuseeland. Jérôme war ein guter Zuhörer und schien ein weltoffener Mensch zu sein, also machte ich mich noch wichtiger, indem ich von Dänemark und Long Island erzählte. Ich plapperte wie Sybille Fuchs, Peggy Kühn und Salvatore Russo zusammen und noch mehr. Ich fuchtelte mit der Gabel, schob mir Palatschinken in den Mund, erwischte zu viel, verschluckte mich und putzte mir Tränen aus den Augen. Er ließ mich reden und schaute mich durchdringend an, was mich noch nervöser machte, weswegen ich noch mehr in mich hineinstopfte und noch mehr husten und weinen musste und noch mehr redete und er noch schweigsamer wurde. Es war eine Katastrophe.

Als die Porzellanplatte leer war, dachte ich wieder an Caro, und mir wurde schlecht.

Ich holte eine Flasche Schnaps und goss uns ein. Jérôme hatte auch zu viel gegessen und wollte rauchen. Wir setzten uns nebeneinander ins Freie auf die Treppe, die in den Garten führte. Ich drückte ihm einen Aschenbecher und das Schnapsglas in die Hand. Schlanke Hände, feingliedrige Finger. Ein breiter Silberring auf seinem Zeigefinger.

Vielleicht lag es am Ring. Vielleicht lag es daran, dass ich ihm nicht mehr in die Augen sehen musste. Oder am Schnaps. Aber endlich ließ meine Nervosität nach, und ich kam zu mir.

Er hatte eine Frau. Er würde sich gleich mit Caro treffen, der Meisterin der Verführung. Also lehnte ich mich zurück, hörte auf, mich ins Spiel bringen zu wollen. Mit Männern hatte ich noch nie Glück gehabt.

Jérôme zeigte auf eine verbeulte Blechgießkanne, die neben dem Regenfass stand und auf die der Regen laut prasselte. »Was ist denn damit passiert? Hat deine Tante mit dem Ding einen unlieben Gast in die Flucht geschlagen?«

»So ähnlich.« Ich musste lachen, obwohl die Ereignisse damals nicht lustig gewesen waren. Am liebsten hätte ich Jérôme davon erzählt, und eigentlich weiß ich selbst nicht, was mich davon abhielt. Von Tobias, meiner ersten großen Liebe mit fünfzehn Jahren. Von Germanas Intrigen, ihn zu vertreiben, von seinem heroischen Rettungsvorschlag, zusammen mit mir abzuhauen, wobei ich mich gefühlt hatte wie Madame Bovary, Anna Karenina und Effi Briest in einem. Er hatte sich das Motorrad seines großen Bruders geliehen, war in der Einfahrt über diese Gießkanne gefahren, ausgerutscht, und das Motorrad war auf ihn draufgefallen. Sein Unterschenkel war gebrochen. All das hatte unsere Liebe nicht überstanden. Tobias war aus meinem Leben verschwunden.

»Sagen wir mal so, meine Tante duldet keine Männer im Haus«, beantwortete ich Jérômes Frage. »Zu viele schlechte Erfahrungen.«

»Das habe ich schon gemerkt. Sie hat mit matschigem Obst nach mir geworfen«, sagte er verschmitzt.

»Entschuldige mal. Das Obst ist ihr dummerweise *entglitten*«, berichtigte ich ihn.

»Natürlich. Verzeihung. Wie konnte ich das vergessen. Das war reine Unachtsamkeit, nichts weiter. Sie hat ja selbst gesagt, sie sei ein Schussel ...«

Wir kicherten vor uns hin, dann schwiegen wir und schauten dem Regen zu, wie er auf die Dächer trommelte und in den Garten fiel. Es gluckste und gurgelte in den Dachrinnen. Ich mochte das Geräusch, auch wenn es spürbar kälter wurde. Ich hätte ewig hier sitzen können. Wie konnte einem ein Mensch, den man überhaupt nicht kannte, so vertraut sein? Es fühlte sich so an, als säße neben mir auf der Treppe ein alter Freund. Nur, dass ich über diesen Freund nichts wusste. Ich hatte Angst zu fragen. Ich wollte nichts hören über eine Frau und vielleicht sogar Kinder. Ich wollte nicht hören, dass er verheiratet war. Ich fand es einfach nur schön, dass er neben mir saß und sich mit mir unterhielt. Ich musste an Daniel Winter denken und daran, wie ähnlich Jérôme ihm äußerlich war, und wie verrückt es war, dass ich Jérôme erfunden hatte, viele Jahre, bevor ich ihn kennenlernte.

»Johanna? Bist du da?« Eine Stimme drang aus der Küche zu uns heraus.

»Scheiße!« Ich sprang auf. »Das ist Caro!«

Jérôme sah hoch. »Caroline Mätzler? Mit der bin ich verabredet.«

»Das ist ja das Problem.«

Verwirrt blickte er mich an. Wahrscheinlich ging ihm jetzt

erst ein Licht auf, dass in Moos jeder jeden kannte. Was er nicht wusste, war, dass Caro mich umbringen würde, wenn sie bemerkte, dass ich ihren Zukünftigen zum Essen eingeladen hatte.

Ich schob ihn von der Treppe weg hinter die Tür, sodass sie ihn nicht sehen konnte. »Bleib hier, und rühr dich nicht von der Stelle.« Gleichzeitig riss ich die Küchentür auf und brüllte: »Ich komm gleich, Caro, muss nur noch den Kompost leeren!« Jetzt begann es richtig zu gießen. Wie eine Glaswand fiel der kalte Regen vom Himmel und zerbarst in Scherben und Splitter, als er aufschlug.

Ich betrat die Küche. Caro schälte sich aus ihren Regenklamotten und schlug die Kapuze vom Kopf. Ihr Gesicht triefte vor Nässe.

»Hat's geklappt mit dem Aufwärmen?«, fragte ich wie die Unschuld vom Lande.

»Bin noch dran.« Skeptisch blickte Caro auf die zwei Weingläser, die zwei Messer, die zwei Gabeln. Sie kam mir vor wie ein Zwerg bei Schneewittchen. Wer hat mit meinem Löffelchen gegessen? Wer hat in meinem Bettchen geschlafen?

»Du hast Besuch?«

»Hatte.« Schnell räumte ich das Geschirr in die Küche. Caro begutachtete die fast leere Weinflasche und runzelte die Stirn.

»Charly war da«, log ich und riss ihr die Weinflasche aus der Hand.

»Charly hat vor einer halben Stunde seinen Hund vor meinem Haus vorbeigeschleift«, sagte Caro.

»Wird das hier ein Verhör? Was machst du überhaupt noch hier?«, fuhr ich sie an.

Da begann Caro zu grinsen. »Hast du etwa einen an der Angel?« Sie hielt mich am Ärmel fest. Ich atmete aus, schob meinen Ärger beiseite und überlegte. »Vielleicht. Alles noch nicht fix. Ist es ein Problem, wenn ich noch nicht darüber reden will?«

Sie schüttelte den Kopf und lächelte. »Er riecht gut.«

»Ich habe gekocht!«, sagte ich.

»Du denkst, ich kann Männerparfum nicht von Essen unterschieden? Hmmm, riecht teuer. *Guilty* vielleicht. Oder *Bottled*. Oder *Aqva.*« Sie schnupperte wie Charlys Hund.

Der Wind blies den Regen gegen die Fensterscheibe. Sturm heulte ums Haus. O Gott. Ich musste das hier beenden. Jérôme war bestimmt schon klitschnass.

»Caro, brauchst du noch etwas?«

»Ich habe keinen Puderzucker.«

»Deswegen bist du noch einmal gekommen? Bei dem Sauwetter?« Ich drückte ihr den Zerstäuber in die Hand, mit dem ich zuvor die Palatschinken garniert hatte.

»Danke. Muss wieder los. Ich ruf dich an, wenn er wieder weg ist, und erzähl dir, wie's war.« Sie drückte mir einen Kuss auf die Wange. »Und falls du einen Rat brauchst, was deinen angeht…«

»Dann melde ich mich. Viel Spaß!« Unsanft schob ich sie aus der Küche und begleitete sie bis vor die Haustür. Erst, als ihre Gestalt hügelabwärts im Regen verschwunden war, ging ich zurück.

Schlotternd stand Jérôme in der Küche und versuchte sich neben dem Herd aufzuwärmen. Er war nass von oben bis unten.

»Tut mir leid«, sagte ich und holte ihm ein Handtuch.

»Kannst du mir bitte sagen, warum Caroline Mätzler nicht wissen soll, dass ich hier war?« Er rubbelte sich die nassen Haare und blickte etwas verzweifelt auf das feuchte Hemd. Die Vorstellung, dass er vielleicht gleich halb nackt in meiner Küche stehen würde, gefiel mir nicht.

»Hat ohnehin keinen Sinn«, entschied er und ließ sein Hemd an. »Besser, ich mach mich gleich auf den Weg.«

Er ging voran in die Gaststube und nahm seinen Mantel vom Haken. Seine fröhliche Laune war dahin. Er schien sauer auf mich zu sein. Kein Wunder, ich hatte ihn im Regen stehen lassen.

»Tut mir leid«, murmelte ich noch einmal, als er vor mir stand und sich den Mantel zuknöpfte.

»Nicht deine Schuld, sondern meine.« Er nahm den Knirps und versuchte ihn zu öffnen. »Was muss ich Idiot auch immer zu allem Ja und Amen sagen. *Merde!*«

»Hier, nimm den.« Ich reichte ihm einen großen Schirm mit dem Logo unserer Bank, den Ferdl Hopfner einmal vergessen hatte.

»Danke. Und danke für das Essen.« Er wühlte in seinen Manteltaschen, in seiner Hemdtasche, in seinen Hosentaschen, vorne und hinten.

»Suchst du was?«

»Mein Portemonnaie. *Merde.* Ich muss es im Bus liegen lassen haben. Meine Güte, ich muss sofort meine Kreditkarten sperren lassen. Tut mir leid, Johanna. Ich komme nächste Woche wieder und bringe dir das Geld.«

»Was für Geld?« Irgendwie lief gerade alles schief.

»Ich will das Essen bezahlen.«

»So siehst du das.« Die Enttäuschung saß mir in der Kehle. »Ich dachte, es war klar, dass das eine private Essenseinladung war.«

Er zögerte. »Na dann, vielen Dank!« Er wirkte, als läge ihm noch etwas auf der Zunge.

Schnell öffnete ich ihm die Tür und senkte meinen Blick. Ich kam mir vor wie eine Weihnachtsgans, die kalt übergossen wurde. Da fühlte ich seine Lippen auf meinen Wangenknochen. Flüchtig und zart. Seine Berührung brannte wie Feuer auf meiner Haut.

Er spannte den Schirm auf, stieg die Treppe hinunter, und verschwand, schon mit dem Handy am Ohr, um seine Bank über den Verlust seiner Karten zu informieren, im Regen.

Ich schloss die Tür und seufzte. Sein taubengrauer Schal hing noch am Kleiderständer. Er roch wirklich gut. Ich hängte ihn mir um den Hals, trottete in die Küche, räumte auf, nahm die Flasche Rotwein mit und verkroch mich für den Rest des trüben Tages in mein Bett, bis meine Tanten, meine Mutter und meine Cousinen eintrudelten und das Haus mit Lärm und Leben füllten. Germana konnte beruhigt sein, was Männer und mich anging. Ich war einfach zu blöd für sie. Einschlafen konnte ich trotz des Weins nicht. Ich zog mein Heft unter dem Bett hervor, schrieb die halbe Nacht und malte mir auf dem Papier in schillernden Farben aus, wie sich Caro und Jérôme auf dem Sofa näherkamen, während sie ihm aus ihrem Roman vorlas. Ich beneidete sie.

Mooser Heimatchronik

»Ich gebe dir gern ein Interview für die Chronik, aber nur wenn du mir nicht mit dem zentralen Kontenregister kommst, mit Abgabepflicht oder der Bundesfinanzbehörde. Für den Staat kann der Kunde gläsern sein, wie er will, aber in unserem Dorf muss nicht jeder wissen, wie viel der Nachbar auf dem Konto hat. Man mag mich für altmodisch halten, aber für mich gilt das Bankgeheimnis immer noch. Von mir wirst du kein Wort über meine Kunden erfahren. Selbstverständlich gehört die Familie Lehner auch zu den Kunden meines Instituts. Seit mehreren Generationen. Sie kommen nicht oft in die Filiale, aber das ist normal – in so einem Wirtshaus geht viel Bargeld über den Tresen. Ich habe zu allen Lehner-Frauen ein hervorragendes Verhältnis, aber Johanna ist die Umgänglichste von allen. Das hat schon meine Mutter gesagt. Sie war ihr Leben lang Blockflötenlehrerin. Alle Mooser-Kinder haben bei ihr gelernt. ›Die kleine Johanna Lehner, so ein liebes Kind, aber absolut talentfrei‹, hat sie immer gesagt. Sie hat sie sogar vom Musikunterricht befreit, weil es keiner ausgehalten hat, wenn sie gespielt hat. Johanna ist trotzdem ein großer Musikfan. Sie kommt auf jedes Konzert, das ich mit dem Männerchor gebe. Ich bin Solist. Das mache ich schon viele Jahre. Bei den World Choir

Games in Riga haben wir den dritten Platz gemacht. Und bei der Austria Cantat im Wertungssingen einmal Gold und einmal ein ›Ausgezeichneter Erfolg‹. Nach unseren Proben treffen wir uns im Lamm. Johanna will jedes Mal, dass wir noch etwas singen. Außerdem engagiert sie mich mit meiner Band seit Jahren für den Hausball. Der findet jeden Faschingssamstag im Lamm statt. Der ist legendär. Irmela – meine Frau – und ihre Schwester Ulrike singen im Background und nähen uns die Kostüme. Großartige Besetzung. Joe Moosbrugger an den Keyboards. Konrad Rüscher am Bass. Peggy Kühn am Schlagzeug. Die ist richtig gut. Dein Bericht in der Chronik über den Hausball fällt immer sehr mager aus. Dabei war der letzte besonders schön. Johanna hat getanzt bis in den Morgen. Sie war so glücklich. Es war herrlich anzusehen. Nun, danach gab es dann auf der Bank ein sehr großes Problem mit ihrem Konto. Ich wusste nicht, was ich davon halten sollte, und dachte mir, bevor ich die Behörde informiere, spreche ich mit Johanna. So blass habe ich sie noch nie gesehen, das kannst du mir glauben. Sie hat mir richtig leidgetan. Als ich dann die Hintergründe erfahren habe, wurde auch ich blass. Was für eine verrückte Geschichte.

Ferdinand Hopfner, 54, Filialleiter der Bank,
Solist im Männerchor, Sänger der Band EF & EF

DREIZEHN

Am nächsten Morgen erwachte ich mit einem furchtbaren Kater. Mit verklebten Augen und einem pochenden Schädel las ich, was ich geschrieben hatte, und überlegte, es gleich in den Ofen zu werfen. Wem machte ich hier etwas vor? Ich vergrub das Heft zwischen Matratze und Spannleintuch und hinterließ einen Berg Kleider auf dem Bett, in der Hoffnung, alle Elisabeths der Welt davon abzuhalten, in meinem Zimmer putzen zu wollen. Dann streifte ich mir ein paar Klamotten über, band mir Jérômes Schal um und schlurfte in die Küche. Unsere Vorräte in der Küche waren nach den Feiertagen nun doch zur Neige gegangen. Um vorzukochen, war es noch zu früh. Die Lieferanten würden erst wieder zum Jahreswechsel kommen. Aber irgendetwas musste ich tun. Also beschloss ich ins Dorf zu gehen, um für die Familie einzukaufen: frische Semmeln, Milch und Butter. Es regnete nicht mehr. Ich stieg auf mein Fahrrad. Nach dem Regen hatte sich über Nacht eine hauchdünne Eisschicht auf dem Asphalt gebildet, und ich musste beim Bremsen den Sonnenrain hinunter höllisch aufpassen.

Der Friedhof, die Schule, der Kindergarten, der Dorfsaal, das Pfarrhaus und das Gemeindeamt drängten sich um den Kirchplatz mit der alten Linde. Der Platz war zugeparkt. Nur zum Alpabtrieb im September, wenn die Rinder gut genährt und aufwendig geschmückt mit schweren Kränzen und Blumen ins Tal zurückkehrten und sich mit den Älplern um die Linde drängten, für den Weihnachtsmarkt, den Faschingsumzug, den Pflanzentauschmarkt »Kraut und Rüben« im Frühling und einmal wöchentlich im Sommer zu »Käse-Klatsch-Kultur«, wenn Musik spielte und viel Bier floss, mussten die Autos den Menschen weichen. Dann saß man an Biertischen unter der Linde und bemerkte plötzlich, wie schön die alten Holzhäuser eigentlich waren. Am Dorfplatz vorbei führte die stark befahrene Durchgangsstraße, zu deren beiden Seiten sich ein paar Geschäfte und Betriebe reihten. Moos hatte einen Dorfinstallateur, fünf Tischlereien und eine Zimmerei. Das größte Gebäude hatte lange Zeit den einzigen Industriebetrieb beherbergt, eine Kleiderbügelfirma. Doch die hatte vor Kurzem ihren Sitz nach Bulgarien verlegt, wo man nun mit einer Verzinkungsanlage vierzig unterschiedliche Bügeltypen in zwölf verschiedenen Drahtstärken herstellen konnte. Die ehemaligen Firmenarbeiter, die sich bei uns am Stammtisch trafen, hatten den Schock noch nicht überwunden.

Nachdem in den vergangenen Jahren mehrere Autofahrer, darunter Francis' erster Mann René, mit überhöhter Geschwindigkeit aus dem Tunnel heraus, zuerst den einzigen Radarkasten niedergemäht hatten und dann in die Kleiderbügelfabrik hineingefahren waren, gab es nun, da das Gebäude leer stand, Bestrebungen, es abzureißen. Aber Charly war froh über das lausige Gemäuer. Er hoffte, ein Kulturzentrum daraus machen zu können, und rannte sich die Hacken ab, um Sponsoren zu finden. Bisher leider ergebnislos.

Entlang der Durchzugsstraße standen eine Tankstelle, ein kleiner Spar, ein großer Discounter (wegen dem der Metzger schließen musste), die Bank, ein Kiosk, eine Kapelle, der Kreativladen Weidewichtel und die Bäckerei Lässer – die letzte von einst vier Bäckereien, die noch tapfer gegen chinesische Billigteiglinge kämpfte. Ich stellte mein Rad ab und ging hinein.

Auf einem Stehtisch dampften zwei Tassen Kaffee. Manon Andexlinger-Müller rührte in der einen Tasse und machte eine tragische Miene. Ihr gegenüber stand Caro mit dem Rücken zu mir – der gleiche Rücken, den Jérôme letzte Nacht vermutlich gestreichelt hatte. Sie und Manon waren in ein leises, aber angeregtes Gespräch vertieft. Mir war klar, dass ich eine Begegnung mit Caro heute Morgen nicht gut ertragen würde, doch bevor ich mich unauffällig wieder hinausschleichen konnte, rief Ulrike, die Frau von Bartle Lässer und Schwester von Irmela Hopfner, mit lauter Stimme: »Guten Morgen, Johanna!«

»Morgen«, murmelte ich. Caro fuhr herum.

Oh. Sie sah schlecht aus.

Zuerst dachte ich, sie hätte zu viel getrunken, aber dann erkannte ich, dass da noch etwas anderes war.

Manon hob ihre gezupften Augenbrauen und musterte mich mit Verachtung. Sie hatte es noch nie nötig gefunden, mich zu grüßen. Zögernd näherte ich mich Caro, da fiel sie mir um den Hals wie eine Ertrinkende um einen Rettungsreifen.

»Er ist so ein saublödes Arschloch.«

»Hat ihm die Suppe nicht geschmeckt?«

Manon wuselte, als sei sie Caros persönliche Krankenschwester, um den Stehtisch, legte ihr einen Arm auf die Schultern und giftete mich an: »Bei dir geht's auch immer nur ums Essen, oder?«

Ich verkniff mir eine Bemerkung und konzentrierte mich auf Caro. »Was war denn los?«

»Keinen blassen Schimmer hat der von guter Literatur ... Es sei nur ein Anfang, hat er gesagt, wenn überhaupt, dann sei es höchstens ein Anfang... Mein Roman ist kein Anfang, verdammt noch mal, das ist das Ergebnis von harter Arbeit. Der hat ja so was von keine Ahnung.«

Ich nickte bestürzt.

»Wie der zu einem Buchladen kommt, ist mir ein Rätsel. Noch so einer, der die Weisheit mit Löffeln gefressen hat. Kein Wunder, dass er mit Ruben Sauter befreundet ist.«

»Kein Wunder also.« Mir fiel nicht mehr ein als nur stupides Wiederholen.

Manon schürzte die Lippen und reichte Caro ein Taschentuch. »Ich hab von Anfang an gewusst, dass mit dem Typen etwas nicht stimmt. Wundert mich überhaupt nicht, dass sein Laden nicht läuft.«

»Woher willst du das denn wissen?«, fragte ich.

»Er hat manchmal tagelang keine Kundschaft. Keine Ahnung, womit der seine Miete bezahlt. Mit dem Verkauf von Büchern jedenfalls nicht.«

»Und was war mit der Suppe?«

Manon verdrehte die Augen, und Caro schnäuzte sich.

»Die hab ich weggeschüttet. Er hatte angeblich keinen Hunger. Zehn Minuten ist er geblieben. Keine Ahnung, warum er überhaupt hier raufgefahren ist. Er hat getrieft wie ein nasser Hund. Und eine Schnapsfahne hatte er auch.«

»Alkoholiker«, diagnostizierte Manon wichtigtuerisch. Musste sie gerade sagen, bei ihrem Mann!

»Ich glaube, der hat das Manuskript überhaupt nicht gelesen«, lamentierte Caro weiter. »Hat nur die üblichen Plattitüden abgelassen, von wegen, er wolle mich nicht verletzen und wisse, wie viel Arbeit dahinterstecke und blablabla. Er fand es furchtbar.«

»So hat er das gesagt?«

»Gemeint hat er's auf jeden Fall.« Sie äffte ihn nach. »Er

habe nicht gespürt, was ich mit ›dem Werk‹ beabsichtige. Es gäbe überhaupt keinen Plot, sei nur eine Aneinanderreihung von unnützen Gedanken, verpackt in elaborierte Sprachkonstruktionen. Nichts als Makramee. Makramee? Was ist das denn für ein Schwachsinn, und ich meine, entschuldige mal, hat Ruben Sauter in seinen Büchern etwa jemals auch nur annähernd so etwas wie einen Plot gehabt? Verzapft der etwa was anderes als elaborierte Sprachkonstruktionen? Makramee?«

»Weiß ich nicht. Ich hab's noch nicht geschafft, mehr als ein Kapitel von Sauters Romanen zu lesen«, gab ich zu.

Caro und Manon hielten inne und starrten mich an, als hätte ich mir die Kleider vom Leib gerissen.

»Wirklich?«, fragte Manon.

»Du und Literatur.« Caro griff sich an den Kopf.

»Sie ist Köchin«, sagte Manon.

Das war so billig, dass ich lächeln musste.

»Hey, nichts gegen Johanna, ja?«, verteidigte mich Caro, und Manon versuchte eilig, die Kurve zu kriegen: »Wie auch immer. Dass der Typ mit Sauter befreundet ist, hätte uns Warnung genug sein müssen.«

»Genau«, sagte Caro trotzig. »Feige war er auch noch. Sofort abzuhauen, was für eine Art!«

»Ich hab ihn am Straßenrand gesehen, wie er mit einem Schirm von der Bank versucht hat, ein Auto zu stoppen«, fügte Manon hinzu. »Ich meine, hat dieser Mann auch nur einen Funken Stil? Ist dir eigentlich seine Plastikuhr aufgefallen?«

Armer Jérôme. Hoffentlich hatte ihn schnell jemand mitgenommen.

»Vollidiot«, sagte Caro.

»Obertrottel«, sagte Manon.

»Das tut mir leid, Caro«, unterbrach ich, bevor ihnen noch mehr Schimpfwörter einfielen.

»Johanna, möchtest du auch einen Kaffee?«, rief Ulrike von der Theke.

»Nein danke, ich muss gleich wieder los. Kannst du mir zehn Semmeln einpacken?« Ich sah meine Freundin an. Hinter ihrem burschikosen Gehabe und ihrer wütenden Tirade über Jérôme spürte ich, wie tief Caro gekränkt war. »Meinst du nicht, dass es vor allem Geschmackssache ist, ob einem ein Buch gefällt?«

»Nicht nur«, murmelte Caro.

»Du hast seinen Geschmack halt nicht getroffen. Das heißt noch lange nicht, dass es schlecht ist.«

»Da hat sie nicht unrecht«, sagte Manon. »Pass auf, ich rede noch einmal mit Herb. Der kennt ganz andere Leute im Business, wichtige Leute, Leute, die wirklich Ahnung haben.«

»Du weißt, dass ich immer an dich geglaubt habe«, sagte ich zu Caro. »Und das tue ich noch. Wenn du es wirklich willst, schaffst du's auch.« Ich drückte ihr einen Kuss auf die Wange, bezahlte meine Semmeln und ging.

»Schöner Schal übrigens«, rief mir Caro nach.

Auf dem kurzen Weg zu meinem Fahrrad musste ich ein bisschen hüpfen. Und als ich keuchend den steilen Weg nach Hause strampelte, schlich sich schüchtern eine Melodie auf meine Lippen. Ich brauchte eine Weile, um zu erkennen, was ich da pfiff. *Ein Schiff wird kommen.*

VIERZEHN

Die Buchhandlung war nur ein Schaufenster breit und lag eingezwängt zwischen einem Telefonanbieter und einem Optiker. Die grüne Markise mit dem goldenen Schriftzeichen »Buchhandlung in der Königsstraße« am Rand war eingerollt. Wenige Geschäfte weiter befand sich die Boutique Noblesse von Manon. Auf der Straße lagen noch ein paar Überbleibsel der Silvesternacht – leere Becher, zerfetzte Knallkörper, eine zersplitterte Sektflasche.

Seit dem Gespräch mit Caro in der Bäckerei waren zwei Wochen vergangen. Über Neujahr hatte mich Germana in Beschlag genommen. Wir telefonierten mit Lieferanten und Gästen, die sich angekündigt hatten. Wir schrieben E-Mails und eine neue Speisekarte. Wir kontrollierten Rechnungen, sortierten alte Tischwäsche aus, machten eine Grundreinigung in der Küche, halfen Francis, das Pub auf Vordermann zu bringen, und fuhren in den Großmarkt, um einzukaufen, was die Lieferanten nicht brachten. Theresia kam, um die Fritteuse zu zerlegen, zu putzen und wieder zusammenzusetzen – eine Arbeit, um die sich keiner riss. Ich kochte vor, füllte die Kühlkammer, und beaufsichtigte meine Mutter. An einem Montag, als ich wieder freihatte, entschloss ich mich endlich dazu, Jérôme den Schal vorbeizubringen.

Aber als ich vor der Ladentür stand, verließ mich der Mut. Ich setzte mich in das Kaffeehaus gegenüber ans Fenster, beobachtete die Buchhandlung und bestellte Kaffee und Apfelkuchen. Das eine war scheußlicher als das andere, und ich fragte mich, was man tun musste, um einen Apfelkuchen derart zu versauen. Das war keine Frage von Geschmack, das war eine Katastrophe.

Fast zwei Stunden saß ich so da und starrte hinüber zum Buchlanden. Erst, als es kurz vor sechs war, gab ich mir einen Ruck und bezahlte. Herrje, ich war erwachsen! Ich musste doch wohl in der Lage sein, ihm seinen Schal zurückbringen! Vermutlich würde ich gar nicht ihn antreffen, sondern seine Frau.

Von außen war niemand im Laden zu sehen. Ich öffnete die Tür. Glöckchen bimmelten. Da entdeckte ich Jérômes dunkles, volles Haar hinter dem Ladentisch. Er hatte das Klingeln offenbar nicht gehört, denn er blickte nicht auf. Ich trat näher und beugte mich über den Tresen. Er hatte die Hemdärmel hochgekrempelt, kniete auf dem Boden und riss eine große Kartonschachtel auf, in der sich mehrere Exemplare desselben Romans stapelten: Auf schwarzem Hintergrund leuchtete ein rotes Papier-Segelschiff. *Salamanca*, lautete der Titel. Darüber der Name der Autorin: Josefine Feder. Noch nie gehört.

Jérôme nahm ein Exemplar heraus, riss das Zellophan weg, drehte es mehrmals, fuhr mit der Handfläche darüber, blätterte darin, steckte die Nase zwischen die Seiten und hob endlich seinen Blick. Seine Miene erhellte sich.

»Johanna!« Seine Knie krachten, als er aufstand. Wie machte er es eigentlich, dass seine Bartstoppeln immer aussahen, als seien sie zwei oder drei Tage alt?

»Du hast deinen Schal vergessen.« Ich legte ihn zur Registrierkasse neben einen Stapel Visitenkarten: Buchhandlung in der Königsstraße, Jérôme Morel.

»Wieso Morel?« Ich griff ich nach einer Karte. »Ich dachte, du heißt Schwärzler.«

Er legte das ausgewickelte Buch zurück in die Schachtel und schien nicht zu wissen, wovon ich sprach.

Ich half ihm auf die Sprünge: »Schwärzler? – Euer Tisch war auf Schwärzler reserviert.«

»Ach so. Heidi Schwärzler ist meine Steuerberaterin. Das war die schwarzhaarige Frau, die ein bisschen aussieht wie Audrey Tautou. Sie redet zu viel, ist aber eine großartige Steuerberaterin. Die beste, die ich kriegen konnte. Sie hat den Tisch bestellt.«

»Steuerberaterin ... So, hm ... und ... und ... die andere?«

»Das war Irene, meine Putzfrau.«

Frau und Schwiegermutter, also wirklich. Man sollte mich ohne Wasser und Brot ins Bett stecken. Eine enorme Erleichterung überkam mich. Dann war er also gar nicht verheiratet? Wirklich sicher konnte ich mir nicht sein – immerhin trug er einen Ring am Finger. Aber wie ein Ehering sah der nicht aus. Eher ein Überbleibsel, das er in seiner Pubertät aus dem Kaugummiautomaten gezogen hatte. Sollte ich mich wirklich geirrt haben? In meinem Bauch explodierte süßes Brausepulver.

Gedanken prasselten auf mich ein, und ich hatte das dringende Bedürfnis, für einen Moment alleine zu sein, um meine überschäumenden Gefühle zu sortieren. Instinktiv steuerte ich auf den Ausgang zu. Jérôme fuhr sich verlegen durch den Haarschopf, und schon wieder bekam ich ein schlechtes Gewissen. Ich hielt inne und drehte mich zu ihm um. »Tut mir leid, dass ich dich neulich im Regen stehen lassen hab. Ich wollte Caro nicht verletzen, weißt du?«

»Ach, Caro.« Er seufzte. »Ihr seid befreundet, oder? Ich vermute mal, dass sie nicht gut auf mich zu sprechen ist.«

Ich musste lächeln. Mein Bedürfnis davonzurennen verflog. »Nicht gut zu sprechen? Sie ist stinksauer. Aber das vergeht schon wieder. Mach dir nichts draus.«

Er seufzte noch einmal, dann hoben sich seine Mundwinkel, und seine Zähne blitzten. »Komm, ich zeig dir den Laden.« Er führte mich von Regal zu Regal. Bücher auf jedem Quadratzentimeter, was senkrecht nicht mehr ins Regal passte, hatte er waagrecht in die freien Spalten geschoben. Bücher bis unter die Decke. *Die Erfindung der Welt im Auge des Ohres*, las ich, zog das Buch heraus und schlug es auf. Es war signiert. »Ein echter Sauter... Wie gut bist du mit ihm befreundet?«

»Wir kennen uns, seit er hergezogen ist. Ruben kommt ganz gern vorbei, dann trinken wir ein Fläschchen und unterhalten uns über Neuerscheinungen. Manchmal gibt er mir Teile seiner Texte zu lesen und möchte meine Meinung hören. Konstruktive Kritik verträgt er erstaunlich gut. Danach schreibt er ganze Passagen um und gibt sie mir zu lesen. Einmal hat er mir bei der Vermittlung eines Manuskripts geholfen. Inzwischen weiß ich auch, warum er sich bei der Lesung so ekelhaft benommen hat. Er ist nach Moos gezogen, weil er gehofft hatte, in der Waldhütte auf dem Berg in Ruhe arbeiten zu können. Diese Lesung wollte er von Anfang an nicht machen. Er hasst Lesungen.«

»Caro hat ihn, glaube ich, ziemlich bedrängt.«

Jérôme lachte. »Das ist gar kein Ausdruck. Ihretwegen hat er sich sogar eine neue Handynummer zugelegt. Sie hat ständig auf seine Mailbox gequatscht und ihm Nachrichten über alle verfügbaren Kanäle geschickt. Das volle Programm. Zusätzlich hat sie ihm über den Verlag immer wieder E-Mails und Briefe zukommen lassen. Nachdem er nicht reagiert hatte, wollte sie ihn in seiner Hütte besuchen. Er war nicht zu Hause. Sie fand seine Wanderwege heraus und passte ihn mitten im Wald ab. Das hat er ihr dann wirklich übel genommen und zugesagt, mit der fixen Absicht, ihr den Abend zu verderben.«

»Eigenartige Einstellung.« Ich fuhr über einen Buchrücken und nahm die Wärme von Jérômes Körpers wahr – sehr nah stand er neben mir, eine flüchtige Berührung am Ellbogen, eine an der Hüfte. Verlegen rollte er seinen Hemdärmel auf und wieder ab. Am Ärmelabschluss war der Stoff brüchig und ausgefranst. Er musste dieses Hemd schon Jahre besitzen. »Sie meint es nicht böse«, sagte ich hilflos. »Er hat ihr versprochen, das Manuskript zu lesen. Sie war so enttäuscht.«

»Er hätte ihr alles versprochen, damit sie ihn in Ruhe lässt. Aufdringliche Leute mag er ebenso wenig wie Bewunderer, die keine Ahnung haben – womit ich nicht behaupten will, dass Caro keine Ahnung hat, wenn es um die Texte anderer geht. Theoretisch scheint sie sich ja gut auszukennen. Aber genauso theoretisch konstruiert liest sich ihr Manuskript. Es ist nicht authentisch, sie hat nur kopiert. Übrigens wollte mir Ruben tatsächlich eine Freikarte für die Lesung zurücklegen lassen, hat es aber dann vergessen.«

Ich blickte zur Decke hoch, und mir wurde fast schwindlig, so hoch waren die Regale.

»Du kannst dich schlecht entscheiden, oder?«, fragte ich angesichts der Unmengen von Büchern.

»Wie du siehst.«

Ich hatte Angst, dass die Kommunikation zwischen uns ins Stocken geriet. Also stellte ich die naheliegendste und sinnloseste Frage, die an dieser Stelle in allen Filmen und Büchern gefragt wurde: »Hast du die alle gelesen?«

Er antwortete wie erwartet: »Weißt du, wie viele Neuerscheinungen jedes Jahr auf den Markt kommen?«

»Ich bin Köchin.«

»Etwa neunzigtausend im deutschsprachigen Raum. Das kann kein einzelner Mensch lesen.«

»Wie entscheidest du dann, was du bestellst?«

»Rezensionen, Inhaltsangaben, Verkaufszahlen, Instinkt – oft der falsche Instinkt. Ich habe andere Vorlieben als die meisten meiner Kunden. Schlecht fürs Geschäft.« Er lachte verlegen. »Möchtest du Kaffee?«

»Gern«, sagte ich, obwohl mein Magen noch voll war mit Kaffee, grauenhaftem Kaffee.

»Schau dich in Ruhe um.«

Er stieg eine mit Büchern vollgestellte eiserne Wendeltreppe nach oben. Ich sah ihm nach und versuchte mich zu entspannen. Erst jetzt merkte ich, wie heftig mein Herz pochte. Ich sollte so schnell wie möglich verschwinden, um mir und ihm ein grausames Schicksal zu ersparen.

Keine Frau. Keine Schwiegermutter. Das machte mir Angst. Jérôme war eine Gefahr – für sich selbst und für mich. Kein Mann überlebte uns. Vor Gefahren floh man normalerweise. Stattdessen überlegte ich mir, wie unsere Begegnung weitergehen konnte. Ich brauchte so etwas wie ein Drehbuch, oder jemanden, der mir meinen Text einflüsterte.

Fieberhaft zog ich Bücher aus den Regalen, verlor mich in Textpassagen, Papiergerüchen und verheißungsvollen Geschichten. Mir wurde kalt. Musste er wohl bei den Heizkosten sparen? Ich nahm seinen Schal von der Registrierkasse und wickelte ihn mir wieder um den Hals. Was machte er überhaupt so lange da oben? Hatte er sich mit kochendem Wasser verbrüht? War er durch die Hintertür getürmt?

»Jérôme?« Seinen Namen auszusprechen fühlte sich an, als würde ich ein exotisches Gericht zum ersten Mal probieren. Keine Reaktion. »Jérôme?« Ich stieg die Wendeltreppe hinauf, Stufe um Stufe, über Bücherberge und war schon fast oben bei der Tür angelangt, als sie aufging. Wir erschraken beide und standen uns bewegungslos gegenüber, zwischen uns ein Weltatlas, den er als Tablett missbrauchte. Wie es wohl in seiner Wohnung aussah? Zu gern hätte ich sie betreten, aber ich spürte, dass es an der Schwelle eine Grenze gab, die ich nicht überschreiten durfte. Er machte mich immer neugieriger.

»Tut mir leid, dass es so lange gedauert hat.«

»Woher genau kommst du eigentlich?«, murmelte ich, während er an mir vorbei die Wendeltreppe hinunterkletterte.

»Lausanne… Dort bin ich zumindest aufgewachsen. Ist es ein Problem, dass ich keine Milch gefunden habe?«

»Ich brauche keine Milch. Zucker reicht. In Lausanne spricht man Französisch«, stellte ich fest.

»Ja.« Er lachte.

»Und warum sprichst du dann so schönes Deutsch?«

»Meine Mutter ist aus Hamburg.«

»Und die hat einen Lausanner geheiratet?«

»Sie hat ihn geheiratet und sich wieder scheiden lassen.« Wir waren unten angelangt. »Könntest du kurz…?« Er drückte mir den Weltatlas in die Hände und räumte einen wackeligen runden Tisch leer, stapelte die Bücher, die darauf lagen, auf den Boden und holte unter der Treppe einen Campingstuhl hervor.

»Hast du den Laden schon lange?« Ich legte den Atlas samt Kaffeekanne und Tassen auf den Tisch.

»Seit eineinhalb Jahren etwa. Im August bin ich eingezogen. Es hat geregnet wie aus Eimern, so ähnlich wie letzte Woche. Durch die Königsstraße floss ein Bach in den See. Nicht sehr vorteilhaft, wenn man kartonweise Bücher geliefert bekommt.« Die Scharniere des Campingstuhls quietschten.

»Bitte, setz dich doch.« Er zeigte auf den stabilen Holzstuhl am Tischchen, und ich nahm Platz.

»Und du hast das gelernt? Eine Buchhandlung zu führen?« Es fiel mir schwer, ihm dabei zuzusehen, wie er sich mit dem Ramschding abmühte. Ich drehte meinen Kopf dem Regal zu. Eine grün geblümte Box mit drei Bänden Grimms Märchen stand dicht vor meiner Nase. Den zweiten Band zog ich heraus.

»Ich habe eine Buchhändlerlehre gemacht, aber danach keine Stelle bekommen«, sagte er, während er versuchte, den Campingstuhl gerade zu biegen. »Also habe ich Texte übersetzt, ein Studium begonnen und nach drei Semestern abgebrochen. Ich wollte immer einen eigenen Laden.«

Ich blätterte durch die Märchensammlung. *Der gläserne Sarg, Krautesel, Hans mein Igel.* Noch nie gehört. Ich dachte, ich kannte Grimms Märchen.

»Dann hat sich Caro also getäuscht, als sie sagte, dass du keine Ahnung von Literatur …« Ich schob das Buch zurück, beobachtete seine Slapstick-Einlage mit dem Campingstuhl und musste mich beherrschen, nicht zu lachen. Er beugte sich in alle Richtungen. Gut gebauter Körper. Muskeln an den richtigen Stellen. Wohlgeformter Hintern. Die Hose auch schon ein wenig fadenscheinig. Atemlos hielt er inne, richtete sich auf und strich sich das Wuschelhaar aus der Stirn. »Das mit Caro tut mir leid. Ich hätte ihr gern etwas anderes gesagt, aber sie kann wirklich nicht schreiben.«

»Und das kannst du einfach so behaupten? Was, wenn du dich irrst? Ist das nicht Geschmackssache?«

Er stützte die Hände in die Hüften und betrachtete skeptisch das wackelnde Sesselgestell. »Vielleicht hast du recht. Vielleicht irre ich mich … Was hattest du gesagt? Milch oder Zucker oder beides?«

Wo war der Mann mit seinen Gedanken?

»Soll ich dir eigentlich helfen?« Ich zeigte auf den altersschwachen Stuhl. Er grinste, und ich grinste, und wenn ich das richtig deutete, waren wir beide einem hysterischen Lachkrampf sehr nahe.

»Alles gut. Danke.« Aus der türkischen Kanne schenkte er mir Kaffee ein. Dabei beugte er sich vornüber. Eine dünne Lederkette, an der zwei in Gold gefasste Kieselsteine hingen, fiel aus seinem aufgeknöpften Hemdausschnitt.

»Hast du Kinder?«

Mir war, als ging ein Ruck durch seinen Körper. Viel zu schnell sagte er: »Nein ... du?«

Ich schüttelte den Kopf und hielt mich an seinem Schal fest. »Entschuldige. Mir war kalt.«

»Die Heizung funktioniert nicht richtig. Lass den Schal ruhig an.« Er stellte die Kanne ab, schenkte dem Campingstuhl einen feindseligen Blick und schien sich noch nicht sicher zu sein, ob er sich hineinsetzen sollte.

»Welches sind deine Lieblingsbücher?«, fragte ich.

Es war, als hätte ich ein glimmendes Streichholz in einen mit Benzin getränkten Strohballen geworfen: Jérôme flammte auf. Den Kaffee vergaß er. Den Campingstuhl auch. Wir hatten keine Löffel, keinen Zucker und keine Milch, aber das machte nichts. Er wirbelte durch den Laden, griff zielsicher nach bestimmten Büchern, klemmte den Stapel unter sein Kinn und legte ihn auf den Campingstuhl, der unter der Bücherlast langsam in die Knie ging. Dann fing er an zu schwärmen, über gestohlene Gemälde, Büffeljagden, alte Professoren, Irrenanstalten, schottische Entdecker, über verlorene und wiedergefundene Zeiten. Ich nickte und schämte mich. Ich kannte nichts. Kein einziges der Bücher, die er so liebte, obwohl ich doch selbst so gern las. Ich pulsierte längst nicht mehr mit der

Zeit. Manche Titel hatte ich vielleicht schon einmal gehört. Das war alles. Ich wartete darauf, mich schlecht und minderwertig zu fühlen, auf den Moment, in dem ich mich selbst kleiner machte, als ich war, aber Jérôme verhinderte das. Er gab mir schlicht keine Gelegenheit dazu.

»Das kennst du noch nicht? Du Glückspilz! Dann hast du das ganze Vergnügen noch vor dir … Das auch nicht? Das musst du aber wirklich lesen. Es ist grandios! Ich pack es dir ein.« Er sprang auf, holte zwei Papiertüten unter der Kasse hervor und räumte ein Buch nach dem anderen hinein, die meisten davon noch original verpackt.

»Ich wette, das gefällt dir … gut, mit dem solltest du vielleicht nur anfangen, wenn du eine Nacht ohne Schlaf auskommen kannst, man kann nicht aufhören … Das da hat gewisse Längen, aber das Ende wird dich glücklich machen … Das hier ist virtuos geschrieben.« Er holte ein Buch aus der Kartonschachtel, die er eben ausgepackt hatte. »Und das ist heute erst gekommen. Neu und druckfrisch. Erst seit wenigen Tagen auf dem Markt, aber schon ein Geheimtipp. Ich wette, das wird ein Bestseller.«

Seine Begeisterung riss mich mit. Ich wollte alles am liebsten sofort lesen. Auch wenn ich nicht wusste, wann ich dafür die Zeit finden sollte. Er stellte beide Taschen vor mir hin, strich sich eine Strähne aus den Augen, ließ sich auf die drittunterste Stufe der Treppe fallen und legte seine Unterarme auf die Knie. Ich zog noch einmal Buch für Buch aus den Taschen und studierte die Preise. »Kann ich mit Karte bezahlen?«

»Um Himmels willen, du brauchst die Bücher nicht zu bezahlen. Ich schenke sie dir.«

Ich schüttelte den Kopf und begann zu rechnen. »Das wären dann, ähm … 288 Euro und 52 Cent«, wenn ich mich nicht irre.

Jérôme hob die Augenbrauen und legte den Kopf schief, als er mich musterte. »Sag bloß, du hast das jetzt mal schnell so zusammengerechnet?«

Ich zuckte mit den Achseln.

»Das glaube ich jetzt nicht.« Er stand auf, nahm mir beide Taschen ab, ging zur Kasse und tippte die Preise ein.

»Tatsächlich 288 Euro und 52 Cent. Was bist du? Ein Mathematikgenie?«

»Übung. Als Kellnerin hab ich früher den ganzen Tag gerechnet. Das war, bevor meine Mutter dement wurde und ich die Küche übernehmen musste. Meinetwegen hätten sie keine Registrierkasse einführen müssen. Kostet nur Zeit.«

»Du bist unglaublich!« Er brachte mir die Tüten zurück. Ich stand auf. Unsere Hände berührten sich. »Ich möchte dir die Bücher gern schenken. Für das unvergessliche Essen, das du mir gekocht hast.« Er blickte mir in die Augen, so tief, dass ich nicht widersprechen konnte.

»Dann sage ich Danke«, murmelte ich, wie meine Tanten das sagen würden. Oder wie jemand, der hypnotisiert wurde. »Der Kaffee schmeckt übrigens scheußlich.« Ich verlor mich in seinen Pupillen.

»Du glaubst gar nicht, wie egal mir der Kaffee ist.« Unsere Nasen berührten sich fast. Ich hätte darauf wetten können, dass gleich die Ladentür aufgerissen wurde und jemand nach dem Weg zum Bahnhof fragte. Das passierte doch immer in solchen Momenten. Wobei, es war seit über einer Stunde kein einziger Kunde in den Laden gekommen. Langsam dämmerte mir, warum er sich keinen anständigen Kaffee und keinen neuen Stuhl leisten konnte. Diese Gedanken zerstörten die Hypnose, und ich unterbrach unsere Verbindung.

»Hast du deine Geldbörse eigentlich wiederbekommen?«

»Ja, ich habe sie im Bus liegen lassen. Der Busfahrer hat

sie am Ende seiner Schicht ins Fundbüro gebracht. Gott sei Dank... Hast du Hunger?«

Hatte ich nicht. Ich hätte nicht einen Bissen heruntergebracht.

»Ein bisschen«, log ich, um irgendetwas zu sagen.

»Komm, wir sehen, ob wir ein schönes Plätzchen finden.«

FÜNFZEHN

Wir verließen die Buchhandlung durch den Lieferantenausgang. Jeder trug eine Büchertasche. Kalter Wind schlug uns entgegen. Es nieselte leicht. Jérôme spannte den Schirm mit dem Bank-Logo auf. Ich hakte mich bei ihm ein, und wir schlenderten durch die Stadt. Im Gehen ließ es sich gut reden.

»Was hast du an Silvester gemacht?«, fragte ich.

»Nicht viel. Ich bin an den See gegangen, um mir das Feuerwerk anzusehen.«

»Allein?«

»Ich mach mir nichts aus Silvester. Meine Schwester hat mich eingeladen. Aber ich wollte nicht weg. Was ist mit dir? Musstest du kochen?«

»Vorproduzieren, ja. Aber kein Tagesbetrieb. Wir öffnen erst morgen wieder, ein paar Gäste sind heute schon angereist.«

Wir kamen an einem Chinesen und einem Italiener vorbei, und Jérôme studierte mit ernster Miene den Aushang. Mir wäre alles recht gewesen, aber Jérôme hatte seine Bedenken, weil er dachte, mir würde es nicht schmecken.

»Kannst du überhaupt woanders essen?«, fragte er.

»Kannst du überhaupt in einen anderen Buchladen gehen?«

Lächelnd zog er mich durch die vollgesprayte Bahnunterführung zur Seepromenade, wo im Sommer die Festspielgäste flanierten. Wir stellten uns ans Geländer. »Schau mal«, sagte Jérôme. Unter uns im See lag ein Fahrrad und schwappte mit jeder Welle gegen die Betonmauer. Das Wasser war so aufgewühlt wie meine Gefühle. Dicht unter den Schirm gedrängt, ließen wir unsere Blicke über den schwarzen See und die Lichter am anderen Ufer gleiten, so lange, bis es wirklich ungemütlich wurde und Jérôme den Schirm kaum mehr halten konnte.

Schlussendlich landeten wir am Bahnhof bei einem Wurststand. Jérôme bestellte eine Grillwurst und ich eine Bratwurst, wir ließen uns gegenseitig abbeißen, verbrauchten endlos viel Senf und Ketchup und tranken zusammen drei Dosen Bier, während wir von einem Bein auf das andere traten. Jérôme nahm meine Hände, wärmte sie und betrachtete meine Finger. »Du hast ja überall Brandwunden.«

»Ich habe einen brandgefährlichen Beruf!«, sagte ich wie ein russischer Auftragskiller im Film.

»Du liebst das Kochen sehr, nicht wahr?«

Ich runzelte die Stirn. »Wie meinst du das?«

»So, wie ich's gesagt habe: Liebst du deinen Beruf?«

»Ich weiß nicht«, sagte ich.

Erstaunt hob er die Augenbrauen.

»Die Frage stellt sich nicht. Ich bin in diesem Gasthaus aufgewachsen, ich habe schon als Kind kochen gelernt. Meine Mutter ist letztes Jahr krank geworden und kann nicht mehr so arbeiten wie früher, deswegen habe ich ihren Job übernommen. Es hat nicht so viel mit Liebe zum Beruf zu tun.«

»Was ist mit deinem Vater?«, fragte Jérôme. »Lebt er nicht mehr?«

Ich musste lächeln. Jeder in Moos kannte die Geschichte meiner Herkunft, sie gehörte zur Dorffolklore und wurde an den Stammtischen weitergegeben. Ich selbst hatte sie schon lange niemandem mehr erzählt, doch ich genoss es, Jérôme diesen Teil meiner Geschichte anzuvertrauen. »Mein Vater war ein irischer Straßenmusiker namens John. Eines Abends, als meine Mutter wie durch ein Wunder allein im Haus war, wehte ihn der Herbststurm in unser Gasthaus. Er verzauberte sie so mit seinen Liedern und seiner Stimme, dass sie gar nicht anders konnte, als mich auf der Stelle zu zeugen. Die letzten Töne von *Molly Malone* schwebten noch im Raum, so richtig schön in Stimmung sei sie gewesen, hat sie immer erzählt. Und genauso schön sei ich geraten. Am Morgen danach briet ihm meine Mutter Eier und Speck, steckte ihm Linzer Torte und eine Kanne Kaffee in den Rucksack, gab ihm einen Kuss und winkte ihm nach. Neun Monate später kam ich. Meine Mutter wollte mich Molly Malone taufen, was meine Tanten zum Glück verhindern konnten. Als ich größer wurde, schloss man im Dorf Wetten ab, wann ich mit glockenheller Stimme den Kinderchor anführen würde. Leider kam es anders.«

Jérôme musste lachen, als ich ihm von meiner missglückten Suche nach den Genen meines Vaters und meinen Gitarrenkünsten erzählte. »Gib es zu, in Wirklichkeit träumst du von einer Karriere als Musikerin!«

Ich grinste, auch weil er mich in diesem Moment so sehr an Mathias erinnerte. »Nein, das hat Ferdinand Hopfners Mutter zu verhindern gewusst. Sie war meine Blockflötenlehrerin und hat mir liebevoll erklärt, dass meine Talente woanders lägen. Meine Blockflöte habe ich im Moosbach versenkt.«

Jérôme wurde wieder ernst. »Also ist deine Zukunft das Lamm. Das steht für dich fest?«

Ich zuckte mit den Schultern. »Niemand hat damit gerechnet, dass meine Mutter so früh ausfällt. Ich habe keine Wahl. Blut ist nun mal dicker als Wasser.«

»Und die Flinte wirft man am besten ins Korn«, konterte er.

Als hätten sie sich abgesprochen, er und Mathias.

»Ich werfe die Flinte nicht ins Korn.«

»Das glaube ich dir schon, aber kann es nicht sein, dass du ein bisschen viel für deine Familie arbeitest? Ich meine, wo bleibst du bei der ganzen Sache? Deine Bedürfnisse, deine Wünsche?«

»Wer so einen Betrieb führt, hat keine Bedürfnisse zu haben. Denkst du, dass eine meiner Tanten jemals Rücksicht auf ihre eigenen Bedürfnisse genommen hat? Das hat man ihnen schon im Kindesalter abgewöhnt. Sie wissen gar nicht, was das ist.«

»Und eigene Träume? Irgendwas, das du noch verwirklichen willst?«

»Ich weiß nicht... Was ist mit dir?«

»Ich habe immer von einem eigenen Buchladen geträumt. Meine Eltern fanden das nicht gut, das kannst du mir glauben, aber ich bin sehr froh, dass ich mich gegen ihre Erwartungen gewehrt habe.«

»Aber das große Geld machst du damit nicht, oder?«

»Nein, aber seit ich den Laden habe, freue ich mich jeden Abend auf den nächsten Tag.«

»Und ich freue mich jeden Abend, dass der Tag endlich vorbei ist. Mein Gott, das hört sich schrecklich an.«

Jérôme nickte.

Wir schwiegen. Der Wind blies ekelhaften Sprühregen um die Häuser. Jérôme wickelte mir seinen Schal enger um meinen Hals, knöpfte seinen Mantel zu und stellte den Kragen hoch. Ich sah verstohlen auf die Uhr. Der letzte Bus nach Moos war längst abgefahren. Insgeheim hoffte ich, dass er mich – wie in so vielen Liebesgeschichten – fragen würde: »Willst du noch auf eine Tasse Kaffee zu mir hochkommen?«

Aber das tat er nicht. Er wollte mich nicht in seiner Wohnung haben. Er verbarg etwas vor mir. Ich konnte fühlen, dass da Dinge waren, über die er nicht sprechen mochte. Viel hatte er noch nicht über sich erzählt, aber ich wollte ihn nicht drängen.

Zuerst überlegte ich, per Anhalter nach Hause zu fahren, so, wie ich es mit siebzehn getan hatte, mit Marlies, Steffi und Caro. Halbe Nächte hatten wir an der Ausfallstraße gestanden und unsere Daumen abwechselnd in die Fahrbahn gereckt, während sich die anderen drei im Gebüsch versteckt hatten, bis sich ein Autofahrer erbarmte. Manchmal waren wir auch durch die Nacht nach Hause gelaufen. Sechzehn Kilometer, die letzten vier davon durchs Mooser Tobel, ohne Beleuchtung und Gehsteig. Aber ich war kein Teenager mehr.

»Ich nehme mir ein Taxi«, sagte ich.

Jérôme begleitete mich zum Taxistand. Der Taxifahrer schaute einen Film auf seinem Handy und war nicht erfreut, als wir gegen die nasse Scheibe klopften. Heiße, mit einem künstlichen Duft geschwängerte Luft schlug mir entgegen.

»Sind Sie frei?«, rief ich durchs Fenster.

Jérôme öffnete mir die hintere Tür. Ich stellte die beiden Büchertaschen hinein.

»Das war ein schöner Abend, Johanna.«

Da war wieder dieser Kloß – entweder, ich redete wie ein Wasserfall oder brachte kein Wort hervor.

»Schteigschdu ein oder schteigschdu nicht ein?«, fragte der Taxifahrer schlecht gelaunt.

»Steigschduein«, sagte ich, schwang mich ins Taxi, griff nach Jérômes Hand, und dann tat ich es einfach. Ich zog ihn neben mich auf den Sitz. »Ich bin schon ewig nicht mehr Taxi gefahren«, flüsterte ich. »Du musst mir helfen.«

Er klebte mir einen verrutschten Kuss hinters Ohr und flüsterte: »Gern. Jetzt musst du ihm sagen, wohin du willst.« Dann lachte er leise und biss mir ins Ohrläppchen. Ein Schauer rieselte mir über den Rücken.

»Nach Moos am Buckel ... Sonnenrain!«, würgte ich heraus. Das Taxi fuhr an.

Jérôme legte seine Hand in meinen Nacken, zog mich an sich und küsste mich, erst sanft, dann immer bestimmter. Ich fuhr durch sein dichtes Haar, knöpfte den Mantel auf, und einen Hemdknopf, so lange, bis ich glatte Haut spürte, Rippen, Muskeln. Alles drehte sich.

Der Taxifahrer fuhr wie ein Schwein. Er nahm wohl absichtlich nicht den Tunnel, sondern die alte Straße und schien Freude daran zu haben, uns in jeder Kurve hin und her purzeln zu sehen, was im Mooser Tobel keine Kunst war. Das laute Prasseln des Regens verstummte. Das Licht veränderte sich. Jérôme vergrub seine Hände in meinem Haar. Ich spürte seine Lippen auf meinen, die kratzigen Bartstoppeln, sog seinen Duft nach Rosmarin und Salzwasser ein. Er ließ mich nicht einen Moment los.

Als ich meine Augen wieder öffnete, wirbelten dicke Flocken im Scheinwerferlicht. Der Taxifahrer musste seine Geschwindigkeit drosseln, und das war der Moment, als die Wirklichkeit mich einholte. Die Vorstellung, vor dem Lamm zusammen mit Jérôme aus einem Taxi auszusteigen, lähmte mich. Irgendwer aus meiner Familie würde es sehen, entweder meine Cousinen, die betende Elisabeth, Francis, die betrunken aus dem Pub kam, oder Germana, die nicht schlafen konnte und einen Joint rauchte.

»Sie können mich am Dorfplatz bei der Linde aussteigen lassen. Den Rest gehe ich zu Fuß.«

Der Taxifahrer hielt an. Jérôme wollte bezahlen und öffnete seine Geldbörse, aber ich war schneller und drückte dem Taxifahrer fünfzig Euro in die Hand.

»Gute Nacht.«

Jérôme wollte mich immer noch nicht loslassen. »Ruf mich an«, sagte er.

Wir küssten uns.

»Schteigschdujetzgleiaus oder machschdusonstdertürezu«, nuschelte der Taxifahrer. Ich stieg gleich aus. Hinaus in den dichten Schneefall. Unsere Hände glitten auseinander. Die Kälte schlug mir ins Gesicht. Die Tür fiel zu, und das Taxi fuhr um die Linde herum, auf dem Weg zurück in die Stadt.

Ich knöpfte meine Jacke zu, fühlte Jérôme auf der Haut, wie ein Pflaster, das zu schnell abgerissen worden war und nun eine offene Wunde hinterlassen hatte. Ich fing an zu schlottern, konnte kaum den Weg sehen. Zögernd setzte ich die ersten knirschenden Schritte über den Dorfplatz, zwischen der Kirche und dem Gemeindeamt hindurch, die schmale Straße bergauf Richtung Sonnenrain.

»Johanna! Warte!«

Ich drehte mich um. Eine hochgewachsene Gestalt stand unter der beleuchteten Linde im Schneetreiben. Das Taxi war weg. Jérôme rannte auf mich zu und umarmte mich wie jemanden, auf den er sein Leben lang gewartet hatte. »Du hast mir gefehlt.«

»Du mir auch.«

Die Wunde war geheilt, als hätte sie nie existiert. Jérôme hatte sie geschlossen. Mir wurde warm, als hätte jemand in mir einen Ofen angezündet. Alles war richtig. Alles war gut so.

Und doch blieb die Unmöglichkeit, nach Hause zu gehen. Im Lamm war immer jemand in der Nähe. Ich wollte Jérôme nicht mit ihnen teilen. Noch nicht. Ich hatte es zu oft erlebt. Sie würden ihm und mir das Leben schwermachen. Sie würden das, was zwischen uns gerade wuchs, kaputt schlagen, bevor es stabil genug war. Sie waren neugierig, und sie konnten mich nicht gehen lassen. Ich war ihr Schatz. Ihre Molly Malone.

Schweigend liefen wir nebeneinander den Sonnenrain hoch. Es war kein unangenehmes Schweigen. Ich musste auch nicht mehr losplappern, um meine Unsicherheit zu überdecken. Jérôme hatte mir die Zeit gegeben, die ich gebraucht hatte, um keine Angst mehr davor zu haben, etwas Falsches zu sagen oder etwas Falsches zu tun. Er würde bleiben. Im Moment wenigstens.

Ich fühlte mich wie in einer Schneekugel – er und ich in einem wirbelnden Schneegestöber vor dem Hintergrund einer malerischen Dorfkirche. Unsere Körper waren wie füreinander maßgeschneidert – das Verhältnis unserer Arme und Beine, unserer Oberkörper und die Höhe unserer Schultern passte zusammen wie Puzzleteile.

Einmal lachte er leise. »Weißt du, dass ich deinetwegen Caro zugesagt habe? Es war eine Ausrede, um wieder nach Moos zu kommen. Ich hatte gehofft, dich zu sehen, und bin extra früh los.«

Ich lächelte. Und dann fiel mir auch ein, wohin wir gehen könnten. Es war ganz einfach. Bei Mathias brannte noch Licht. Ich wusste, dass er oft ganze Nächte nicht schlief und froh um jede Ablenkung war.

»Ich würde dir gern jemanden vorstellen«, sagte ich und blieb am Eckhaus der Ritters stehen. »Meinen besten Freund.«

Jérôme stutze. »Jetzt?«, fragte er. »Mitten in der Nacht?«

Ich nickte.

»Warum nicht«, sagte er dann ganz selbstverständlich und küsste mich. »Gehen wir.«

Ohne ihn darauf vorzubereiten, was ihn erwartete, führte ich ihn den Weg durch den Garten hinunter und klingelte bei Mathias. Fabian – strubbelig und gähnend – öffnete. Er sah

Jérôme, grinste, drehte sich um und rief in die Wohnung: »Es ist Johanna!«

»Stören wir?«, fragte ich.

»Im Gegenteil. Euch schickt der Himmel. Kommt rein«, sagte Fabian.

»Sie soll reinkommen«, rief Mathias. Wir gingen durch den Flur. Mathias lehnte im Bett, neben sich der Rollstuhl, und starrte auf den Bildschirm am Fußende. Schlecht sah er aus. Jérôme hinter mir wurde langsamer.

»Willst du ein Schaumbad nehmen, oder schaust du mit mir diesen beschissenen Film zu Ende?«, fragte Mathias griesgrämig.

»Weder noch. Ich wollte dich fragen, ob wir bei dir ein Bier kriegen. Und ich wollte dir Jérôme vorstellen.«

»Wen?« Endlich drehte er seinen Kopf. Sein Mund klappte auf.

»Jérôme. Mathias. Mathias. Jérôme«, sagte ich. Aus etlichen Metern Abstand nickten sich die beiden zu. Ich hätte nicht sagen können, wer verlegener war. Mathias fand seine Sprache als Erster wieder und suchte Zuflucht in etwas Vertrautem – seiner Musik. »Leg uns was auf, Johanna, ja?«

Ich musste lachen, als ich Jérômes verwirrtes Gesicht sah. Wie ein Paketbote, der nicht wusste, wo er seine Ware abliefern sollte, stand er im Zimmer. »Komm, bitte, setz dich doch«, sagte ich, nahm ihm den Mantel ab, warf ihn auf den Tisch und stellte zwei Stühle vor das Bett. Dann entschied ich mich für Tom Waits. Ich legte die Platte auf den Plattenspieler und senkte die Nadel.

»Lass dich bloß nicht täuschen«, sagte Mathias zu Jérôme, »sie hat keinen Schimmer von guter Musik. Das war ein Zufallstreffer.«

»Guter Zufallstreffer«, sagte Jérôme. »*Closing Time.*«

Mathias lächelte und wandte sich an mich. »Einer, der sich auskennt? So einen hast du gar nicht verdient, Johanna.«

»Ich weiß«, sagte ich leise.

»Brauchst du mich noch?«, fragte Fabian und kratzte sich unter dem T-Shirt am Bauchnabel.

»Geh schlafen. Wir kommen hier schon klar.«

»Sicher«, sagte ich.

Ich ging in die Küche und holte drei Bier aus dem Kühlschrank. In eines steckte ich einen Strohhalm.

Jérôme und Mathias hatten ihr Thema gefunden. Sie unterhielten sich über Musik, die längst nicht mehr modern war, und machten mich zu ihrem DJ. Wahllos ließen sie mich eine Platte nach der anderen auflegen und lieferten sich einen Wettkampf, wer den Titel schneller erriet. Jérôme schlug sich tapfer, auch wenn er nicht wirklich eine Chance gegen Mathias hatte. Ihm genügte manchmal der erste Ton.

Es war schön, ihnen bei ihrer leidenschaftlichen Diskussion zuzuhören. Irgendwann kam Fabian wieder aus seinem Zimmer. »Geht das nicht leiser?« Aber weil er wusste, dass es nicht leiser ging, entschied er sich zu bleiben. Fabian hatte definitiv noch weniger Ahnung von Musik als ich – zumindest aus dieser Zeitepoche. Für Jérôme und Mathias war das Anlass genug, ihn in die Geheimnisse des Vinyls einzuführen. Mathias wollte rauchen. »Auf keinen Fall!«, zeterte Fabian. »Im Bett schon gar nicht.«

»Du bist gefeuert«, sagte Mathias.

»Du hast mich heute schon dreimal gefeuert. Schon vergessen?«

Mathias deutete mit der Nase auf Jérômes Hemdtasche, in der eine Schachtel Zigaretten steckte.

Jérôme stand auf, beugte sich zu Mathias, zeigte auf Fabian und flüsterte: »Er wird mich rauswerfen.«

»Möglich, aber nicht wahrscheinlich«, erwiderte Mathias. Widerwillig brachte Fabian einen Aschenbecher. Jérôme steckte sich eine Zigarette an und ließ Mathias ziehen – sie rauchten abwechselnd. Und ich fand alles nur schön.

Gegen halb vier Uhr konnten wir nicht mehr. Fabian riss alle Fenster auf. Flocken wehten auf die Bettdecke.

»Es gab Zeiten, da freute ich mich über Schnee«, sagte Mathias und schaute traurig zu, wie sich die Kristalle in kleine feuchte Punkte auf der Bettdecke auflösten.

Ich nahm die Nadel vom Plattenteller. Stille. Wehmütig standen wir im Zimmer. Jérôme dicht hinter mir, sein Kinn auf meine Schulter gelegt.

Mathias drehte den Kopf, sah uns an und lächelte. »Das Doppelbett im Gästezimmer ist frisch bezogen«, sagte er. »Ihr bleibt hier.« Und zu Jérôme gewandt: »Ich kenne Johannas Dachkammer von früher, und glaub mir, da willst du echt nicht hin. Die Tanten würden dich zerfetzen.«

»So schlimm sind sie nun auch wieder nicht«, sagte ich und fühlte mich in meiner Familienehre gekränkt.

»Aber ziemlich schlimm«, sagte Mathias. »Schlaft gut.«

»Du auch.«

Ich löste mich von Jérôme, gab Mathias einen Kuss auf die Wange und verabschiedete mich von Fabian. »Entschuldige unseren Überfall.«

Er schloss die Fenster. »Dafür kenne ich jetzt Tony Joe White und John Lee Hooker.«

Jérôme nahm meine Hand, und wir gingen hinüber ins Schlafzimmer. Ich zog die Vorhänge zu und verschloss die Tür. Keine Tanten. Keine Cousinen. Keine Gäste. Nur Jérôme und ich. Und unsere Neugier. Zu entdecken, was zum Vorschein kam, wenn der Stoff fiel.

Mooser Heimatchronik

»Mit Johanna Lehner verbindet mich eine langjährige, tiefe Freundschaft. Man kann mit ihr prickelnde Gespräche führen. Besonders gern spricht sie über Literatur. Da kennt sie sich aus, im Gegensatz zu mir, hahaha. Sauters Werk beispielsweise findet sie völlig überschätzt. Es gäbe darin überhaupt keinen Plot, es seien nur schwülstige Aneinanderreihungen unausgegorener Gedanken, verpackt in elaborierte Sprachkonstruktionen. Johanna hat sogar eine eigene Bezeichnung dafür. Sie nennt das Makramee-Literatur. Viele Leute haben schreckliche Vorurteile gegenüber Tellerwäschern und Hilfsköchen. Die sind nicht immer dumm und ungebildet. Ich meine, schau dir Johanna an. Sie hat immer nach dem Motto gelebt: Wenn man etwas wirklich will, dann schafft man es auch. Und sie ist der festen Überzeugung, dass alles eine Frage des Geschmacks ist. Darin sind wir beide uns einig. Herb, mein Mann, sagt immer, mein guter Geschmack sei angeboren. Meine Boutique ist in der Königsstraße, ein modisches Wohnzimmer im französischen Chalet-Stil. Darüber solltest du einmal schreiben. Den Verkaufsbereich habe ich mithilfe der Stararchitektin Mandrine Schnee renoviert, alles in charmanten Wohlfühlfarben gehalten. Bei den Möbeln haben wir auf gemütliches Shabby-

Chic-Interieur gesetzt. Die Sofas und Chaiselongues sind Barock und Rokoko. Sie werden es mögen. Die Kronleuchter habe ich mir aus einer Edel-Manufaktur aus Holland schicken lassen. Johanna findet sie auch sehr schön.«

Manon Andexlinger-Müller, 40,
Managerin, Inhaberin der Boutique Noblesse.

SECHZEHN

Ein grollendes, schabendes Rumpeln weckte mich aus meinem kurzen Schlaf. Mathias' Pokale vibrierten in den Regalen. Durch den Vorhang blinkte orangefarbenes Licht. Der Schneepflug. Er fuhr vor und zurück, klappte die Schaufel nach oben und ließ sie laut wieder auf den Asphalt fallen. Es konnte um drei Uhr früh anfangen zu schneien, eine halbe Stunde später saß Bauer Dokus auf seinem Frontlader und sorgte dafür, dass jeder pünktlich zur Arbeit kommen konnte.

Haare kitzelten in meinem Gesicht. Nicht meine eigenen. Meine Wange klebte auf Jérômes nackter Schulter. Ich fuhr ihm über den flachen Bauch, strich über seine Brust, küsste ihn auf den Hals. Wir waren miteinander verschmolzen. Gehörten zueinander.

Ich versuchte, mir die harten Fakten ins Gedächtnis zu rufen: Viertel vor sechs, Dienstag, zwölfter Januar. Dienstag! Ich musste raus. Die Gäste, die gestern angereist waren, wollten ihr Frühstück. Widerwillig begann ich mich von Jérôme zu lösen. Er bewegte sich, tastete nach mir.

»Was machst du?«, murmelte er, die Augen noch geschlossen.

Ich beugte mich zu ihm. »Ich muss an die Arbeit, aber lass dir Zeit, so viel du brauchst. Fabian macht dir Kaffee.«

»Nicht gehen.« Er nahm mich in seine Arme. Nie hatte ich mich bei einem Mann geborgener gefühlt. Es kostete mich alle Willenskraft der Welt, nicht wieder zu ihm unter die Decke zu kriechen.

»Ich ruf dich an«, murmelte ich und küsste ihn an die Stelle auf seiner Haut, unter der sein Herz pochte. Meine Knie gaben einen Moment nach, als ich aufstand. Stöhnend versuchte ich mein Haar zu sortieren und verknotete es im Nacken. Da spürte ich seine Hand, die über meine Pobacke fuhr und mich von der Ferse bis zum Scheitelpunkt zum Vibrieren brachte. Gequält sank ich zurück aufs Bett. Germana würde mich umbringen, wenn ich den Gästen kein Frühstück machte. Aber hatte ich eine Chance gegen Jérôme Morel? Ich betrachtete ihn, wie er seinen Kopf in die Hände legte, sich entspannt vor mir ausbreitete und lächelte. Ich stürzte mich auf ihn, drehte ihn zur Seite, presste Nase und Lippen in die weiche Mulde über seiner Leiste und pustete. Das kindische Geräusch brachte uns zum Lachen und zerstörte die Romantik. Schnell wickelte ich seinen muskulösen Körper in die Bettdecke, beide Arme eng anliegend, bis er einer verpuppten Raupe glich und nur noch sein Haarschopf hervorlugte. Bevor er sich befreien konnte, stürzte ich mich in meine Kleider, wickelte mir seinen Schal um den Hals, gab ihm einen Kuss auf die Stirn, nahm die Taschen mit den Büchern, die er mir geschenkt hatte, und verließ das Zimmer, vorbei am Bad, in der Fabian und Mathias mit der Morgentoilette beschäftigt waren.

Mit großen Schritten stapfte ich durch den Schnee, sah die Rückseite des Traktors, mit dem sich der Dokus durch den Sonnenrain pflügte. In der Dunkelheit glühte Zigarettenasche auf. Tante Germana. Auf eine Schneeschaufel gestützt, stand sie im Garten vor der Küche, bereit, die Einfahrt frei zu schippen. Eine Welle der Zuneigung für sie überflutete mich: Was würden wir nur ohne Germana tun? Sie hielt unser altmodisches Familienschiff auf Kurs, egal, wie hoch der Wellengang war, egal, wie dicht es schneite. Rund um die Uhr war sie im Einsatz. Ohne Germana wären wir längst untergegangen.

Ich duckte mich hinter eine Tanne und umrundete das Haus von der Vorderseite, stieg über die Treppen zum Hauseingang, sperrte auf, trat ein, sperrte wieder zu, stellte die Tasche mit den Büchern in den Bauernschrank und legte meine Jacke drauf. Keine Zeit zum Umziehen. Stattdessen rannte ich in den Keller zu den Toiletten und verzog beim Geruch nach kaltem Rauch und abgestandenen Alkoholdämpfen, die aus dem Pub nebenan drangen, die Nase. Ich schüttete mir eine Ladung eiskaltes Wasser ins Gesicht, drehte mein Haar zu einem Knoten und geriet in Panik, als ich mein Spiegelbild erblickte: Ich strahlte, als hätte mir ein Filmemacher mit Spezialeffekten sprühende Wunderkerzen in die Augen gemalt. Vielleicht kam der illuminierte Eindruck aber gar nicht von der Nacht mit Jérôme, sondern von der flackernden Neonröhre, die mich blendete. Schlussendlich war die Ursache zweitrangig – Germana würde mir aus hundert Metern Entfernung ansehen, dass ich Sex gehabt hatte. Schönen, aufregenden, wilden Sex. Zwei Körper, die wie füreinander gemacht waren: Schnee und Pflug, Topf und Deckel, Stab und Mixer, Salz und Streuer, Nudel und Sieb … O Gott, aus meinem Gehirn wurde Pudding.

Plötzlich fand ich alles zum Totlachen. In der Küche tätschelte ich den Schinken und grinste den Bergkäse an. Als hätte ich Germanas im Schuppen angebautes Gras geraucht, malte ich mit der Senftube Gesichter auf Extrawurstscheiben: augenzwinkernder Smiley, grinsender Smiley, lachender Smiley. Ich führte ein ergreifendes Bühnenstück mit Ananas, Orange und Kiwi auf und gab mir alle Mühe, der Käse- und Wurstplatte durch außergewöhnliche Formen und Farbkombinationen einen gewissen künstlerischen Anstrich zu verleihen. Unterdessen grub Germana mit der Kraft eines Flusspferdes in der Einfahrt den Ewigen Benz aus den Schneemassen und sorgte dafür, dass Bäcker Bartle Lässer und Toni vom Foodexpress vorfahren konnten.

Meine Hand zitterte, als ich ihr Winken erwiderte. Mit aller Gewalt zog ich Mundwinkel und Schultern nach unten, um meine Freude zu bändigen.

Ich füllte Marmelade in Schälchen und überlegte mir, dem Mooser Theaterverein beizutreten. Ich würde *Das Tapfere Schneiderlein* vorschlagen und die Rolle der Pflaumenmus verkaufenden Marktfrau übernehmen – ich würde eine überaus prächtige Figur machen. Ach! Ich hatte eine großartige Zukunft vor mir. Jérôme würde mir vor jeder Aufführung langstielige rote Rosen in die Garderobe vor meinen Theaterspiegel stellen, mir den pfirsichfarbenen Seiden-Morgenmantel von der nackten Schulter schieben und mich küssen.

Elisabeth heizte den Kachelofen ein und war noch in ihr Morgengebet versunken, während ich an drei Tischen für je zwei Gäste deckte. Innerlich singend, nahm ich das frische Brot aus dem Ofen, rührte Waffelteig mit einer Hingabe, die ihresgleichen suchte, braute Kaffee mit der Leidenschaft eines osmanischen Barbiers, den ich Ali Hussein ibn al Hadschi taufte und der zwischen Mekka und Medina im Schneidersitz vor seinem Zelt hockte und sich mit seinen Kamelen unterhielt. Die Milch wärmte ich mit überaus viel Liebe. Ich musste Jérôme wiedersehen. *Sofort!* Sonst nahm es ein schlimmes Ende mit mir. Ich suchte mein Handy.

»Wann bist du denn nach Hause gekommen?«, fragte Germana. »Hab dich gar nicht gehört.«

»Hallooo-ooo!« Im absolut perfekten Moment spähten zwei unserer Gäste vorsichtig in die Küche. Als hätte ein Magier sie im richtigen Moment auf die Bühne gezaubert. Applaus wäre angebracht gewesen.

»Guten Morgen!«, rief ich. »Gut geschlafen? Ein Ei vielleicht? Weiches Ei, Omelett, Spiegelei, Rührei mit Speck? Germana bringt euch zu eurem Tisch!«

Germana musterte mich, als wüchsen mir Croissants aus dem Kopf. Während sie die Gäste an den Tisch brachte, schlug ich Eier auf und briet sie mit stiller Freude. Jérôme würde begeistert sein von meinen Frühstückskünsten. Der Reihe nach kamen auch die anderen Gäste. Ach, ich liebte meine Arbeit doch.

Dann riss Germana die Tür auf. Sie war außer Atem. Genau genommen pfiff sie aus dem letzten Loch.

»Antonia ist weg!«

Ungläubig schaufelte ich Eier und Speck auf zwei Teller, drückte sie Germana in die Hände und rannte die Treppe hoch. Tatsächlich! Das Bett meiner Mutter war unberührt. *Puffpuffpuff* machte es in meinem Gehirn. Fort war das Glück. Meine Beine gaben nach. Ich sank auf die Bettkante und malte mir aus, wie meine Mutter unter der Rinne der alten Säge erfroren im Moosbach lag. Ein Schluchzer entwich meiner trockenen Kehle, und die Angst, die ich nur zu genau kannte, nahm mich in den Würgegriff.

Schon einmal war meine Mutter spurlos verschwunden, kurz nach der Diagnose im vorletzten Jahr. Es war zu Schulbeginn gewesen, ich konnte mich noch an die Schultüten erinnern, die auf den Tischen lagen, als Familien zur Feier des ersten Schultages ins Lamm zum Essen kamen. Keiner wusste, wo meine Mutter war. Das Wirtshaus war voll und die Küche leer. Francis, Elisabeth, Annabell und ich kochten und bedienten den ganzen Tag, und am Abend feierte Fritz Fuchs seinen siebzigsten Geburtstag. Ich musste alles gleichzeitig tun und konnte doch nur an meine Mutter denken. Germana fuhr mit dem Ewigen Benz das Mooser Tobel auf und ab und versorgte uns übers Telefon mit Durchhalteparolen, die Soldaten in den Schützengräben des Ersten Weltkriegs vielleicht Mut gemacht hätten. Marlies Ritter brachte Antonia kurz vor elf Uhr abends nach Hause. Sie hatte sie am Busbahnhof in der Stadt gefunden. Gut gelaunt stieg meine Mutter aus Marlies' Auto und schwenkte vergnügt eine rosarote Schultasche mit Einhörnern und Leuchtstreifen. Meine Schultasche, einst mein ganzer Stolz.

»Wo bist du gewesen?«, fragte Germana.

»In der Schule«, sagte meine Mutter keck. Natürlich, wo sonst sollte sie am ersten Schultag mit einer Schultasche hingehen? Dabei lächelte sie ununterbrochen. Wir wollten Details von Marlies, aber sie konnte uns nicht mehr sagen, als dass sie auf dem Weg vom Büro nach Hause an der Bushaltestelle eine Schultasche auf einer Bank hatte stehen sehen, die ihr sehr bekannt vorgekommen war. Gleich darauf hatte sie meine Mutter entdeckt.

Danach hatten wir besser aufgepasst. Nur ein einziges Mal war uns meine Mutter noch entwischt, aber da fand sie Elisabeth wenig später in der Kirche, weil sie mit Gerhard, ihrem toten Bruder, reden wollte, und brachte sie nach Hause. Vor das Jüngste Gericht. Germana platzte nämlich der Kragen. Alzheimer hin oder her, sie drohte meiner Mutter, sie mit einer Kette an den Herd zu binden oder eine Fußfessel für sie zu beantragen, sollte sie es noch einmal wagen, das Haus zu verlassen, ohne jemandem Bescheid zu geben. Sie brüllte sich die Verzweiflung so lange aus der Kehle, bis zuerst meine Mutter weinte und dann Germana. Heulend fielen sie sich um den Hals, und meine Mutter versprach alles. Seitdem war sie uns nicht mehr abhandengekommen. Bis heute.

»Wir sollten jetzt nicht gleich den Teufel an die Wand werfen«, sagte Germana, die im Türrahmen erschien.

»Aber der viele Schnee draußen. Die Kälte. Bestimmt findet sie nicht mehr heim. Wir wissen nicht mal, seit wann sie fort ist.«

»Johanna! Reiß dich zusammen! Antonia ist zäh wie das Rindfleisch von Dokus. Du gehst hinunter ins Dorf und suchst sie dort. Ich geh hinüber zur Brücke. Vielleicht ist sie beim Alten Mohr, komm jetzt, komm, und verlier mir bloß nicht die Nerven. Das hilft niemandem!«

Ich nickte und wischte mir über die Augen. Aus dem Bauernschrank holte ich meine Jacke und Jérômes Schal. Ich zog mir die gefütterten Stiefel an, setzte eine Wollmütze auf den Kopf und bat die Gäste, sich selbst zu helfen.

»Was ist denn passiert?«

»Meine Mutter ist verschwunden. Sie hat Alzheimer. Ich muss sie suchen.«

»Da kommen wir natürlich mit!«, riefen sie so begeistert, als hätte ich ihnen einen Tag in der Outdoor-Akademie angeboten, inklusive Flying Fox, Canyoning, Hochseilgarten, Wildwasserkajak, Rafting und Eisklettern. Trotz ihrer Hilfsbereitschaft konnte ich nicht warten, bis sie sich angezogen hatten, und machte mich auf den Weg ins Dorf.

Ich schaute hinter jeden Schneehaufen, spähte hinter jede Tanne, bückte mich unter jedes geparkte Auto. Wie Nadeln stach der Schnee in meinem Gesicht. Ich schwitzte und wurde heiser, weil ich nicht aufhören konnte, nach ihr zu rufen. Laufend checkte ich mein Handy. Fünf Liebesbezeugungen von Jérôme, die mich glücklich gemacht hätten, normalerweise, wenn mir nicht, wie immer, meine Familie einen Strich durch die Rechnung gemacht hätte. Weil sie mir das Glück nicht gönnten. Weil ihnen immer etwas einfiel, um mich an sie zu binden. Ich wurde wütend auf meine Mutter: Hatte sie das absichtlich getan? War es ein Komplott mit Germana? Hatte Germana meine Mutter versteckt, um mich zu bestrafen? Nein … Nein … Himmel, nein!

Fritz Fuchs brachte den Müll nach draußen. »Guten Morgen! Schon so früh unterwegs? Was ist los?«

»Meine Mutter ist weg.«

»Sybille!«, brüllte Fritz ins Haus. »Zieh dir festes Schuhwerk an.«

Ich eilte weiter den Sonnenrain hinab. Ariel Dorner lenkte seinen Geländewagen im Höllentempo rückwärts aus der Garage auf die Straße. Ich sprang zur Seite, landete bäuchlings im Schnee, und Ariel hielt an. Er senkte die Scheibe, während ich mich aufrappelte.

»Um Gottes willen, Johanna! Entschuldige bitte. Ich hab dich zu spät gesehen. Toter Winkel. Bist du in Ordnung?«

Ich schüttelte den Kopf.

»Was ist los? Wolltest du etwa zu mir?«

»Meine Mutter hat nicht in ihrem Bett geschlafen.«

»Verdammt«, fluchte er, um mich gleich darauf zu beruhigen. »Mach dir keine Sorgen. Jeder kennt sie. Irgendwer wird sie schon aufgabeln und nach Hause bringen. Ich hör mich um, ja?« Er streckte seine riesige Hand aus dem Fenster und drückte meine. »Wir finden sie.« Dann donnerte er abwärts in Richtung Dorfplatz – ein kahler Riese mit einem roten Brillengestell – und hüllte mich in eine Schneewolke.

Ich stolperte weiter. Das Kirchenportal stand offen. Ich suchte hinterm Altar, schaute, ob sie vielleicht auf einer Kirchenbank eingeschlafen war, während sie darauf wartete, Gerhard zu treffen. Ich rannte kreuz und quer über den Friedhof, spähte hinter jeden Grabstein, überprüfte die Bänke auf dem Dorfplatz unter der vom Zusammenfall bedrohten tausendjährigen Linde, die sie so liebte. Wenige Stunden zuvor hatte ich mit Jérôme hier gestanden und hatte diesen Baum schön und mächtig gefunden. Bei den Griechen waren Linden die Lieblingsbäume der Liebenden. Heute sah ich nur die Riemen, Gurte und Seile, mit denen das Geäst zusammengehalten wurde, seit der Baumkrustenpilz den Riesen von innen auffraß.

Ich spähte die Straße hinunter. Von links kam eine Kolonne Pendler. Dichter Frühverkehr, heute langsamer als sonst. Manche Autos trugen Schneeketten. Spätestens im Mooser Tobel würden die anderen kreuz und quer stehen, ineinander rutschen und stecken bleiben.

Der Fahrtwind eines Lkws riss mich beinahe mit. Es war höllisch laut, und Schneematsch, vermischt mit Streusalz und Dreck, spritzte mir bis zu den Hüften. Ich wollte über die Straße. Marian, Charlys Sohn, der ihm, wie sein Hund, von seiner einzigen Beziehung geblieben war, kam, sich ein Bündel Euroscheine einsteckend, aus der Bank. Wahrscheinlich hatte er seinem Vater schon wieder die EC-Karte geklaut. Aufgepumpte Muskeln, hirnleerer Blick in trüben Augen. Breitbeinig bewegte er sich auf die Straßenmitte zu, schaute weder rechts noch links, trat zwischen die fahrenden Autos und stiefelte auf meine Straßenseite. Ich rannte hinüber und fing mir ein Hupen ein. In der Bank fragte ich bei Ferdl Hopfner nach, aber auch er hatte meine Mutter nicht gesehen. Sie war nicht im Dorfkiosk, nicht in der Bäckerei, nicht im Weidewichtel. Vor der Kapelle trafen sich die Laufgazellen, um wie immer in Allerherrgottsfrüh in einem Affenzahn auf den Mooskopf oder die Schwarze Wand zu rennen. Schneesturm oder tropische Hitze waren kein Hinderungsgrund für sie.

»Was ist denn mit dir los?«, fragte Evi Eberle, während sich unsere Optikerin Alice Mangold – die ewig beleidigte Frau des Dorfchronisten und Schuldirektors –, Renate und Irmela Hopfner mit Dehnübungen aufwärmten.

»Meine Mutter ist verschwunden. Falls ihr sie seht, bitte ruft bei uns an.«

»Du liebes bisschen!«, sagte Evi Eberle.

Alice Mangold tippte demonstrativ auf ihre Uhr, die Pulsschläge, Schritte und Atemfrequenz aufzeichnete. »Manon ist zu spät. Wer nicht pünktlich kommt, bleibt zu Hause. Wenn wir jetzt nicht losziehen, bringen wir den Trainingsplan durcheinander.«

»Aber du, aber Alice«, unterbrach Evi nervös. »Du, ich finde, wir sollten helfen, die Antonia zu finden. Stell dir mal vor, was da alles passieren kann, bei dem Wetter und so, und wo sie doch so verwirrt ist und so, das können wir echt nicht machen, du.«

»Das ist lieb von dir Evi, aber … «, stotterte ich, weil ich mir nicht Alice Mangolds Zorn einfangen wollte, der sie überkam, wenn ihr Training behindert wurde. Finster sah sie mich an, und ich musste an die goldene Widderschädel-Trophäe denken, die sie beim letzten *Mooskopf Extreme* eingeheimst hatte. Ungeachtet der Bergrettung, die sie mit blutigen Füßen und Unterkühlung vom Berg hatte holen wollen, war sie ins Ziel gelaufen – als einzige Frau.

»Wenn ihr euch dann mal entscheiden könntet. Mir friert hier der Arsch ab«, sagte Renate beleidigt.

Alice Mangold zog, als handelte es sich um Degen, energisch ihre Teleskopstöcke auseinander, kreiste ihre Schultern und verkündete: »Änderung des Trainingsplans! Heute orientieren wir uns an der Sally-Edwards-Formel und versuchen, mittels Intervalltraining unseren Maximalpuls zu erreichen: maximale Herzfrequenz, maximale Fettverbrennung. Und nebenbei suchen wir Antonia: Auf geht's!«

Ich sah sie nur noch von hinten.

»Nein jetzt, echt jetzt. Guck dir die mal an«, kommentierte Peggy Kühn, die einen gestrickten Wikingerhelm samt tomatenroten, langen Zöpfen auf dem Kopf trug und mit einem Rucksack und zwei vollen Einkaufstüten auf mich zustapfte. Sie blieb stehen. »Was ist denn mit dir los, Süße? Du bist ja ganz durch den Wind.«

Und ehe ich michs versah, war das gesamte Dorf auf der Suche nach Antonia Lehner. Wie ein Lauffeuer verbreitete sich die Nachricht. Ich begegnete nur noch suchenden Menschen. Als mir Dokus mit dem Pflug entgegenkam, rief er mir zu: »Habt ihr sie schon gefunden?«

Ich schüttelte den Kopf.

»Im Moosbach lag sie nicht!«, brüllte er und hob seine Pranke.

Nachdem ich zwei Stunden gesucht hatte, verließ mich die Kraft. Ich war halb erfroren, hatte kaum geschlafen und noch nichts gegessen. Erinnerungen an den Katastrophenwinter, in dem Göpf, Tante Theresias Mann, unter die Lawine gekommen war, die er selbst ausgelöst hatte, drängten in mein Bewusstsein. Völlig erschöpft schleppte ich mich über die Holzbrücke und rief Germana an. »Hast du die Polizei informiert?«

»Natürlich, Kind! Sie werden sie bald finden, du wirst schon sehen. Komm nach Hause!«

»Mach ich.«

Auf der vereisten Holzbrücke rutschte ich aus. Sitzend starrte ich meine roten Hände an. Jetzt war es also passiert. So fühlte es sich an, wenn die eigene Mutter tot war. So klein fühlte man sich. Und so verlassen. Ich wurde gebeutelt und durchgeschüttelt, spürte gerade noch, wie mein Hintern an den Planken festfror. Aus verheulten Augen sah ich, wie der alte Mohr in Schlappen auf mich zuschlurfte und dicht vor mir stehen blieb. Er trug keine Socken.

Der Vater von Charly wohnte in dem geschindelten Haus, das zur alten Sägemühle gehörte. Ich hatte ihn und seinen räudigen Köter, der wie eine Hyäne aussah, schon als Kind gefürchtet, und seit dem Tod seiner Frau waren beide – der Alte und der Hund – noch mürrischer geworden.

Wortlos hielt er mir einen Flachmann entgegen. Selbst gebrannten Gin. Ich nahm einen Schluck, ließ mir von ihm hochhelfen und musste mich so darauf konzentrieren, mich nicht zu übergeben, dass ich vergaß zu heulen. Der Hund bellte mich an, als ich an ihm vorbeihumpelte.

Das Lamm war in Aufruhr. Die ganze Familie, die Gäste, Sybille und Fritz, Peggy, die Laufgazellen, Ariel, Charly, alle fanden sich ein, um zu hören, ob Antonia schon gefunden worden war. In dem Durcheinander klingelte das Wirtshaustelefon wie ein Alarm. Es schepperte auf der Zapfanlage, und ich riss es panisch an mich.

»Ja bitte?«

Eine weinerliche Stimme war am Telefon. »Verzeihung, bitte schön, hier Pesendorfer. Sie, ich warte schon zwei Stunden auf einen Verbandswechsel. Man hat mir versprochen...«

»Sie haben sich verwählt!«, keifte ich und warf das Telefon zurück auf die Schankanlage. Zehn Sekunden später klingelte es wieder. Ich ließ das Telefon jemand anderen abnehmen und schleppte mich erschöpft hinauf in meine Kammer. Ich konnte den Trubel und das Mitgefühl jetzt nicht ertragen, musste allein sein in meinem Kummer.

Und da lag sie. In meinem Bett. Schnarchend wie ein Bergbauer. Den seligen Frieden im Gesicht. Ihre wilden, weißen Locken wie einen Heiligenschein um ihren Kopf aufgefächert.

SIEBZEHN

Germana schickte die bei uns versammelten Suchtrupps in die Ofenstube, wo sie auf ihre Anordnung Rum, und zwar den Hochprozentigen, trinken mussten. Nur die Laufgazellen zogen sofort weiter auf den Mooskopf, nachdem sie sich vergewissert hatten, dass meine Mutter lebte.

Meine Tante Hildegund die Böse rauschte zur Tür herein, bugsierte Germana, Francis, Elisabeth und mich in die Küche und hielt uns eine Strafpredigt, die mit erhobenem Zeigefinger und folgendem Satz endete: »Wenn ihr nicht fähig seid, auf Antonia aufzupassen, werde ich dafür sorgen, dass sie ins Heim kommt.«

»Wir haben sie ja gefunden«, sagte ich erschöpft.

Tante Francis kratzte sich unter der Brust. Ihre Stimme klang, als hätte sie bis in die Morgenstunden im Pub gestanden und zwei Schachteln Zigaretten verheizt. »Du bist echt das Letzte, Hildegund. Herkommen und uns Vorwürfe machen. Wir halten doch die ganze Scheiße hier am Laufen, während du dich von deinen gezüchteten Kindern bedienen lässt und keinen Finger rührst.« Zerknittert und unausgeschlafen sah Francis aus, die Schminke klebte in ihrem Gesicht. Das karottenrot gefärbte Haar hing ihr strähnig über das ärmellose Shirt, und die Tätowierungen an ihrem Oberarm wirkten noch konturenloser als sonst. »Ich hau mich noch eine Stunde aufs Ohr.«

»Erhol dich«, sagte ich.

Francis berührte mich an der Schulter und schlurfte davon.

»Wer zum Teufel hat dich überhaupt angerufen, Hildegund?«, fragte Germana gereizt.

»Das war ich!«, sagte Elisabeth und reckte ihre spitze Nase in den Dunstabzug.

»Bei euch beiden ist wirklich Hopfen und Malz verloren«, knurrte Germana, während sich Hildegund beleidigt aufplusterte und zu Elisabeth flötete: »Das war sehr lieb von dir, Schwesterherz. Wenigstens eine, die mich noch nicht vergessen hat.«

»Dein Ohr in Gottes Hand«, sagte Germana genervt, hielt Hildegund den Lodenmantel hin und forderte sie auf zu gehen, bevor sie sich vergaß.

»Ihr werdet noch an mich denken! Das schwöre ich euch. Antonia muss ins Heim!«, keifte Hildegund und marschierte davon.

Dann war ich fällig.

Germana musterte mich, als sei sie Sherlock Holmes und Miss Marple in Personalunion. Sie hatte gesehen, dass meine Mutter ihr eigenes Bett nie berührt hatte und demzufolge schon am Abend in meines gekrochen sein musste. Trotzdem wagte sie es nicht, mich zu fragen, wo ich stattdessen geschlafen hatte. Sie wusste genauso gut wie ich, dass ich eine erwachsene Frau war und schlafen konnte, wo ich wollte.

Ich erlöste sie, indem ich die Wahrheit sagte: »Ich habe bei Mathias übernachtet. Sein Assistent war müde und wollte schlafen. Wir haben Schallplatten gehört.«

Germanas süffisantem Lächeln nach zu urteilen, glaubte sie mir kein Wort.

»Aber musste es wirklich so laut sein?«, sagte Tante Elisabeth in ihrem süßen Singsang, der mich an diesem Morgen noch verrückter machte als sonst. »Ich hab mich überhaupt nicht auf mein Gebet konzentrieren können.« Sie faltete ihre Hände im Schoß vor ihrer Mantelschürze und setzte ihren verklärten Blick auf. »Der Mathias hat halt immer noch nicht erkannt, was für eine selige Gnade ihm widerfahren ist. Nicht jeder hat das Glück, von unserem lieben Heiland so eine große Prüfung auferlegt zu bekommen. Wir alle müssen unser Kreuz tragen. Da möchte man doch keine Rockmusik hören. Da ergibt man sich gottergeben in sein Schicksal, sucht Trost, Ehrfurcht und Dankbarkeit im Gebet… Ein bisschen Dankbarkeit wenigstens.«

Aggressiv wischte ich nicht vorhandene Brotkrumen von der Chromstahlplatte und wusste, dass es sinnlos war, eine Diskussion mit ihr zu beginnen.

Germana fuhr sich übers Gesicht und murmelte resigniert: »Manchmal bezweifle ich ernsthaft, dass wir alle aus dem gleichen Pulver geschnitzt sind.« Dann wandte sie sich an Elisabeth und fragte kühl: »Hast du die Betten im *Morgentau* schon frisch bezogen?«

»Ich war gerade dabei, als du mich von meiner Arbeit weggeholt hast.« Beleidigt drehte sich Elisabeth von uns weg. »Du meiner Seel'.« Sie trippelte die Treppe hoch, um die Betten zu überziehen, und machte meiner Mutter Platz, die herunterkam und unschuldig aussah wie das Christkind. Frisch und ausgeschlafen betrat sie die Ofenstube. Fritz Fuchs stürzte sich auf ihre Hand, die noch von Nivea glänzte, und hielt sie mit seinen beiden Händen fest. »Das war unverantwortlich, Antonia. Uns so einen Schrecken einzujagen.« Sybille kam von hinten und strich ihr über den Rücken. »Wir sind ja so froh, dass du wieder da bist, Liebes.«

Kein Wunder, dass sich meine Mutter bedrängt fühlte. Sie hatte offensichtlich keinen blassen Schimmer, wovon die beiden redeten. Nervös entzog sie Fritz ihre cremige Hand, wischte sie an der Schürze ab und wollte in die Küche eilen. »Das Mittagessen ist gleich fertig… gebt mir noch eine Sekunde. Habt ihr euer Mise en Place im Griff? Heute gibt's… « Sie geriet ins Stocken.

»Mama, alles ist gut. Es ist noch nicht Mittag.« Dann sorgte ich dafür, dass sie sich erst einmal setzte und frühstückte, obwohl mir die verlorene Zeit im Nacken saß. Zum Mittagessen erwarteten wir zwanzig Leute vom Kameradschaftsbund, die nachmittags mit der Dampflok von Moos in Richtung Großdorf fahren wollten, weswegen sich Peggy Kühn als Erste verabschiedete – die Dampfmaschine musste vier Stunden vor der Ausfahrt aufgeheizt werden.

Ariel musste in seine Praxis, Charly ins Gemeindeamt, Salvatore zu seinem Sohn ins Installateurgeschäft und Dokus zu seinem Schneepflug. Nur Sybille und Fritz saßen gut und fest. Ich brachte ihnen Kaffee mit viel aufgeschäumter Milch und ließ sie sitzen. Dann holte ich die Tasche mit Jérômes Büchern aus dem Bauernschrank, stieg in meine Kammer und ließ mich auf mein Bett fallen.

Ich brauchte eine Auszeit. Wenigstens für fünf Minuten. Ich befreite die Bücher vom Zellophan und stapelte sie auf dem Nachtkästchen.

Szene um Szene zog an meinem inneren Auge vorbei. Jérômes erstaunter Blick, als ich den Laden betrat. War das erst gestern gewesen? Wie er nervös seinen Hemdsärmel auf- und abgekrempelt hatte. Das komische Schauspiel mit dem verrosteten Campingstuhl. Ich musste lachen. Die Bratwurst am Bahnhof. Seine warmen Hände. Die Taxifahrt. Die Küsse. Er und Mathias.

»Was ist passiert? Ich habe tausendmal versucht, dich zu erreichen.« Jérômes Stimme. Ich presste das Handy gegen mein Ohr und wollte nie wieder aufhören, mit ihm zu reden. Leider unterbrach Tante Germana unser Geflüster nach wenigen Sätzen. Wie ein Holzfäller hämmerte sie gegen die Tür. »Antonia braucht dich in der Küche. Sie schafft das nicht allein.«

»Ich komme gleich«, murmelte ich seufzend, kämpfte mich mit zitternden Beinen hoch und spürte den fehlenden Schlaf in meinen Gliedern.

»Wann sehen wir uns wieder?«, fragte Jérôme.

Es dauerte sechs Tage, bis uns ein Wiedersehen gelang. Um die lange Wartezeit zu überbrücken, schickten wir uns Nachrichten, was mir allerdings nicht reichte. Also schrieb ich in jeder freien Sekunde. Mein Bleistift jagte nur so übers Papier, getrieben von Sehnsucht und Glück. Am Montag war endlich mein freier Tag. Ich wollte Jérôme meinen Lieblingsplatz zeigen und stellte ihn vor die Wahl: Schneeschuhe oder Tourenskier.

»Wie bitte?«

»Zu meinem Lieblingsplatz kommen wir nur mit Schneeschuhen oder mit Tourenskiern. Wofür entscheidest du dich?«

»Tourenskier«, sagte er, »damit du was zu lachen hast. Ich habe das noch nie gemacht.«

Als ich an diesem eiskalten Morgen aus dem Haus trat, blieb mir für einen Atemzug die Luft weg. Die Sonne strahlte hinter der Schwarzen Wand hervor. Eiszapfen hingen von der Dachrinne. Im Schnee glitzerten Kristalle, als hätte jemand Diamantstaub verstreut. Ich schulterte meinen Rucksack und meine Tourenskier und stapfte in Skischuhen den Sonnenrain entlang, an der Säge vom alten Mohr vorbei, ließ die Holzbrücke rechts liegen und ging geradeaus bis zur Talstation des Einersessellifts, der früher auf den Mooskopf geführt hatte. Vor einem Jahr noch wäre an einem sonnigen Wintertag wie diesem die Hölle los gewesen. Jetzt standen die am Seil hängenden Sessel still. Nur der Waldkindergarten war unterwegs – sie verbrachten jeden Tag im Freien, egal, bei welcher Witterung. Steffis Sohn Leon winkte mir zu.

Jérôme stand bibbernd vor der geschlossenen Liftstube und sah durch die schmutzigen Scheiben hinein. Ich musste lächeln: Er trug Jeans, Gamaschen über den Skischuhen, einen Norwegerpullover und einen altmodischen Anorak, der ihm offen und schlaff über die Seiten hing.

»Schon mal was von Funktionskleidung gehört?«

Er drehte sich um, sah mich, öffnete seine Arme, umschlang mich und drückte mir seine kalte Nase auf die Wange. Nichts war erfrischender als ein Kuss von kalten Lippen auf kalte Lippen.

»Das hier tue ich nur für dich«, sagte er.

»Wo hast du die Skier her?«

»Ausgeliehen.«

»Für eine Skihose hat's nicht mehr gereicht?«

»Na, hör mal, ich trage immerhin lange Unterhosen, das muss reichen.«

»Darf ich sie sehen?«

Grinsend hob er eine Augenbraue. Dann zeigte er durch das Fenster in die Liftstube. »Die Wände da drinnen sind tapeziert mit Medaillen und Fotos. Das ist Mathias, oder?«

Ich nickte, und mir fiel ein, dass er Mathias' Geschichte noch nicht kannte. Während ich ihm zeigte, wie er in die Skier hineinsteigen und die Bindungen fixieren musste, erzählte ich, wie Mathias' Erfolg Moos verändert hatte. Mathias' Urgroßvater hatte den ersten Skilift gebaut, sein Großvater hatte die

Skischule gegründet, und sein Vater, Oskar, trainierte dann schon die Besten. In Moos war fast jeder ein guter Skifahrer, aber Mathias fuhr allen davon, als er noch in den Windeln steckte. Im Winter verbrachten Vater und Sohn jede freie Minute auf dem Mooskopf, steckten den Kurs, fuhren ihn ab, filmten und analysierten jede Fahrt bis ins kleinste Detail. Zurück blieb Mutter Marianne mit sorgenvollem Gesicht. Sie fand die Ambitionen ihres Mannes und ihres Sohnes völlig übertrieben, jammerte über die horrenden Kosten, die dieser Sport verursachte, und hatte vor jedem Rennen so panische Angst, dass sie kaum schlafen konnte. Die endlosen Diskussionen am Mittagstisch über verlorene Hundertstelsekunden hasste sie genauso wie Marlies, die das Elternhaus nach dem Abitur verließ, um Jura zu studieren. Mathias schaffte den Sprung in die Skihauptschule, ins Skigymnasium. Österreichcup, Europacup, Weltcup. Olympiade. Er war jung und im Flow, lernte, zu verlieren, mit Konkurrenz umzugehen und sich mental zu fokussieren. Er sammelte Titel und Medaillen und reiste durch die Welt: Italien, Schweiz, Frankreich, Schweden, Amerika, Chile, Kanada, Japan, Russland, Korea. Nur selten kam er nach Hause.

Die Wiederholungen des grauenvollen Sturzes in Zeitlupe und HD auf allen Kanälen, die vielen Bilder, die sensationslüsternen Medienberichte, die Horden von Fans vor dem Krankenhaus waren unerträglich gewesen. Anfangs hatten alle geglaubt, wenn einer ein Kämpfer war und sich nicht unterkriegen ließ, dann Mathias. Das Dorf hatte für ihn gespendet. Der Männerchor, der Handwerkerchor, der Kirchenchor, der Frauenchor, der Kinderchor und die Feuerwehr hatten ein Benefiz-Konzert veranstaltet, und wir waren uns sicher, dass er es eines Tages, selbst bis zum Hals gelähmt, auf den Mount Everest schaffen oder im elektrischen Rollstuhl Amerika oder Australien durchqueren würde. Nichts davon passierte. Mathias zog sich zurück und organisierte sich persönliche Assistenten, Leute vom Mobilen Hilfsdienst und vom Krankenpflegeverein. Von seinen Eltern nahm er nur im äußersten Notfall Hilfe an, lieber von seinem Vater als von seiner Mutter.

Immer noch meldeten sich Journalisten für eine Homestory oder ein Interview. Einer wollte eine Biografie über ihn verfassen. Mathias lehnte alles ab. Erstaunlich schnell lernte er mit der Saugmaus und dem Computer umzugehen, entwickelte bald in Zusammenarbeit mit der Universität Trainingsprogramme und Apps für Spitzensportler und war damit ähnlich erfolgreich wie beim Skifahren. Fremde Menschen ertrug er allerdings kaum noch. Dass er Jérôme sofort akzeptiert hatte, war eine Ausnahme gewesen, die mich glücklich machte.

Ich deutete auf die Fotos und Medaillen an den Wänden in der Liftstube. »Kein Mensch hat es übers Herz gebracht, das Zeug abzuhängen. Der letzte Wirt war Mathias' größter Fan. Er hofft noch immer auf ein Wunder.«

Jérôme nickte nachdenklich, und ich war ihm dankbar, dass er nicht irgendwelche Ratschläge von sich gab, wie so viele Menschen es an dieser Stelle taten oder, noch viel schlimmer, Geschichten von ominösen Wunderheilungen anbrachte, die möglich waren, solange man nur fest genug daran glaubte. Mit seinem Schweigen nahm er die Wirklichkeit an – und das wiederum tröstete mehr, als Worte es konnten.

»Lass uns losgehen, ja?«, bat ich.

Er räusperte sich und blinzelte in den blauen Himmel. Dann lächelte er mich an und nickte. »Ich bin bereit.«

ACHTZEHN

Wir machten uns bereit. Ich schulterte meinen Rucksack und schob meine Ski und meine Knie zwischen seine. Wir rutschten aufeinander zu, bis wir verkeilt ineinandersteckten. Ich küsste Jérôme.

»Warum ist der Lift eigentlich nicht in Betrieb?«, fragte er.

»Der ist museumsreif. Blieb die letzten Jahre dauernd stehen, und die Leute mussten von der Bergrettung abgeseilt werden. Das war kein Spaß, kann ich dir sagen. Da mutieren die Zehen zu Eisklumpen.« Ich schlüpfte in meine Fäustlinge, dann durch die Schlaufen der Skistöcke.

»Die Touristen fahren alle nach Großdorf. Zum Glück. Der Mooskopf gehört heute nur dir und mir.«

Noch ein Kuss.

Hinter mir hörte ich das rhythmische Reibegeräusch von Tourenskiern, das Einstechen der Stöcke, das Knarren von Bindung und Schuhen. Ich drehte meinen Kopf.

»Guten Morgen, Johanna.« Renate, die beleidigte Frau des Schuldirektors und Dorfchronisten, zog an uns vorbei. »Ziemlich kalt heute«, sagte sie, als hätte es das Wetter persönlich auf sie abgesehen.

»Immerhin scheint die Sonne«, murmelte ich ihr entgeistert hinterher.

Renate zog uns eine perfekte, frische Bahn. Wir warteten, bis sie im Wald verschwunden war, dann folgte ich der Spur und schritt mit Jérôme langsam voraus, den Waldrand entlang, bergauf. Unentwegt drehte ich mich nach ihm um. Er folgte mir dicht, vielleicht ein wenig ungeübt, aber nicht ungeschickt. Ich musste lachen. Er sah aus, als habe er sich beim Flohmarkt die erstbesten Klamotten zusammengesucht.

»Was ist?«, fragte er. »Passt dir mein Outfit nicht?«

»Wunderbar. Ganz wunderbar.«

»Im Mantel kann ich ja schlecht auf den Berg.«

»Du hast nur einen Mantel?«

»Pass lieber auf, wo du hinläufst.«

Es war ein kitschiger Tag. Der Himmel tiefblau, die Bäume beladen mit Schnee. Unter unseren Skiern knirschte es. Ein Rabe flog krächzend über uns hinweg. Die Kälte brannte in der Nase und in den Lungen. Meine Wangen schmerzten, aber die Bewegung wärmte mich, und ich konnte es immer noch nicht fassen, dass Jérôme bei mir war. Als die Spur breiter wurde, liefen wir nebeneinander. Wir hatten es nicht eilig, setzten Stock neben Stock, schweigend, nur auf die eigene und die Bewegung des anderen konzentriert, zogen wir im Gleichschritt langsam nach oben. Hülsen von Bucheckern lagen wie kleine, braune Becher im Schnee verstreut. Fichtenzapfen, Äste, Moosreste und Tierspuren. An der Wand eines Heustalls machten wir Pause in der Sonne. Ich holte eine Thermoskanne aus meinem Rucksack. Wir teilten den Tee, den ich heute Morgen gekocht hatte. Jérôme ging um den Heustall und suchte eine Möglichkeit hineinzukommen. Der Stall war abgeschlossen.

»Wie weit ist es denn noch?«

»Die Hälfte haben wir.«

Er zog den Reißverschluss seines Anoraks zu. Eine Mütze

hatte er nicht bei sich, und seine Ohren waren rot. Wir schlugen uns quer durch den Wald. Ich kannte hier jeden Baum, im Sommer wie im Winter.

Jérôme blieb kurz stehen und atmete tief durch. »Jetzt verstehe ich, warum Ruben ein Leben hier oben gewählt hat.«

»Der wohnt gar nicht weit weg.«

»Du weißt, wo?«

»Ja, aber das werde ich dir ganz sicher nicht verraten, sonst kommst du noch auf die Idee, ihn zu besuchen.«

Er griff in den Schnee, formte einen Ball und warf ihn nach mir. Ich reagierte schnell, schließlich hatte ich ausreichend Schneeballschlachten hinter mir. Steffi, Caro, Marlies und ich hatten etliche Schlachten gegen Mathias, Charly, und die anderen Jungen vom Sonnenrain ausgetragen. Vor allem Bartle Lässer war ein gnadenloser Kämpfer gewesen. Jérôme stieg aus seinen Skiern, fiel über mich her, und wir wälzten uns wie Welpen im Schnee. Er warf mich auf den Rücken, setzte sich auf mich, beide Knie im Schnee, und presste meine Handgelenke nach unten. Meine Mütze saß schräg über einem Auge, und ich musste lachen. »Spürst du's schon?«

»Was?«, fragte er.

»Dass deine Unterschenkel immer nasser werden?«

»Merde!« Fluchend sprang er auf.

»Blöd gelaufen«, sagte ich, sprang auf und putzte mir elegant das bisschen Schnee von meinen mollig warmen Thermohosen. »Deine langen Unterhosen kannst du dir in die Haare schmieren.«

»Du bist ein Biest!« Er packte mich noch einmal, presste mich mit dem Rücken gegen einen Baumstamm und küsste mich. Dann liefen wir weiter, zwischen Tannen und Lärchen hindurch. Unterdessen klaubte ich Äste und Holzstücke auf und steckte sie in meinen Rucksack, der immer schwerer wurde.

»Willst du ein Lagerfeuer veranstalten?«

»Lass dich überraschen.«

Und dann traten wir aus dem Wald. Auf diesen Augenblick hatte ich mich schon den ganzen Tag gefreut. Wir ließen die Bäume hinter uns und glitten auf die Ebene. Von hier oben aus hatte man einen Panoramablick auf die umliegenden Gipfel, die schneebedeckt im Sonnenschein vor uns lagen. Mein Lieblingsort. Der vielleicht schönste Fleck der ganzen Welt.

Auf dem Hochplateau verfiel ein über hundert Jahre altes Alpenhotel, das aussah, als sei es von der Sperrmüllabfuhr abgeworfen worden und am falschen Ort gelandet.

»K.K. Post- & Telegrafenamt«, las Jérôme, was auf einem Nebengebäude an die Mauer gepinselt stand. »Das ist verrückt.«

»Darf ich vorstellen? Das Grandhotel zur Schwarzen Wand.« Während wir die letzten Meter durch den Schnee spurten, erzählte ich ihm, was ich wusste.

In das Alpenhotel zur Schwarzen Wand waren Adelige, die berühmtesten Schauspieler und die besten Regisseure aus der ganzen Welt gekommen. All jene, die heute in Großdorf abstiegen. Schon um die Jahrhundertwende gab es dort Etagenbäder. Die wohlhabenden Gäste, vor allem Engländer, vergnügten sich in Speiseräumen, auf Veranden, in Salons, im Lesezimmer, im Rauchzimmer oder in einer Dunkelkammer mit Foto-Zubehör. Doch nichts davon war geblieben. Die Garagen für fünfzehn Autos waren ebenso verschwunden wie die Straße, die einst hier heraufgeführt hatte.

»Was für eine Aussicht«, sagte Jérôme. Wir zogen die Skier aus und lockerten die Schnallen der Schuhe. Ich nahm seine Hand und kletterte voraus über eine Absperrung, an der ein Schild hing: »Betreten Verboten«. Wir stiegen über baufällige Stufen und betraten die morsche Hauptterrasse. Das Geländer berührten wir nicht. Jérôme legte mir einen Arm um die

Schultern. Wir schmiegten uns aneinander. Im Tal lag weißer Dunst. Aus Kaminen zogen Rauchfäden. Drei Staaten konnten wir sehen, die Alpengipfel und den See bis zum anderen Ufer.

»Das Hotel hatte früher sogar eine eigene Ortstafel, eine Kapelle und einen Bauernhof.«

»Warum verfällt es?«

»Hier oben zu bauen war Größenwahn. Man hat geglaubt, Unwetter, Muren, Lawinen und Felsstürze würden einen Bogen drum herum machen. Leider hielt sich die Natur nicht dran. Gäste saßen fest oder kamen erst gar nicht herauf und mussten mit Eselskarren, Pferdefuhrwerken oder Schlitten durch den Wald gezogen werden. Was glaubst du, wie viel Gepäck die dabeihatten! Abendkleider, Stöckelschuhe und Pudelhunde.«

Jérôme schmunzelte.

»Der Niedergang des Hotels begann, als man Moos und Großdorf über eine andere Trassenführung durch mehrere Tunnel und lawinensichere Galerien verband. Seine glanzvollsten Zeiten erlebte das Hotel in den Neunzehnhundertzwanziger- und -dreißigerjahren. Als ich ein Kind war, lag im Lamm ein Bildband über das Grandhotel. Ich war fasziniert davon, und meine Mutter musste mir immer und immer wieder die Geschichten erzählen, die sich in diesem verrückten Hotel abspielten. Ich saß auf ihrem Schoß und brauchte zwei Hände, um die großen Seiten des Bildbandes umblättern zu können.«

Ich drehte mich um. »Komm mit, ich zeig es dir.« Ich ging voraus.

»Was machst du jetzt wieder?... Das ist bestimmt verboten!«, sagte Jérôme.

Ich musste lächeln. Diesen Ort kannte ich wie meine Dachkammer, und den Draht zum Öffnen des Schlosses hatte ich immer dabei.

An meinen freien Tagen kam ich oft hier herauf, um zu schreiben, aber das sagte ich Jérôme nicht, das sagte ich niemandem. Längst hatten Einbrecher geplündert, was nicht niet- und nagelfest war. Die pflegebedürftige, kinderlose Wirtin lebte im Sozialzentrum in Moos. Fünfundsiebzig Jahre lang hatte sie hier oben verbracht, die Glanzzeiten und den Untergang erlebt. Das legendäre Gästebuch hatte sie Charly Mohr vermacht, weil er als Einziger damals dafür gesorgt hatte, dass man ihr einmal wöchentlich Lebensmittel und Brennholz brachte. Vor Jahren hatte Charly den Verein »Rettet das Grandhotel« ins Leben gerufen. Er, Fritz und Sybille Fuchs waren als einzige aktive Mitglieder übrig geblieben.

Im Hotel war es kalt. Nur hier und da durchbrach ein Lichtspalt aus einer angelehnten Tür die Dunkelheit. Fensterscheiben klapperten, und der Boden knarrte. Stuck lag in Brocken und Bröseln auf dem Boden. Die einst herrschaftlichen Mustertapeten hingen in Streifen von verschimmelten Wänden. Vereinzelt standen kaputte Möbel herum, die mit Staub überzogen waren. Ich führte Jérôme in den ehemaligen Teesalon – ein offener Kamin an der Wand und hohe Fenster, durch die man ins Tal sehen konnte. Vor dem Kamin packte ich meinen Rucksack aus: Feuerholz, Zeitungspapier, Streichhölzer, eine Kanne Tee, belegte Brote, kalte Schnitzel, Apfelkuchen, eine Flasche Wein, zwei Weingläser und eine aufblasbare Isomatte. Jérômes große Augen wurden noch größer.

»Du bist eine Wundertüte.«

»Das ist alles. Fast alles. Natürlich habe ich noch das Erste-Hilfe-Paket mit, Taschenmesser, Sonnenbrille, Sonnenschutz, Taschentücher …«

»Mit dir kann mir nichts passieren.«

»Du bist in sicheren Händen.« Ich scheuchte ihn zur Seite und blies die Sitzunterlage auf. Dann zerknüllte ich das Zeitungspapier, sammelte ein paar Holzsplitter aus alten Möbeln zusammen und entfachte ein Feuer. Als ich mich umdrehte, stand Jérôme in zu großen, feuchten langen Unterhosen da, mit gefüttertem Vorderteil, Knöpfen und Beinbündchen.

»Schau nicht so... ich habe mich nur beim Bestellen in der Größe geirrt.«

»Sehr sexy.«

Er wandte mir den Rücken zu und hängte seine Jeans zum Trocknen vors Kaminfeuer. Die Unterhosen hinterher, sowie den Rest seiner Kleidung. Dann ließ er sich seine Vorderseite vom Feuer wärmen. Ich sah ihn von hinten. Die Ränder seiner Haut schimmerten. Sein Brustkorb bewegte sich etwas zu schnell. Er war nervös. Genauso wie ich. Umständlich schälte ich mich Schicht für Schicht aus meiner Thermowäsche. Noch war die Luft sehr kalt. Jedes meiner Körperhärchen richtete sich auf. Ich trat auf ihn zu, schmiegte meine Vorderseite an seine Rückseite. Haut an Haut. Er seufzte. Ich legte meine Wange auf seine Schulter und tastete mich mit beiden Händen über seine Seiten auf seinen Bauch, am Nabel vorbei, Millimeter für Millimeter nach unten. Er atmete heftig, packte mich an den Handgelenken, drehte sich um und riss mich an sich. Heiße Körper in eiskalter Luft. Wir dampften bereits, als wir auf die Matte sanken und uns gegenseitig verspeisten wie wilde Tiere. Bald wussten wir nicht mehr, wo der eigene Körper endete und wo der andere begann. Wir verschmolzen zu einer Einheit, wälzten uns vor dem flackernden Feuer, rissen die letzten noch verbliebenen Grenzen zwischen uns ein und verloren jede Hemmung. Ich konnte nur hoffen, dass Renate nicht mehr in der Nähe war – jeder, der uns hörte, musste denken, es seien spielende Grizzlybären am

Werk. Jérômes schweißnasser Rücken wurde in der Kälte von einer Gänsehaut überzogen.

Wir kuschelten uns aneinander, deckten uns mit unseren Jacken zu, schauten ins Feuer und bewegten uns nicht mehr vom Fleck.

Jérôme erzählte mir von seinen Eltern. Sein Vater verdiente sein Geld mit Klebstoff und hatte eine Beziehung zu einer Siebenundzwanzigjährigen, die demnächst ein Kind bekommen würde, was Jérômes ohnehin schon schwieriges Verhältnis zu seinem Vater nicht unbedingt verbesserte. »Wir gehen uns aus dem Weg«, sagte er, und man merkte, dass ihm das Thema unangenehm war. »Er versteht mich nicht, und ich verstehe ihn nicht.«

Seine Mutter hatte einen Schlafforscher geheiratet und lebte in Süddeutschland. Ich wollte wissen, was die zwei in Gold gefassten Kieselsteine bedeuteten, die an einem Lederband um seinen Hals hingen. Jérôme zögerte, ehe er mir antwortete. »Die hat Anique mir geschenkt.« Anique war seine jüngere Schwester, die er sehr mochte und mit der er oft telefonierte. »Sie heiratet am 16. Februar«, sagte er. »Fährst du mit mir nach Paris zur Hochzeit?«

Ich lachte. »Das ist ein Witz, oder?«

»Nein. Das ist eine ernste Frage. Kommst du mit?«

Ich musste schlucken. Paris? Schon die Vorstellung daran ließ mich erzittern. Wie Maden krochen die Bedenken durch meine Gehirnwindungen: Es gab zu viele Gründe, das Angebot abzulehnen. Ich konnte nicht weg aus dem Lamm. Schon in Zürich würde mich das Heimweh überfallen. Er würde es merken und begreifen, wie gestört ich war. Andererseits – Paris!

»Überleg's dir in Ruhe. Ich will dich nicht drängen. Aber ich hätte dich sehr gern dabei.« Die Kälte der Luft, die Wärme dicht vor dem Ofen und die Hitze zwischen uns brachte uns zum Glühen. Während wir noch einmal miteinander schliefen, ging das Feuerholz aus und die Sonne unter. Der Horizont leuchtete gelb, orange, rosarot und violett.

Widerstrebend sagte ich: »Wir müssen uns beeilen. Die Temperaturen hier oben sinken schnell unter den Gefrierpunkt.«

Schweren Herzens packten wir zusammen, stiegen in die noch feuchte Wäsche, setzten uns Mützen und Handschuhe auf, schnallten vor dem Hotel die Skier an und glitten los.

»Bleib am besten dicht bei mir.« Ein ungutes Gefühl überkam mich. Bergaufgehen auf Skiern war, wenn man nicht ganz unsportlich war, relativ schnell zu lernen, aber durch den Tiefschnee bergab fahren war etwas ganz anderes. Ich prüfte den Akku meines Handys. »Wir gehen's langsam an, ja?«

»Alles, wie du es sagst.« Jérôme folgte mir über die Ebene zu einem Kamm. Unter uns breitete sich ein unberührter Tiefschneehang aus. Jeder Freerider hätte uns jetzt sehr beneidet. Aber Jérôme war kein Freerider.

»Traust du dir das zu?« Vergeblich versuchte ich seine Miene zu deuten, als er seinen Blick über den weißen Teppich schweifen ließ.

»Ich denke, schon.«

»Spiel bloß nicht den Helden. Ich will nicht, dass dieser Tag im Krankenhaus endet. Die Männer in unserer Familie sterben alle auf ziemlich spektakuläre Weise.« War ich eigentlich noch zu retten, ihn in so eine Situation zu bringen? Wie hatte ich mich damals über Göpf und seinen Leichtsinn aufgeregt. Ich war kein bisschen besser.

»Fahr nur. Ich schau dir zu«, sagte Jérôme mit einer Gelassenheit, die meine Panik in normale Angst verwandelte. Wie eine Skilehrerin setzte ich die ersten Schwünge und warf ihm

Tipps hinauf: »In die Knie gehen, Tal-Ski belasten.« Plötzlich kam von irgendwoher Euphorie geflogen, verscheuchte meine Angst, und ich wurde gepackt von der schieren Lust. Mit einem Juchzer stürzte ich mich bergab und kam mir vor, als würde ich fliegen.

Das Vergnügen war kurz. Vor dem Waldrand hielt ich an, und mein Herz schlug heftig, als ich nach oben zu Jérôme schaute. Ich Idiot. Ich hätte zuerst ihn fahren lassen sollen. Wenn er stürzte, musste ich zusehen, wie ich zu ihm hinkam.

Aber Jérôme stürzte nicht. Jérôme tat zwei Kurven lang so, als sei er noch nie auf Skiern gestanden. Spätestens bei der dritten Kurve konnte auch er sich nicht mehr beherrschen. Er war ein exzellenter Skifahrer. Er kreuzte meine Spur. Mit dem gleichmäßigen Zopfmuster, das er in das Pulver zeichnete, hätten wir die Weltmeisterschaften im Tiefschneefahren gewonnen.

»*Damit du was zu lachen hast*«, äffte ich seine Worte vom Morgen nach, als er mit einem gekonnten Schwung vor mir bremste. »Warum hast du behauptet, du hättest das noch nie gemacht?«

»Ich habe noch nie eine Skitour gemacht. Von Skifahren war nicht die Rede. Aber ich schwöre dir, dass sich das mit den Skitouren ändern wird. Es ist... fantastique!« Er rief es laut und euphorisch und stieß sich ab. Ich folgte ihm, und wir flogen zusammen ins Tal.

Mooser Heimatchronik

»Ach, du meiner Seel'. Johanna war ja schrecklich verliebt. Ein schlechtes Zeichen. Ich bete jeden Tag, dass der liebe Gott sie nicht zu hart prüft. Ich spreche aus eigener Erfahrung. Damals hat mir der Herrgott Dieter geschickt. Dieter war mein Mann. Er hatte ein sehr schweres Kreuz zu tragen. Manchmal war ich deswegen richtig verzweifelt, aber heute weiß ich: Wer andere schlägt, ist selbst hilflos. Dieter hat viel Gewalt in der Kindheit erlebt. Und dann kam noch der Alkohol dazu. Du meiner Seel', nur wenn er getrunken hat, hat er sich stark gefühlt, richtig enthemmt war er da. Bitte, denken Sie jetzt nicht falsch. Der Dieter war kein schlechter Mensch, auch wenn ihm manchmal die Hand ausgerutscht ist, man muss das alles verstehen. Danach war er immer sehr lieb zu mir und hatte ein schlechtes Gewissen. Der Dieter hat sich das Leben genommen, um vor das Antlitz Gottes zu treten, im Vollrausch hat er sich am Fensterkreuz im Badezimmer stranguliert. Ich habe mich schrecklich schuldig gefühlt. Jede Woche ging ich zur Beichte, manchmal zwei, drei Mal. So lange, bis der Pfarrer angefangen hat, mit mir zu reden. Er hat mich zur Bibelrunde eingeladen. In der Kirche fand ich Trost. Dafür bin ich ja so dankbar. Aber bei Johanna? Meiner Seel', Gottes Vorhaben sind unergründlich. Über die Lehner-Frauen ist die Sintflut hereingebrochen. Um das durchzustehen brauchen wir nicht nur einen Schutzengel, sondern eine ganze Himmelsschar. Sei doch so gut, und bezieh meine Familie in dein Gebet mit ein. Gott schütze dich.«

Elisabeth Lehner, 68, Tante,
Reinigungskraft, Küchenhilfe

NEUNZEHN

Schon zum dritten Mal schlug ich auf die Glocke in der Durchreiche und rief: »Service, bitte.« Die drei Portionen Käsespätzle mit Apfelmus und das Gulasch für die Kartenspielerrunde am Stammtisch standen bereits eine Weile auf dem Wärmepass. »Annabell! Service!« Schon den ganzen Tag ging alles viel zu langsam. Zum Mittagessen war überraschend ein Bus Senioren im Lamm eingefallen. Tante Germana gönnte sich eine Fußpflege bei Marianne Ritter, die einen kleinen Salon im hinteren Teil des Hauses hatte, und die angerichteten Teller standen ewig still. Francis, Elisabeth und ich beeilten uns, dass jeder zur richtigen Zeit das Richtige auf die Teller bekam, und Annabell schaffte es nicht, sie rauszutragen. Sie hatte schon mittags blass ausgesehen. Ich vermutete, dass sie verkatert war.

Nach dem Aufwachen hatte ich noch gehofft, am Nachmittag schnell in die Stadt fahren zu können, um mich für eine Stunde wenigstens mit Jérôme zu treffen, aber spätestens, als der Seniorenbus den Sonnenrain heraufgedieselt war, hatte ich die Hoffnung begraben, und nur kurz mit Jérôme telefoniert. Er hatte angeboten, nach Ladenschluss zu kommen, aber sosehr ich mich auch nach ihm sehnte, wusste ich, dass das keine gute Idee war. Abgesehen davon, dass wir schlecht jede Nacht Mathias' Gästezimmer belegen konnten.

Ich musste immer wieder an Paris denken. Für jede frisch verliebte Frau hätte es wohl nichts Schöneres gegeben, als nach Paris zu einer Hochzeit eingeladen zu werden, nur mich ließ schon die Vorstellung daran erzittern. Ging es nicht eine Nummer kleiner? Konnten wir nicht erst einmal ein paar Tage zusammen verbringen? Noch immer war ich nicht in seiner Wohnung gewesen.

»Was ist denn hier los?« Endlich war Germana wiederaufgetaucht und erfasste mit einem Blick die Situation. Sie lud sich alle vier brennheißen Teller auf und jonglierte sie souverän zum Stammtisch.

»Francis, sind deine Salat-Schubladen aufgefüllt? Heute ist Literaturgruppentag«, sagte ich und legte meiner Mutter einen Bund Schnittlauch hin, der geschnitten werden musste. Caro und ihre Leute bestellten meistens etwas Leichtes.

»Ihr habt euer Mise en Place doch hoffentlich im Griff«, sagte sie.

»Alles bestens.«

Germana kam zur Tür herein. »Annabell ist krank.«

»Kranke Gäste sollten lieber zu Hause bleiben, die stecken hier nur alle an«, sagte meine Mutter. »Ich hoffe, diese Annabell hat früh genug angerufen und den Tisch abbestellt.«

Wir unterbrachen unsere Routinen und sahen meine Mutter betroffen an. Ihre Erinnerungen, was den engeren Familienkreis betraf, waren bisher weitgehend intakt gewesen.

Niemand ging darauf ein. »Ich habe sie im Klo unten gefunden«, berichtete Germana. »Sie saß auf der Schüssel und hat geschlottert. Ich glaube, sie hat hohes Fieber, aber Unkraut vergilbt ja bekanntermaßen nicht.«

»Ach, Gott! Warum sagt die Gurke denn nichts?« Francis knallte die Salat-Schublade zu, legte ihre Schürze ab, um zu ihrer Tochter zu eilen, und sagte im Hinausgehen: »Hier arbeitet jeder bis zum Umfallen, das kann's ja nicht sein. Irgendwann trifft uns alle der Schlag.«

»Du meiner Seel'«, rief Elisabeth von der Spüle und wechselte ihre Position zum Herd. Abwaschen konnten wir um Mitternacht auch noch.

»Ich übernehme den Service«, sagte ich knapp, hängte meine verdreckte Schürze an den Nagel, rannte in mein Zimmer, schlüpfte in das erstbeste Kleid, das mir in die Finger geriet, und knotete mir das Haar neu zusammen.

Annabell hatte alles liegen lassen – am Tresen stapelten sich die schmutzigen Gläser, das Besteck war nicht poliert, keine Servietten gefaltet. Das war noch nie passiert. Sie musste ziemlich krank sein.

Am Stammtisch aßen der Dokus, der alte Kaspar Mohr (zahnlos und faltig wie eine im Schrank vergessene rote Paprika), Traugott Künzler (der Feuerwehrkommandant mit dem Rauschebart) und Salvatore Russo. Die Spielkarten lagen schon bereit.

»Stella mia. Dass wir dich wieder einmal zu Gesicht bekommen!« Er hielt mich mit einer Hand fest, wischte sich mit der anderen Gulasch aus dem Mundwinkel und stieß ein wenig auf. »Es war deliziosa, dein Essen, Bella.«

»Bring uns vier Bier«, knurrte der Dokus.

Ich lud mir die leeren Teller auf und begrüßte Sybille und Fritz Fuchs, die am Nebentisch schon eifrig ihre Unterlagen für das Literaturgruppentreffen ausbreiteten.

»Heute nicht in der Küche?«, fragte mich Caro, als sie zur Tür hereinrauschte, schwer beladen mit mehreren Taschen voller Unterlagen und Bücher. Wir begrüßten uns umständlich mit Küsschen und hatten alle Mühe, nichts fallen zu lassen, worüber wir beide lachen mussten.

Nach und nach kam die ganze Literaturgruppe, und jeder

nahm seinen Platz an dem großen Rundtisch ein, der in der Mitte des Raums stand. Edgar Wintersteiger duftete nach seinem Rasierwasser-Klassiker, er trug heute einen dezent gemusterten Cordanzug komplett mit Weste und Uhrenkette. Peggy hatte seit letzter Woche erneut zugenommen – ich sollte wieder einmal einen Abend mit ihr verbringen und sie fragen, wie's ihr ging. Manon stöckelte so achtlos an mir vorbei, als sei ich eine Dunstabzugshaube. Sie hatte sich eine schwere Wochenzeitung unter den Arm geklemmt, aus der sie wöchentlich die Bestsellerliste verlas – damit begannen die Treffen der Literaturgruppe. Von Woche zu Woche besprachen sie dann ein Kapitel eines Buches, das sie alle gelesen hatten. Sie sezierten Sätze in ihre Einzelteile und prüften sie auf Tauglichkeit. Ich stellte Getränke zwischen die aufgeschlagenen Bücher.

»Ich nehme an, ihr habt das erste Kapitel alle gelesen?«, fragte Caro in die Runde und legte ihr Buch auf den Tisch – auf dem Cover war ein rotes Papiersegelschiff. *Salamanca*. Jérôme war also nicht der Einzige, der es empfahl.

Sybille und Fritz Fuchs, Edgar Wintersteiger und Peggy nickten begeistert.

»Liebe Caro, liebe anwesende und abwesende Kolleginnen und Kollegen, es war, es ist mir, und es wird mir wie immer eine Freude sein, mit euch wieder gemeinsam über ein großartiges Werk zu sprechen, das nichts als höchsten Respekt und Anerkennung …«

»Ein wunderbares Stück Literatur«, unterbrach Edgar Wintersteiger, und alle schnauften erleichtert durch.

»Ich hab's in einer Nacht durchgelesen«, schwärmte Peggy.

»Ich konnte auch nicht mehr aufhören«, sagte Sybille.

»Ganz, ganz furchtbar!«, sagte Manon. »Eine Zumutung.«

Es war immer so, dass Manon zuerst abwartete, wie die anderen etwas fanden, und dann dagegen war. Wie die Wölfe fielen sie über sie her und versuchten, sie zu überzeugen, dass sie sich irrte, während sie ihre Arme verschränkte und arrogant lächelte.

Ich brachte Peggy einen doppelten Espresso und Edgar Wintersteiger eine Frittatensuppe, stellte mich hinter die Theke, polierte Besteck und hörte zu. Caro bat, den Fokus nun auf das erste Kapitel zu legen. Sie fingen an zu blättern, steckten ihre Nasen zwischen die Seiten und sprachen über zerfurchte Seelenlandschaften, über einen Sog, für den sie Erklärungen suchten, über eine erstaunliche Parallele mit irgendetwas und eine unerwartete Wendung. Manon behauptete, die Autorin habe es sich verdammt einfach gemacht, und erntete erneut Widerstand.

Edgar Wintersteiger sagte ruhig und überlegt: »Ich mag die Hauptfigur. Sie ist vielschichtig und klug gemacht.«

Anschließend suchten und analysierten sie Metaphern und Vergleiche und versuchten dann selbst Metaphern und Vergleiche zu schreiben. Germana mir ihren verhunzten Redewendungen hätte ziemlich gut in die Runde gepasst. Danach schrieben sie an ihren eigenen Projekten. Alle waren konzentriert, nur Fritz warf alle zwei Minuten eine neue Frage auf.

Ich belieferte die Kartenspieler mit Bier, sonst war nicht viel los, und ich hoffte, bald Schluss machen zu können, um noch einmal mit Jérôme zu telefonieren. Hoffentlich hatte er einen ruhigeren Tag als ich gehabt. Doch ich hatte mich zu früh gefreut, denn um Viertel nach zehn kamen fast gleichzeitig die Laufgazellen, der Männerchor und die Turner vom Kneippverein herein. Innerhalb weniger Minuten platzten beide Gaststuben aus allen Nähten.

»Du, und dir, Johanna, du, wie geht's dir denn?«, fragte Evi Eberle, als ich ihr einen Aperol Spritz hinstellte. »Mit deiner Mutter wieder alles in Ordnung?«

»Danke, alles bestens. Mir geht es gut.«

»Kein Wunder, sie hat sich ja diesen Typen angelacht«, sagte Renate und klang so beleidigt, als hätte ich ein Verhältnis mit ihrem Mann, dem Schuldirektor und Chronisten.

Der Satz schlug ein wie eine Bombe.

Wie Hühner kamen sie mir vor, ruckartig bewegten sie ihre Köpfe, flatterten mit den Ellbogen, grinsten sich gegenseitig und vor allem mich an und wussten nicht, ob sie es glauben sollten.

»Das war vielleicht ein Kuss!«, berichtete Renate.

Jetzt wandten sie sich doch an mich: »Wen hast du denn geküsst?«

Renate antwortete an meiner Stelle: »So einen mit Brille und Pullover und absichtlich schlecht sitzenden Kleidern, macht ganz auf intellektuell, war auch bei der Lesung von Sauter. Natürlich hat sie uns einander nicht vorgestellt. Aber nun, bitte sehr, der Mooskopf ist ja für alle da. Auch wenn der Kuss doch sehr ... nun ja ... ausführlich war. Gott, sie ist doch keine siebzehn mehr.«

»Ach du, Renate, du, lass doch, schau doch, du, sie wird ganz rot«, sagte Evi Eberle.

Ja, ich wurde rot, extrascharf-chili-rot, vor Zorn. Genauso gut hätte Renate aufstehen und durchs Wirtshaus brüllen können.

Ich kehrte ihnen den Rücken zu, zapfte Bier und beobachtete, wie die Laufgazellen ihre Köpfe zusammensteckten, sich von Renate sämtliche Details abholten und unverhohlen zu mir herübergrinsten, während Sybille, die mit dem Rücken zu ihnen saß, ihre Lauscher aufstellte und mich, als ich ihr das nächste Achtel brachte, geradeheraus fragte: »Meine Liebe, kann Renate etwa den Buchhändler aus der Königsstraße meinen? Der Fritz hat sich nach dieser missglückten Lesung so nett mit ihm unterhalten, und vor dem Jahreswechsel habe ich gesehen, wie er den Sonnenrain heraufgegangen ist. Ein sehr gebildeter Mann, der Herr Morel, sagt Fritz. Und mit dem bist du jetzt zusammen?« Genau in dem Moment schleppte Germana volle Teller an mir vorbei, und Caro fiel buchstäblich das Gesicht aus dem Gesicht. Anders ließ sich ihr Entsetzen nicht beschreiben.

Alle anderen konnten mir mit ihrer kindischen Sensationsgier gestohlen bleiben. Caro nicht.

»Hab ich da was nicht mitgekriegt?«, fragte Manon Andexlinger-Müller.

»Du hast alles mitgekriegt«, sagte Caro kühl, und es klang, als kämpfte sie gegen Tränen. Sie musste sich schrecklich fühlen, und ich bekam wieder einmal ein schlechtes Gewissen. Spätestens in der Bäckerei hätte ich ihr sagen sollen, dass ich für Jérôme gekocht und er deswegen keinen Hunger gehabt hatte.

»Es ist nicht, wie du denkst«, sagte ich – ein schrecklich verlogener Satz, denn es war genau so, wie sie dachte.

»Natürlich nicht.« Sie wandte sich ihren Unterlagen zu, und Manon legte ihr, wieder einmal, einen tröstenden Arm um die Schultern.

Ich war heilfroh um den Kneippverein, der nach Getränken brüllte und mir die Gelegenheit gab, aus dieser Situation zu flüchten. Mit vollen Tabletts rannte ich hin und her und versuchte, den neugierigen Blicken, vor allem aber Germana und Caro auszuweichen, was fast unmöglich war, denn Sybille und Fritz vernichteten die Achtel schneller als üblich.

Ich beobachtete, wie Alice Mangold auf ihrem Handy herumtippte. Wahrscheinlich wusste jetzt ganz Moos am Buckel: Johanna Lehner hat einen Mann. Was für eine Sensation! Wenn Caro einen Neuen hatte, interessierte das längst niemanden mehr. Aber bei mir war das so etwas wie ein öffentliches Ereignis, zu dem jeder seinen Senf abgeben konnte, ungefragt und ungefiltert, so wie im März 2011, als eine, damals nicht von Göpf verursachte, Staublawine die Schwarze Wand heruntergedonnert war und zwei Holländer, die mit dem Auto nach Großdorf wollten, und ein paar Gämsen unter sich begraben hatte. Dazu hatte auch jeder seine Meinung abgegeben. Über die Holländer, die Gämsen und die Lawine. Alle waren schuld. Klarer Fall. Vor allem die Holländer. Was mussten sie auch auf die hirnrissige Idee kommen, genau in der Sekunde durch Moos zu fahren, als sich eine Staublawine löste? Pech gehabt. Und jetzt war ich das Naturereignis. Auch Pech gehabt.

»Du weißt schon, dass Morel ein Arschloch ist?«, fragte Manon.

»Wir verbitten uns doch diese unnötige Wortwahl«, maßregelte sie Fritz Fuchs.

»Die Wahrheit ist dem Menschen zumutbar«, sagte Manon.

»Das kenne ich, das ist von Ingeborg Bachmann«, hechelte Sybille, ganz Streberin aus der ersten Reihe, während Caro in ihr Buch starrte.

»Und? Was ist die Wahrheit?«, fragte ich Manon trotzig.

»Ich habe Geschichten über Morel gehört, da würdest du staunen.«

Ach Gott, jetzt kam wieder die Leier. Hatte ich mir ja schon in der Bäckerei anhören dürfen.

»Ich habe mich oft gefragt, ob der Buchladen vielleicht nur Tarnung sein könnte. Und da bin ich nicht die Einzige. Die großen Deals macht er im Hintergrund, das weiß ich zufällig aus guter Quelle.«

»So ein Buchhändler hat es ja auch schwer, die Leute kaufen nur noch bei Onlinehändlern und laden sich gratis diese

E-Books …«, schob Sybille dazwischen, brach dann aber mitten im Satz ab, als sie merkte, dass ihre Bemerkung so überflüssig war wie die ganze absurde Unterhaltung.

Manon fuhr fort: »Hast du gewusst, dass Morel einen Tesla fährt? Herb sagt, es ist das teuerste Elektroauto, das es im Moment auf dem Markt gibt.«

Guter Witz. Manon hatte sie doch nicht alle.

»Gestern stand der Wagen auf dem Parkplatz hinter dem Haus, der für die Buchhandlung reserviert ist. Was meinst du, wer am Steuer saß?«

»Jérôme Morel?« Sybille in ihrer Naivität war verletzender, als wenn sie eine Giftspinne wie Renate gewesen wäre.

Irgendwo im Hintergrund riefen die Männer vom Handwerkerchor, ob sie nicht doch noch eine Kleinigkeit zu essen bekommen könnten.

»Kannst du mir sagen, wie Morel zu so einem Wagen kommt?« Manon suhlte sich wie ein Schwein im Dreck. Sie hatte ein großes Publikum, und alle hörten ihr zu. »Der Mann ist ein Hochstapler und ein Heiratsschwindler, ich schwöre dir, dass der ein Doppelleben führt. Jérôme heißt der nie im Leben. So heißen nur Pornodarsteller. Außerdem ist er depressiv und hat ein bedenkliches Alkoholproblem. Sagen alle in der Königsstraße.«

»Bist du jetzt fertig?«

»Ich will dich nur warnen. Ein Mann wie er würde nie auf jemanden wie dich stehen, außer vielleicht, das Lamm würde dir allein gehören.«

»An dieser Stelle muss ich vehement einhaken«, versuchte sie Fritz Fuchs zu bremsen.

»Du meinst, er würde nie auf eine dumme Köchin stehen?« Inzwischen waren endgültig alle Gespräche um mich herum leiser geworden oder ganz verstummt. Wer nicht zugehört hatte, kriegte vom anderen zugeflüstert, dass ich auf einen Heiratsschwindler reingefallen sei.

»Lass es dir gesagt sein – mit Morel machst du einen ganz großen Fehler«, sagte Manon abschließend.

»Aber wenn sie ihn doch liebt«, murmelte Peggy.

»Liebe ist was für Trottel«, knurrte Dokus und spielte eine Karte aus, die Salvatore nicht in den Kram passte, was er mit italienischen Flüchen zum Ausdruck brachte.

»Die Frage, die hier zur Debatte steht, lautet: Kann Johanna diesem Mann trauen?«, sagte Fritz Fuchs. »Sie muss das Problem langfristig lösen, denn sie darf bei ihrer Entscheidung, für oder gegen ihn, nicht ganz außer Acht lassen, dass sie längst im heiratsfähigen Alter ist und damit gewissermaßen auch die innere Uhr ...«

»Fritz, halt die Klappe«, fuhr Germana dazwischen. »Und zwar sofort!«

»Germana!«, rief Sybille empört, und Fritz japste wie ein Fisch auf dem Trockenen. Die Unterhaltung an den anderen Tischen lief munter weiter – und ich war wie gelähmt. Wo blieben meine Instinkte? Ich musste weg hier. Und doch blieb ich, in einer Erstarrung gefangen, die mit jedem Gesprächsfetzen schlimmer wurde, bis Flucht schlichtweg unmöglich war.

»Ich versteh das schon. Johanna ist eine gute Partie, mit dem Wirtshaus und allem«, tuschelte es im Handwerkerchor.

»Ganz hässlich ist sie auch nicht.«

»Geht die nicht rasant auf die vierzig zu?«

»Dieses Grundstück ist ein Vermögen wert. Allerbeste Lage«, sagte Ferdl Hopfner. »Beinah wöchentlich kriege ich Anfragen von potenten Kunden.«

»Ist die Bausubstanz denn noch was wert?«

»Uralt der Laden. Achtzehntes Jahrhundert, meine ich.«

»Abreißen wäre die vernünftigste Lösung.«

»Und vorher die Wirtstochter heiraten. Hahaha. Kein schlechter Schachzug.«

»Wisst ihr denn, wer der Kerl ist, mit dem sie sich da eingelassen hat?«

»Ein Ausländer scheinbar.«

»Doch nicht etwa ein Flüchtling?«

»Also, vom Islam würde ich die Finger lassen. Das geht schief. Die verbieten ihren Frauen das Autofahren, und sobald sie sich trennen wollen, tauchen die ganzen islamischen Brüder auf und regeln das auf ihre Art.«

»Selbstmordattentäter in Moos am Buckel, so weit kommt's noch.«

Germana war damit beschäftigt, den Literaten und den Laufgazellen zuzuhören, deren Gespräche über mich nicht besser waren, aber immerhin bekam sie nicht mit, wie hinter ihrem Rücken verbal ihre Heimat zuerst verkauft und dann vom Islamischen Staat gesprengt wurde.

»Du, Johanna, du, lass dich doch nicht verrückt machen«, sagte Evi Eberle. »Hör auf dein Herz.«

»Und was ist mit dem Herzen von Caro?«, rief Manon vom Nebentisch.

»Es reicht!«

Ich kannte die Stimme. Aber schon ewig hatte ich sie nicht mehr so klar und deutlich gehört. Meine Mutter stand mit dem Schäler und einer Kartoffel in der Hand unter der Tür und hatte wohl die längste Zeit zugehört. Klein und zart war sie, aber auf ihre Art erschien sie plötzlich genauso kraftvoll wie Germana. Die Gespräche verstummten, und die Köpfe drehten sich ihr zu.

»Sapperlot! Was fällt euch denn ein ... auf meiner Johanna so herumzuhacken. Sie ist doch kein ... Gulasch. Tag und Nacht schuftet sie für euch in der Küche. Sapperlot! Damit ihr euch die Bäuche vollschlagen könnt. Und das ist euer Dank? Ihr solltet euch schämen, solltet ihr euch!«

Betretenes Schweigen. In meiner Kehle steckte ein Kartoffelknödel, den ich nicht zu schlucken vermochte.

»Und außerdem darf sie küssen, wen sie will! Da wird sie euch nicht fragen, wen sie küssen darf oder nicht. Sie darf küssen, wen sie will. Haben wir uns verstanden?«

»Haben wir, Antonia«, murmelten ein paar kleinlaut.

Sie nahm mich an die Hand wie im Kindergarten beim Laternenfest, als ich mich auf dem Weg zur Kirche nicht getraut hatte zu sagen, dass ich aufs Klo musste, und mir vor dem Altar in die Strumpfhosen gemacht hatte.

Ihr Auftritt trieb mir die Tränen in die Augen. Ich wollte es nicht, aber mein Kinn zitterte unkontrolliert, und ich musste alle Beherrschung der Welt aufbringen, um nicht vor allen Augen loszuheulen. Hinter ihrer schrecklichen Krankheit war die Löwenmutter hervorgeblitzt, die sie mir ihr ganzes Leben gewesen war. Und sie hatte es tatsächlich geschafft, mich aus dieser fürchterlichen Lähmung herauszuholen, während die anderen im Gasthaus jetzt an meiner Stelle erstarrt waren.

Gemeinsam passierten wir die Flügeltür zur Küche, während Germana sich in Position brachte. »Ich würde dann hier bei der Literatur anfangen zu kassieren«, sagte sie und schüttelte ihre Geldbörse.

Was Caro antwortete, hörte ich nicht mehr, denn alles ging im Dröhnen der Abzugshaube unter. Und im Rauschen in meinem Kopf.

Meine Mutter setzte sich an den Tisch und schälte in aller Seelenruhe ihre Kartoffeln weiter. »Hast du dein Mise en Place fertig, Kind?«, fragte sie und lächelte mich an.

Ich riss Elisabeth die Pfanne aus der Hand und goss Öl hinein. Was hatten die Männer vom Handwerkerchor vorhin gesagt? Sie wollten noch eine Kleinigkeit zu essen? Das konnten sie haben. Schließlich war ich Köchin. Die nichts fertigbrachte außer zu kochen. Eine bald vierzigjährige verdammte Köchin, die sich behandeln ließ, als wäre sie ein kleines Kind.

Wahllos warf ich in die Pfanne, was mir zwischen die Finger kam: Fleischstücke von Huhn, Leber, Schwein und Kalb, Speck, Gemüse, Bratkartoffeln und Nudeln und würzte kräftig mit viel Chili und Portwein. Ich briet den wildesten Eintopf meines Lebens, und die Tränen strömten mir nur so übers Gesicht, währenddessen mir die verrücktesten Gedanken durch den Kopf schossen: Manons Anschuldigungen waren schlimm und verlogen. Das Schlimmste aber war, dass ich mich manche Dinge auch schon gefragt hatte.

Jérôme lebte sehr bescheiden. Wenn er Müllsäcke brauchte, die man im Rathaus abholen musste, oder einen Termin bei der Bank hatte, musste er den Laden zusperren, weil er sich keine Aushilfe leisten konnte. Dass er gern und viel trank, war mir auch schon aufgefallen. In seiner Wohnung war ich immer noch nicht gewesen. Und warum kam er immer mit dem Bus, wenn er ein so teures Auto hatte?

Die kämpferische Rede meiner Mutter. Die gekränkte Caro. Die geifernden Gesichter der anderen. Die Hitze der Herdplatte und die Scham brannten mir in den Augen. Und meine Mutter schälte weiter ihre Kartoffeln, als sei in der Zwischenzeit nichts passiert, und Elisabeth spülte Geschirr und betete einen Rosenkranz.

Ich verteilte den Teufels-Eintopf auf mehrere Teller, stellte sie in die Ausgabe und wartete, bis Germana sie mit einem Korb Brot zum Männerchor brachte. Er schien wohl sehr scharf zu sein, denn das Gestöhne und Gekeuche drang bis in die Küche – wenigstens das erfüllte mich mit Genugtuung.

Ich schrubbte den Herd. Ich schrubbte den Boden. Ich leerte das alte Öl in einen Kanister. Ich geißelte mich selbst, indem ich die Fritteuse zerlegte und putzte. Und plötzlich fühlte ich Germanas schweren Arm auf meiner Schulter.

»Komm her.« Sie zog mich an sich und hielt mich fest. Es tat mir wohl, ihre Nähe zu spüren. »Das hast du nicht verdient. Komm, hör auf zu putzen, und setz dich.«

Ich ließ mich auf einen Stuhl fallen.

»Das, was sich da draußen abgespielt hat, war unterste Schublade. Die Andexlinger-Müller hat dich bloßgestellt, und die anderen haben mitgemacht. Die Leute sind wie die Geier. Du darfst das nicht unpersönlich nehmen. Leg dir eine harte Schale zu und verberge deine Gefühle.«

Ich nickte. Ich wusste, warum sie so viel Gewicht und Fassade mit sich herumschleppte. Germana hatte harte Zeiten erlebt. Mit fünfzehn hatte ein Gast sie geschwängert. Sie brachte einen Sohn zur Welt, gab dem Druck der Eltern nach und gab ihn weg zur Familie des Kindesvaters. Germana vermutete, dass man ihm nie erzählt hatte, wer seine leibliche Mutter war. Sie hatte ihn nicht wiedergesehen. Stefan musste heute um die fünfzig sein.

»Weißt du, ich kann dich gut verstehen. In deinem Alter hätte ich diesen Jérôme auch nicht von der Bettdecke geschubst.«

Ich ahnte Schreckliches.

»Aber ich habe zu oft miterlebt, was Männer anrichten können. Ich finde, du bist eine wundervolle Frau. Und ich bin sehr stolz auf dich. Ich will nicht, dass dir jemand dein butterweiches Herz bricht.«

»Wir wollen zahlen!«, brüllte der Dokus von draußen.

»Herrgott! Ich komme gleich!«, brüllte Germana zurück. »Sei ein bisschen vorsichtig, ja? Mehr verlange ich gar nicht.

Wir brauchen dich hier noch eine Weile.« Tja, genau das war der Punkt.

Sie gab mir einen Kuss auf den Scheitel. Ehe sie ging, sagte sie zu meiner Mutter: »Kümmere dich um deine Tochter. Sie braucht dich.«

»Was ist denn passiert?«

Ich wartete, bis die Gaststube leer war, und half dann, die Tische abzuräumen. Jemand von der Literaturgruppe hatte sein Buch liegen lassen. *Salamanca.* Ich schlug es auf. Caro hatte ihren Namen hineingestempelt. Ich legte das Buch auf die Theke, nahm mein Handy und überlegte, ihr eine Nachricht zu schreiben, aber es fühlte sich falsch an. Ferdl Hopfner kam zurück, weil er seine Handschuhe vergessen hatte. Er nahm sie vom Kachelofen und sagte: »He, Johanna, das war der schärfste und der beste Eintopf, den ich je gegessen habe. Den müsst ihr mit einer speziellen Warnung auf die Karte setzen: Nichts für Weicheier. Teuflisch gut!«

ZWANZIG

Ich fasste meine verwirrten Gefühle in Wörter und schrieb sie auf. Jérôme konnte ich einen langen Tag nicht erreichen. Das machte mir Sorgen. Ich musste wissen, ob hinter Manons Anschuldigungen etwas steckte. Mehrmals rief ich ihn an, aber er nahm nicht ab. Am Kiosk traf ich Evi Eberle. Verschnupft, mit rot wunder Nase erzählte sie mir, wie leid es ihr tat, was im Lamm passiert war, dass ich auf mein Gefühl hören sollte und dass das Lauftraining ausgefallen sei. Selbst Alice Mangold, die, seit sie Zink, Ingwer, Schüssler Salz Nummer drei und Vitamin C nahm, vor Gesundheit nur so strotzte, lag mit Grippe im Bett. An der Volksschule hing ein Zettel, dass die Chorprobe wegen Krankheit ausfiel, und vor Ariel Dorners Praxis standen Autos bis hinauf zum Haus der Ritters. Es würde ein ruhiger Abend im Lamm werden.

»Weißt du, was?«, sagte Germana und rieb sich verschmitzt die Hände. »Wir spielen auch krank.«

»Du meiner Seel'. Mit Krankheiten macht man keine Scherze«, warnte Elisabeth.

»Dein Ohr in Gottes Hand!« Germana klopfte ihr auf die klapprige Schulter. »Aber wenn ich's dir sag, dass ich schon den ganzen Tag eine gewisse Unwöhle spür, ein Zwicken in der Magengegend, oder ist es die Leber?« Sie gab eine Runde

Enzian aus und nagelte einen großflächigen Zettel an die Tür: »Heute wegen Grippe geschlossen«. Dann setzte sie sich mit meiner Mutter und Elisabeth in das Doppelbett im Zimmer *Morgentau,* weil es dort den größten Fernseher gab. Wie kleine Mädchen lehnten die Schwestern in den Kissen, schaufelten Kartoffelsalat und kalte Würstchen in sich rein, leerten im Namen der Gesundheit eine halbe Flasche Enzian und sahen sich einen brutalen Krimi an. Meine Mutter hatte schon lange nicht mehr ferngesehen. »Dürfen wir Ihnen vielleicht ein Gläschen anbieten?«, fragte sie den Kommissar, als stünde er im Zimmer. Ich fuhr mit dem Bus zu Jérôme in die Stadt. Warum nahm er sein Handy nicht ab?

Die Buchhandlung lag im Dunkeln. Ich klingelte neben der Eingangstür. Nichts rührte sich. Ich klingelte noch einmal. Wieder nichts. Erst nach dem dritten Mal bewegte sich etwas. Ein spärlicher Lichtkegel fiel über die Wendeltreppe in die Buchhandlung. Nackte Füße in Hausschuhen und eine Silhouette auf der Wendeltreppe. Jérôme hielt sich am Geländer fest. Er trug einen Morgenrock über einem Pyjama. Er schlurfte auf mich zu und hielt sich ein Taschentuch unter die Nase. Seine Haare pappten an unmöglichen Stellen am Kopf und standen an anderen weg. Jérôme sah schrecklich aus. Auch er war krank. Aber so richtig.

Ich lehnte meine Stirn gegen die kalte Scheibe und sah zu, wie er die Tür aufsperrte. »Tut mir leid, dass ich mich nicht gemeldet habe«, krächzte er und verweigerte mir einen Kuss. Seine Augen glänzten fiebrig. Er war schneeweiß im Gesicht, und ein dünner Schweißfilm überzog seine Haut. Er nieste in sein Taschentuch, das schon ziemlich gebraucht aussah. »Verzeihung. Komm rein.«

»Hast du alles? Tee? Medikamente? Hühnersuppe?«

»Hühnersuppe?«

»Das isst man, wenn man krank ist. Du musst wieder ins Bett. Du siehst schrecklich aus.«

»Danke, das ist genau das, was ich hören will.«

Ich musste lächeln und trat ein. Er sperrte die Tür hinter mir wieder ab und schlurfte voraus. Wie ein alter Mann keuchte er die Treppe hoch und musste immer wieder hustend stehen bleiben, während ich hinter ihm herschlich.

»Meine Wohnung ist kein Highlight«, grummelte er, und zum ersten Mal ließ er es zu, dass ich eintrat.

Ein enger Gang. Von einer Decke hing eine viel zu schwache Glühbirne. Kaum Platz. Kartonschachteln voller Bücher, wohin ich sah – das war keine Wohnung, sondern ein Lager. An einem Nagel an der Wand hingen sein schwarzer Mantel und sein Schal, darunter stand das einzige Paar Schuhe, das er immer trug.

Vom Gang führten vier Türen weg – zwei nach rechts, eine geradeaus, eine nach links.

»Bitte«, sagte Jérôme und öffnete die erste Tür rechts. Die Küche. So klein, dass kaum ein winziger Tisch und zwei Hocker darin Platz hatten – drei Gläser in der Abtropfschale, eine türkische Kaffeemaschine, eine verschimmelte Zitrone, alte Gewürze, Essig und Öl, in einem Korb ein grau gewordener Brotrand, sonst keine Lebensmittel, nur ein voller Aschenbecher, aus dem es stank. Ich konnte mir nicht vorstellen, dass hier jemals gekocht worden war. Geschirr schien es auch keines zu geben. Jérôme riss das Fenster auf, nahm den vollen Aschenbecher und stellte ihn hinaus neben einen Topf mit verdorrtem Rosmarin. Dann bot er mir den einen Hocker an.

Ich schüttelte den Kopf.

»Du gehst ins Bett, und ich mach Tee.«

»Ich habe keinen Tee.« Er hielt sich am Türrahmen fest.

»Kein Tee?«, rief ich. Unvorstellbar. »Du bist krank! Wenn

man krank ist, trinkt man Tee. Schwitzen ist wichtig. Das muss alles raus aus dem Körper. «

Er nickte.

»Gib mir deine Schlüssel.« Ich hielt ihm meine Handfläche vor die Nase.

»Wie bitte?«

»Ich besorg dir Tee.«

»Um diese Zeit? Es ist... Wie spät ist es überhaupt? Und es regnet.«

»Irgendwas wird schon noch offen haben.« Er reichte mir den Schlüssel und tappte benommen in das Zimmer gegenüber der Küche, wo ich sein Schlafzimmer vermutete. Ich eilte die Wendeltreppe nach unten und verließ das Haus durch den Buchladen.

Jedes verfluchte Geschäft in der ganzen Stadt klapperte ich ab. Alle geschlossen. In einer Tankstelle hätte ich zwar Bier und Wein bekommen, aber keinen Tee. Den ergatterte ich schließlich in einem Wirtshaus. Ich wusste, wie Wirtsleute tickten, und es brauchte nicht viel, um ein paar Beutel Kräutertee und eine Zitrone zu bekommen. Dann kam ich doch noch an einer Apotheke vorbei, die Nachtdienst hatte. Ich kaufte noch mehr Tee, ein Fieberthermometer, ein Grippemittel gegen Schmerzen und Fieber, einen Inhalierstift und Erkältungssalbe. Bestimmt hatte Jérôme nichts von alldem zu Hause.

Als ich die Buchhandlung aufsperrte, hatte ich das Gefühl, einen verbotenen Raum zu betreten. Eine lange Weile stand ich nur da, im schwachen Licht einer Straßenlaterne, und atmete den Duft von Papier und Druckerschwärze ein. Als Kind hatte ich davon geträumt, an manchen Orten einmal ganz allein zu sein. Einmal allein im Scheinwerferlicht über einen Schlittschuhplatz tanzen. Einmal allein auf einer Bühne stehen, ohne Zuschauer. Einmal allein in einem Spielzeugladen zu sein. Oder in einer Buchhandlung. Schon früher fand ich nichts schöner als zu lesen. Im Lamm gab es kaum Bücher, nur Magazine für die Gäste, uralte Reader's Digest, die Germana früher abonniert hatte, und christliche Herder-Taschenbücher, die Tante Elisabeth verschlang. In Moos hatte es nur die Leihbücherei gegeben. Jeder Besuch in einer Buchhandlung war für mich ein besonderes Erlebnis.

Ich ging die Regale ab und strich über Bücher, die vielleicht noch nie jemand aufgeschlagen hatte. Bücher, in denen das Lesebändchen fabrikneu und geknickt zwischen den Seiten klebte. *Salamanca.* Das Buch mit dem roten Papiersegelschiff fiel mir schon wieder in die Hände. Es schien mich zu verfolgen. Ich war neugierig, wollte aber kein Licht machen, außerdem musste ich mich um Jérôme kümmern. Im Halbdunkeln stieg ich die Wendeltreppe hinauf.

Ich machte mich in der Küche zu schaffen, fand keine Teekanne, kein Sieb, keine Zitronenpresse. Immerhin einen Topf zum Wasserkochen gab es und ein ungeöffnetes Glas Honig hinter Kuchentellern. Statt einer Teekanne verwendete ich einen Topf. Statt einer Teetasse nahm ich eine Kaffeetasse. Wie konnte man nur so improvisiert leben? Ich stellte alles auf den Weltatlas, der noch in der Küche lag, und zwängte mich an Bücherkisten vorbei. Mit dem Ellbogen klopfte ich an die Schlafzimmertür.

»Jérôme?«

Keine Antwort.

Mein Herz pochte. Obwohl wir schon mehrmals miteinander geschlafen und manche intime Grenze überschritten hatten, machte mich das Betreten seines Schlafzimmers nervös. Es roch nach Schlaf. Auf Ziegelsteinen lag eine Matratze, auf der Jérôme schlief. Ein richtiges Bett hatte er keines. Ein Fenster und eine

Balkontür gegenüber der Tür, davor ein Klapptisch, voll beladen mit Bücherstapeln und einem Bildschirm. Wenige Kleider in einem Regalschrank rechts neben der Tür. Sonst nicht viel.

Jérôme lag bis zur Nase unter der Bettdecke und schien zu schlafen.

Auf dem Boden neben seinem Kopf stand ein aus Büchern gebautes Nachtkästchen. Darauf lagen seine Brille und sein Handy vor einem Foto in einem Rahmen – Jérôme und zwei Mädchen, die sich sehr ähnlich sahen –, blonde Haare, braune Augen und Sommersprossen. Eins war vielleicht sechs Jahre alt, das andere ein wenig jünger. Auf dem Foto war Jérôme frisch rasiert, und es war das erste Mal, dass ich ihn so strahlend lachen sah. Auf diesem Foto sah er glücklich aus. So glücklich, wie er in meiner Gegenwart noch nie gewesen war. Auf dem Boden stand eine Flasche Whisky. Halb voll. Ich holte den Sessel vom Schreibtisch, legte den Weltatlas darauf und kniete mich neben ihn auf den Boden.

»Jérôme.« Vorsichtig berührte ich seine Hand, die aus dem Bett hing.

Langsam schob er die Decke von der Nase, schlug die Augen auf und sah das Fieberthermometer, das ich ihm hinhielt, ein wenig schielend an. »Was ist das?«

»Ein Fieberthermometer.«

»Und wohin steck ich mir das?«

»Ins Ohr, wenn's recht ist.«

Eine Sekunde später piepste es. »Neununddreißig zwei. Kein Spaß!«, sagte ich. Er sah das Tablett mit dem Tee und wollte sich aufrichten. Ich zog ihm das Kopfkissen unter den Schultern hervor, schüttelte es auf, stopfte es ihm unter den Rücken, reichte ihm die halb volle Teetasse mit Zitrone und Honig und eine Grippetablette. Er stierte in die Tasse, ließ sich den Dampf um die gerötete Nase wabern und nahm einen

Schluck. Dann lehnte er sich mit dem Rücken an die Wand und schloss die Augen.

»Wie geht's dir?«

»Gliederschmerzen. In meinem Kopf ist ein Hammer am Werk, und meine Augen brennen.«

»Jérôme … Wer sind die Mädchen auf dem Foto?«

Er seufzte tief und rieb sich die Stirn. Sein Gesicht verformte sich, als zöge jemand an Schnüren, als kämpfte er mit oder gegen Erinnerungen. Ein Tränenfaden rann aus seinem Augenwinkel.

»Sind die beiden … sind sie tot?«, fragte ich und wollte ihn berühren, aber er wies mich mit einer eindeutigen Geste ab.

»Nein!«, er lachte und wischte sich mit dem Ärmel des Pyjamas die Tränen weg. »Nichts, es ist nichts … es ist nur das Fieber … nur das Fieber.«

Ich nahm ihm den Tee aus der Hand. Er verkroch sich unter der Bettdecke, sodass ich nur noch seinen dunklen Haarschopf sah. Seine Schultern zitterten leicht. Dann schlief er ein. Ich beschloss, zu bleiben und zog mir die Schuhe aus.

In der Küche schenkte ich mir selbst eine Tasse Tee ein und erkundete in Socken den Rest der Wohnung. Neben der Küche ein winziges Bad: Duschkabine, französische Zeitschriften am Rand des Waschbeckens neben der Toilette. Ich huschte in das letzte Zimmer – kahle Wände, zwischen Umzugskartons stand ein Lesesessel mit einem Kissen, noch mehr Bücherstapel, Tageszeitungen, Wochenzeitungen, eine Stehlampe, ein Beistelltischchen, ein schmutziges Weinglas, eine leere Thunfischdose, eine halb volle Weinflasche. Keine Bilder. Kein Firlefanz. Es war die kahlste Wohnung, die ich je gesehen hatte, so, als sei er nie richtig eingezogen oder als würde er bald wieder ausziehen. Alles vorübergehend. Ich räumte das Weinglas, die Flasche und die Thunfischdose auf, tapste zurück, knipste die Stehlampe an, setzte mich in seinen Lesesessel und roch Jérôme: frischen Lavendel, Rosmarin, Salbei und Meerwasser. Ich legte meine Unterarme auf die Lehnen und versuchte die Welt mit seinen Augen zu sehen.

Diese Welt machte mich traurig. Das oberste Buch im Stapel war: *La parabole du failli,* von Lyonel Trouillot. Mein Französisch war mehr als eingerostet. Im hinteren Drittel klebte ein Post-it-Zettel. Mit Bleistift hatte er Textpassagen unterstrichen und persönliche Anmerkungen gemacht. Ich fand das erschreckend. Nie hätte ich mich das getraut, vielleicht, weil die Bücher, die ich gelesen hatte, stets anderen gehört hatten: früher Marlies, dann Caro, dann der Bücherei.

Ich nahm das nächste Buch. *Nue,* von Jean-Philippe Toussaint. Nach den französischen stieß ich auf englische Bücher. Ich hörte Jérôme husten, stellte meine Teetasse in die Küche und ging zu ihm.

Er hatte sich die Bettdecke um den Hals gewickelt und schwitzte. In einer Küchenschublade fand ich ein sauberes Geschirrtuch. Ich tränkte es mit kaltem Wasser, drückte es aus und legte es ihm auf die glühende Stirn.

Aus einer Kartonschachtel im Gang nahm ich einen Roman, setzte mich zu seinen Füßen aufs Bett, legte ihm eine Hand auf den heißen Unterschenkel und begann zu lesen.

Finger strichen mir über die Wange, strichen mir meine Haare aus dem Gesicht. Jemand nahm mir das Buch weg und deckte mich zu. Ich erwachte von Jérômes Husten. Struppig wie ein Höhlenbewohner und verschwitzt kam Jérôme aus dem Bad, seine Augen waren nicht mehr so fiebrig wie in der Nacht zuvor. Draußen nieselte es. Der Morgen war angebrochen. Ich beschloss, mich nicht hetzen zu lassen. Von mir aus konnte Germana noch einen Tag krankmachen.

»Geht's dir besser?«, fragte ich und stand auf.

Jérôme nickte. Er sah ein bisschen verlegen aus. »Du hast mich gerettet. Leider weiß ich nicht mehr, was real war und was ich im Fieber geträumt habe. Was ist passiert?«

»Nichts. Ich hol uns Semmeln aus der Bäckerei.«

Als ich zurückkam, war er geduscht, trug einen frischen Pyjama, hatte die Bettdecke aufgeschlagen und das Zimmer gelüftet. So gesund, wie er glaubte, war er jedoch noch nicht. Die Augenlider fielen ihm permanent zu. Er sprach fast nichts, und ich musste an das Foto mit den zwei Mädchen denken, das wie ein Felsen zwischen uns lag. Wer waren sie, und was war mit ihnen passiert? Was hatte es mit dem teuren Auto auf sich, und warum kam Manon auf die Idee, die Buchhandlung sei nur Tarnung? Tatsächlich sah das hier nur wie eine billige Absteige für zwischendurch aus. Aber ich brachte keine der Fragen über die Lippen, aus Angst, Tatsachen zu hören, die ich nicht hören wollte. Wie gern wäre ich so cool gewesen wie Caro und hätte darauf vertraut, dass er es mir von selbst erzählen würde, wenn er so weit war, aber ich wurde das ungute Gefühl nicht los, dass hier irgendetwas nicht stimmte.

Jérôme saß in der Küche und sah mir hustend dabei zu, wie ich Tee kochte, Semmeln, Butter, Honig und Marmelade auf den Tisch stellte. Hunger hatten wir keinen. Wir schlürften unseren Tee mit viel Honig und Zitrone.

Dann klingelte mein Handy, und Germana brach mit aller Wucht über uns hinein. Die Panik in ihrer Stimme war nicht gespielt.

»Du musst sofort kommen!« Noch nie hatte ich sie so aufgelöst erlebt. Im Hintergrund hörte ich ihre Schwestern. »Das geschieht uns recht. Weil wir krankgefeiert haben«, jammerte Elisabeth im Hintergrund.

Ich packte das Telefon fester. Die Sorge schnürte mir die Kehle zu. »Könnt ihr mir bitte sagen, was passiert ist?«

»Die Sintflut ist passiert!«, rief Elisabeth mit etwas Abstand in Germanas Handy. »Der Zorn Gottes. Wir haben Fraß und Völlerei betrieben. Wir sind verdorben und voller Frevel, deswegen hat uns Gott die Sintflut geschickt.«

»Die Waschmaschine im zweiten Stock«, rief Germana, die ihrer Schwester offenbar das Handy entriss. »Das Flusensieb war nicht richtig zu. Die Maschine hat ungebremst Wasser nachgefüllt. Es ist alles überschwemmt. Bis hinunter in den Keller!«

Erleichterung durchfuhr mich – meiner Mutter ging es gut. »Aber die Waschmaschine ist doch seit Jahren nicht mehr in Betrieb.«

»Francis hat deiner Mutter einen Korb Tischwäsche in die Hand gedrückt und vergessen, sie daran zu erinnern, dass wir im Keller mit den großen Maschinen waschen. Aber Schwamm beiseite. Kannst du kommen? Wir brauchen dich.«

»Natürlich.« Ich zog mir die Schuhe an und schlüpfte in die Jacke. »Ich bin da, so schnell ich kann! Ruf Salvatore an!«

EINUNDZWANZIG

Als ich das Lamm betrat, schlug mir ein schrecklicher Geruch entgegen. Geistesabwesend warf ich meine Jacke auf den Garderobenständer. Es tropfte und gluckste, und der Gestank gefiel mir überhaupt nicht. Moder? Chlor? Schimmel? Ich folgte meiner Nase. Wasser schwappte mir entgegen.

Wasser!

Überall Wasser.

Dazwischen alle meine Tanten, selbst Theresia und Hildegund waren gekommen und meine Cousinen, auch Annabell half hustend mit. Sie wateten mit Gummistiefeln durchs Haus, schleppten nasse Badetücher, Handtücher, Schaufeln, Schüsseln und Eimer.

Knöcheltief stand das Wasser auf dem alten Parkett, das bereits an manchen Stellen aufquoll. Mein Puls schnellte in die Höhe. Von der Decke plätscherte es aus einem riesigen Wasserfleck. Panisch rannte ich die Treppe hoch. Auch der Agatha-Saal hatte etwas abbekommen. Aus der Holzdecke über mir plätscherte es, dass ich befürchtete, sie könnte durchbrechen. Wasser rann die Holzwände herunter. Ich riss ein paar alte Gemälde herunter und legte sie an einen trockenen Ort. Über dem Agatha-Saal lag ein kleiner Raum mit einer vorsintflutlichen (zum ersten Mal verstand ich die Bedeutung dieses Wortes) Waschmaschine, die früher von den Gästen benutzt werden konnte, ein Ungetüm, das seit Jahrzehnten nicht mehr im Einsatz war und auf altersschwachen Fliesen stand.

Ich schlüpfte in Gummistiefel, schleppte Eimer, außerdem Badetücher, Morgenmäntel und Bettwäsche heran, warf sie auf den Boden und wrang die Tücher der Reihe nach aus, wie es meine Tanten und meine Cousinen in jedem einzelnen überschwemmten Zimmer machten. Ich dachte an Filme von lecken Schiffen – wenn wir nicht schnell genug waren, würden wir untergehen. Bald schmerzte mein Rücken, und meine Hände waren gerötet vom kalten Wasser, als nach einer gefühlten Ewigkeit endlich ein Auto kam. Ich stiefelte die Treppe hinunter und wischte mir die Hände an den nassen Hosen ab.

Der Firmenwagen vom Dorfinstallateur. Salvatore Russo und sein Sohn Matteo, der in ein paar Jahren die väterliche Firma übernehmen würde, stiegen aus und begutachteten die Katastrophe.

»Vaffanculo«, fluchte Salvatore, »das erinnert mich an das Hochwasser 2005.«

»Das kriegen wir hin, Papa«, sagte sein Sohn tatkräftig.

An das Hochwasser 2005 mochte ich nun wirklich nicht erinnert werden. Tagelang hatten wir den am stärksten betroffenen Leuten geholfen, Keller zu trocknen und Schlamm zu schaufeln, als der Schwarzwasserfluss nach einem Jahrhunderthochwasser über die Ufer getreten war. Vom Schlamm waren wir verschont geblieben. Schwacher Trost.

Matteo holte einen gelben schweren Kasten, Silberschläuche und einen Wassersauger aus dem Firmenwagen. Zusammen ackerten wir uns durch drei Stockwerke – das mit schimmligen Fliesen bedeckte Badezimmer des Grauens, den Agatha-Saal, die Poststube, einen Teil der Küche und sogar den Keller.

»Das schaffen wir nie«, sagte Francis verzweifelt.

»Natürlich schaffen wir das«, sagte Germana. »Wir haben bisher noch alles geschafft. Gemeinsam werfen wir das Kind schon über den Berg.«

»Jesus lädt uns ein, ihm zu folgen und unser Kreuz mit Stolz und Demut zu tragen«, predigte Elisabeth.

»Wie konnte denn das passieren?«, fragte meine Mutter wie die Unschuld vom Lamm, und keiner von uns hatte die Nerven, ihr zu sagen, was sie getan hatte.

Als ich das Fenster öffnete, um nasse Kissen rauszuwerfen, kamen Oskar und Marianne aus ihrem Haus, gefolgt von Mathias, der seinen Rollstuhl tatsächlich bis an den Rand der Haustür bewegte.

»Was ist denn passiert, um Himmels willen?«, rief Marianne.

»Wasserschaden!«, rief ich aus dem Fenster.

Kurz darauf kamen Oskar und Marianne, ausgerüstet mit Handschuhen, Wischtüchern und Eimern und erinnerten mich irgendwie an die Ghostbusters. Steffi rief an, weil sie wissen wollte, warum Caro dermaßen sauer auf mich sei.

»Ich kann jetzt nicht. Unser Haus ist überschwemmt, totale Katastrophe. Ich muss auflegen, Steffi, rufe dich später an.«

Gäste kamen herein und wollten ein Mittagessen.

»Wir haben zu!«, rief ich.

»Aber warum denn?«

»Weil wir untergehen.«

»Aber die kleine Karte, das geht doch.«

Ich war fassungslos, hatte jedoch keine Zeit, mich um die Leute zu kümmern. Und plötzlich standen sie in irgendwelchen Zimmern und machten Fotos und Videos. Diesmal war es Salvatore, der fast durchdrehte und die Leute mit Heldentenorgehabe hochkant rauswarf. Germana stand hinter ihm und lächelte ihn an.

»Danke, Salvatore, geteiltes Leid ist doppeltes Leid.«

»Gern geschehen«, sagte er und klopfte ihr Mut machend auf den Rücken. »Das wird schon, Bella!«

Um zehn nach zwei kam Ruben Sauter – wie immer zur Zimmerstunde, wo er als Letzter essen konnte, ohne gestört zu werden. Er war wirklich betroffen, als er die Katastrophe sah, und bot sogar seine Hilfe an, aber das wollte ich nicht annehmen. Ich schickte ihn nach Hause, und er wünschte uns alles Gute. Er gab Steffi die Türklinke in die Hand. Sie hatte den kleinen Leon im Schlepptau, der begeistert mit seiner Kinderschaufel anfing, Wasser in sein Eimerchen zu schaufeln, während Steffi zum Schrubber griff. Ich fiel ihr um den Hals und bedankte mich tausend Mal.

»That's what friends are for«, sang Steffi und fing an, den Boden zu trocknen.

Sibylle und Fritz Fuchs, vor denen nichts verborgen blieb, tauchten auch noch auf, in silbernen Gummistiefeln, und halfen mit, und da wusste ich, warum ich diese Leute doch mochte. Wenn es drauf ankam, standen sie einem bei.

Wir schufteten bis zur Erschöpfung, schleppten Eimer, saugten Böden auf, wischten Wände trocken und warfen aus den Fenstern, was nicht mehr zu retten war.

Ohne Salvatore, Matteo und ihre Ausrüstung hätten wir alt ausgesehen. So war wenigstens das Fließwasser bald aus den Räumen gepumpt. Den Rest erledigten Putztücher und Saugschwämme.

Lautes Gebläse und feuchtwarme Luft schlugen mir an allen Ecken entgegen. Matteo bohrte große, runde Löcher in die Böden. Ein Bohrgeräusch, das mir in der Seele wehtat. Sie machten mein Zuhause kaputt. Unser Zuhause. In die Löcher steckte er silberne Schläuche, die er an Pumpen und Entfeuchter anschloss, die einen Höllenlärm verursachten. »Das Wasser wird zuerst ausgesaugt, dann wird heiße Luft hineingepumpt. Ich hoffe, das reicht. Die Gemäuer sind wirklich sehr alt, und die Substanz nicht mehr die allerbeste. Man hat hier schon lange nicht mehr renoviert.«

Germana kam, nass wie eine Seekuh, aus der Waschküche im Keller, wo sie versucht hatte, die Tücher auszuwinden, und sie dann körbeweise zu den verfügbaren Öfen schleppte, die Elisabeth eingeheizt hatte, weil die Trockner alle überlastet waren. Hildegund zog ab, nicht, ohne vorher wieder herumzukeifen, dass meine Mutter ins Heim müsste, und das Allerschlimmste daran war: Ich war so mutlos und erschöpft, dass ich ihr nicht mal mehr Kontra bieten konnte. Sie hatte ja recht. Wir schafften es nicht, auf meine Mutter aufzupassen.

»Mach uns bitte was zu essen, Johanna«, sagte Germana erschöpft, als Hildegund endlich verschwunden war.

Wenigstens die Küche hatte kaum etwas abbekommen. Ich wärmte Hühnersuppe in einem großen Topf, gab ausreichend Nudeln und Gemüse dazu. Den Topf stellte ich in die Ofenstube auf die Theke. Ein Stapel Teller. Löffel. Brot. Die Krieger kehrten aus der Schlacht zurück, mit zerzausten Haaren, aufgeweichten Händen und aufgeschwemmten Gesichtern. Schweigend füllte ich ihnen die Teller. Wir setzten uns rund um den Stammtisch und wagten nicht, genauer die Ecken oder die Wände anzusehen. Der Modergeruch reichte aus. Trotz aller Maßnahmen war uns klar, dass die Schäden nicht von selbst verschwinden würden.

»Was machen wir denn jetzt?«, fragte Francis und brachte es nicht fertig, Suppe zu löffeln, weil sie so zitterte.

»Beten«, sagte Elisabeth.

»Renovieren«, sagte Salvatore. »Das ist die Gelegenheit, das alte Lamm auf Vordermann zu bringen. Ihr seid doch versichert?«

»Natürlich«, sagte Germana. Ihre Schwestern warfen sich vielsagende Blicke zu, und ich bekam Angst. Mir war klar, dass Germana Versicherungsvertreter für Gauner hielt, und seit ich auf der Welt war, so gut wie jeden rausgeworfen hatte. »Sieht doch gar nicht so übel aus. Das trocknet schon. Wo gehobelt wird, fallen Schwäne. In ein paar Tagen ist der Spuk vorbei«, sagte Germana.

Salvatore hustete.

»Ihr müsst der Versicherung unbedingt sagen, dass sie die Stromkosten auch übernehmen muss. Diese Maschinen müssen zwei Wochen laufen und brauchen verdammt viel Saft«, sagte Matteo.

»Zehn Tage müssen reichen«, sagte Germana. »Am zehnten Februar ist der Hausball. Dann müssen die Maschinen abgebaut sein.«

O Gott, der Hausball, an den hatte ich in dieser Katastrophe noch gar nicht gedacht. Er war seit Langem im Lamm Tradition und einer der Höhepunkte der närrischen Zeit in Moos. Fasching war das einzige Event, mit dem wir sogar Großdorf in den Schatten stellten, besonders der Umzug und der Funkensonntag waren Highlights, die Massen von Menschen anzogen, und eben der Maskenball im Lamm. Von überallher kamen Gäste, nicht nur aus der Stadt, sondern aus der ganzen Region. Ob das Haus bis dahin wieder betretbar war, wusste keiner.

Germana waren offenbar ähnliche Gedanken durch den Kopf gegangen. Sie brachte den hochprozentigen Rum, verteilte ihn großzügig und sagte: »Jetzt dürfen wir nicht den Kopf in den Kragen stecken.« Elisabeth knipste die Lichter an. Wir hatten nicht gemerkt, dass die Nacht hereingebrochen war.

Unsere Helfer verabschiedeten sich erschöpft. Ich sah den

Haufen Dreck im Garten und Mathias' Augen hinterm Fenster. Mein Herz wurde noch schwerer, und ich beschloss, ihn zu besuchen. Wir tranken ein Bier, und ich berichtete ihm die Einzelheiten. Ich war furchtbar erschöpft.

»Geh zu Jérôme«, riet Mathias. »Ruh dich dort ein bisschen aus.«

Ich schüttelte den Kopf. Selbst, wenn Jérôme nicht krank gewesen wäre ... Ich wurde das Gefühl nicht los, dass er etwas vor mir verbarg, und darüber nachzudenken, was er mir alles nicht erzählt hatte, oder vielmehr, dass er möglicherweise eine Art Doppelleben führte, ertrug ich heute Abend nicht mehr. Ich legte eine Platte auf und erwischte *Closing Time*. Und nur, weil ich wusste, dass Mathias sie liebte, pfefferte ich sie nicht vor Wut und Frustration gegen die Wand.

Die Überschwemmung sprach sich herum. Charly Mohr kam vorbei, um sich selbst davon zu überzeugen, und versprach uns, alles zu tun, was in seiner Macht stand, um uns zu helfen. Wir wollten die Wirtschaft schließen, aber Germana war dagegen. »Natürlich öffnen wir. Wir haben noch immer geöffnet.« Ich kochte, musste aber viel wegwerfen, weil die Leute nicht blieben. Wer wollte schon in einem moderigen Gebäude essen, in dem die Gebläse röhrten?

Jérôme erholte sich langsam. Wir telefonierten, aber unsere Gespräche waren nicht so unbeschwert wie vor seiner Grippe. Es lag natürlich an mir. Ich traute mich nicht noch einmal zu fragen, wer die Mädchen auf dem Foto waren. Ich wollte nicht, dass an Manons Vorwürfen auch nur ein winziges Detail stimmte. Aber sie waren auch der Grund, warum ich ihm nicht mehr ohne Vorbehalte begegnen konnte.

Jérôme spürte das. Er drängte mich nicht, wenn ich ein ums andere Mal ablehnte, mich mit ihm zu treffen, mit dem Vorwand, dass ich jetzt im Lamm gebraucht werden würde. Von unserer gemeinsamen Reise nach Paris zur Hochzeit seiner Schwester war keine Rede mehr.

Dass er nicht stärker darum kämpfte, mich zu sehen, machte mich noch misstrauischer. War das nun ein gutes oder schlechtes Zeichen? Selbst, wenn Manon maßlos übertrieb, konnte es immer noch sein, dass ich für ihn einfach nur eine Affäre war, ein Zwischenstopp.

Für mich war es mehr, das spürte ich in den Abenden und Nächten, in denen ich mich so nach ihm sehnte, dass ich nicht mal schreiben konnte. Ich hasste mich dafür, dass ein Mann so viel Macht über mich haben konnte. Germana hatte schon recht. Waren es die kurzen glücklichen Momente, die wir miteinander gehabt hatten, wirklich wert, dass ich jetzt diesem Kopfkino ausgeliefert war?

Die Tage waren nicht viel heller als die Nächte. Wie befürchtet, war das Haus nicht ausreichend versichert. Reinhold Fasching, bei dessen Vater Germana zuletzt eine Versicherung abgeschlossen hatte, saß mit langem Gesicht in der Poststube und blätterte ein ums andere Mal die jahrzehntealten Unterlagen durch.

»Wir werden schon eine Lösung finden«, sagte Germana.

»Möchten Sie ein Stück Apfelkuchen?«, fragte meine Mutter Reinhold. »Ist selbst gemacht.«

»Mama!«, rief ich genervt. »Unser Haus bricht zusammen. Alles ist kaputt, und du willst es nicht wahrhaben.«

»Noch haben wir immer eine Lösung gefunden«, sagte meine Mutter. »Wir haben alles gut in Schuss gehalten. Die Küche funktioniert einwandfrei, und wir haben ein Dach über dem Kopf. Achtet ihr lieber drauf, dass ihr euer Mise en Place immer parat habt.«

Die Entfeuchter arbeiteten auf Hochtouren, trotzdem blieben Flecken an Wänden und Decken und schwarze Ränder im Parkett. Der Geruch, der aus dem alten Badezimmer entströmte, war kaum noch erträglich. Matteo riss die Fliesen heraus. Darunter schimmelte es, und er kam mit einem Gutachter.

Sein Urteil war vernichtend. Um das Haus zu erhalten, mussten umfangreiche Sanierungen durchgeführt werden: Austausch sämtlicher elektrischer Leitungen und sanitärer Anlagen, das alte Parkett musste aufgearbeitet werden, alle anderen Beläge mussten neu gemacht werden, Wärmedämmung, neue Fenster, Holzschindelfassade ausbessern. Die Liste war lang und beklemmend. Als Wörter wie »herausreißen«, »aufspitzen« und »durchbrechen« fielen, weigerte ich mich weiter zuzuhören. Eine Strategie, die meine Tanten offenbar auch verfolgten – jede starrte ihr eigenes Fluchtloch in die Luft. Das böse Erwachen kam, als der Gutachter zum Abschluss verkündete: »Das Dach wird übrigens auch bald fällig.« Als es um die Kosten ging, waren sie sich einig: »Ganz billig wird das nicht werden.« Sie sprachen von Krediten, Altbausanierung und anderen Zuschüssen, die aber bei Weitem nicht ausreichen würden. Ich sah pechrabenschwarz. Ein Anruf von Marlies kam gerade recht. »Wie geht's dir?«

»Beschissen«, sagte ich und schilderte ihr die Misere in allen Details. Marlies hörte zu und versuchte sich in tröstenden Sprüchen, aber irgendwann schien ihr meine Jammerei zu viel zu werden, und sie brach das Gespräch ab, weil sie einen wichtigen Termin hatte. Natürlich. Andere Termine waren immer wichtiger. Ich war dünnhäutig, hielt nicht mehr viel aus.

Caro hatte sich in den letzten Tagen kein einziges Mal gemeldet. In normalen Zeiten hätte ich das lächerlich gefunden, sie besucht und ihr den Kopf gewaschen – und dann wäre alles in Ordnung gewesen, so gut kannte ich Caro. Aber es waren eben keine normalen Zeiten.

Nicht mal bei Mathias konnte ich mich ausheulen, seine Mutter, die ich an der Tür zu seiner Wohnung traf, sagte, er fühle sich nicht gut und wäre gerade eingeschlafen. In der Hand hielt sie ein Buch, in dem sie offenbar gelesen hatte. *Salamanca*. Es erinnerte mich an Jérôme und an meinen Streit mit Caro, der noch immer nicht gelöst war, und ich begann es zu hassen.

Alle im Dorf schienen dieses verdammte Buch zu lesen. Es begegnete mir in halb offenen Handtaschen, in Zeitungen und Auslagen. Sogar im Kiosk lag es aus, und Evi Eberle las es in ihrem Kreativladen, während sie an einem Maiskolben strickte (seit Neuestem präsentierte sie gestrickte Lebensmittel in ihrem Schaufenster, am eindrucksvollsten war ein Schweinskopf mit einem Apfel im Maul).

»Was ist das eigentlich für ein Buch?«, fragte ich. Ich konnte nicht anders. Ich sah Jérôme vor mir, wie er liebevoll über den Einband strich, als er es an unserem ersten Abend in der Buchhandlung auspackte.

»*Salamanca*? Sag bloß, du kennst das noch nicht? Johanna, du, das lesen jetzt alle. Da kommen so viele Sachen vor, die vor unserer Haustür spielen könnten. Renate behauptet ja, dass das nur jemand geschrieben haben kann, der schon einmal in Moos gewesen war.«

»Aha.«

»Es gibt echt viele Parallelen zu unserem Dorf, richtig unheimlich.«

»Wer hat es denn geschrieben?«

»Eine Josefine Feder. Niemand weiß, wer das ist. Wenn du willst, kann ich's dir am Samstag zum Faschingsball mitbringen. Ich bin schon fast fertig. Das Buch gehört zwar Renate, aber die hat es Alice gegeben und die hat es mir gegeben. Die haben sicher nichts dagegen, wenn du es auch noch liest.«

»Nicht nötig, danke«, sagte ich.

Jérômes Geschenk lag auf meinem Nachttisch, aber ich hatte es noch nicht aufgeschlagen, genauso wenig, wie ich mich entschieden hatte, ihn wiederzusehen. Dabei gab es doch nur zwei Möglichkeiten. Entweder traf ich mich endlich mit ihm und sprach mich aus, oder ich vergaß ihn ein für alle Mal. So oder so musste ich die Situation bereinigen, das schuldete ich ihm einfach, und ich versprach mir selbst, dass ich diese Entscheidung treffen würde, sobald der Stress mit dem Faschingsball hinter mir lag.

Mooser Heimatchronik

»Ich bin es eh gewohnt, dass alle über Johanna reden. Das war immer schon so. Ich könnte auf der Theke Kopf stehen und volle Kaffeetassen auf meinen Füßen balancieren, und kein Schwein würde es bemerken. Ich weiß nicht, wie sie das macht, aber es ist echt krass, und das liegt nicht daran, dass sie so viel älter ist. Ich meine, ich hab nichts gegen sie, wir sind ja auch Cousinen und so, und wenn wir ein Event schaukeln müssen, dann sind wir zusammen unschlagbar. Im Service arbeite ich am liebsten mit Johanna. Auch wenn man sich neben ihr wie ein hässliches Entlein fühlt. Richtig krass ist das beim Trinkgeld und bei den Tagesempfehlungen. Mach ich eine Tagesempfehlung, bestellt jeder à la carte. Macht Johanna eine Tagesempfehlung, bestellt jeder die Tagesempfehlung. Und ihr Trinkgeld ist doppelt so hoch wie meines. Natürlich teilt sie es mit mir, Johanna würde nie einfallen, alles für sich zu behalten. Aber lustig ist das trotzdem nicht. Im Grunde hat schon immer etwas Größeres in ihr geschlummert, das sie so lange versteckt hat. Vielleicht ist das so, als würde man einen Hund von der Leine lassen. Ja, genau so ist das. Bis Jérôme aufgetaucht ist, hat Johanna ihren inneren Schweinehund an die Leine gekettet, und jetzt hat sie ihn losgelassen. Das Problem ist nur, dass solche Hunde auch mal zubeißen oder man sie zumindest nicht immer kontrollieren kann.«

Annabell Lehner, 24,
Cousine, Kellnerin

ZWEIUNDZWANZIG

Der Faschingssamstag stand ganz im Zeichen des Hausballs, und dafür öffneten wir traditionsgemäß so gut wie jeden Raum im Lamm: das Pub, die Stuben, den Agatha-Saal, den Gastgarten vor dem Haus und den Schuppen, den wir schon Tage vorher begannen auszuräumen und herzurichten. In diesem Jahr taten wir das trotz Entfeuchtungsschläuchen und dröhnendem Gebläse, die von der Musik hoffentlich noch übertönt werden würden. Letztes Jahr hatten wir als Motto »Flower Power«, das Jahr davor »Pirates of the Caribbean« gehabt, und der rauschende Ball war bis in die Morgenstunden gegangen. Das diesjährige Motto war »Beachparty«, was Francis in einem der wenigen Momente, in denen ihr Galgenhumor durchschlug, als Belohnung für Elisabeths Gebete bezeichnet hatte, schließlich würden die Kostüme perfekt zur schwül-warmen Luft passen, die aus den Heizungslüftern drang.

Annabell wurde rechtzeitig wieder gesund, und meine Cousinen entpuppten sich, mit der professionellen Unterstützung von Evi Eberle, als wahre Dekorations-Künstlerinnen. Das ganze Jahr über hatten sie Ideen und Requisiten gesammelt. Die aufblasbaren Palmen standen auf der Eingangstreppe Spalier, was sich unter den von der Dachrinne hängenden Eiszapfen besonders gut machte. Im Gang stolperte man über

Strandliegen und Surfbretter. Wasserbälle, Netze und Plastikfische hingen von den Decken und kaschierten die hässlichen, feuchten Flecken. Das Bier zapfte ich unter einem Sonnenschirm. Die Theke hatten meine Cousinen mit Schilfmatten verkleidet, und über die Gemälde unserer Vorfahren hatten sie einen Hai aus Pappmaschee genagelt.

Im November waren die Eintrittskarten bereits ausverkauft gewesen. Seit wir vor drei Jahren förmlich überrannt worden waren, ließen wir nicht mehr jeden herein. Eine Eintrittskarte kostete fünfunddreißig Euro – Geld, das wir bitter nötig hatten. Dafür bekam man zwei Getränke, Häppchen und Livemusik. Meine Cousinen schlugen vor, dass die Leute zwischen Cocomojito und Caipirinha wählen sollten, und zum Essen sollte es Ananas im Speckmantel, gegrillte Riesengarnelen, Curry-Eier und karibische Hähnchenspieße mit Ananas, Litschis oder Mangos geben. Tante Germana zeigte ihnen den Vogel und verordnete Sekt-Orange und Mini-Schnitzelsemmel, wie immer. »Von mir aus mit Party-Schirmchen.« Meine Cousinen explodierten, und weil Francis noch schlief und sie nicht wussten, wohin sie mit ihrem Ärger sollten, klopften sie an meine Tür. Ich ließ drei wütende Teenager herein: Fabienne, Pamela und Jessica. Annabell folgte als die große Schwester. Wieder einmal ließen sie ihren Ärger über Germana bei mir ab. Es gelang mir, meine Cousinen zu beruhigen und die beiden feindlichen Parteien an einen Tisch zu bringen. Sie einigten sich darauf, eine Karibik-Bar mit Garnelen und Hühnerspießen im Schuppen herzurichten, wofür die Leute extra zahlen sollten. Meine Cousinen besorgten sich Rezepte und okkupierten den Großteil der Küche mit exotischen Früchten und Gewürzen, während meine Mutter, Elisabeth und ich in Rekordzeit unzählige Mini-Schnitzelsemmeln fabrizierten.

»Was machen wir mit den Vegetariern und den Veganern?«, fragte ich vorsichtig – ein Reizthema für Germana.

»Die Vegetarier können das Salatblatt fressen und die Veganer die Mayonnaise.«

»Umgekehrt«, sagte ich, seufzte und verteilte ohne Rücksprache mit Germana Salznüsse und Salzstangen auf den Stehtischen, damit niemand hungern musste. Im Pub legte DJ Brutal Salsa, Merengue und Calypso auf. Im Agatha-Saal spielten EF & EF, was für »Ferdl & The Firefuckers« stand – Ferdl Hopfner spielte Gitarre und sang. Wenn man ihn jeden Tag in die Bank gehen sah, immer korrekt in Anzug und mit Krawatte, hätte man ihm nicht zugetraut, dass er sich in einen Rocksänger verwandeln konnte. Joe Moosbrugger spielte Keyboard, Saxofon, Ukulele, Gurke und Handorgel. Der Malermeister Konrad Rüscher spielte Bass. Peggy Kühn am Schlagzeug war der eigentliche Star in der Band. Ferdls Frau Irmela und ihre Schwester Ulrike, die Frau vom Bäcker Lässer, sangen im Background. Für den Ball hatten sie Sommerhits einstudiert, die Mathias vermutlich nach Ohropax schreien lassen würden: *Mambo Nr. 5, Sunshine Reggae, Brennend heißer Wüstensand, Zwei kleine Italiener, Vamos a la Playa, Macarena* und *In the Summertime.* Man konnte dankbar sein, wenn es als Zugabe einen alten Hit von Abba gab. Die Männer trugen Hawaiihemden, die Frauen Bananenblätter-Röcke und Bikini-Oberteile.

Die Aufgaben zwischen uns waren traditionell aufgeteilt. Germana und Tante Theresia, die mit dem Quad von ihrer Hütte gekommen war, übernahmen das Erdgeschoss, Annabell und ich waren für den Ausschank im Agatha-Saal zuständig. Tante Hildegund schickte ihre drei Töchter, die glücklicherweise viel netter waren als ihre Mutter. Sie schleppten schmutziges Geschirr und meisterten den Abwasch bravourös. Obwohl wir ein eingespieltes Team waren und Germana dafür sorgte, dass es keine Engpässe gab, hatten alle mehr als genug zu tun.

Bisher hatte ich mich jedes Jahr schon lange vorher auf diesen Ball gefreut. Genau genommen hatte ich es kaum erwarten können und mir stets ein aufwendiges Kostüm gebastelt. Diesmal freute ich mich nicht. Die letzten Tage hatte ich überlegt, ob ich mit Ferdl Hopfner allein über einen Renovierungskredit sprechen sollte, weil meine Tanten keine Anstalten machten, sich darum zu kümmern. Ich betete, dass die Böden hielten, die Elektrizität nicht in die Knie ging, und meine Mutter nicht auf die Idee kam, die Vorhänge anzuzünden.

Meine Verkleidung hielt ich schlicht. Im Dachboden fand ich ein knielanges Sommerkleid aus den Fünfzigerjahren, auf dem Eisbecher abgebildet waren. Es hatte breite Schulterträger und einen breiten Gürtel um die Taille. Ich schlüpfte in Sandalen und setzte mir einen Strohhut auf den Kopf. Das musste reichen.

Ariel Dorner kam in Bademantel, Badeschlappen und Sonnenbrille und hatte eine fast ebenso große Frau dabei, die keiner kannte. Als Charly Mohr in Flossen hereinwatschelte und ungeniert seinen haarigen Schwabbelbauch zur Schau stellte, spielte die Band einen Tusch. Er trug eine peinlich enge Badehose, Taucherbrille und Schnorchel und sah weniger denn je wie ein Bürgermeister aus. Die Menge applaudierte und johlte, zum ersten Mal an diesem Tag musste ich lächeln.

Ich liebte Charly für seinen Mut, auf Eitelkeit zu verzichten – und bei seinem Anblick kam mir der Gedanke, dass ich mir vielleicht selbst zu sehr im Weg stand. Wehleidigkeit half niemandem, sich selbst und seine Probleme zu ernst zu nehmen auch nicht, das hatte ich doch eigentlich längst von Mathias gelernt. Warum war ich so verstockt, was Jérôme anging? Ich hätte zu ihm gehen und ihn einfach noch einmal nach dem Bild mit den Mädchen fragen sollen, warum seine Wohnung nicht mehr war als ein Lager, und nach den Gerüchten, die Manon über ihn verbreitet hatte. Warum musste ich immer den Kopf in den Sand stecken?

Fritz und Sybille kamen Hand in Hand, er mit einem Hammerhai auf dem Kopf, sie im Baströckchen mit Schwimmflügel. Die Laufgazellen liefen mit ihren Männern, sofern sie welche hatten, in Baywatch-Badeanzügen auf, inklusive Bauchmuskeln und Rettungsbrettern. Leichtfüßig drehten sie ein paar Extrarunden durch den Saal und winkten, während alle grölten. Sie rannten beinah Peggy Kühn nieder, die bauchfrei im prallen Bikini-Oberteil und einer ultrakurzen Hose – sie hatte wirklich erstaunlich kräftige Muskeln – von der Toilette kam, einen intensiven Geruch nach Kokosöl verströmte und sich wieder ans Schlagzeug setzte. Nur Edgar Wintersteiger war, obwohl dem Motto angemessen, elegant wie immer: Er zelebrierte einen extravaganten Sommeranzug in großflächigem Blumenmuster und einen weißen Hut mit Anmut und Würde.

Dann tänzelten Steffi und eine Freundin, die ich nicht kannte, kichernd herein, beide in Strandkleidern und Flipflops. Ich musste zweimal hinsehen, bis ich begriff, dass Steffis Freundin ihr Mann Tju war, der sich die Beine rasiert und eine Perücke aufgesetzt hatte. Er bekam viel Zustimmung.

Der Agatha-Saal kochte. Die Musik war laut und mitreißend. Alle tanzten und hüpften, allein, zu zweit, ausgelassen – und ich ertappte mich dabei, wie ich immer öfter mitlachen musste. Das Lamm würde schon nicht heute zusammenbrechen, höchstens, wenn Evi und ihr Weidewichtel noch wilder tanzten. Ich hatte mich mit meinem Jérôme-Kummer in den letzten Tagen reichlich theatralisch aufgeführt. Vielleicht sollte ich ihn doch noch anrufen. Oder ihm wenigstens eine Nachricht schicken.

Der Ball war schon zwei Stunden in vollem Gang, als Caro und Manon hereinkamen – ein Herz und eine Seele. Große Marken-Sonnenbrillen und fließende, hauchzarte, bauchfreie Wickel-Neckholder-Kleidchen. Caro in Mintgrün, Manon in Elfenbeinweiß. Beide sehr schlank, Caro so durchtrainiert, dass selbst Alice Mangold ihr einen anerkennenden Blick zuwarf. In ihren Bauchnabeln funkelte es um die Wette. Ich wandte mich ab, nahm Bestellungen entgegen und beobachtete, wie Manon, düster vor sich hin starrend, die Salzstangen auf dem Tisch zerbröselte.

Gleich darauf erfuhren wir den Grund für ihre schlechte Laune. Im Gang vor dem Saal drängelte sich eine Traube Menschen. Alle nicht verkleidet. Mitten unter ihnen war Herb. An seiner Seite eine dunkelhäutige, junge Frau mit langen Beinen, die kaum mehr stehen konnte. Außer Herb wirkten alle schon ziemlich betrunken. Sie sahen aus, als kämen sie von einer anderen Veranstaltung.

»Was ist denn das bitte?«, rief die Dunkelhäutige ungläubig und zeigte auf Charly Mohr, der mit Renate tanzte, während sich Mandy Oberhauser an der Bar unterhielt, und dazu wenigstens seine Flossen abgelegt hatte. Die neu Angekommenen brachen in kollektives Gelächter aus.

»Hier ist Verkleidungspflicht!«, rief ihnen Renate beleidigt zu, während sich Charly nicht aus der Ruhe bringen ließ. »Lass sie doch.«

»Na gut, wenn ihr darauf besteht«, verkündete Herb, knöpfte sein Hemd auf, warf es auf einen Tisch und fand sich selbst wohl unwiderstehlich, als er seinen Bauchansatz zeigte. Ich ging wieder an die Arbeit, nahm leere Gläser entgegen, schenkte volle aus, kassierte.

»Ich wette, die haben schon wieder keine Tickets«, zischte mir Annabell angewidert ins Ohr, während ich Traugott Künzler mehrere Getränke ausschenkte. Seit dem Hausball, in dem jede Verkleidung mit S anfangen sollte, kam er als Senftube. »Einmal Senf, immer Senf.«

»Weißt du noch, letztes Jahr?«, fragte Annabell, immer noch Herb und die Langbeinige im Auge. »Wie wir ihnen um sechs Uhr früh mit der Polizei gedroht haben, damit sie endlich Leine zogen? Das war echt so krass. Also, von mir kriegen die keinen Alkohol.«

Ein verkleideter Gorilla drängte sich durch die Menschenmenge, in pelzigem Fell und Latexmaske. Auch ihm jubelte die Menge zu, die Band spielte die ersten Takte von *In The Jungle*, und King Kong verbeugte sich nach allen Seiten.

Ich bediente weiter. Neun Euro fünfzig für den Prosecco an Alices Tisch. Siebzehn Euro fünfundneunzig für drei Bier und einen Jägermeister für eine Gruppe aus der Stadt. Zweimal Wodka Red Bull für Matteos Mitarbeiter. Eine Flasche Whisky für die Gruppe von Herb.

Die Band, die kurz Pause gemacht hatte, setzte wieder ein. Von der Bühne tönte ein pfeifendes Geräusch. Ferdl hatte zum Mikro gegriffen und verkündete: »Leute, wir haben hier eine einsame Seele, direkt aus dem Urwald.« Er deutete auf den Gorilla, der verloren auf der Tanzfläche stand. »King Kong hat einen besonderen Wunsch. Er würde gern mit unserer Johanna tanzen.«

Wie bitte?

»Er meint dich«, sagte Annabell und knuffte mich.

Wie stellte der sich das denn vor? Sah der nicht, dass bei mir die Hölle los war?

»Johanna! Gib deinem Herzen einen Ruck!«, sagte Ferdl, und plötzlich grölten alle: »Johanna! Johanna! Johanna!«

»Ich kann hier nicht weg!«, rief ich.

»Doch, kannst du. Ich übernehme«, sagte auf einmal Fabian, der an der Tür des Ausschanks stand. Woher war denn Mathias' Assistent so plötzlich gekommen?

»Na los! Geh schon!«, knurrte er. »Und frag mich bloß nicht, wie Mathias das wieder geschafft hat.«

Jetzt verstand ich gar nichts mehr.

»Solltest du nicht drüben bei ihm sein?«

»Sollte ich. Aber ich hab mit Seiner Hoheit einen Deal geschlossen. Mein Teil der Abmachung ist, dir hier unter die Arme zu greifen. Ich hoffe nur, dass er seinen Teil der Abmachung genauso einhält. Sturschädel, der.«

»Johanna! Johanna! Johanna!«, brüllte die Menge.

Mein Blick wanderte wieder zu King Kong. Und dann erkannte ich das Kostüm. Das angesengte Ohr – wie hatte ich das übersehen können? Marlies hatte es versehentlich mit einer Zigarette angezündet, als wir vor vielen Jahren zu dritt eine Kneipentour durch die Stadt gemacht hatten. Mathias hatte sich das Kostüm zugelegt, um an Fasching hin und wieder unerkannt einen draufmachen zu können.

Mein Herz klopfte ein bisschen schneller. Denn nun ahnte ich, wer hinter der Maske steckte. Ich drückte Fabian einen Kuss auf die Wange und gab ihm meine Geldbörse, damit er kassieren konnte.

»Danke.«

»Keine Angst, die Arbeit hier verrechne ich meinem Chef Länge mal Breite.«

Ich fasste mir ein Herz und näherte mich King Kong. Der Saal vibrierte. King Kong schlang seinen haarigen Arm um meine Taille, und die Band spielte *Wenn der Sommer nicht mehr weit ist.*

Wir begannen uns zu drehen. Sachte zuerst. Dann immer

schneller. Leichtfüßig. Schwebend. Himmlisch. Ein Wirbel aus sich drehenden Körpern, schwingend mit dem Rhythmus, Bässe in meiner Brust, den Pelz eng an meinem Körper.

»Du bist verrückt!«, sagte ich.

»Allerdings«, sagte Jérôme hinter der Maske. »Nach einer Grippe so lange in der Kälte vor einem Gasthaus zu stehen ist ausgesprochen ungesund, aber so lange von dir getrennt zu sein ist noch viel ungesunder. Das macht mich richtig krank. Fast wäre ich schon wieder an deinen Tanten gescheitert. Germana hat mich weggeschickt. Ich bin zu Mathias. Er war so erbost, dass er sich sogar überlegt hat, mich hierher zu begleiten und einen ordentlichen Wirbel zu veranstalten.«

»Das wäre das erste Mal, dass er freiwillig aus dem Haus gegangen wäre.«

»Der Schnee und die Stufen haben ihm einen Strich durch die Rechnung gemacht. Aber er hat mir Fabian als Geleitschutz mitgegeben. Gemeinsam haben wir die härteste Tür in Moos am Buckel überwunden. Ich allerdings nur in Tarnkleidung. Die Idee kam auch von Mathias.«

Er wirbelte mich herum. Seine Hand lag auf meinem Rücken, als würde sie dort hingehören. Und tat sie das nicht auch? Ich musste lachen.

Für einen Moment ließ ich mich nur von Jérômes geschmeidigen Bewegungen leiten. Meine Güte konnte der Mann tanzen! Mit ihm war alles so leicht, als ob ich schweben würde. Neben uns erkannte ich Salvatore und seine kleine Frau, aber ich achtete nicht auf sie.

»Ich muss mit dir reden.« Wir sagten es gleichzeitig.

Ferdl sang: »Wenn der Sommer nicht mehr weit ist und der Himmel ein Opal, weiß ich, dass das meine Zeit ist…«

»Ich zuerst!«, sagte ich.

Er war zu mir gekommen, obwohl ich ihm immer ausgewichen war, da war Ehrlichkeit das Mindeste, was ich ihm schuldig war. »Ich muss dich etwas fragen. Eigentlich hätte ich es schon längst tun müssen. Warum sieht deine Wohnung wie ein Lager aus? Warum stehen da immer noch Umzugskartons?«

Jérôme lachte: »Weil ich noch nicht dazugekommen bin, mich einzurichten. Es ist furchtbar, ich weiß.«

»Woher kennst du Manon Andexlinger-Müller?«

Er führte mich in eine Drehung. »Oh, das klingt aufgebracht. Was ist passiert?«

»Sie hat ein paar Dinge über dich erzählt. Unschöne Dinge. Zum Beispiel, dass du gar kein Buchhändler bist, sondern krumme Geschäfte am Laufen hast, und dass du gar nicht Jérôme heißt und ...«

Es verunsicherte mich, dass ich sein Gesicht nicht erkennen konnte, aber mir kam es vor, als ob seine Augen hinter der Maske blitzten.

»Könntest du mir ins Fell fassen?«

»Wie bitte?«

»Mein Portemonnaie steckt in meiner Hose unter dem Kostüm. Dort findest du meinen Personalausweis. Mit meinem Namen. Und wenn du das nächste Mal bei mir bist, kannst du meine Abschlusszeugnisse auch noch sehen – sie sind zwar auf Französisch verfasst, aber ich werde sie für dich übersetzen. Wort für Wort.«

Er wirbelte mich herum. »Hast du das mit den krummen Geschäften wirklich geglaubt?«

»Nein, natürlich nicht«, sagte ich und schämte mich. »Aber ... warum erzählt sie so etwas?«

Er zog mich dicht an sich. »Manon Andexlinger-Müller gehört zu den schwierigeren Geschöpfen dieser Welt. Nachdem ich eingezogen bin, vorletztes Jahr im August, habe ich alle

Geschäftsleute in der Königsstraße zu mir eingeladen, um mich vorzustellen und Bekanntschaften zu machen. Manon war sehr hilfsbereit. Sie hat mir Irene, die Putzfrau, und Heidi Schwärzler, die Steuerberaterin, vermittelt und mir täglich Gebäck, Obst und andere Kleinigkeiten vorbeigebracht.«

»Und dann?«

»Dann wollte sie mit mir schlafen.«

»Du nicht?«

»Ich lasse mich nicht so gern als Munition missbrauchen. Aber genau das sollte ich sein, in ihrem Vergeltungskrieg gegen Herb. Er hat sie so oft betrogen, dass sie jede Gelegenheit wahrnimmt, sich zu rächen.« Jérôme blieb stehen, ein Ruhepol inmitten von kreiselnden Gestalten um uns herum. »Seit meiner Absage ist sie nicht mehr gut auf mich zu sprechen und lässt keine Gelegenheit aus, schamlose Lügen über mich zu verbreiten.« Er nahm mein Gesicht in beide Hände.

Keyboard-Töne perlten durch die Luft.

»Glaubst du mir?«

»Ich liebe dich«, flüsterte ich.

»Ich liebe dich auch.« Er schlang seine Arme um mich, und dann tanzten wir weiter.

»Meinst du, wir sind stark genug, den Fluch in meiner Familie zu überwinden?«

»Du und ich. Wir können alles schaffen. Wir sind stark genug, um gegen alle Tanten dieser Welt anzukommen.«

Seine Worte erfüllten mich mit einer nie gekannten Zuversicht. Das hier war es. Er war es. Ich schwor mir, meine Familie zu verlassen. Ich war achtunddreißig. Vielleicht die letzte Chance, den Sprung zu schaffen und zu gehen. Nie wieder würde ich einen Mann finden, dem ich mich so seelenverwandt und verbunden fühlte. Meine Tanten sollten sich nach einem Koch und einer Kellnerin umschauen … und außerdem … wer sagte denn, dass das Lamm bis in alle Ewigkeiten weitergeführt werden musste? Francis wäre nicht unglücklich, wenn sie nicht mehr ins Pub müsste. Wir alle waren schon längst todmüde. Meine Tanten und meine Mutter hatten ihr ganzes Leben nichts als geschuftet. Die Gesamtrenovierung war zu viel, wir konnten sie gar nicht stemmen. Vielleicht tat ich Germana sogar einen Gefallen, wenn ich sie indirekt dazu zwang, das Wirtshaus aufzugeben. Man konnte das Ganze auch kleiner aufziehen. Nur noch eine Stube öffnen, am Wochenende vielleicht. Keine Übernachtungen mehr. Gelegentlich eine Feier im Agatha-Saal. Ich war voller Zuversicht und Hoffnung.

Wir schwangen durch den Saal, bis die Musik mit den letzten Takten des Lieds verklang. Ich war glücklich wie vielleicht noch nie zuvor.

»Ich muss dir noch etwas sagen.« Jérôme wurde langsamer.

»Weitertanzen!«

»Das Lied ist aus.«

»Tanz.«

»Wenn du meinst...« Er beschleunigte wieder, drehte sich und fing an zu lachen, leise, glucksend wie Perlen, die von einer Kette auf den Tisch fallen. »Mit dir zu tanzen ist ein Traum.« Er sprach noch weiter, aber ich verstand ihn nicht, weil die Band mit einem neuen Song wieder einsetzte. »Könntest du bitte aufhören zu reden und einfach nur tanzen?«, sagte ich.

Noch kräftiger drückte er den Pelz an mich, umfasste mich mit einem Griff, dass mir die Luft wegblieb, und schwebte mit mir über die Tanzfläche. Ich kam mir vor wie eine Glasscherbe in einem Kaleidoskop. Die Welt splitterte sich auf. Bunte, brechende Kristalle wirbelten herum. Belebend. Ein Splitter von Caros fassungslosem Gesicht. Manon, die ihre Sonnenbrille hob und mich anstarrte. Charly Mohr und Renate, Fritz Fuchs und Evi Eberle, Edgar Wintersteiger und Sybille Fuchs, Steffi und Tju, Ariel Dorner und Alice Mangold. Tante Germana. Tante Elisabeth. Tante Francis. Tante Theresia. Sie waren gekommen, um mich und King Kong zu sehen. Alle wichen zur Seite und überließen uns das Parkett, und ich fühlte, wie ich einen Sieg davontrug.

Mein Herz schlug heftig. Gleich würde es aus meinem Körper springen. Ich schwitzte und rang nach Atem, aber es machte mir nichts aus, ebenso wenig, dass sich alle die Münder zerrissen und darüber tuschelten, wer der Kerl aus dem Urwald war und ob es sich dabei um den Heiratsschwindler mit Migrationshintergrund handelte. Jérôme tat ihnen den Gefallen nicht, die Maske abzunehmen.

Zwischen zwei Liedern stürmte ich zur Theke und brach beinah in Tränen aus, als ich sah, dass Fabian tatsächlich meine Arbeit übernommen hatte. Und nicht nur er. Steffi machte sich gerade an der Geschirrspülmaschine zu schaffen, und ihr Mann Tju lächelte mir unter seiner blonden Perücke zu.

»Ich muss meiner Rolle als Frau doch gerecht werden«, flötete er, hauchte ein Glas an, polierte es und stellte es ins Regal, während er aufreizend seine schmalen Hüften schwang.

»Na los! Tanz weiter. Wir kommen hier auch ohne dich klar«, befahl Annabell. Ich hörte noch, wie sie zu Steffi und Tju sagte: »Echt der krasse Tänzer.«

»Ich bin wieder da!«, rief ich Jérôme zu, und dann tanzten wir, bis wir Blasen an den Füßen hatten und in Schweiß gebadet waren. Ich mochte mir nicht ausmalen, wie er unter der Maske im Pelz schwitzte.

Als die Band die nächste ruhige Nummer spielte, fragte ich Jérôme: »Was wolltest du mir vorhin eigentlich sagen?«

Er schüttelte den Kopf. »Ich hab mich umentschieden. Nicht hier, nicht heute. Zuerst muss ich noch etwas erledigen.«

Ich blieb stehen. »Wie meinst du das?«

»Ich habe einen Fehler gemacht, und den will ich unbedingt zuerst aus der Welt schaffen. Du hast mir heute Abend gezeigt, dass ich das kann. Vertraust du mir?«

»Ja«, flüsterte ich.

Das Licht ging an. »In fünf Minuten fahren die Sammeltaxis in die Stadt, Leute!«, verkündete Ferdl von der Bühne.

»Dieses Kostüm macht mich fertig«, stöhnte Jérôme. »Außerdem ertrage ich es nicht länger, dich nicht küssen zu dürfen. Kommst du mit in die Stadt?«

Ich schüttelte den Kopf. Auch wenn ich nichts lieber getan hätte. Aber ich musste hierbleiben und diesmal alles richtig machen – morgen mit Germana und mit meiner Mutter frühstücken und sie in meine Pläne einweihen. Und dann zu Jérôme fahren. Alles würde gut werden.

Ich begleitete ihn hinunter. Wir zwängten uns zwischen Partygästen hindurch. Eiskalter Wind und ein paar Schneeflocken schlugen mir ins Gesicht. Jérôme zog sich seine King-Kong-Handschuhe aus, öffnete seinen Pelz an der Seite, zog ein Kuvert heraus und gab es mir.

»Ich liebe dich.« Dann eilte er die Treppe hinunter und stieg mit einer Horde Betrunkener in das Sammeltaxi.

Ich öffnete das Kuvert. Darin klebte ein Post-it. Seine Schrift war so krakelig, dass ich sie kaum lesen konnte. »Von Mathias weiß ich, dass du Moos fast genauso ungern verlässt wie er. Die Hochzeit ist am nächsten Wochenende. Ich habe vorher zu tun und warte auf dich in Zürich am Gleis dreizehn.«

Das Post-it war auf ein Zugticket geklebt. Für eine Fahrt von Zürich nach Paris. Nächsten Freitag. Mit dem TGV.

Mooser Dorfchronik

»Mich brauchst du erst gar nicht zu fragen. Ich bin nicht von hier, und Fremde mögen sie am Buckel nicht so gern. Kennst du den Lieblingsspruch von den Moosern? ›Ich bin doch kein Rassist, nur die Deutschen mag ich nicht.‹ Dabei können sich die Ösis glücklich schätzen, uns zu haben, sonst wäre der Tourismus längst eingegangen und in Tankstellen würde auch niemand mehr malochen. Der Liebe wegen hat's mich in dieses Dorf verschlagen. Ausgerechnet in Australien hatte ich ihn getroffen. Ist das nicht bekloppt? Dort hatte ich nach der Krankenpflegeschule Ranchhopping gemacht. Man lernt verschiedene Farmen kennen. Ich komm zwar aus der Großstadt, aber ich bin ein Naturmensch durch und durch. In Down Under hatte ich geholfen, Rinder- und Schafherden zusammenzutreiben, und mich um die Pferde gekümmert. Pferde liebe ich über alles. Einmal war ich mit dem Range Rover in der Steppe unterwegs. Da verreckte mir der Motor, und ich dachte, ich sei verloren, als mir ein Mann auf einem Fahrrad entgegenkam. Das war der Alfons aus Moos am Buckel. Ein wilder Hund, der Alfons, strampelte mit dem Rad durch Australien. Siebentausend Kilometer Gegenwind. Er reparierte den Motor, wir verbrachten eine Nacht am Lagerfeuer, tauschten Adressen aus, und als ich ein Jahr später wieder zurück in Berlin war, stand Alfons plötzlich vor meiner Tür und fragte mich, ob ich mit ihm nach Moos ziehen wollte. Er fuhr die historische Dampflokomotive zwischen Moos und Großdorf hin und her, verheizte an einem Tag fünf- bis sechshundert Kilo beste sibirische Kohle. Damit er nicht ins Loch klettern musste, um den Kessel zu reinigen, legte er sich eine Wampe zu und ließ mich ins Loch klettern. Beschissene Maloche. Aber die Eisenbahnromantik hatte mich trotzdem gepackt. Nur, Alfons bekam schon wieder Fernweh. Diesmal wollte er mit dem Rad durch China, aber schaue ich aus, als ob ich mit dem Rad durch China fahren könnte? Von China kam er nicht wieder zurück. Sieben Jahre ist das her. Ich wohne über der Remise in der alten Dienstwärterwohnung. Die Einzige, die sich für mich interessiert hatte, war Johanna. Ich saß bei ihr an der Theke, und wir quatschten bis in die Puppen. Leider musste sie dann immer öfter in die Küche. Sie hatte mich dazu überredet, in Caros Literaturgruppe mitzumachen, und sie hatte mich mit Ferdl bekannt gemacht, der jemanden am Schlagzeug suchte. Johanna hatte es fertiggebracht, dass die Leute ihre Vorurteile ablegten. Ich habe ihr sehr viel zu verdanken. Es war nicht fair, wie diese Weiber rumgegeifert haben, nur weil sie eifersüchtig auf ihren Typen waren. Und sie – sie hat sich nie richtig gewehrt. Das ist der einzige Vorwurf, den ich ihr mache. Dass sie sich immer zu viel hat gefallen lassen.«

Peggy Kühn, 37, Heizerin und Schlagzeugerin in der Band EF & EF

DREIUNDZWANZIG

Der Sonntag, der mit meinem geplanten Frühstück mit den Tanten anfangen sollte, fiel ins Wasser. Nicht nur, weil wir aufräumen mussten und Bilanz der Schäden zogen, sondern vor allem, weil ich erfuhr, was Mathias' Teil der Abmachung mit Fabian gewesen war.

Mein bester Freund hatte seit Tagen einen Harnwegsinfekt, der nicht auf die Antibiotika ansprang, und ich war so um meine eigene Sonne gekreist, dass ich nicht gemerkt hatte, wie schlimm es um ihn stand.

Weil das Fieber nicht sank, hatte ihn Fabian schon gestern ins Krankenhaus bringen wollen, aber Mathias hatte sich geweigert, bis Fabian ihm einen Deal vorgeschlagen hatte: Er würde mir im Lamm helfen, wenn sich Mathias dafür am Morgen von ihm ins Krankenhaus bringen ließ.

Als ich im Spital ankam, schlief er. Neben ihm röchelte ein alter Mann. Die Gerüche und Geräusche erinnerten mich an die Zeit nach dem Unfall, und ich fühlte wieder diese Beklemmung, diese Angst.

Ich wollte so schnell wie möglich weg, fortrennen, alle Sorgen hinter mir lassen. Aber das fühlte sich egoistisch an. Mathias konnte auch nicht weg. Also blieb ich an seinem Bett sitzen, sah ihm beim Schlafen zu und bekam eine Wut auf diesen ungerechten Gott, den Elisabeth so verehrte und der

Mathias das Leben so verdammt schwermachte. Hatte er das irgendwie verdient? Hatte so etwas irgendwer verdient?

»Du stirbst mir doch nicht?«

Seine Mundwinkel verzogen sich zu einem kaum merklichen Lächeln.

»Schön wär's, Johanna.« Er hob seine Lider einen Spalt.

»King Kong, ja? Wie bist du auf die Schnapsidee gekommen?«

»Hat's funktioniert?«

»Irgendwie schon. Ich würde sagen, es war ein pelziges Erlebnis.«

»Und Fabian war brav?«

»Und wie! Du solltest ihn trotzdem nicht so plagen.«

»Er hat mich geplagt. Diesen Infekt hätte ich auch zu Hause auskurieren können, aber er hat sich nicht davon abbringen lassen. Ich vermute mal, er wollte ein paar Tage frei.«

»Du bist unfair.«

»Weiß ich. Kannst du mir mal das Kissen aufschütteln, Frau Holle?«

Wir unterhielten uns noch ein wenig, aber Mathias hielt nicht lange durch, und ich war froh, als ich wieder draußen war. Fast eine Stunde musste ich auf den nächsten Bus warten. Nun war der Winter also doch noch wiedergekommen. Mich fror bis auf die Knochen. Ich ertappte mich dabei, die Wetter-App zu öffnen: Paris, aktuelle Temperatur 12,8 Grad. Wechselweise Sonne und Wolken.

Ich warte auf dich am Gleis dreizehn.

Als ich am frühen Nachmittag nach Hause kam, fiel mein Blick auf meine Mutter, die mit eingefallenen Schultern am Stammtisch vor dem Kachelofen saß und mit leerem Blick in ihren Tee starrte.

»Komm, Antonia, wir üben ein bisschen!«, versuchte Germana sie aufzuheitern und zog ihr Übungsbuch für Demenzkranke neben dem Ofen hervor. »Was passt nicht dazu? Nagel-Säge-Messer-Schere.«

Meine Mutter blickte sie verständnislos an. Wahrscheinlich wusste sie nicht einmal mehr, wer die Frau war, die ihr die Frage gestellt hatte.

»Hmm, das ist ja aber auch schwer. Ich weiß selbst nicht, was nicht dazu passt. Nagel, Säge, Messer, Schere, also wirklich. Wer sich so einen Schmarrn ausdenkt. Ich mach's dir leichter. Pass gut auf. Was passt nicht dazu? Brot-Milch-Käse-Wurst? Das ist doch dein Metier, Antonia. Oder nein, ganz leicht: Schwein-Pferd-Kuh-Hai. Was passt nicht dazu? Komm. Das kannst du doch. Na komm, streng dich ein bisschen an. Die einen sind im Wasser und die anderen auf der Wiese. Welche sind im Wasser? Die Kuh, Antonia? Ist die Kuh im Wasser?«

»Möchtest du schlafen gehen?«, fragte ich vorsichtig. Germana seufzte, und meine Mutter nickte.

Ich begleitete sie in ihr Zimmer und half ihr ins Bett. »Ich lass die Tür einen Spalt offen. Das hast du bei mir früher auch immer gemacht. Weißt du noch?« Sie wusste es nicht mehr. Ich wollte sie zudecken, als sie plötzlich unruhig wurde und sich wieder aus dem Bett kämpfen wollte. »Die Gänse für die Hochzeit müssen ins Rohr.«

»Was für eine Hochzeit denn?«

»Irgendwer heiratet immer.«

»Ja, da hast du recht… aber die Hochzeit ist erst übermorgen«, erfand ich, »und die Gänse liegen schon in der Küche. Es gibt nichts zu tun, im Moment.«

»Und das Rotkraut? Haben wir das Rotkraut schon gehobelt?«

»Haben wir.«

»Na dann ist gut.« Sie sank in ihre Matratze und wurde noch einmal nervös. »Aber die Äpfel … Wir haben doch an die Äpfel gedacht?«

»Die sind im Rotkraut.«

»Den Essig dürfen wir nicht vergessen. Den Essig braucht es für eine gute Farbe.«

»Ich weiß. Ruh dich jetzt aus, damit du fit bist für die Hochzeit.«

»Meine Hochzeit war schön. Die von John und mir. John hat für mich Molly Malone gespielt, weißt du noch? Er hat so schön gespielt.«

Ich strich ihr die weißen Locken aus dem Gesicht und legte meine Wange an ihre; sie war so weich.

»Ich hab dich lieb, Mutti«, sagte sie zu mir.

Ich erschrak. Wie konnte sie mich, ihre eigene Tochter, für ihre Mutter halten? Ich wusste, dass ich meiner Großmutter auf verblüffende Weise ähnlich sah, auf den Familienbildern konnte ich meist nur aufgrund des Alters der Bilder erkennen, dass nicht ich es war, die da abgebildet war. Aber dass meine Mutter uns verwechselte, tat weh.

Ich ging zu Germana hinunter, die in der leeren Gaststube vor dem Reservierungsbuch saß. Die Faschingswoche war die am stärksten gebuchte des Jahres. Das Haus war voll. Moos am Buckel war voll. Großdorf ausgebucht. Jedes Kinderzimmer, jede Bügelkammer wurden vermietet. Leute aus Bayern und Baden-Württemberg nahmen den Rosenmontag und den Faschingsdienstag frei, um noch ein paar Tage anzuhängen. In Teilen Hollands begannen die Krokusferien. Bei uns endeten die Semesterferien. Ich hätte mir keinen schlimmeren Zeitpunkt aussuchen können. Und doch, ich würde es durchziehen. Erst Paris. Dann mein neues Leben. Zusammen mit Jérôme. Das stand für mich auch heute noch genauso fest wie gestern Nacht. Dennoch pochte mein Herz schmerzhaft allein bei der Vorstellung, die Tanten und meine Mutter darüber zu informieren.

»Wir müssen die Zimmerbelegung besprechen«, unterbrach Germana meine Gedanken und spähte durch eine ihrer geschätzt dreißig Lesebrillen, die sie im Billigladen kaufte, weil sie sie ständig verlegte. »Die Hegeles mit Tochter und Schwiegersohn reisen heute Abend aus Ottobeuren an, die stecken wir ins *Morgentau* und ins *Sonnenblick*, und die Marquardts aus München bekommen den *Bergblick*, die haben sich letztes Jahr ganz anständig benommen. Sag Elisabeth, sie soll an das Kinderbett für ihre Kleine denken, ja? Der Traugott hat nachgefragt, ob wir am Sonntag wieder die Funkenküchlein liefern können. Er will doppelt so viele wie letztes Jahr. Der Funken soll an die fünfundzwanzig Meter hoch werden. Evi Eberle liefert die Hexe.«

Der heilige Funkensonntag. Mein Herz sank, und ich sah keinen anderen Ausweg, als mit der Wahrheit herauszuplatzen: »Ich bin am Wochenende nicht da. Jérômes Schwester heiratet.«

Germana lehnte sich zurück, verschränkte ihre Arme und schaffte es, obwohl sie saß, auf mich herabzusehen.

Ich ließ mich nicht aus dem Konzept bringen, obwohl ich spürte, wie ich innerlich zitterte. »Jérôme liebt mich. Ich liebe Jérôme. Ich werde das Lamm verlassen.«

Wie eine Wand türmten sich die Worte zwischen uns auf. »Ich werde morgen zu Ferdl in die Bank gehen und einen Kredit beantragen. Wir renovieren, aber gleichzeitig müssen wir verkleinern. Das gesamte Haus ist für uns nicht mehr zu stemmen. Wir müssen das Pub schließen. Und die Fremdenzimmer. Und mehr Platz und Freiraum für euch schaffen. Sonst macht ihr euch kaputt. Und ihr müsst euch eine neue Köchin suchen. Bis wir das alles geschafft haben, bleibe ich. Allerdings erwarte ich, dass du Jérôme mit Respekt behandelst. Und mich auch.«

Ich erkannte mich selbst nicht wieder. So hatte ich noch nie mit meiner Tante gesprochen. Und es fühlte sich verdammt gut an. Ich rechnete mit einem wortgewaltigen Donnerwetter und spürte, dass es mir diesmal nichts anhaben konnte. Vielleicht spürte das auch Germana, denn sie nickte nur, erstaunlich ruhig.

»Wo heiratet seine Schwester?«

»In Paris!« Ich platzte vor Glück.

Paris. Das ultimative Sinnbild für die Stadt der Liebe. Wie Rosen in der Badewanne. Wie ein Diamantring zum Dinner. Wie Jérôme und Johanna.

Das kleine Stimmchen, das in mir nagte, ignorierte ich. Ich konnte es tun, und ich würde es tun. Ich würde in diesen Zug steigen. Ich hatte es geschafft, mich Germana zu stellen. Mit Erfolg, das konnte ich sehen. Ich war so stolz auf mich.

Zum ersten Mal in meinem Leben widersprach mir meine Tante nicht. Ganz im Gegenteil. Sie wirkte wie ein Ballon, aus dem die Luft entwich. Ein dunkler Schatten legte sich über sie, und plötzlich sah ich in ihr die einsame Frau, die alles dafür tat, um dieses verrückte Unternehmen am Laufen zu halten, und panische Angst davor hatte, dass das ganze schwere Erbe, das man ihr auf die Schultern gepackt hatte, über ihr zusammenbrach und sie begrub. Die Euphorie über den errungenen Sieg drohte, sich kleinlaut zurückzuziehen, aber diesmal erlaubte ich dem schlechten Gewissen nicht, seine Greifzähne in meine Eingeweide zu schlagen.

Ich richtete mich auf. Innerlich und äußerlich.

»Weißt du, Johanna«, sagte sie und seufzte. »Du hast ja recht. Vielleicht ist es wirklich an der Zeit.« Mühsam stand sie auf. Ihre Stimme klang ehrlich, als sie sich noch einmal umdrehte und leise sagte: »Und, Johanna? Ich wünsche dir von ganzem Herzen, dass das klappt. Wirklich, das tue ich.« Im Hinausgehen murmelte sie: »Dem Traugott Künzler werde ich absagen. Er soll Bartle bitten, die Funkenküchlein zu liefern.«

VIERUNDZWANZIG

Meine Mutter schlief noch, ich hatte ihr saubere Kleider auf den Sessel gelegt, und bereitete das Frühstück für die Hegeles vor, die gestern angereist waren. Tante Elisabeth kam aus dem Bügelzimmer, befüllte den Bauernschrank mit frischer Tischwäsche und half mir in der Küche, als das Telefon klingelte.

Wo war Germana? Ich ignorierte das Klingeln, kümmerte mich weiter ums Frühstück und sah sie draußen im Garten, mit ihrer Dunhill, die eigentlich ein Joint war, und einem Gesichtsausdruck, der Mitleid in mir weckte.

»Johanna, für dich!«, rief Elisabeth und hielt mir das Telefon entgegen. »Es ist Ferdl Hopfner.«

Ahnte Ferdl, dass ich die längste Zeit an ihn gedacht hatte? Ich hatte gestern noch mit Jérôme telefoniert und ihn gefragt, ob er bereits erfolgreich gewesen sei, seinen mysteriösen Fehler aus der Welt zu schaffen. »Sagen wir mal so, ich bin dabei.« Er hatte zufrieden geklungen.

Ich spürte, dass er die Zeit nutzte, damit wir ohne Hindernisse neu anfangen konnten. Es spornte mich an, auch meine Angelegenheiten in den Griff zu bekommen.

»Guten Morgen, Ferdl.« Ich nahm Elisabeth den Hörer ab.

»Morgen, Johanna.«

»Schön, dass du anrufst. Hast du den Ball gut überstanden? Ihr habt ja wieder so großartig gespielt.«

»Du hast großartig getanzt.«

»Bei eurer Musik war das nicht schwer. Es ist gut, dass du anrufst. Können wir einen Termin ausmachen? Ich würde gern mit dir reden. Geschäftlich.« Ich fühlte mich gut. Zuversichtlich. Ich gab meinen Ängsten keine Zeit, sich zu zeigen.

Ferdl wirkte irritiert. »Äh, genau deswegen rufe ich an«, sagte er. »Es gibt ein Problem mit deinem Bankkonto.«

Wie meinte er das denn jetzt?

»Na, es ist nichts, das man nicht regeln könnte. Aber die Details möchte ich nicht am Telefon besprechen. Passt es dir so gegen 15 Uhr? Es wäre wirklich gut, wenn das heute noch ginge.«

»Natürlich.«

»Kannst du mich auf meinem Handy anrufen, sobald du vor der Bank stehst? Wir schließen heute nämlich am Mittag, wegen dem Faschingsumzug. Ich lass dich dann durch den Seiteneingang rein.«

»Ich hoffe, du arbeitest nicht nur meinetwegen am Rosenmontag.«

»Nicht nur.«

Die Hegeles hielten mich mit ihrem Frühstück auf Trab. Frau Hegele bestellte drei Eier und Cappuccino mit Sahne. Herr Hegele wollte Omelett mit Pilzen, Schinken, Paprika und Zwiebel, außerdem eine Kanne Filterkaffee. Die Tochter wollte Rührei und schwarzen Tee. Der Schwiegersohn wollte Spiegeleier, gebratenen Speck, Würstchen und Espresso. Dazu verputzten sie einen ganzen Wecken Sauerteigbrot und sechs Croissants, und ich überlegte in der Zwischenzeit, was für finanzielle Ausgaben ich in letzter Zeit gehabt hatte, die meinen Kontostand hätten durcheinanderbringen können.

Nun ja, da waren ein paar Taxifahrten in die Stadt gewesen. Aber sonst? Ich hatte ein gemeinsames Konto mit meiner Mutter. Weil wir so gut wie alles bar regelten, brauchten wir selten etwas davon. Die großen Geschäfte, wie Lieferungen, Einkäufe und Reparaturen – alles, was das Lamm betraf –, liefen über das Wirtshaus-Konto, das Germana verwaltete. Oder hatte meine Mutter eine Bestellung gemacht oder etwas von unserem Konto bezahlt, das wir uns gar nicht leisten konnten? Man sah ihr die Krankheit nicht an. Ein gewiefter Verkäufer konnte ihr schon etwas andrehen. Ich war Ewigkeiten nicht mehr auf der Bank gewesen. Die Auszüge druckte ich einmal jährlich aus, um sie Marlies zu geben, die unsere Steuererklärung machte und sie von einem befreundeten Steuerberater unterschreiben ließ. Vielleicht war ja auch nur meine Kreditkarte abgelaufen. Oder Ferdl hatte sich bereits ein Finanzierungskonzept für die Renovierung zurechtgelegt.

Nach dem Frühstück machten sich unsere Gäste auf den Weg nach Großdorf, um Ski zu fahren. Ich verschaffte mir einen Überblick über unsere Vorräte, nahm Lieferungen entgegen und fing wieder an zu produzieren: Rindssuppe, Gulasch, Kalbsragout, Falscher Hase. Der ewige Kreislauf. Doch nicht mehr für lange. Nicht mehr für lange.

Bis zum Banktermin hatte ich das Nötigste geschafft. Ich duschte mich und bat Elisabeth, sich um meine Mutter zu kümmern.

»Du meiner Seel'. Natürlich. Und ich bete für dich, wenn du beim Ferdl bist. Denk daran, dass du ein Werkzeug Gottes bist. Der Herr wird das Schicksal des Lamms in seinem Sinn und auf seinen Wegen weiterführen. Egal, wie es endet, wird es gut sein.«

»Amen«, sagte ich, und weil Elisabeth gar so verdattert vor mir stand, drückte ich sie. Germana hatte offenbar schon mit ihr gesprochen und ihr von gestern erzählt. Ich war erleichtert, dass die Tanten meinen Entschluss zu gehen so gefasst aufnahmen. Wovor hatte ich mich all die Jahre nur gefürchtet?

Die Temperatur war über Nacht gestiegen. Es roch nach Regen. Von den Dächern gluckste und tropfte es. Entlang des Sonnenrains pappte nasser, schmutziger, mit Streugut durchsetzter Schneematsch – typisches Faschingsumzugswetter. Neben dem Fußballplatz lag ein gigantischer Haufen aus Abbruchholz und verdorrten Christbäumen, die man von allen Haushalten gesammelt hatte – damit würde Traugott Künzler mit den Leuten von der Funkenzunft in wenigen Tagen einen riesigen Scheiterhaufen aufbauen. Auf die Spitze würden sie eine Hexe stecken, in deren Kopf ein Feuerwerkskörper explodieren würde, sobald der Funken lichterloh brannte und die Blasmusik spielte.

Ich musste lachen. Mit dem Funken wollten sie den Winter austreiben. Meinen Winter hatte Jérôme bereits ausgetrieben, und ich summte: »Wenn der Sommer nicht mehr weit ist...«

Mit Jérôme nach Paris. Ich musste aufpassen, vor Glück nicht auszurutschen.

Im Dorf war der Teufel los. Der Dokus und andere Bauern hatten den Dorfplatz geräumt und den Schnee von allen Seiten gegen die Linde geschoben – ein hoher, zusammengepresster Hügel, von dem verkleidete, rotznasige Kinder auf ihren Hosenböden rutschten. Die Durchfahrtsstraße war für den Umzug gesperrt, der Stau musste kilometerlang sein. Die geschmückten Faschingswagen versammelten sich neben dem Friedhof, um dann einmal ums Dorf zu ziehen und schlussendlich wieder vor der Linde anzukommen. Die Guggermusik spielte laut und falsch. Es roch nach Glühwein und Böller. Traugott Künzler wollte vier Euro von mir kassieren, weil ich nicht verkleidet war, ließ aber von mir ab, als ich sagte, dass ich einen Termin bei Ferdl hatte, obwohl er es mir nicht glaubte.

Als ich vor der Bank stand, rief ich Ferdl wie besprochen an. Er öffnete mir den Seiteneingang. »Bitte, komm herein.« Er kontrollierte, ob der Krawattenknopf auf seinem Adamsapfel noch gut saß. Eine Geste, die ich noch nie an ihm gesehen hatte.

Ich folgte ihm in sein Büro. Förmlich stellte er sich neben seinen Schreibtisch, knöpfte sein Sakko zu und reichte mir mit einer leichten Verbeugung die Hand. »Schön, dass du kommen konntest.«

Ich musste lächeln. So steif kannte ich ihn gar nicht. Aber ich hatte ihn ja auch noch nicht oft in seinem beruflichen Umfeld erlebt.

»Darf ich dir etwas anbieten? Kaffee? Tee? Wasser?«

»Nein danke. Mach dir keine Umstände.«

Ferdl ging hinter den Schreibtisch, knöpfte sein Sakko wieder auf, setzte sich, ließ seine Schultergelenke knacken, legte sich eine dünne Mappe und einen Kugelschreiber zurecht. Beim Zahnarzt hätte ich mich wohler gefühlt. An der Wand hing eine viereckige Uhr mit Digitalanzeige, darunter ein Kalender – fünf Tage noch, bis Jérôme und ich nach Paris fahren würden. Unter dem Kalender stand der Spruch des Tages: »So ist das Leben: Manchmal bist du der Hund. Manchmal der Baum.« Ich überlegte mir, ob ich lieber der Hund oder der Baum sein wollte.

»Wie geht's dir, Johanna?«

»Gut.« Alter Small-Talk-Reflex. Ich besann mich. »Ehrlich gesagt, läuft im Moment alles ein wenig drunter und drüber. Du hast ja gesehen, in welchem Zustand unser Haus ist.«

Er räusperte sich, knackte noch einmal mit den Schultern

und sah mich so prüfend an wie ein Arzt auf der Suche nach Symptomen für eine schwere Krankheit.

»Hast du eine Erklärung für das alles?«

»Meine Mutter hat das Flusensieb nicht richtig zugedreht. Sie hätte die Waschmaschine gar nicht benützen dürfen, aber dafür kann sie nichts. Es war unsere Schuld. Wir hätten das schrottreife Ding längst zum Sperrmüll bringen sollen.«

Ferdl klickte nervös mit der Miene seines Kulis. Ich verstand, dass er keine Lust auf unsere Familiengeschichten hatte. Er hörte auf zu klicken und sah mich durchdringend an.

»Hm, das mal beiseitegeschoben. Nur, dass du es weißt… ich versichere dir, dass nichts, was wir hier besprechen, den Raum verlassen wird.«

»Ich vertraue dir, das weißt du doch. Aber die Entscheidung, wie wir die Sachen genau anpacken, werde ich dann schon mit meinen Tanten besprechen müssen.«

»Dann gehe ich recht in der Annahme, dass diese Sache nicht nur dich, sondern die ganze Familie betrifft?«

Sprachen wir eigentlich die gleiche Sprache?

»Natürlich betrifft das die ganze Familie.«

»So. Hm. Sehr interessant. Aber nachdem du mir im Vorfeld und auch jetzt offenbar nicht erklären willst, wie das gelaufen ist, und weil es sich hier um das Konto handelt, das auf Johanna Lehner und auf Antonia Lehner läuft, und nachdem Antonia Lehner nicht mehr im Vollbesitz ihrer geistigen Kräfte ist, ist es mir trotzdem ein Anliegen, zuerst einmal mit dir unter vier Augen zu reden.«

Ich schien hier irgendetwas nicht zu verstehen. Verunsichert hielt ich mich an meiner Tasche fest, die auf meinem Schoß lag, und nickte zögernd.

Er öffnete die Mappe, setzte sich eine Brille auf und sah lang und ausgiebig in die Unterlagen. Wieder dachte ich an einen

Arzt. Vor sich hatte er die Röntgenbilder meines Gehirns, in dem ein faustgroßer irreparabler Tumor wucherte, und er wusste nicht, wie er mir das beibringen sollte.

»Raus mit der Sprache«, versuchte ich fröhlich zu sagen. »Was ist mit meinem Konto?«

Aber Ferdl entwischte kein Lächeln. Energisch rieb er sich das Kinn, als wollte er seine winzigen Bartstoppeln wegrubbeln. Dann holte er Luft und legte los: »Es ist mir ein Anliegen, meine Kunden auf breit gefächerte Möglichkeiten der Finanzierung aufmerksam zu machen. Die Zeiten, wo man ein Festgeldkonto mit fünf Prozent Zinsen, täglicher Verfügbarkeit und null Risiko bekommen hat, sind leider vorbei. Aber es gibt noch Anlagemöglichkeiten mit hoher Rendite und relativ gemäßigtem Risiko. Ich würde dir gern verschiedene Anlageformen im Vergleich darlegen. Investmentfonds beispielsweise, Kapitallebensversicherung, Gold, Silber, festverzinsliche Wertpapiere. Und dann natürlich das Lamm als Immobilie. Die Aufwertung durch eine entsprechende Renovierung könnte daraus ein Millionenobjekt machen.«

Mein Mund klappte weit auf. Als er mein Gesicht sah, musste er dann doch lächeln, legte für einen Moment seine Banker-Miene ab und wurde Ferdl Hopfner, wie ich ihn kannte. Er lockerte seinen Krawattenkopf und beugte sich über den Tisch.

»Johanna, das, was du da tust, ist vollkommen unverantwortlich. Lass mich dir das als Freund sagen … Hat euch denn im Vorfeld niemand beraten? Kein Mensch in eurer Situation begnügt sich mit einem gewöhnlichen Girokonto. Du hast noch nicht mal ein Sparkonto, wobei das heutzutage eh egal ist. Ich kann dir aber wirklich, was die Anlage eures Vermögens angeht, ein paar lukrative Angebote machen. Je mehr Risiko ihr bereit seid, auf euch zu nehmen, umso größer könnte der Gewinn ausfallen.«

Ich musste lachen. »Was für ein Vermögen denn?«

Er nahm seine Brille ab, schaute mich gequält an und fragte leise: »Wann hast du zuletzt deine Kontoauszüge überprüft?«

»Ist wohl schon eine Weile her«, gab ich zu. So etwa ein halbes Jahr?

Wortlos schob er mir die Mappe mit den Ausdrucken meiner Kontoauszüge entgegen. Am Ende stand fett und schwarz eine Zahl. Eine große Zahl mit etlichen Nullen. Sie war so groß, dass sie mich überhaupt nicht beunruhigte. Klarer Fall: »Das muss ein Fehler sein.«

Er legte beide Hände auf sein Kinn. »Das ist kein Fehler. Solche Fehler sind vielleicht früher passiert. Aber seit Basel III und der Regulierung der Bankenaufsicht muss man es schon sehr schlau anstellen, solche Beträge versehentlich von einem auf ein anderes Konto zu transferieren. Außerdem telefonieren wir bei ungewöhnlichen Kontobewegungen immer nach.«

»Wie meinst du das?«

Er setzte sich die Brille wieder auf und kreiste mit dem Kugelschreiber eine Zahl ein. »Im September kam die erste Überweisung. Wir waren sofort alarmiert. Sylvia, meine Mitarbeiterin, kümmerte sich drum. Sie rief bei der Bank an, von der die Überweisung gemacht wurde. Die wiederum telefonierte mit dem Auftraggeber, um sich rückzuversichern. Es liegt kein Irrtum vor. Der Betrag wurde bestätigt. Der zweite Betrag, noch einmal über die gleiche Summe, kam im November. Und dieser Betrag«, er tippte auf eine sechsstellige Zahl, die einfach nicht sein konnte, »kam letzten Freitag, was mir, unter uns gesagt, ein wenig Sorgen bereitet hat. Johanna, rede mit mir: Was für kriminelle Dinge hast du da am Laufen? Wie kommst du so schnell zu so viel Geld? Das ist insgesamt über eine halbe Million.«

»Ich habe nicht die geringste Ahnung.«

»Dann muss das mit deiner Mutter oder mit deinen Tanten zu tun haben. Haben sie nie etwas gesagt?«

»Nein. Sie haben nichts gesagt, aber es würde mich nicht wundern, wenn eine von ihnen irgendein verrücktes Ding gedreht hat. Tante Francis vielleicht. Oder Theresia. Denen würde ich das am ehesten zutrauen, aber die haben alle ihre eigenen Konten. Ich weiß es wirklich nicht. Kann man denn herausfinden, wer das Geld überwiesen hat?« Wie absurd das alles war.

Er zog die Computermaus zu sich heran, drehte den Bildschirm so, dass ich ihn sehen konnte, und vergrößerte das Bild. »Die Rückversicherung erfolgt aus Gründen des Datenschutzes immer nur über die Bank des Überweisenden. Aber bei der ersten Zahlung Ende September heißt es: Abrechnung über Agentur, Projektnummer 7889, Garantiehonorar 1. Rate.« In der Hoffnung, dass mir das irgendetwas sagte, schaute er mich auffordernd an, aber ich konnte nur lachen. Als ich seine Miene sah, verging mir das Lachen jedoch und ich fühlte eine Gänsehaut über meinen Nacken nach unten rieseln. Und dann bekam ich doch Angst.

»Ich weiß nicht, was das sein soll. Was sind das für Agenten? Du meine Güte! Ferdl. Was haben die Tanten denn angestellt? Und warum sagen sie mir nichts?«

Er zog die Stirn in Falten und klickte sich durch mein Konto. Bei der Überweisung im November hieß es: »Abrechnung über Agentur, Projektnummer 7889, Garantiehonorar 2. Rate.« Mir wurde flau im Magen.

»Was ist ein Projekt 7889?«, fragte ich.

»Das wollte ich von dir erfahren.«

Bei der letzten Überweisung, die vergangenen Freitag eingegangen war, stand: »Abrechnung über Agentur gem. Verlagsvertrag, Tantiemen und Lizenzen Projektnummer 7889.«

»Meinst du, meine Mutter hatte noch irgendwo ein Grundstück, das sie verkauft hat? Weil es hier Vertrag heißt?«

»Ein Grundstück wird von einem Makler oder einem Käufer gekauft, aber nicht von Agenten. Die kenne ich nur von Versicherungsagenturen. Aber eine Lebensversicherung wird nicht in so komisch krummen Raten nacheinander ausgezahlt. Außerdem ist der Betrag zu hoch, und ich wüsste davon.«

Er tippte in die Suchmaschine am Computer.

»Spielt eine von euch Theater?«, fragte Ferdl. »Das bekomme ich als Ergebnis, wenn ich Agentur, Projekt und Garantiehonorar gleichzeitig als Suchbegriff eingebe.«

»Du meine Güte. Meinst du, eine meiner Tanten führt ein Doppelleben und ist auf irgendeiner Bühne der Welt eine berühmte Schauspielerin? Dann wäre das Projekt 7889 ein Theaterstück. Oder ein Film. So ein Schwachsinn. Gib mal die Projektnummer ein.«

Beim Projekt 7889 handelte es sich entweder um ein Projekt der Universität für Bodenkultur in Wien oder um die letzten vier Ziffern einer Telefonnummer, die zu einem Beton- und Schotter-Unternehmen gehörte. Jetzt war ich komplett ratlos.

»Für welches Projekt könnte jemand von uns so viel Geld bekommen? Vielleicht hat eine der Tanten etwas eingereicht? Ein Projekt an der BOKU in Wien?«, überlege ich frei nach dem Motto: Unterschätze nie deine verrückten Tanten.

»Die Haube!«, rief ich. »Das muss es sein!«

»Dafür bekommt man so viel Geld?«

»Ich weiß es nicht, aber etwas anderes fällt mir nicht ein.«

Mein Gehirn fühlte sich an wie in einer Wäscheschleuder. Ferdl brachte mir ein Glas kaltes Wasser.

Ich trank es leer und kramte meine sieben Sachen zusammen: Handtasche, Jacke, Schal, Mütze.

»Prüf das nach und gib mir Bescheid.«

»Mach ich, und tut mir leid, dass du unseretwegen so einen Aufwand hattest. Und vielleicht können wir dann noch einen Termin ausmachen wegen dem Kredit.«

»Johanna, was redest du denn da? Du brauchst keinen Kredit, du kannst die Renovierungen in bar zahlen. Ihr habt jetzt Geld genug.«

»Bar zahlen. Ja. Klar. Äh. Ferdl. Dein Versprechen, dass alles unter uns bleibt, gilt doch noch?«

»Willst du mich beleidigen?« Er nahm meine Hand und drückte sie. Ich stolperte hinaus, wurde von einem verkleideten Mini-Superman und einer Mini-Prinzessin mitgerissen, die Fangen spielten. Der Wagen der örtlichen Faschingszunft rollte vorbei, auf dem Dach ein borstiges Wildschwein, und die Narren grölten: »He wo a Wildsau!«

Die Mittelschüler setzten dem stillgelegten Einer-Sessellift auf den Mooskopf ein Denkmal als UNESCO-Weltkulturerbe, indem sie sich Sessel umgebunden hatten und in einer Reihe marschierten. Ich nützte eine Lücke zwischen zwei Sesseln, huschte auf die andere Seite, und ein paar Bonbons trafen meinen Kopf. Ich realisierte es kaum. »A Wildsau!«, dröhnte es in meinen Ohren. Nach dem Schleudergang hatte mein Gehirn nun die Konsistenz von Apfelmus. Für eine Haube bekam man nicht so viel Geld. Aber woher kam es dann?

FÜNFUNDZWANZIG

Meine Knie zitterten so stark, dass ich es kaum über die Treppe in mein Zimmer schaffte. Leise drehte ich den Schlüssel, setzte mich auf die Bettkante und versuchte klar zu denken. Ich konnte es drehen und wenden, wie ich wollte, ich hatte keinen Schimmer, woher das Geld kam. Vielleicht hatte die Familie ein Grundstück besessen und verkauft. Am ehesten würde ich das Theresia zutrauen – sie hatte schon immer unkonventionelle Ideen gehabt. Hoffentlich hatte sie nicht ihre Almhütte an einen Immobilienhai verscherbelt. Ich musste sie zur Rede stellen, jetzt sofort, auch wenn ich dafür einen längeren Fußmarsch in Kauf nehmen musste. Wild entschlossen stand ich auf und stieß mit dem Knie gegen das Nachtkästchen. Der Bücherstapel kippte um und fiel mir auf die Zehen. Verdammt! Fahrig klaubte ich die Bücher zusammen, die mir Jérôme geschenkt hatte.

Eines lag offen am Boden. Wahllos huschten meine Augen über ein paar Zeilen.

Die Fischverkäufer standen unter dem Sonnendach und diskutierten lautstark, wie jeden Abend. Tintenfische,

Oktopusse, kleine Barsche, Seeigel und Muscheln lagen auf Brettertischen. Daniel Winter hatte Geduld. Wenn die Versteigerung vorbei war, würde der Rest im Wagen des Küchenchefs landen. »Im Hotel suchen sie einen Silberputzer«, sagte Alejandro zu ihm, warf Münzen auf die Theke und ging zum Kühlwagen. Daniel Winter folgte ihm.

Mein Herz gab mir einen Tritt, der sich anfühlte wie der Hufschlag eines Hengstes. Mein Körper und meine Gefühle reagierten schneller als mein Verstand. Mich schauderte. Nervös blickte ich mich um, fühlte mich verfolgt, bildete mir ein, dass jemand unter meinem Bett lag.

»Hallo?« Keine Antwort.

Meine Muskeln wurden zu Stein. Ohne es zu wollen, las ich die gleiche Stelle noch einmal, dann betrachtete ich das Cover: *Salamanca*. Das Buch mit dem roten Papiersegelschiff und dem Titel, der auf eine kleine, quirlige Universitätsstadt in der spanischen Region Kastilien-Leon anspielte. Das Papiersegelschiff war in das Buch eingestanzt, auch der Titel fühlbar. Zitternd las ich den Anfang:

Über dem Hof kreiste ein Milan. Es war heiß und schwül. Als Daniel Winter zur Welt kam, bemerkte es niemand, außer seiner Mutter, und selbst die war sternhagelvoll.

Blut rauschte durch meine Ohren. Eine überwältigende Hitze stieg so urplötzlich in mir auf, als hätte man mir Frittieröl in die Adern gegossen. Ich schlug das Buch zu und sah meinen haltlos zitternden Oberschenkeln zu. Ich warf mir die Decke über Kopf und Schultern, sank nach hinten und wurde von einem Frost geschüttelt, der nichts mit Grippe zu tun hatte.

Ich las noch ein Stück weiter. Über Daniels Vater, der einen Formel-1-Motor aus dem Jahr 1978 aufgebockt auf dem Küchentisch auseinandernahm, während seine Frau in den Wehen schrie. Wie, zum Teufel, waren meine Worte in dieses Buch gekommen? Ein Name, von mir aus. Ein Gedanke vielleicht. Aber solche Details? Ein Formel-1-Motor aus dem Jahr 1979 – Kaspar Mohr, der Vater von Charly, hatte einen besessen, er hatte sich gern mit dem Sound der Motoren zugedröhnt und uns in Moos damit alle wahnsinnig gemacht.

Ich dachte an den alten Mohr und an Charly, der es mit seinem sturen Vater nicht einfach gehabt und der dennoch etwas aus seinem Leben gemacht hatte.

Es erklärte trotzdem nicht, wie meine Geschichte in dieses Buch gekommen war. Ich wusste noch genau, in welcher Situation ich mich befunden hatte, als ich die Szene am Fischmarkt geschrieben hatte …

Unter einer Birke neben dem Grandhotel zur Schwarzen Wand hatte ich gesessen und an Andrej gedacht, einen slowenischen Silberputzer, in den ich mich in Kopenhagen verliebt hatte. Den ganzen Tag hatte er altes Silbergeschirr geputzt, mit einer Leidenschaft, die mich gefesselt hatte. Es war schön gewesen, ihm dabei zuzusehen, wie sanft er Silberplatten und Kaffeekannen mit seinen molligen Tüchern gestreichelt hatte. Ich hatte Daniel Winter zum Silberputzer gemacht, damit er Geld für die Weiterreise verdienen konnte, um seine große Liebe zu suchen, die er nie finden würde.

Aber auch diese Erinnerung half mir kein bisschen, das Rätsel zu lösen, das mir dieses unheimliche Buch aufgab: Wer hatte in meinen Kopf geschaut? Wer hatte mir meine Gedanken geklaut? *Salamanca*. Ich hätte es schon in Jérômes Buchladen bemerken müssen, und vielleicht hatte ich es bemerkt, aber dem keine Beachtung geschenkt: Daniel Winter wurde in Salamanca auf der Straße erstochen.

Dass ich diese Stadt ausgewählt hatte, lag nur am Klang ihres Namens. Lange hatte ich mit verschiedenen Städten gespielt, Saragossa, Tortosa, Pamplona. An fast keinem Ort, an den ich Daniel geschickt hatte, war ich jemals gewesen. Aber übers Internet und durch Reiseberichte hatte ich so viele Informationen bekommen, wie ich brauchte. Den Rest erledigte die Fantasie. Wurde ich verrückt? Oder war ich schon längst verrückt? Hatte mir Germana Marihuana untergejubelt? In der Suppe oder im Brot? Ich streifte mir die Decke vom erhitzten Kopf, rang nach Luft und musste mich überwinden, das Buch, das seine Zähne tief in mein Herz gebissen hatte, erneut aufzuschlagen. Den letzten Beweis musste ich noch suchen, die Stelle, in der Daniel Winter einem irischen Straßenmusiker namens John begegnete, dessen Lieblingslied *Molly Malone* war.

Da stand es.

Schwarz auf weiß.

Und endlich begannen meine Gedanken sich richtig zu sortieren. Ich war nicht verrückt. Irgendjemand, der sich Josefine Feder nannte, hatte meine Manuskripte gefunden, sie gestohlen und veröffentlicht, ohne mich zu fragen. Ich legte das Buch zurück aufs Nachtkästchen, nahm den Schlüsselbund, der in meiner Zimmertür steckte, ging ein paar Schritte und sperrte die Dachbodentür nebenan auf.

Ein düsterer Raum. Mein schneller Atem war als kleine

weiße Wolken sichtbar. Wer hätte meine Hefte stehlen sollen? Und warum? Niemand wusste von ihnen.

Ein grollendes Geräusch irritierte mich. Fröstelnd schlang ich die Arme um meinen Körper und lauschte. Das Geräusch wiederholte sich. Regelmäßig. Von unten durch die Holzdielen drang es zu mir. Meine Güte! Einer der Gäste schnarchte. Wahrscheinlich Herr Hegele, der zu viel Frischluft und zu viel Hochprozentiges beim Après-Ski erwischt hatte und frühzeitig eingeschlafen war. Jeder Schritt konnte ihn wecken. Vorsichtig bewegte ich mich weiter. Der Schornstein führte durch brüchige Dachziegel ins Freie und war schwarz vom Teer. Schon vor langer Zeit hatte uns der Kaminkehrer darauf aufmerksam gemacht, dass das Heizen langsam gefährlich wurde und wir den Kamin flicken sollten. In einer Ecke hatten Siebenschläfer Ausscheidungen hinterlassen, und die Dachluke war voller Vogelmist – Elisabeth war wohl schon länger nicht mehr hier gewesen. Normalerweise putzte sie auch hier oben. Wir brachten alles herauf, was wir im Gasthaus nicht oder nur gelegentlich brauchten. Gut zugänglich, übersichtlich in Regalen sortiert und ordentlich von Elisabeth beschriftet, fanden wir hier Teelichter, Kerzen, Vasen, in Plastik verschweißte Tisch- und Bettwäsche, Zusatzdecken für die Zimmer, Handtücher, Geschirrtücher, Servietten, ein Regal für Hochzeiten, eines für Weihnachten. Daran anschließend bildeten Möbel eine Art Mauer: etwa vierzig Stühle – manche kaputt, viele noch tauglich, diverse Lampen, Nachtkästchen, Zusatzmatratzen, Gitterbetten. Ich stellte Stühle zur Seite, schlüpfte lautlos daran vorbei und musste eine Leiter wegschieben, um in den dunklen Teil des Dachbodens zu gelangen, der mir bisher stets als verlässliches Versteck gedient hatte. Hier bewahrten wir unsere privaten Schätze auf: meine Mutter ihre Sterbekiste, die sie früher öfters hervorgeholt und mir gezeigt hatte. Darin waren ihr Taufkleid und das Nachthemd, in dem sie mich zur Welt gebracht hatte, eine Pfauenfeder, Briefe von ihrer Mutter und ihrer Großmutter. Es seien Schätze, die nur ihr etwas bedeuteten. Wenn sie starb, sollte ich die Kiste mit ihr begraben. In Blechschachteln waren einmal Nürnberger Lebkuchen gewesen. Jetzt lagen Postkarten darin, die in unserer Familie hin und her geschickt worden waren. Ich kippte Matratzen zur Seite, die an schrägen Dachziegeln lehnten, und erschrak, als ich darauf große Wasserflecken entdeckte – das Dach war wirklich undicht. Hinter den Matratzen standen drei Plastiktragetaschen vom Drogeriemarkt. Ich öffnete sie – die vollgeschriebenen Schulhefte waren noch da, allerdings waren sie viel jüngeren Datums als Daniel Winters Geschichte, an der ich so viele Jahre geschrieben hatte. Daneben stand eine Kartonschachtel, in der ein Satellitenempfänger geliefert worden war – auch sie war voller Hefte. Ich blätterte sie durch. Nichts schien zu fehlen. Ich zog den Kopf ein, kroch hinter ein Kasperltheater aus den 1950er-Jahren und wuchtete einen mit Spinnweben überzogenen Schweinslederkoffer dahinter hervor. Es genügte, ihn aufzustellen, um zu wissen, dass Daniel Winters Geschichte, die ich darin aufbewahrt hatte, nicht mehr drin war. Ich sank gegen die feuchte Matratze und fing an zu weinen. Mir war, als hätte jemand meinen Freund verraten. Jemand hatte mir mein größtes Geheimnis geraubt und es öffentlich gemacht. Wer würde so etwas tun? Ich verstand es nicht, wankte zurück in mein Zimmer, der Boden fühlte sich an wie stürmisches Wasser. Ich hielt auf mein Bett zu wie auf eine Rettungsinsel. Da klopfte es an die Tür.

»Bist du da?« Es war Francis.

»Ja«, krächzte ich aus meiner trockenen Kehle.

»Geht's dir gut? Bist du krank?«

»Nein. Ja. Nein. Bin nur kurz eingeschlafen.«

»Ich will dich nicht stressen, aber wir sind am Rotieren in der Küche.«

Mein Körper stand am Herd und kochte. Souverän. Zuverlässig. Nervenstark. Ich hatte meinen Körper verlassen und schwebte in einem roten Segelschiff aus Papier durch einen endlosen weißen Raum aus herumwirbelnden, schwarzen Buchstaben und Wörtern. Das Segelschiff fuhr gegen eine Klippe, als ich mir ins eigene Fleisch schnitt. Mit dem Messer war kurz zuvor Knoblauch gehackt worden. Es brannte höllisch, und ich kehrte in meinen Körper zurück. Das Blut tropfte auf den Herd, und es zischte. Germana verarztete mich und überlegte, mich von Ariel nähen zu lassen. Ich protestierte vehement, ließ mich von meinen Tanten verbinden und verhüllte meinen Finger mit einer Lederkappe, wie es einst meine Mutter getan hatte. Der Schmerz kam mir gerade recht. Nach Mitternacht spürte ich dann auch den Rest meines Körpers. Jeden Muskel spürte ich. Aber ich hätte noch lange weitermachen können, um mich nicht mit dem befassen zu müssen, was in meinem Zimmer lag.

Ich wartete, bis der Letzte verschwunden war. Ich wartete, bis das ganze Haus schlief. Dann erst ging ich nach oben. Mein Zimmer war mir zu klein, um einen klaren Gedanken fassen zu können. Ich zog das Schulheft unter der Matratze hervor, das ich gerade in Arbeit hatte, nahm den Bleistift mit, das Buch und mein Handy, schlüpfte in eine Strickjacke, schlich ins Erdgeschoss, schenkte mir an der Theke ein Glas Whisky ein und setzte mich in die Poststube – hier würde mich niemand stören. Meine Vorfahren beobachteten mich streng von den Wänden herab. Auf einmal war mir, als wollten sie mich beschützen. Mit ihrer Hilfe und der Hilfe von Johnnie Walker fand ich endlich den Mut, den Tatsachen ins Auge zu sehen. Punkt für Punkt ging ich durch und legte eine Liste an:

1. Niemand wusste, dass ich schrieb.
2. Germana, Elisabeth, Francis und ich waren die Einzigen, die einen Generalschlüssel besaßen, der in jedes Schloss passte – zu jedem Gästezimmer, zum Pub, zum Keller und zum Dachboden. Meiner Mutter hatten wir den Schlüssel abgenommen, weil sie nicht mehr fähig war, ihn an einen Ort zu legen, an dem sie ihn auch wiederfand.
3. Früher hatte ich meinen Schlüssel immer an ein Bord in der Küche gehängt. Zugänglich für jeden. Viele Stammgäste hatten davon gewusst, und es war nicht nur einmal vorgekommen, dass sich zwei Menschen über mehrere Tische hinweg durch Blickkontakte verständigten, sich den Schlüssel nahmen und in einem leeren Gästezimmer eine schnelle Nummer schoben, um zum Nachtisch wieder am Tisch bei ihren Familien zu sitzen, als sei nichts geschehen. Den Rekord hielt wohl Herb Müller. Ich wollte nicht wissen, wie oft er es geschafft hatte, während der Vorspeise noch rasch eine junge Frau vom Nebentisch zu verspeisen. Tante Elisabeth, die die Betten jedes Mal neu überziehen musste, war nach einem besonders exzessiven Schäferstündchen der Kragen geplatzt. Sie drohte damit, ins Kloster zu gehen, wenn diese Sauerei nicht sofort ein Ende nähme. Seither achteten

wir gründlich darauf, unsere Schlüssel bei uns zu tragen.

4. Der einzige Abend in den letzten Jahren, an dem ich den Schlüssel aus der Hand gegeben hatte, war bei der Lesung von Ruben Sauter gewesen. Ich hatte ihn Caro gegeben, als sie um mehr Stühle bat. Hatte sie die Dachbodentür wieder zugesperrt, bevor die Lesung begonnen hatte? Oder war die Tür offen geblieben? Für jeden zugänglich?
5. Caro, Peggy, Fritz und Sybille Fuchs hatten Stühle geholt und wieder zurückgebracht. War Edgar Wintersteiger auch dabei gewesen? Oder sonst noch jemand? Keine Ahnung.
6. Zu den weiteren Verdächtigen gehörte Ruben Sauter, der vor der Lesung im Zimmer »Bergblick« gewartet hatte. War er in den Dachboden gegangen, um darin herumzuwühlen? Warum hätte er das denn tun sollen? Es kam mir äußerst unwahrscheinlich vor. Aber ausschließen konnte ich es nicht. Gleiches galt für alle anderen Gäste, die zur Lesung gekommen waren. An die hundert Personen kamen infrage. Aber niemand wusste, dass ich schrieb. Oder?

Mir wurde schlecht. Ich schenkte mir nach. Die Schnittwunde an meinem Finger pulsierte. Mein Kreislauf kam jetzt richtig in Schwung. Der Lösung näherte ich mich aber kein bisschen. Alles in mir kribbelte und zappelte und kitzelte. Mein Gehirn juckte mich unter der Schädeldecke, und ich konnte nicht kratzen. Es war zum Aus-der-Haut-Fahren. Geschrieben hatte das Buch, laut Umschlag, eine gewisse Josefine Feder. Ich tippte ihren Namen in mein Handy. Unfassbar viele Einträge zum Buch *Salamanca* von Josefine Feder, Kritiken, Blogs, Videobeiträge. Mein Herz galoppierte. Ich biss auf meine Unterlippe und begriff nur eines: *Salamanca* schien richtig erfolgreich zu sein. Ich wagte es nicht, die Rezensionen in aller Ausführlichkeit zu lesen, schaute nur sehr vorsichtig auf das Display, ließ die Informationen in kleinen Häppchen in meinen Verstand vordringen und war überwältigt vom Medienecho, das dieses Buch hervorgerufen hatte. Mein Buch? Nie im Leben hätte ich mich getraut, Daniels Geschichte anderen Menschen zu zeigen. Nie! Ich hätte mich wie eine Betrügerin gefühlt. Ich hatte nie gelernt zu schreiben. Ich hatte es nur getan. Schriftsteller lebten in anderen Welten. Welten, die ich nie betreten würde. Schriftsteller waren kluge, gebildete, edle Menschen mit Weitblick. Erhaben und unerreichbar. Aber da war es. Mein Buch. Und ich war die Schriftstellerin. Und plötzlich kippte meine Stimmung. Die Depression darüber, dass ich bestohlen und betrogen worden war, machte einer Welle aus Stolz und Freude Platz, die mich in die Nähe der Ohnmacht spülen wollte. Und im selben Moment dämmerte mir auch, wie das Geld auf mein Konto gekommen war.

Ich wusste nicht, wie ich damit umgehen sollte, las Wortfetzen wie: authentisch… anrührend… psychologisch einfühlsam… Schicksal übel mitgespielt… nicht viele Bücher, die einen solchen Sog entfalteten… wesentliche Dinge des Lebens: Liebe, Tod, Betrug… große Themen einfühlsam erzählt… magisch… muss man verschlingen… eine einzigartige Liebesgeschichte… ungewöhnlich geschrieben… man muss es selbst lesen… Bestseller!

Ich presste mir das Kissen von der Eckbank vors Gesicht

und schrie hinein, bis mir schwindlig war. In meinem Bauch war ein Loch. Was passierte da? Was geschah mit mir? Ich trommelte auf das Kissen. Ich heulte, schrie und lachte. Wie sollte man denn so etwas verkraften? Noch ein kleines bisschen nachschenken. Im Buch suchte ich nach Hinweisen auf die Autorin. Auf dem Umschlag. Im Klappentext. Nichts. Nur auf der ersten Seite links ein kurzer Eintrag: *Josefine Feder ist ein Pseudonym. Die Autorin will anonym bleiben.* Na bravo! Und wer überwies mir dann die Anteile von meinem Honorar? Wie konnte das überhaupt sein?

Erneut zog ich Google zurate. Josefine Feder war nicht die erste unbekannte Autorin. Über Elena Ferrante zum Beispiel wurde geschrieben: *Der unbekannte Weltstar.* Dann fand ich doch noch eine Josefine Feder. Sie war 1872 geboren und hatte eine traurige Lebensgeschichte, mit der ich mich in dem aufwühlenden Moment nicht befassen wollte. Weiter half sie mir nicht. Ebenso wenig eine Josefine Kronfli, die ein Buch über indianische Kultur unter dem Titel *Fliegende Feder* geschrieben hatte. Langsam ging mir die Luft aus. Mein Kopf drohte zu zerplatzen. Ich wollte das Fenster aufreißen und hinausbrüllen: »Wer hat mein Manuskript geklaut?«

Was für ein Glück, dass das Buch gut aufgenommen und nicht verrissen worden war.

Ich verschränkte die Arme im Nacken und lehnte mich zurück. Was sollte ich tun? Jérôme anrufen? Es war drei Uhr morgens. Mich am nächsten Tag an die Öffentlichkeit wenden und verkünden: Ich bin Josefine Feder! Na klar. Hatte ich denn irgendeinen Beweis?

Kein Mensch würde mir glauben. Ich musste herausfinden, wer mich um mein Manuskript betrogen hatte. Und dann öffnete ich das Buch, legte mich auf die Eckbank und begann zu lesen.

Mooser Heimatchronik

»Johanna Lehner ist Inspiration.«

Ruben Sauter, 45, Schriftsteller

SECHSUNDZWANZIG

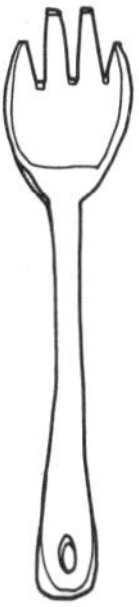

Du meiner Seel'.«

Mein Kopf steckte in einem Schraubstock. Die Schnittwunde in meinem Finger brannte. Ich sortierte meine Knochen und öffnete vorsichtshalber ein verklebtes Auge. Vor mir stand Elisabeth.

»Wie spät ist es?«

»Kurz vor sechs.«

Ich rappelte mich auf. Die Spuren vergangener Nacht blickten mich vorwurfsvoll an: eine halbe Flasche Whisky, *Salamanca*, Handy, Heft, Stift. Zerknautschte Polster.

»Ich muss wohl eingeschlafen sein.«

»Was hast du denn gemacht, Kind?«

»Gelesen.« Ich räusperte mich, fühlte die Nachwirkungen des Whiskys und erinnerte mich: Während des Lesens hatte ich die Autorin abwechselnd bewundert und verflucht. Ich hatte die Geschichte von mir abgekoppelt lesen können, als ob sie jemand anderer geschrieben hatte. Es erfüllte mich mit Stolz, und das Ende regte mich fürchterlich auf – so einen schrecklichen, so einen sinnlosen Tod hatte Daniel nicht verdient.

Ich sammelte meine Utensilien zusammen, wankte in mein Zimmer und duschte, setzte mich aufs Bett, griff nach dem Handy und rief Jérôme an. Ich musste mein verrücktes Erlebnis mit ihm teilen. Ich musste ihn fragen, was ich jetzt tun sollte. Er kannte sich im Buchgeschäft aus, er wusste bestimmt weiter. Aber Jérôme nahm nicht ab. So sehr hätte ich ihn gebraucht. Ich flehte ihn an, mich so schnell wie möglich zurückzurufen.

Germana, deren Blutdruck in letzter Zeit verrückt spielte, hatte einen Termin bei Ariel. Ich richtete das Frühstück und kam mir vor wie ein Fisch an einem mit Schlick überzogenen Sandstrand. Ich brauchte Luft, bekam sie aber nicht. Vielleicht fragte mich jemand etwas. Vielleicht antwortete ich auch etwas. Gespräche über Tauwetter, Regen, Schneehöhe und Lawinenwarnstufen interessierten mich nicht. Ich war hilflos, stolz, verwirrt, ratlos, wollte Antworten auf meine Fragen oder sie wenigstens mit jemandem teilen. Als die Gäste endlich in ihren Autos saßen und voll beladen zum Skifahren aufbrachen, und Jérôme immer noch unerreichbar war, googelte ich den Verlag, der das Buch herausgebracht hatte. Irgendwer musste ja wohl einen Vertrag mit irgendwem unterschrieben haben. Aber wer war dieser Irgendwer? Ich brauchte mehrere Versuche, bis eine Frau am Empfang meinen Anruf entgegennahm. »Bitte, Sie müssen mir helfen. Ich bin ein wenig verzweifelt. Ich bin die Autorin von Salamanca, jemand hat mein Manuskript …« Der Satz zerbröselte unter meinen Lippen. Genauso lächerlich, wie das klang, reagierte die Frau am anderen Ende der Leitung. »Und wieder jemand, der Josefine Feder sein will … Sie glauben ja nicht, was bei uns los ist, abgesehen von den vielen Journalisten. Ich habe vom Lektorat die strikte Anweisung, keinen Anruf mehr durchzustellen. Wir wissen sehr genau, wer hinter dem Pseudonym steckt. Guten Tag.«

Ich ging zu Marianne und fragte nach Mathias.

Sein Fieber war zurückgegangen. Wenigstens eine gute

Nachricht. Man wollte noch ein paar Testergebnisse abwarten und ihn dann wieder nach Hause lassen.

»Weißt du, dass in der Ofenstube die ganze Nacht das Licht gebrannt hat?«, fragte Marianne besorgt.

»Ja, ich weiß, ich habe gelesen.« Ein künstliches Lachen entwich meiner Kehle.

»*Salamanca* etwa? Ist das nicht unheimlich? Sogar die Schwarze Wand kommt darin vor, die Holzbrücke, die Säge und eine Figur, die der alte Mohr sein könnte. Sogar ein irischer Sänger kommt darin vor. Und Molly Malone. Das ist doch verrückt.«

Plötzlich hatte ich es eilig wegzukommen, sehr eilig. Der nächste Bus fuhr erst in einer Stunde. So lange konnte ich nicht warten. Mein Blick fiel in den Garten. Regen und Temperaturen um die zehn Grad dampften den Schnee ein. Braunes Gras kam zum Vorschein, der Gemüsegarten, die Kräuter krümmten sich kraftlos in den Beeten. Der Ewige Benz glänzte gurkengrün in der Einfahrt, und eine wahnwitzige Idee ergriff mich.

Ein Blick auf die Uhr. Wie lange konnte so eine Vorsorgeuntersuchung dauern? Ach! Sie würde das Verschwinden ihres heiß geliebten Wagens sowieso bemerken – an einem Haar, das auf dem Nebensitz lag und nicht dorthin gehörte, am Kilometerstand oder dem Geruch. Aber selbst, wenn dem so war, musste ich darauf hoffen, dass mich niemand sah, und falls ich es rechtzeitig zurückschaffte, konnte ich mich dumm stellen und so tun, als hätte ich keine Ahnung, wovon sie sprach.

Niemand war je mit ihrem Benz gefahren. Es war verboten. Aber ich brauchte den Wagen, wenn ich eine schnelle Antwort von Jérôme haben wollte. Mit schweißnassen Händen umklammerte ich das Lammfell, mit dem Germana ihr Lenkrad bezogen hatte. Ich wagte es nicht, den Sitz zu verstellen, und klebte vor der Windschutzscheibe. Germana wirkte zwar mächtig, war aber in Wirklichkeit viel kleiner als ich. Es war eine Weile her, seit ich zuletzt Auto gefahren war. Ich schob alle Bedenken zur Seite. Regen tropfte auf tiefgefrorenen Schnee und hatte die Einfahrt in einen durchsichtigen Eisklotz verwandelt, auf dem zum Glück mehrere Schichten Streusplitt lagen. Ich hatte nicht das Gefühl, dass mich jemand sah – vom Haus der Ritters hatte man keinen Einblick in den Garten; der Schuppen stand dazwischen. Die Knöchel auf meinen Händen traten weiß hervor. Ich umklammerte das Lenkrad, als wollte ich es zu Tode würgen. Durch den Tunnel wollte ich nicht – zu viele rasante Autofahrer, die es nicht ertrugen, wenn jemand die erlaubten 80 km/h unterschritt. Die Fahrt durch das Tobel war ein wilder Ritt. Meine Knie zitterten.

In der Tiefgarage am Ende der Königsstraße parkte ich. Ich ging an Manons Boutique vorbei. An der Ladentür zur Buchhandlung hing ein vertrautes Schild. »Geschlossen«. War Jérôme schon wieder krank? Nein. Wahrscheinlich war er nur kurz weg. Eine Besorgung machen. Erledigungen, die nur zu Geschäftszeiten möglich waren. Ein Besuch beim Optiker oder bei der Bank. Vielleicht kaufte er sich ein neues Smartphone, das dann hoffentlich funktionierte, wenn man ihn erreichen wollte.

»Da können Sie ewig warten«, näselte eine Passantin mit einem Dackel, die mich durchs Schaufenster spähen sah. »Ich habe gehört, der Laden macht dicht. Soll ja gar nicht laufen.«

War es das, was Jérôme in Ordnung bringen wollte? Wenn er den Buchladen schließen wollte, hätte er mir das doch erzählen können! Ich entschied mich, in der Bäckerei gegenüber auf ihn zu warten. Irgendwann musste er ja wohl kommen. Entspannt war ich nicht. Mein rechtes Bein hüpfte. Ich hätte meine Mutter nicht allein lassen dürfen. Hatte ich tatsächlich den Benz genommen? Germana würde mich in der Luft zerreißen.

Jérôme, bitte komm endlich! Kaffee trank ich keinen. Bei einem Pfefferminztee konnte ich nicht viel falsch machen. Dachte ich. Bis ich einen Schwarztee mit künstlichem Pfefferminzaroma bekam und beinah ausspucken musste.

Am Nebentisch saß eine Seniorin und las *Salamanca*. Ich drehte ihr den Rücken zu und blätterte in einer Zeitung. Buchempfehlung der Woche: *Salamanca*. Ich sah aus dem Fenster. Ruben Sauter rüttelte an der Tür des Buchladens.

Vergeblich versuchte er es noch einmal und wandte sich dann suchend um. Aus einem Reflex heraus winkte ich ihm zu. Jäh hielt er inne, runzelte die Stirn, kam ein paar Meter näher und schien mich endlich zu erkennen.

Er trat ein, sah sich kurz die Mehlspeisen in der Vitrine an und trat auf mich zu. Nichts an ihm deutete mehr auf das theatralische, aufgesetzte Gehabe hin, das er bei der Lesung und manchmal im Lamm beim Mittagessen zelebriert hatte, sobald er sich beobachtet fühlte. Keine gebeugte, in sich gekehrte Haltung, keine Denkerfurchen auf der Stirn. Aufrecht stand er da, trug Jeans und T-Shirt und war ein ganz normaler, wenn auch ziemlich attraktiver Mann mit außergewöhnlich blauen Augen.

»Johanna! Störe ich dich?«

Ich schüttelte den Kopf und deutete auf den Stuhl neben mir. »Bitte.«

»Schön, dich zu treffen, auf neutralem Boden, sozusagen. Was ist mit deinem Finger passiert?«

»Geschnitten … Berufsrisiko.«

»Wartest du auf Jérôme?«

Ich nickte.

»Ich hab Gerüchte gehört, dass er seinen Laden schließen musste«, sagte Ruben. »Aber das kann ich nicht glauben. Das hätte er mir erzählt. Wie so oft geht er wieder mal nicht ans Telefon. Jetzt bin ich doch ziemlich verwirrt, dass er nicht da ist.« Er bestellte bei der Kellnerin einen Cappuccino und ein Croissant. »Erreichen kann ich ihn auch nicht.«

»Ich auch nicht«, sagte ich.

»Na, dann warten wir eben zusammen. Schlimme Sache mit eurer Überschwemmung.« Ich war dankbar für das Stichwort. Damit konnten wir eine halbe Stunde locker mit einem unverbindlichen Gespräch füllen. Bis alles gesagt war. Danach schwiegen wir. Es war gar nicht so unangenehm. Vielleicht lag es auch daran, dass ich vollkommen übermüdet war. Ich dachte an letzte Nacht und die Liste der Verdächtigen. Ruben Sauter gehörte zu ihnen.

»Darf ich dich was fragen?«

»Immer«, sagte er.

»Es geht um ein Buch.« Ich räusperte mich.

»*Die Erfindung der Welt im Auge des Ohres?*«

»Nein, es ist erst kürzlich erschienen, keiner weiß, wer es geschrieben hat.«

»Ach du Scheiße, nicht schon wieder dieses *Salamanca.*«

»Hast du's geschrieben?«

Er musste lachen. »Nein!«, sagte er frei heraus. »Du bist übrigens nicht die Erste, die mich das fragt. Aber ich nehme an, du hast noch nie etwas von mir gelesen.« Es war nicht als Frage gemeint. Er schien sein Publikum zu kennen. Ich studierte das Blümchenmuster auf der Serviette und schüttelte den Kopf. »Ich hab's mehrmals versucht, aber ich versteh's nicht.«

»Jedenfalls wüsstest du dann, dass ich so etwas wie *Salamanca* nie hätte schreiben können. So bin ich nicht. Das hat jemand geschrieben, der eine klare Sicht auf das Leben hat. Jemand, der viel weniger kompliziert ist als ich.« Er seufzte.

»Wenn man sich die Verkaufszahlen so ansieht, könnte man direkt eifersüchtig werden.« Er nahm den Cappuccino entgegen, riss ein Päckchen auf und ließ den Zucker hineinrieseln. »Ich hätte eine Beteiligung verlangen sollen.«

»Wofür?«

Er rührte ausgiebig, nahm einen Schluck und wischte sich den Milchbart weg. »Deiner Freundin Caro würde ich das nicht erzählen, aber dir vertraue ich. Immerhin hast du mich schon mehrfach inspiriert. Und jetzt, wo du so vor mir sitzt, merke ich, dass das schon wieder der Fall ist.« Er musterte mich. »Kann man dich ausleihen?«

Mit den üblichen Annäherungsversuchen, wie sie der Dokus, Bartle Lässer, Traugott Künzler, Charly Mohr oder Ferdl Hopfner manchmal praktizierten, konnte ich umgehen. Sie waren chauvinistisch, unbeholfen, derb, liebevoll, ungeschickt oder altmodisch. Aber es war eine Sprache, die ich verstand, und meistens fand ich darauf eine schlagfertige Antwort. Ruben Sauter kommunizierte anders. Bei ihm fehlten mir die Worte.

»Ich habe das Manuskript, also *Salamanca* – schrecklicher Titel übrigens –, meiner Lektorin gegeben.«

Johnnie Walker, der schon seit Stunden in meinem Magen wütete, drohte auszubrechen. Schnell nahm ich einen Schluck kalten Tee. Er machte die Sache nur schlimmer.

»Es war nur ein Haufen handgeschriebener Hefte. Ich habe ihnen keine besondere Aufmerksamkeit geschenkt. Ein paar Seiten habe ich überflogen. Ich fand den Text nicht schlecht, aber wie gesagt, so etwas zu beurteilen liegt mir nicht. Ohne mir lange Gedanken darüber zu machen, habe ich meiner Lektorin den ganzen Stapel in die Hand gedrückt, mit der Bitte, einen Blick darauf zu werfen. Sie hat ihn einer anderen Lektorin im Verlag gegeben, und die war dermaßen begeistert, dass sie den Roman so schnell wie möglich veröffentlichen wollte.

Wie hätte ich das auch ahnen können?« Ruben schien sich keiner Schuld bewusst zu sein. Er wirkte entspannt, rührte gelassen im Cappuccino, riss ein Stück vom Croissant ab und hielt mir die andere Hälfte entgegen. »Willst du?«

Ich schüttelte den Kopf. »Hast du deiner … deiner Lektorin gesagt, wo du die Hefte gefunden hast?

»Ich habe sie nicht gefunden. Jérôme hat sie mir mit der Bitte gegeben, sie meinem Verlag zukommen zu lassen. Ich habe ihm nur einen Gefallen getan und nicht weiter darüber nachgedacht.«

Sekunden?

Minuten?

Sie vergingen ohne mich. Ich konnte mich nur noch daran erinnern, dass Ruben Sauter davon redete, wie blass ich plötzlich sei, und etwas von Espresso sagte und ich eine kleine Tasse vor mir stehen hatte. *Jérôme hat sie mir gegeben.*

Ich stand unter Schock. Der Familienfluch hatte mich frontal getroffen und zu Fall gebracht. Wieder eine, die auf schöne braune Augen hereingefallen war. Wieder eine, die aus Liebe die Realität nicht hatte sehen wollen. Wieder eine, die hoffnungslos an die romantische Liebe glaubte. Wieder eine, die alle Warnungen überhört hatte.

Caros Stimme in meinem Kopf. Dazu Manon. *Jérôme Morel ist nicht der, der er vorgibt zu sein. Ich habe Geschichten über ihn gehört, da würdest du staunen. Der Buchladen ist nur Tarnung. Im Hintergrund treibt er die ganz großen Deals. Hast du dich nie gefragt, wovon er lebt? Eine Wohnung, kaum mehr als ein Bücherlager. Heiratsschwindler. Hochstapler. Alkoholiker. Einen großen Fehler, den er gemacht hatte und bereinigen musste.*

Er hatte mich betrogen. Ein Sprung ging längs durch meinen Körper und drohte mich zu zerreißen – meinen Kopf, mein Herz, meine Brust. Ich würde auseinanderbrechen. Vorher musste ich es nur noch schaffen, nicht vor Ruben Sauter in Tränen auszubrechen.

»Reiß dich zusammen!«, hörte ich Germana sagen. Und ich riss mich zusammen. Im Zusammenreißen war ich gut. Ich war ein Musterbeispiel im Mich-Zusammenreißen. Die Gastronomie war mein Lehrmeister gewesen. Freundlich sein und lächeln, auch wenn dir der Arsch auf Grundeis geht. Also war ich freundlich, löste lächelnd zwei Würfelzucker im Espresso auf, nahm einen Schluck und fühlte, wie das heiße, süße Gebräu aufsteigende Tränen zurück zu Johnnie Walker in den Magen spülte.

»Hat dir Jérôme erzählt, wie er zu den Heften gekommen ist?«, würgte ich unter körperlichen Schmerzen hervor.

»Weiß ich nicht mehr. Kann schon sein. Es hat mich nicht interessiert. Wir hatten uns kurz zuvor erst kennengelernt. Ich war bei ihm in der Buchhandlung. Es war spät, und wir hatten schon ein paar Flaschen intus. Er hat nur gesagt, dass die Autorin längst tot ist.«

Tot. Ja, das passte. Tot. »Danke für den Espresso.« Artig stand ich auf, versuchte, keine ruckartigen Bewegungen zu machen, um mich nicht doch noch übergeben zu müssen, schob den Stuhl gut erzogen zurück an den Tisch, gab ihm die Hand, wünschte ihm alles Gute und ging.

»Ich kann mich doch darauf verlassen, dass du die Sache für dich behältst? Ich habe gerne meine Ruhe und möchte nicht in der Zeitung lesen, dass ich das Manuskript weitergegeben habe oder am Ende gar wüsste, wer Josefine Feder ist.«

»Du kannst dich auf mich verlassen.«

»Kann ich dich wiedersehen? Vielleicht woanders als im Lamm? Ich finde dich wirklich inspirierend. Hier ist meine Telefonnummer.« Er schob mir doch tatsächlich seine Visitenkarte in die Hand. Ich ließ sie liegen.

»Tut mir leid. Ich habe kein Glück mit Männern.« Bei dem Wort »Männer« riss ich die Tür auf und brach in einen Weinkrampf aus. Ich heulte wie ein Schlosshund. Ich schluchzte, was ging. Ich wusste nicht, wie ich den Verlust von Jérôme verkraften sollte. Ihn nie wieder halten zu dürfen. Nie wieder an seiner Seite einschlafen zu dürfen. Ihn aus meinem Leben verbannen zu müssen. Auf seine Gesellschaft verzichten zu müssen. Ich hatte Jérôme verloren. Die Liebe meines Lebens. Er hatte mich ausgenutzt, belogen und betrogen. Er war weg, und ich musste es akzeptieren. Auf einem Hausdach saß eine Krähe und verspottete mich.

»Johanna, du meine Scheiße. Kann ich dir irgendwie helfen?« Manon stand auf High Heels vor ihrer Boutique und rauchte mit spitzen Lippen. Ich machte kehrt, rannte zur Haltestelle, stieg in den Bus und fuhr nach Hause. Immer noch keine Nachricht auf meinem Handy. Natürlich nicht. Mich rief sowieso nie jemand an, und wer mich kannte, wusste, dass ich lebenslänglich im Lamm hinter Herd, Schloss und Riegel saß.

Meine Kehle brannte. Die Vorstellung, meine Tanten sehen zu müssen, war mir ein Graus. Wieder hatten sie recht gehabt. Milde würden sie mir auf die Schulter klopfen und mir sagen, wie naiv ich war. Für ein paar Stunden hatte ich mir eingebildet, ich könnte das Lamm verlassen, mit Jérôme eine Familie gründen, in einer Wohnung leben, die Buchhandlung führen, Kinder kriegen. Das Bild eines noch ungeborenen Babys schob sich vor meine aufgequollenen Augen, und ich musste noch mehr weinen. In meiner Fantasie wiegte ich das Baby in meinen Armen. Ich war verflucht. Meine biologische Uhr lief ab. Ich würde nie dieses Baby kriegen. Ich würde nie einen Mann kriegen. Das personifizierte Elend hatte einen Namen: Johanna Lehner.

SIEBENUNDZWANZIG

Wo ist mein Benz?«, fragte Germana, die mit verschränkten Armen vor dem Hauseingang auf mich wartete. Gott. Der Benz. Sie sah mein Gesicht, ließ von ihrer strengen Haltung ab und umarmte mich liebevoll. Leise und mitfühlend sagte sie: »Es ist immer das Gleiche mit den Frauen in dieser verdammten Familie. Kaum kommt ein Mann ins Spiel, ist Hoffnung und Malz verloren. Da drehen sie alle durch. Aber mach dir nichts draus, das war noch bei jeder von uns so… Glaub mir, niemand kennt Liebeskummer besser als ich.«

»Es tut mir leid. Es tut mir alles so leid.« Mit meiner Selbstbeherrschung war es längst vorbei.

»Ich wusste von Anfang an, dass da etwas nicht stimmt. Dein Franzose…«

»Schweizer.«

»…war eine Mogelpackung. Franzose! Ich bitte dich. Der kommt wahrscheinlich aus Rumänien oder sonst woher. Habe ich dir jemals von Ray Lee Davis erzählt? Sprach mit amerikanischem Akzent und log mir das Blaue vom siebten Himmel herunter. Heiraten wollte er mich, mit weißer Limousine und allem Pipapo. In Wahrheit hieß der Ludomil Rajchev, war schon verheiratet und hatte fünf Kinder. Ich sage dir: je attraktiver und charmanter, umso gefährlicher. Der Franzose hat dich hinters Ohr geführt, Kind. Ein für alle Mal: Männer bringen Unglück.«

Ich war zu keinem Wort fähig. Regen und Germanas Weisheiten prasselten auf meinen Kopf.

»Dein Auto ist in der Tiefgarage in der Königsstraße«, brachte ich irgendwann hervor.

»Scheiß auf das Auto!«, sagte Germana. »Ich würde mir liebend gern ein neues kaufen, aber dieses Ding geht und geht nicht ein. Ich hoffe, du hast ihm eine ordentliche Delle verpasst.«

»Der Ewige Benz«, sagte ich und musste gegen meinen Willen lachen.

»Der Ewige Benz«, sagte Germana. »Mach dir darum keine Sorgen, gemeinsam sind wir zu zweit. Wo Licht ist, ist auch Helligkeit. Ich freu mich, dass du wieder an Bord bist.«

Ich wollte hinein, aber Germana hielt mich auf. »Ich muss dich warnen … deine Mutter … sie … sie hat die Küche nicht mehr gefunden.« Ich presste mir die Hand auf den Mund. »Das ist noch nicht alles. Bevor sie die Küche nicht mehr gefunden hat, wollte sie Frühstück machen. Keine von uns war da. Sie hat zwölf Eier kochen wollen. Elisabeth war am Beten. Francis hat geschlafen. Ich war bei Ariel. Wir dachten alle, du seist da.«

Ich hatte die Vorwürfe verstanden. Jede Antwort war überflüssig.

»Hilflos ist sie im Haus herumgeirrt. Total verwirrt. Plötzlich ging der Feueralarm los, und sie ist fast durchgedreht. Schwarzer Rauch kam aus der Küche. Die Eier sind explodiert. Sie kleben jetzt am Dunstabzug. Der Topf ist mit der Herdplatte quasi verschmolzen. Gott sei Dank hat noch nichts gebrannt.«

Ich stellte es mir lieber nicht vor. Feuer war mein größter

Albtraum. »Das Ganze war zu viel für Antonia. Sie sitzt jetzt wie eine Furie in der Küche und wirft mit Geschirr nach uns. Heute Mittag müssen wir schließen.«

Schon beim Eintreten stank es nach Verbranntem. Ich hatte Angst vor dem, was mich in der Küche erwarten würde. Noch stand alles. Der Dunstabzug über dem Herd war voller Ruß. Die dunklen Flecken konnten weggesprengtes Ei sein. Auf der Herdplatte klebte ein Metallgeschwür, das in seinem früheren Leben ein Kochtopf gewesen sein konnte. Darin lagen Trümmerteile und Splitter der Schale und Reste des Eigelbs. Meine Mutter saß auf einem Hocker mitten in der Küche, die Bluse verkehrt herum angezogen, mit Haaren, als hätte sie in den Stromkreis gegriffen. In einer Hand hielt sie unseren größten Quirl, in der anderen einen Kochlöffel. Der Wahnsinn sprühte aus ihren Augen.

»Sie lässt niemanden an sich heran«, sagte Francis und zog nervös an einer Zigarette – normalerweise war Rauchen in der Küche absolut tabu. Elisabeth stand eingeschüchtert in einer Ecke, murmelte vor sich hin und ließ einen Rosenkranz durch ihre Finger gleiten. Und Germana tigerte hin und her und ließ sich von meiner Mutter anfauchen, sobald sie sich näherte.

»Wie wär's, wenn ihr jetzt alle hinausgehen würdet?« Meine Tanten erschraken, als sie meine Stimme hörten.

»Du meiner Seel', dich schickt der Himmel«, sagte Elisabeth.

»Wohl kaum.«

»Habt ihr's nicht gehört? Zu viele Köche reden eh nur um den heißen Brei herum. Wir tun, was das Kind sagt«, befahl Germana und winkte alle aus der Küche.

Sobald sie weg waren, schien sich meine Mutter ein wenig zu entspannen und ich mich auch.

»Niemand tut dir was.«

Ihre Augen fokussierten mich. Sie blinzelte ein paarmal, schien zu überlegen, wer ich war. Dann sagte sie »Mutti«, zu mir, und ihre Mundwinkel zuckten. Ich widersprach nicht, ging langsam auf sie zu und nahm ihr die Küchengeräte aus den Händen. »Sag einmal, wann hast du eigentlich zuletzt gezeichnet?«, fragte ich.

»Gezeichnet?«

»Ja, du hast früher so schöne Bilder gezeichnet vom Garten, von deinen Pflanzen und Kräutern. Riech doch mal.« In einem Anfall von genialer Eingebung riss ich ein Glas aus dem reichhaltigen Gewürzregal, schraubte es auf und hielt es ihr unter die Nase.

»Hmmm, Zimtrinde.«

»Genau, das ist Zimt!«, rief ich. »Und hast du das hier auch schon einmal gerochen?«

»Natürlich, das ist Mädesüß. Und das ist Oregano.«

Sie erstaunte mich doch immer wieder. Wie sehr sie ihre Kräuter geliebt haben musste. Wahllos packte ich die Gläser in einen Korb. »Komm.«

»Was machen wir jetzt?«

»Wir müssen sie abzeichnen.«

»Ja, das müssen wir.« Wir gingen hinauf in ihr Zimmer. Ich stellte alle Gläser auf ihren Tisch, legte Zeichenpapier daneben und brachte ihr die Schatulle mit den sechsunddreißig Buntstiften. Und da fing meine Mutter an zu zeichnen. Irgendetwas. Striche. Kritzel. Knäuel. Stängel. Sie roch an ihren Kräutern, der Wahn verschwand aus ihrem Gesicht, und sie wurde zufrieden. Als sie zu lächeln begann, verließ ich das Zimmer und stieß beinah gegen Elisabeth, Francis und Germana, die wie eine Front vor der Tür gewartet hatten.

»Was ist mit ihr? Wie geht's ihr?«, fragten sie flüsternd.

»Es geht ihr jetzt gut. Sie zeichnet.«

»Du meiner Seel'«, Tante Elisabeth legte sich mit beiden Händen aufs Herz.

»Wie geht's weiter?«, fragte Francis.

»Rundumüberwachung!«, befahl Tante Germana. »Ich habe ein Taxi bestellt. Wenn du mir noch die Autoschlüssel geben würdest, Johanna, dann hole ich den Benz aus der Tiefgarage.«

Ich reichte ihr den Schlüssel.

»Dann bleibe ich hier«, sagte Elisabeth, holte sich einen Stuhl, der neben dem Spinnrad stand, und setzte sich wie eine Justizwachebeamtin neben die Zimmertür meiner Mutter. Wir folgten ihr.

»Können wir heute Abend öffnen?«, fragte Germana.

Ich dachte nach, ging die Vorräte in der Küche durch und nickte – nichts lieber als hart arbeiten.

»Und am Wochenende bist du da, ja?«

Paris hatte sich in nichts aufgelöst. Meine Zukunft auch. Stattdessen würde ich als Vierundzwanzigstunden-Pflegerin meiner Mutter herhalten und nebenbei für ein ganzes Wirtshaus kochen.

»Dass wir uns Hilfe suchen, bleibt aber bestehen«, sagte ich mit letzter Kraft.

»Damit schüttest du Essig in Hildegunds Feuer«, sagte Germana. »Sie wird sich ins Händchen lachen, weil wir zu viert nicht in der Lage sind, uns um Antonia zu kümmern. Ein schlechter Witz ist das. Wir ziehen doch alle am selben Boot. Und, was meinst du, wie das im Dorf ankommt, wenn wir Antonia ins Heim schicken? Wir, die bösen Weiber von Moos?«

»Wer spricht denn von Heim?«, fauchte ich Germana an und hatte Angst, dass uns meine Mutter hören könnte. »Niemand will sie ins Heim geben. Ich spreche von Hilfe. Mobiler Hilfsdienst. Krankenpflegeverein. Was weiß ich.«

»Eine fremde Person kommt mir nicht ins Haus«, sagte Elisabeth.

»Dein Taxi«, sagte Francis, der die Unterhaltung gehörig auf die Nerven ging.

»Na gut, wichtige Entscheidungen soll man sowieso nicht über den Zaun brechen«, sagte Germana. »Einen Schritt vor dem anderen.« Dann polterte sie davon.

Francis legte mir eine Hand auf die Schulter, als wir die Treppe hinuntergingen, und sagte ruhig: »Wir werden schon eine Lösung finden.«

Ich nickte und wischte mir die Augen trocken.

»Vielleicht brauchst du nur mal ein bisschen Ablenkung. Ich hab ein Buch drüben, kann ich dir bringen, wenn du willst, das verkaufen sie jetzt schon am Kiosk, weil alle davon reden, dass es in Moos spielen soll, und niemand weiß, wer es geschrieben hat. Wenn du willst, kann ich's dir einmal leihen. *Sala*... irgendwas.«

»*Salamanca*. Danke, Francis.«

Mein Handy klingelte. Ich starrte auf das Display. Der Ton schrillte in meinen Ohren. Es war Jérôme. Jérôme, der behauptet hatte, dass die Autorin des Manuskriptes tot sei. Ich fand gerade noch die Energie, das Telefon mitten im Klingeln auszuschalten.

Germana kam wieder mit dem Taxi zurück. Den Benz hatte sie direkt zur Autowerkstatt gebracht, nachdem sie eine Säule in der Tiefgarage niedergemäht hatte. Ich versprach ihr, die Reparatur zu zahlen.

Danach fiel ich ins Bett und schlief durch bis zum frühen Abend.

ACHTUNDZWANZIG

Höchste Zeit, das Niveau unserer Küche gewaltig zu heben. Viel zu lang hatte ich mich mit Gulasch und Braten zufriedengegeben. Ich konnte mehr. Viel mehr.

Ich erwärmte fünf Liter Wasser und eineinhalb Liter Rahm, rieb Vanilleschoten hinein, gab Zucker dazu, trennte siebzig Eier und rührte das Eigelb bei exakt achtundsiebzig Grad in die Flüssigkeit – dafür brauchte ich nicht einmal ein Thermometer. Ich spürte, wann der Punkt erreicht war, wo das Ei zu stocken beginnen würde. Bei fünfundachtzig Grad. Heißer durfte es nicht werden. Sicherheitshalber zog ich die Flüssigkeit zur Rose ab. Dieser Begriff kam von früher, als es noch kein Thermometer gab. Das hatte ich von meiner Mutter gelernt. Und sie von ihrer. Eine Rose bildete sich, wenn man bei einer Temperatur zwischen fünfundsiebzig und fünfundachtzig Grad Celsius einen Holzlöffel in die Masse tauchte und darauf pustete. Auf dem Löffel erschienen dann kleine Wellen, die wie eine Rose aussahen. Von nun an würde es täglich selbst gemachtes Eis im Lamm geben. Ich rief Toni an und bestellte Marillen, Heidelbeeren und Himbeeren.

Ich kochte Tafelspitz. Daraus schnitt ich hauchdünne Streifen, die ich in mehreren Schichten abwechselnd mit einer Julienne aus Karotten, Sellerie und Essiggurken in runde Pastetenformen legte. Ich rührte eine Brühe aus Rindssuppe, aufgeweichter Gelatine, Essig und feinen Gewürzen an und füllte damit die Formen. Zum Abschluss umwickelte ich die Formen mit Folie und stellte sie kalt. Ab heute würde es als kalte Vorspeise Tafelspitz-Sulz mit Feldsalat geben. Ich presste mehlige Kartoffeln und formte daraus mit meinem Daumen mondförmige Krusteln, die ich tiefkühlte und dann frittierte. Ich würde denen schon zeigen, dass wir eine Haube verdient hatten. Vielleicht würden wir bald eine zweite bekommen. Und beim nächsten Mal wollte ich mit Foto in das Magazin. Ich briet Entrecote. Das würde ich auf einem Bett aus frischem Gemüse und Rosmarinkartoffeln servieren.

Ich kümmerte mich um das Essen, meine Mutter, meine Tanten und die Gäste. In aufrechter Haltung bewies ich mir, dass ich kein Weichei war. Ich ließ mich nicht unterkriegen. Ich war verdammt professionell und auf einmal unheimlich froh um meine Ausbildung, um meine Arbeit, um meine Familie und dieses uralte Gasthaus. All das war für mich da. Was für ein ungeheurer Schatz. Beinah hätte ich ihn weggeworfen, und da spürte ich es wieder: Ich gehörte hierher. Wie meine Vorfahren. Seit 1592.

Ich war bereit zu kochen wie noch nie. Nur dumm, dass außer Caro, Peggy und ein paar Faschingsflüchtlingen niemand kam. Keiner wollte mein selbst gemachtes Vanilleeis, niemand die aufwendig zubereitete Tafelspitz-Sulz. Annabell zappelte an der Theke herum. Germana hatte ein Einsehen und schickte sie zum Kehraus in die Stadt. Und weil ich auch nichts zu tun hatte und mich ablenken musste, bot ich an, den Service zu übernehmen.

Caro saß allein am Tisch. Nicht einmal am Faschingsdienstag wollte sie ihre Literaturgruppe ausfallen lassen. Sie saß zwischen ihren Unterlagen und wartete auf die anderen. Ich brachte ihr das Buch. »Das hast du letzte Woche hier liegen lassen.«

»Ach, da ist es. Danke.« Sie wich meinem Blick aus.

»Hat's dir gefallen?«, wollte ich wissen.

Caro ließ sich Zeit. Ich wurde nervös. Bestimmt würde sie es zerreißen, aus Eifersucht, weil das Manuskript veröffentlicht worden war und sie das mit ihrem eigenen seit Jahren verzweifelt versuchte.

»Es ist fabelhaft«, sagte Caro. »Ich würde zu gern wissen, wer es geschrieben hat. Selten habe ich ein Buch gelesen, das so authentisch und ehrlich rüberkommt. So etwas könnte ich nie schreiben.«

Ein schöneres Kompliment hätte sie mir nicht machen können. Plötzlich mochte ich sie wieder unheimlich gern.

»Soll ich dir noch was bringen?«

»Nein danke.«

Ich zog mich zurück, polierte Besteck und beäugte Caro aus dem Augenwinkel. Sie wirkte traurig und einsam. Es war Zeit, unseren Zwist zu beenden. So, wie es aussah, ließen sie ihre Leute hängen.

Und da wurde mir bewusst, dass ich nichts lieber wollte, als ihr alles zu erzählen – die Geschichte mit Jérôme, das schreckliche Ende, endlich alles teilen können, mit Jérômes Verrat nicht mehr allein sein.

Ich mixte uns ihren Lieblingscocktail Piña Colada, garnierte die Gläser mit Ananas, steckte Strohhalme hinein und brachte sie zu ihrem Tisch. Piña Colada erinnerte mich an frühere Zeiten. Ich freute mich, mit Caro zu reden. Vielleicht gelang es mir sogar, dass ich mich mit ihr absetzen konnte.

Da hörte ich Manon Andexlinger-Müller, die aufgeregt flüsterte: »Sie ist hier.« Ein Blumenstrauß von der Größe eines Backofens kam durch die Tür, dahinter Manon und die literarische Gefolgschaft: Edgar Wintersteiger, Sybille und Fritz Fuchs und Peggy Kühn. Als Draufgabe Charly Mohr.

Alle mit erhitzten Wangen und leuchtenden Augen. Hatte ich einen Geburtstag übersehen? Noch waren sich die Gratulanten nicht einig, wie genau sie den mächtigen Blumenstrauß überreichen sollten.

»Wartet… noch einen Moment bitte«, flüsterte Sybille Fuchs und fummelte an ihrem Handy herum. »Wo muss ich drücken, wenn ich ein Video machen will, Fritz?«

»Auf Video«, sagte Fritz ungehalten. »Bist du so weit?«

»Ach hier, ja, ja, es geht los.« Sybille stellte sich in einigem Abstand auf, um die Szene zu filmen. Peggy, das Gewicht von Kohlen gewöhnt, musste alle Kraft aufwenden, um die langstieligen Blumen halten zu können, und Manon warf einen schnellen Blick in ihren Taschenspiegel und prüfte, ob ihr Lippenstift richtig saß.

Fritz Fuchs faltete seine Hände und räusperte sich. »Liebe Literatinnen und Literaten, liebe Mitbürgerinnen und Mitbürger, liebe Freundinnen und Freunde, lieber Bürgermeister, liebe Caro, liebe Johanna, liebe sonstige Anwesende. Ich hoffe, ich habe niemanden vergessen.« Suchend schaute er sich um, aber außer uns war sonst keiner da. »Wie ich schon immer gesagt habe, gehört es zu meiner tiefsten Überzeugung, die Anliegen, Fragen, Ängste und Sorgen unserer Dorfbevölkerung ernst zu nehmen. In Anbetracht beträchtlicher Spekulationen und Unsicherheiten, was den Fall Josefine Feder betrifft, habe ich mich, haben wir uns deswegen, unter Berücksichtigung interner Fakten, die nur uns bekannt sein dürften, dazu entschlossen, Eigenverantwortung zu übernehmen und im Alleingang zu handeln. Mit unserem Dank möchten wir einen Schritt in die richtige Richtung setzen.«

»Bravo, Fritz.«

»Unterbrich mich nicht, Sybille. Möchten wir also einen Schritt in die richtige Richtung setzen.«

Ich überlegte mir, in welche Vase der Blumenstrauß passen könnte, und hielt mich an den Piña-Colada-Gläsern fest.

»Ich glaube, wir sollten uns nicht weiter rückblickend mit den Umständen beschäftigen, die dazu geführt haben, in Erwägung zu ziehen, dass die Annahme bestünde, dass du, liebe Caro, Josefine Feder bist.«

Caro lachte ungläubig. »Wie kommt ihr denn auf die Schnapsidee?«

Manon und Edgar applaudierten. Fritz schüttelte ihr die Hand. »Meine herzliche Gratulation zu deinem großen Erfolg. Wir Mooser sind stolz auf den neuen literarischen Stern am Ereignishorizont ... äh.« Er geriet aus dem Konzept, und Peggy handelte, indem sie Caro die Blumen so energisch vor die Brust presste, dass Caro nichts übrig blieb, als sie entgegenzunehmen und sich gleichzeitig von ihr abküssen zu lassen. Sybille hielt mit der Kamera drauf. Und ich kollabierte beinah.

»Wir haben immer an dich geglaubt«, sagte Edgar Wintersteiger und stellte sich in die Reihe der Gratulanten.

»Warum hast du mir nicht gesagt, dass du noch ein zweites Buch geschrieben hast?«, sagte Manon. »Das Manuskript, das du mir gezeigt hast, war nicht annähernd so gut wie *Salamanca*. Du musst mir unbedingt ein Autogramm geben. Ich will die Erste sein.«

»Also, uns hättest du's wirklich verraten können«, sagte Peggy und schubste mich. »Hast du das gewusst?«

Ich schüttelte den Kopf.

»Ich ...« Caro wollte etwas sagen, doch Sybille erstickte ihr die Worte, indem sie ihr links und rechts, am Blumenstrauß vorbei, die Wangen küsste. »Unsere Caro! Wir sind ja so stolz auf dich.«

Caro rang nach Luft. »Das ist ein Irrtum. Ich habe das Buch nicht geschrieben.«

»Seht ihr?«, rief Sybille zufrieden. »Ich habe euch gesagt, dass sie so reagieren wird, weil sie viel zu bescheiden ist.«

»Na, na«, sagte Edgar Wintersteiger väterlich.

»Wir haben doch mitbekommen, wie unermüdlich du dich für die Veröffentlichung deines Romans eingesetzt hast«, sagte Fritz Fuchs.

»Ja, schon, aber …« Caro kämpfte gegen den Blumenbusch vor ihrem Gesicht.

»Mensch, Johanna! Kannst du nicht endlich eine Vase bringen?«, befahl Manon. »Und eine Flasche Champagner. Falls du so etwas überhaupt im Haus hast. Geht selbstverständlich auf meine Rechnung.«

»Wir haben nur Sekt«, sagte ich, knallte die Piña Colada auf den Tisch und stieg mit schweren Beinen die Treppe hinauf. Im Dachboden angelangt, schloss ich die Tür hinter mir, ließ mich auf einen Sessel fallen und musste laut lachen. Die Alternative wäre gewesen, mich wieder in einen Gartenschlauch zu verwandeln und hemmungslos zu weinen, aber plötzlich fand ich es tierisch spannend zu beobachten, wie sich das Theater entwickeln würde. Sie waren im richtigen Moment gekommen – wie peinlich, wenn ich mich kurz zuvor geoutet hätte. Mein einziger Beweis wäre ein Stapel Hefte gewesen, oder dass der Name Molly Malone im Buch stand – aber selbst das hätte jeder schreiben können, der meine Geschichte kannte, also alle Mooser. Wie sollte man damit eine Verbindung zu Salamanca herstellen können? Wohl gar nicht, und die Originalhefte waren vermutlich bei Jérôme. Oder beim Verlag. Trotzdem war es mir in diesem Moment lieber, in meiner statt in Caros Haut zu stecken. Auch sie konnte sagen, was sie wollte, man glaubte ihr genauso wenig wie mir. Die Mooser waren sture Leute.

Als ich wieder nach unten kam, öffnete Manon eine Flasche Sekt.

»Wo hast du die denn her?«, fragte ich, stellte die einen halben Meter hohe Vase auf den Tisch und nahm Caro die Blumen ab, um sie hineinzustellen.

Lässig zeigte Manon zur Theke. Das ging zu weit. Ich wurde so wütend, dass ich glaubte, gleich in Flammen aufzugehen. »Falls du's vergessen haben solltest, du befindest dich hier in einem Gasthaus und nicht in deinem Wohnzimmer. Die Wirtin von diesem Gasthaus bin ich! Und kein Gast, nicht einmal du, geht hinter die Theke und bedient sich selbst! Haben wir uns da verstanden?«, spie ich ihr ins Gesicht.

Manon zog ihre Spinnenfinger vom Korken und wich vor mir zurück. »Du meine Güte. Was ist denn mit dir los?«

Ich verzog mich in die Küche, die glücklicherweise menschenleer war. Mein Handy hatte ich seit gestern nicht mehr eingeschaltet, aber jetzt tat ich es. Ich hatte vier verpasste Anrufe und sieben Nachrichten von Jérôme. Ich klickte nur die letzte an. »Johanna, ist etwas passiert? Warum reagierst du auf nichts? Bitte, melde dich. Ich warte am Freitag auf Gleis dreizehn.«

In meinem Kopf rauschte es. »Vertraust du mir?«, hatte er mich in der Nacht des Balls gefragt.

Die richtige Antwort kannte ich jetzt: nein.

Meine Finger machten sich selbstständig. »Vergiss Paris«, tippte ich. »Und vergiss mich.« Dann warf ich das Handy in die Fritteuse und ärgerte mich, weil ich nun das Öl schon wieder wechseln musste.

Ich hätte es nicht für möglich gehalten, aber es wurde noch schlimmer. Es dauerte nicht mal vierundzwanzig Stunden, bis sich im ganzen Dorf herumgesprochen hatte, dass Caro angeblich die berühmte Bestsellerautorin Josefine Feder war. An jeder Ecke wurde hinter vorgehaltener Hand getuschelt. »Ich muss dir was erzählen, aber du darfst es auf keinen Fall weitersagen. Ist noch geheim. Sie will anonym bleiben.« Jeder wollte Caro zu Gesicht bekommen. Ich lag richtig mit meiner Vermutung, dass das Lamm abends aus allen Nähten platzen würde. So viele Leute hatte ich noch nie gesehen. Manche waren kilometerweit gefahren. Die Neuerungen auf der Speisekarte bemerkte keiner. Ich hätte ihnen geröstete Wühlmäuse im Speckmantel servieren können, und sie hätten es nicht gemerkt, wichtig war ihnen nur, dass sie mit geheimen Details über Josefine Feder gefüttert wurden.

Herb brachte ein Rudel Journalisten und eine Literaturexpertin namens Gabriela Landmann mit, die im Literaturarchiv des Landes arbeitete. Sie hatte ihre ausladenden Hüften in ein schwarz flatterndes Gewand gehüllt, trug einen schneeweißen Kleopatra-Bob und eine übergroße Brille über violett-schwarz geschminkten Augenlidern.

Caro fühlte sich offensichtlich nicht wohl in ihrer Haut, machte das falsche Spiel aber mit, ließ sich fotografieren und blickte dabei so verschämt und unsicher in die Kamera wie Prinzessin Diana, als sie erstmals in der Öffentlichkeit aufgetaucht war. Doch je länger sie die Leute anstarrten wie ein siebenstöckiges Tortenwunder, desto mehr schien sie mit ihrer unfreiwilligen Rolle zu kämpfen. Sie schwitzte, verstummte immer wieder und kaute auf den Lippen.

Nur, wenn es um die Literatur ging, wirkte sie halbwegs normal. Sie schien sich gut mit Gabriela Landmann zu verstehen – bald waren die beiden in ein Fachgespräch vertieft, das von Homer bis Kafka ging, von dem ich wusste, dass Caro ihn gern als Joker einsetzte; Kafka schien immer zu passen.

»Die sind alle so krass«, stellte Annabell fest und bediente den Zapfhahn. Ich nickte grimmig. Selten hatte ich mit so einer Verbissenheit gearbeitet. Die ganze Geschichte nagte stärker an mir, als ich zugeben wollte, und je mehr sich die Lügenspirale zu drehen begann, umso verkrampfter und ratloser wurde ich.

Ein paar Gemeindevertreter steckten die Köpfe zusammen und diskutierten darüber, wie sie Caros neue Berühmtheit am besten vermarkten konnten. Eine blühende Zukunft malten sie sich für Moos aus. In Scharen würden die Fans ins Dorf pilgern. »Wie nach Lourdes«, behauptete einer. Die stillgelegten Hotels und Pensionen würden wieder öffnen. Ein neuer Lift auf den Mooskopf würde dann natürlich unerlässlich. Am besten mit Panoramarestaurant am Gipfel. Eine Straße wollten sie nach Josefine Feder umbenennen, einen Wanderweg »Auf den Spuren von Josefine Feder« errichten und selbstverständlich eine Tafel am Reihenhaus von Caro in der Siedlung. »Hier wohnt die Schriftstellerin von *Salamanca*.«

Charly Mohr nahm mich beiseite. »Johanna, nur kurz. Meinst du, du könntest mal mit Caro unter vier Augen reden? Niemand kennt sie so gut wie du. Es wäre wirklich einfacher, sie würde es endlich zugeben.«

Und auch Steffi, die gekommen war, obwohl sie nie ihre Kinder abends allein zu Hause ließ, blies ins gleiche Horn. »Wir müssen mit ihr reden«, flüsterte sie. »Siehst du nicht, wie schlecht es ihr geht? Der Erfolg wächst ihr über den Kopf. Das ist ihr alles zu viel. Sie braucht uns jetzt.«

Ich sah Steffi, ich sah Caro, ich sah mich im Lamm um, in dem ein jeder aufgeregt auf den anderen einsprach. Ich dachte an Jérôme, an Daniel und daran, wie ich und meine Geschichte verraten worden waren.

Germana tippte mir auf die Schulter. »Kannst du mir verraten, was du dir dabei gedacht hast?« Sie fuchtelte mit einem mehrseitigen Ausdruck vor meinem Gesicht. Eine Bestellliste vom Foodexpress. Ich verstand nicht, was sie damit wollte. »Toni steht mit seinem Lieferwagen im Garten und lädt die Schleuse bis obenhin voll. Johanna! Der bringt Lebensmittel für ganz Moos. Was hast du da bestellt?« Ich rannte hinaus. Germana hatte nicht übertrieben. Die Schleuse war tatsächlich voll bis obenhin. Schwitzend hob Toni die letzten drei Kisten – Kirschtomaten – aus dem Lieferwagen und packte ihn auf einen Karton voller Mehl. »So, das war's.«

»Ich habe das nicht bestellt«, sagte ich.

Toni zeigte lachend auf die Unterlagen auf seinem Klemmbrett. »Guter Witz. Hast du alles schon vor Weihnachten bestellt, meine Liebe. Danke, die Damen, es ist mir immer ein Vergnügen, mit euch Geschäfte zu machen. Falls ihr noch was braucht, ruft mich an.« Er tippte auf seine Schirmmütze, kletterte auf den Fahrersitz und fuhr davon. Germana tauchte mit dem Buch für die Tischreservierungen auf, blickte durch eine ihrer Billigbrillen, und die Falten auf ihrer Stirn runzelten sich wellenförmig und tief. »Da steht's. Schwarz auf weiß. Morgen Abend kommen vierundfünfzig Tagesmütter und wollen ein Menü, inklusive Suppe, Salat und Dessert. Deine Schrift, wenn ich mich nicht irre.«

Tagesmütter. Mein Gehirn schien in dreckigem Spülwasser zu treiben. Nebulös konnte ich mich an ein Telefonat erinnern, während ich zurück in die Küche ging und mir Germana wie mein Bodyguard folgte.

Ein dreigängiges Menü für vierundfünfzig Leute. Morgen.

»Sag das ab«, sagte ich, zog vollkommen ruhig meine Schürze ab, hängte sie über den Dampfgarer und spürte, wie knisternd eine Sicherung in meinem Schaltkreis durchschmorte, die den ganzen letzten Tag geflackert hatte. So fühlte es sich also an, wenn man verrückt wurde. Ich verwandelte mich in eine Astronautin, die an der Außenwand eines Raumschiffs arbeitete und plötzlich von einer unerklärlichen Todessehnsucht überwältigt wurde. Ich klinkte mich aus und entschwebte in die unendlichen Tiefen des Weltalls. Ich kümmerte mich weder um Germana, die hinter mir herfluchte, noch um das schlechte Gewissen, das meiner Mutter galt, und überließ mich einer ohnmächtigen Verzweiflung, die nur durch Davonrennen besänftigt werden konnte.

NEUNUNDZWANZIG

Vor meinen Füßen tanzte im schmutzigen Schnee das Licht meiner Stirnlampe. Es war eine mondlose Nacht, die Sterne standen hoch am Himmel und funkelten wie Nadelstiche in einem schwarzen Tuch. Der Schweiß rann mir unter der Mütze über den Nacken, weil das Fahrrad mit dem klapprigen Anhänger so schwer zu schieben war. So hatte meine Großmutter einst Milchkannen transportiert. Ich zog damit Feuerholz für mindestens drei Tage, meinen Schlafsack, eine Isomatte und Proviant. Vor einem Ameisenhaufen zweigte ich ab und rumpelte über einen Forstweg, dann über dicke Wurzeln. Es raschelte im Buchenlaub, wo sich der Schnee schon zurückgezogen hatte. Plötzlich schoss ein Schatten auf mich zu und drehte wenige Meter vor mir ab. Kein Flügelsausen, kein Flattern. Eine Silhouette zeichnete sich gegen den nächtlichen Nordhimmel ab, und erleichtert erkannte ich, dass es nur ein Waldkauz war. Ich schob mein Fahrrad weiter. Hielt inne. Seltsam schnaufende Töne: ein Dachs, der Nahrung suchte, unverkennbar sein weiß gestreiftes Gesicht. Er schaute so irritiert wie ich, kehrte um und tapste davon.

Als ich vor dem Grandhotel zur Schwarzen Wand ankam, riss ich mir durchgeschwitzt die Mütze vom Kopf, öffnete die Jacke und rang nach Luft. Keuchend setzte ich mich auf eine verfallene Treppe, schaute auf den Nebel, der wie ein Deckel auf dem schwarzen Tal lag, und weinte, bis ich zu frieren begann. Mit dem Draht öffnete ich die Tür und schleppte mein Gepäck in den Teesalon vor den Kamin. Beinahe Außentemperatur. Die Dielen knarzten bei jedem Schritt wie morsche Knochen. Ich zog den kläglichen Rest zerrissener Vorhänge, die eher wie Spinnweben aussahen, vor die schmutzigen Fenster, räumte die Asche aus dem Kamin, zerknüllte Zeitungspapier und legte Holzspäne darauf. Falsches Wetter. Unterdruck. Wie in meinem Gehirn. Statt abzuziehen, quoll beißender Qualm durch den Raum. Es dauerte, bis das Holz endlich Feuer fing, der Kamin anfing zu ziehen und sich der Rauch fauchend in knackende, knisternde Flammen verwandelte. Ich legte die Isomatte aus und den Schlafsack darüber.

Endlich Ruhe! Endlich allein! Ich hatte Hunger, aber essen konnte ich nichts. Ein Schluck Wasser wäre wohl das Richtige. Ich durchsuchte mein Gepäck. Statt der Wasserflasche fand ich eine Büchse Atlantik-Heringe in Öl und eigenem Saft und meine Kochschürze, stinkend und verdreckt. Wie war die vom Dampfgarer in den Rucksack gekommen? Gepackt hatte ich wie im Wahn. Wasser fand ich immer noch keines. Dafür eine Flasche Wein. Auch gut. Mit dem Taschenmesser schaffte ich es sogar, sie zu entkorken. Ich prostete mir zu, sprach einen Toast auf mich aus und nahm ein paar großzügige Schlucke. Wow! Nach Wein schmeckte das nicht. Eher nach Fusel. Die Flamme im Ofen schrumpfte zu einem Flämmchen. Ganz cool wollte ich aus dem Handgelenk ein Holzscheit hineinwerfen, es prallte ab wie eine verschossene Billardkugel und landete einen halben Meter neben dem Ofen. Das Universum war gegen mich. Aber das Universum konnte mich mal. Für ungefähr drei Sekunden.

Dann packte mich das Selbstmitleid am Kragen und beutelte mich wie einen nassen Hund. Nicht einmal einen Prügel Holz konnte ich ordentlich werfen. Ich konnte keinen Rucksack ordentlich packen. Ich konnte Wein nicht von Fusel unterscheiden, und ich war unfähig, irgendetwas in meinem Leben richtig hinzubekommen. Ich trank direkt aus der Flasche, vollkommen fertig, allein auf hoher See, auf einem Schlafsackschiff mit zwei zerfetzten Segeln und einem imaginären Funkgerät – meine letzte Chance zu überleben –, das mir ein altersschwacher Hering, frech grinsend, aus der Hand schnappte, bevor er davonschwamm, hinein in seinen Schwarm, der sich kollektiv zu mir umdrehte und mir eine lange Nase zeigte, bevor er sich in seinen eigenen Saft zurückzog. Ich verfluchte alle Heringe der Welt. Die in den Dosen und die anderen sowieso. Auf allen vieren kriechend, verließ ich mein sicheres Schlafsackschiff und platzierte den Scheit in der Glut.

Schreiben hatte mir bisher in Krisen noch immer am besten geholfen. Vielleicht konnte ich so das Chaos in meinem Kopf ein wenig ordnen. Ich holte ein Heft aus dem Gepäck und spitzte den Bleistift mit dem Taschenmesser. Jetzt eine kleine, schöne, fiktive Geschichte. Ich nahm noch einen Schluck. Verflixt, wer hatte das Zeug eigentlich eingekauft? Ich schaute auf das Etikett. Das war kein Wein, sondern Pommeau – Apfelsaft, dessen Gärung man mit Calvados stoppte. Vermutlich hatte Toni vom Foodexpress die Flasche als Weihnachtsgeschenk dagelassen. Oder Germana hatte ihn für unliebsame Gäste gekauft, die nie wieder auf die Idee kommen sollten, im Lamm zu speisen. Wenigstens hatte das Zeug genug Alkohol.

Konzentrier dich. Jetzt schreibst du eine schöne, ergreifende Geschichte über… über… hm… über… im Moment ergriff mich meine eigene Geschichte mehr als andere Geschichten.

Wann hatte mein Leben eigentlich so eine unvorhergesehene Wendung genommen, die zu diesem unsäglichen Absturz geführt hatte? Ja, klar, der Tag der Lesung, der Tag, an dem ich Jérôme kennenlernte, als ich diesen verdammten Löffel hatte fallen lassen. Bedeutungsschwanger schrieb ich das Wort LÖFFEL in mein Heft. Gut, dann eben eine Geschichte über einen Löffel. Ich setzte ein paar Gedanken wie Zugvögel auf einen Draht und wollte sie der Reihe nach losfliegen lassen: GABEL, MESSER, SCHERE, LICHT, SIND FÜR KLEINE KINDER NICHT. Gott! Alle Gedanken stürzten ab, bevor ich etwas mit ihnen anfangen konnte. Noch ein Schlückchen Pommeau. So schlecht war der gar nicht.

Planlos kritzelte ich mehr langweilige Wörter in mein Heft und fühlte mich so lasch wie ein verwesender Tintenfisch auf dem Sterbebett. Frustriert schleuderte ich das Heft ins Feuer, den Bleistift hinterher und wünschte, ich hätte daran gedacht, meine vollgekritzelten Schreibhefte vom Dachboden mit hier hochzubringen. Dann hätte ich sie alle auf dem Scheiterhaufen opfern können, wo sie meiner Meinung nach hingehörten. Hätte ich doch Daniel rechtzeitig verbrannt statt erstochen, dann wäre es zu alldem nicht gekommen.

Ich nahm noch einen Schluck. Viel Flüssigkeit war wichtig. Man muss immer ausreichend trinken. Außerdem konnte ich nüchtern meine Erinnerungen an Jérôme nicht ertragen. Ich hatte ihn geliebt, und wenn ich auf mein betrunkenes Selbst hörte, liebte ich ihn immer noch. Mein Herz wurde schwer wie ein Klumpen nasser Lehm. Ich mochte nicht glauben, dass er mich willentlich betrogen hatte. Ich mochte aber auch nicht über all die Ungereimtheiten nachdenken, die es mit diesem Buch gab.

Lieber schwelgte ich in Erinnerungen: der erste Besuch in der Buchhandlung (die Kälte in dem Laden), der Spaziergang zum See (das untergegangene, verrostete Fahrrad), der Wurststand am Bahnhof. Ein dreigängiges Menü für vierundfünfzig Leute. Das gehörte nicht zu den Erinnerungen, sondern zu einer düsteren Zukunft. Schon wieder fing ich an zu heulen. Ich dachte an die Taxifahrt (sündteuer), den dichten Schneefall (scheiß Schnee), die Nacht bei Mathias.

Ob Mathias wohl wieder zu Hause war? Ich hatte ihn nicht einmal angerufen. Vielleicht hätte ich mein Handy doch nicht frittieren sollen. Was für eine schäbige Freundin ich doch war. Sterben könnte er, und ich würde es nicht einmal merken. Ich musste schon wieder heulen. Oder immer noch.

Der Teesalon fing an sich zu drehen und kam ordentlich in Schwung. Die Flasche wurde leerer. Und ganz leer. Die Holzdielen schlugen Blasen. Das Feuer kippte auf mich zu. Bald kreiselten die zerfetzten Vorhänge – sie hatten die Farbe von Durchfall – rund um mich herum. Hin und wieder hielt das Karussell für einen Atemzug an und ließ, untermalt von einem gleißenden, bunten Lichtergewitter, einen neuen Gedanken zusteigen, um die Fahrt munter drehend fortzusetzen. Immer mehr Details wirbelten um mich herum wie Eis- und Gesteinsbrocken ringförmig um den Saturn, die ich mir nicht ganz erklären konnte.

Jérôme hatte die Hefte Anfang September aus dem Dachboden gestohlen. Und nur wenige Wochen später hatte das Buch schon in den Läden gelegen. Konnte das stimmen? Es musste doch länger dauern, bis so etwas gedruckt wurde. Und was war mit dem vielen Geld auf meinem Konto? Wie kam das dahin? Wer hatte für diese Überweisungen gesorgt? Eine Agentur musste es gewesen sein, laut dem, was auf dem Kontoauszug stand. Ich verstand nichts mehr.

Wie war Jérôme überhaupt auf die hirnrissige Idee gekommen, in unseren alten Koffern zu stöbern? Stand er auf Antiquitäten? Aber wozu brauchte man heutzutage einen alten Schweinslederkoffer? Der hatte noch nicht mal Rollen. So ein Koffer war höchstens brauchbar, wenn man seinen Ehepartner – dem man zuerst von hinten die Bratpfanne über den Schädel gezogen, ihn dann mit dem Metzgermesser sorgfältig zerteilt, gestückelt, abgepackt, vakuumiert und etikettiert hatte –, entsorgen wollte. Mir wurde ein wenig schlecht. Hatte ich eigentlich jemals in irgendeines der Hefte meinen Namen geschrieben? Daran erinnern konnte ich mich beim besten Willen nicht. Lag aber vielleicht an meiner dem Alkohol geschuldeten, leicht verminderten Denkleistung. Mit dem, was sich augenblicklich unter meiner Schädeldecke befand, konnte man nur noch Hirn mit Brösel und Ei zubereiten, schön grob gehackt, mit Zwiebeln in Butter geröstet, mit Eiklar vermischt, mit Petersilie verziert, portionsweise angerichtet und in der Mitte in eine Vertiefung den rohen Dotter gesetzt. Jetzt wurde mir richtig schlecht.

Würgend stürzte ich aus dem Teesalon und wurde Zeuge, wie sich mein Innerstes nach außen kehrte. Die röhrenden Geräusche, die aus den Tiefen meiner Eingeweide kamen, würden den letzten Dachs in die Flucht schlagen. Ich spuckte Gift und Galle und war stinkwütend auf mich. Wie hatte ich nur so schnell so viel scheußlichen Fusel trinken können? Pommeau! Wenigstens ein Baum war für mich da. *Mein Freund der Baum* drehte sich in meinem Kopf, wie auf dem Mangiadischi, der Schlager von Alexandra. Gott, die war doch auch so jung und so tragisch gestorben. War die nicht in einen Baum gefahren? Ich umarmte und tätschelte den Baum, lehnte meine Stirn gegen den Stamm, wartete, bis sich die Kriegstrommler, die sich an meinem offenen Herzen zu schaffen machten, langsam und knurrend verzogen, befreite mich von einem Haarstrang, der sich um meinen Hals gewickelt und mich fast erwürgt hatte, und kippte zur Seite. Mit den Fingern kratzte ich mir einen gräulichen Schneeball zusammen und steckte ihn mir in den Mund. Kindheitsgefühle. Schnee schmeckte, je nach Frische, immer anders. Dieser hier lag schon länger herum. Ich zupfte mir Tannennadeln aus dem Mund. Vielleicht sollte ich auch anfangen wie diese nordischen Spitzenköche. Ein Gericht auf der Karte konnte heißen: Panierte Baumflechten auf einem Bett aus Tannennadeln in gut gelagertem Schnee. Nordhang. Ich würgte noch einmal. Mein Kreislauf spielte verrückt. Wie ein Käfer plumpste ich auf den Rücken und lagerte meine Füße schließlich auf dem Baumstamm hoch. In meinem Magen grummelte es wütend, und der Geschmack in meinem Mund hatte etwas von einer Moorleiche.

Irgendwann fing ich an zu schlottern, kroch zurück in den Teesalon auf meine rettende Insel und fiel in einen zornigen Schlaf. Erinnerungsfetzen jagten durch meinen Schädel, führten sich auf wie Polizisten, die in jeder Ecke meines Unbewussten herumschnüffelten. In meinem Rausch spürte ich Jérôme, seine nackte Haut, seine Oberschenkel, seine Stimme, sein dichtes Haar, seine großen Augen, seine warme Hand auf meiner Wange, seine Lippen auf meinen, sein trauriges Gesicht, als ich ihn nach den Kindern auf dem Foto fragte. Sein Wunsch, die Zukunft mit mir zu verbringen. Seine Bitte, ihn nach Paris zu begleiten. Das Zugticket. Warum hatte er es mir geschenkt, wenn er mich betrügen wollte? Alles nur Show? Und was war das für ein Fehler, den er gemacht hatte und um den er sich vor der Paris-Reise kümmern musste? Wo war er nur?

Ich erwachte mit einem mächtigen Kater und Kaffeegeruch in meiner Nase, aber der musste Einbildung sein. Auch die kühle Hand auf meiner Stirn war nicht echt. Bis eine Stimme sagte: »Johanna?«

Ja, ich glaube, das war mein Name. Meine Augenlider fühlten sich so schwer wie Garagentore an. Stöhnend öffnete ich ein Auge, sah Staub, die fast leere Flasche und eine neongrüne Outdoorhose, die schlanke Beine verhüllte, die… »Caro?«, krächzte ich heiser und schob meine Nase aus dem Schlafsack. »Was machst du denn hier?«

DREISSIG

Der Grund, dass Caro mitten in der Nacht auf den Mooskopf gestiegen war, war ein ähnlicher wie meiner. Sie war geflohen.

»Mann, ist das kalt hier.« Sie stocherte im Feuer und legte ein paar Scheite nach. Draußen dämmerte es. In meinem Kopf hämmerte es. Stöhnend setzte ich mich auf, rang nach Atem und wischte mir übers Gesicht. Meine Nasenspitze fühlte sich an wie ein Eiszapfen.

»Wie spät ist es?«, fragte ich sie, als ich auch das zweite Auge aufbekommen hatte.

»Fast sechs«, sagte Caro, goss aus einer Thermoskanne Kaffee in den Silberdeckel und reichte ihn mir. »Trink. Aber sei vorsichtig, er ist heiß.«

Ich nippte daran und fühlte, wie das glühende Gebräu durch die Kehle in meinen leeren Magen rann. Sie öffnete eine Papiertüte und gab mir einen Buttergipfel.

»Ist von gestern. So früh hatte die Bäckerei noch nicht offen.«

Schweigend kaute ich das Gebäck. Langsam kehrten die Lebensgeister zurück, und meine Organe begannen wieder zu arbeiten. Caro zog sich die Mütze vom Kopf, öffnete ihren Anorak und setzte sich neben mich auf die Isomatte. Wir schauten ins Feuer. Die Dämmerung kroch durch die großen

Fenster und färbte den Teesalon bunt. Und dann erzählte mir Caro, warum sie hier war.

»Ich musste mit jemandem sprechen, der nicht völlig den Verstand verloren hat«, begann sie. »Manon, Herb, Sibylle und all die anderen haben mich schier verrückt gemacht. Ich hätte dich gebraucht, Johanna. Aber kein Mensch konnte mir sagen, wo du bist. Germana hat geflucht wie wild, als du verschwunden bist, von wegen, sie hätte jetzt eine Mordsreservierung am Hals. Und Steffi hat erzählt, du hättest sie einfach stehen lassen. Ich hab den ganzen Abend und die halbe Nacht herumtelefoniert und bin alles abgefahren, um dich zu finden. Irgendwann bin ich ins Bett, was komplett sinnlos war, weil ich nicht schlafen konnte. Und während ich mich gewälzt habe, ist mir eingefallen, wie gern du hier oben bist. Kannst du dich erinnern? Steffi und ich wollten einmal mitkommen, aber du wolltest das nicht. Es sei der einzige Ort, wo du für ein paar Stunden allein sein könntest. Also bin ich halt rauf. Was für eine beschissene Idee. Ich hab mir fast in die Hosen gemacht, allein in der Nacht durch den Wald. Ohne Stirnlampe wäre ich verrückt geworden.«

»Mensch, Caro!« Ich stellte den Kaffee ab und umarmte sie.

Wir lachten, und Caro fand erstmals Zeit, mich eingehend zu mustern.

»Irgendwie siehst du auch nicht gerade aus wie das blühende Leben.«

»Na ja«, murmelte ich.

Wir schwiegen. »Ich war in letzter Zeit verdammt unfair zu dir, oder?«

Wie ein Monument stand Caros Satz zwischen uns. Wir ließen ihn eine Weile so stehen, dann gab ich mir einen Ruck. »Ich war auch nicht ehrlich. Spätestens in der Bäckerei hätte ich dir sagen können, was zwischen Jérôme und mir passiert ist.«

Sie nickte.

»Du hast so viele Hoffnungen in dein Manuskript gelegt«, sagte ich vorsichtig. »Das, was dir Jérôme gesagt hat, hat sicher sehr, sehr wehgetan.«

Caro blickte nachdenklich auf ihre Finger. »Es war schrecklich. Aber viel schrecklicher war die Erkenntnis, dass er recht hatte. Weißt du, ich habe immer nur die Vorstellung geliebt, ein Buch schreiben zu können. Ich habe mich so viel mit Literatur beschäftigt, dass ich mir sicher war, das auch zu können. In einem Anflug von Selbstüberschätzung habe ich vor ewig langer Zeit während der Sommerferien das Manuskript hingefetzt, zusammengeklaut aus erfolgreichen Romanen, von Leuten, die das konnten, die etwas zu sagen hatten. Reine Bastelarbeit. Makramee. Nicht mehr.« Sie sah beschämt aus. »Ich habe schon seit Jahren keinen eigenen Satz mehr geschrieben. In Wahrheit ist mir das nämlich viel zu anstrengend. Aber jeder hat mich darauf angesprochen. In der Literaturgruppe lief's ganz gut, sie wollten immer wieder, dass ich ihnen kurze Passagen daraus vorlese, und alle, vor allem Manon, beteuerten, wie gut sie es fänden und dass ich es doch endlich veröffentlichen solle. Das bestärkte mich, und irgendwann glaubte ich selbst, dass es gut ist. Aber es ist nicht gut. Es ist nur peinlich. Jérôme hat das natürlich sofort erkannt und mir die Wahrheit gnadenlos vor den Latz geknallt. Ich bin so ein Esel. Frag mich bitte nicht, was für ein Teufel mich geritten hat.«

Sie nahm einen Schluck Kaffee, und ich konnte sehen, dass sie leicht zitterte.

»Bist du deswegen mitten in der Nacht auf den Mooskopf gestiegen? Um mir das zu sagen?«

Caro holte sehr tief Luft. Ihr Brustkorb hob sich. Sie stieß die Luft wieder aus. »Was die letzten beiden Tage passiert ist, hat mich wirklich überrollt… Ich habe *Salamanca* nicht geschrieben.«

»Das weiß ich.«

»Ich gebe ja zu, dass ich mich geschmeichelt gefühlt habe, aber ich war es nun mal nicht. Offenbar ist die echte Schriftstellerin schon längst tot. Gott, ist das ein beschissenes Outing! Du bist die Einzige, mit der ich darüber reden kann. Du glaubst mir doch, dass ich es nicht geschrieben habe, oder?«

Ich nickte. »Ja, ich glaube dir«, sagte ich und holte tief Luft. »Weil ich *Salamanca* geschrieben habe.«

Wenn ein Einhorn im Morgengrauen vor dem Grandhotel vorbeigeflogen wäre, hätte Caro nicht verblüffter aussehen können.

Und ich konnte es ihr nicht verdenken.

Weil ich mir keinen anderen Rat wusste, begann ich zu reden. Es floss aus mir heraus. Ich erzählte Caro das ganze Drama von Anfang bis zum Ende, ohne sie auch nur einmal zu Wort kommen zu lassen. Ich wusste, wenn ich aufhörte, dann würde ich vielleicht nicht wieder anfangen können.

In Caros Gesichtsausdruck wechselten die Emotionen wie die LED-Lichter in der kuppelförmigen Dampfsauna im Moorbad in Großdorf, in das ich alle fünf Jahre einmal ging. Erst völlige Ungläubigkeit. Dann Überraschung. Dann Neid, Bewunderung, und schließlich fing sie langsam an zu nicken, als würde das, was ich sagte, Sinn ergeben. Obwohl ich selbst die ganze verrückte Geschichte kaum glauben konnte, schien es so, als würde Caro genau das tun, und da begriff ich, dass sie trotz allem eine echte Freundin war, die mich besser als die meisten anderen kannte.

»Ich hatte nie vor, es zu veröffentlichen«, schloss ich. »Ich habe immer im Geheimen geschrieben, und das sollte auch so bleiben.«

»Aber wer hat es dann auf den Markt gebracht?«, fragte Caro. Man sah ihr an, dass es nur eine von unzähligen Fragen war, die durch ihren Kopf tobten.

»Jérôme«, sagte ich. »Gegen meinen Willen.«

Da klappte ihr der Mund auf, und sie japste wie der Hering, bevor er in die Dose gekommen war. Sie runzelte die Stirn. »Aber Moment mal. Wie soll er denn an das Manuskript gekommen sein? Und wann?«

»Bei der Lesung von Sauter.«

Caro dachte scharf nach. »Unmöglich. Von der Fertigstellung eines Manuskripts bis zur Veröffentlichung vergehen viele Monate, manchmal sogar Jahre. Die Lesung war im September. Im Oktober, spätestens im November war das Buch schon in allen Buchläden, das weiß ich ganz sicher. Ich habe es im Herbst gekauft.«

Das mit der Zeit war mir auch schon in den Sinn gekommen.

»Außerdem. Woher hat er denn gewusst, dass du schreibst? Selbst, wenn er die Hefte gefunden hätte, hätte er deine Handschrift erkannt?«

»Keine Ahnung. Ich schreibe von Hand ins Buch mit den Reservierungen. Das liegt immer auf der Theke. Da hätte er schon nachschauen und die Schriften miteinander vergleichen können.«

»Das ist doch komplett an den Haaren herbeigezogen. Wer weiß denn überhaupt, dass du schreibst?«

»Niemand«, sagte ich, und so langsam dämmerte mir, dass meine Jérôme-Theorie gewaltige Lücken hatte. Aber dennoch, Ruben Sauter erzählte doch nicht aus Spaß, dass er die Hefte von Jérôme bekommen hatte?

»Vergessen wir das mal für einen Moment. Falls Jérôme tatsächlich so knapp bei Kasse ist, wie Manon behauptet, und sich bereichern wollte, hätte er dir das Geld ja wohl kaum überweisen lassen. Offensichtlich hat er deinen Namen beim Verlag angegeben. Sonst wäre das nie auf deinem Konto gelandet. Abgesehen davon – hast du eine Ahnung, wie viele Autoren von den Verkäufen ihrer Bücher leben können?«

Sie wartete keine Antwort ab. »Im Vergleich zu denen, die schreiben, sind das nur sehr, sehr wenige. Die meisten haben noch einen oder mehrere Neben- oder eher Hauptjobs. Ich sag dir was, wenn ich Geld brauchen würde, käme ich als Allerletztes auf die Idee, ein Buch zu veröffentlichen. Das ist, als würde ich am Mooskopf anfangen nach Gold zu schürfen. Falls Jérôme also tatsächlich den richtigen Riecher gehabt hätte und ahnte, dass dieses Manuskript ein Bestseller werden würde – was kaum jemand kann –, hätte er es stehlen, veröffentlichen und nie wieder bei dir auftauchen können. Nichts hätte auf dich hingewiesen, und er hätte die ganze Kohle für sich einstreichen können.«

»Mhm«, murmelte ich.

»Mann! Warum glaubst du denn, führt der so einen Affentanz um dich auf? Etwa, um die Autorin von *Salamanca* näher kennenzulernen? Hat er dich je darauf angesprochen?«

Ich schüttelte den Kopf und fühlte mich langsam selbst wie ein Esel.

»Wenn du mich fragst, weiß er gar nicht, dass du die Autorin bist. Ich meine, überleg doch mal. Keiner wusste es!«

Ich sah auf die flammenden Berge, die vor mir lagen, und erinnerte mich daran, wie ich das letzte Mal hier gewesen war. Da war die Sonne nicht auf-, sondern untergegangen. Aber der Himmel leuchtete in den gleichen Farben. Gelb, Orange, Rosarot und Violett.

»Caro, ich glaube, ich muss nach Paris!«

Sie starrte mich an. »Wie bitte?«

»Er hat mich zur Hochzeit seiner Schwester eingeladen. Beim Ball hat er mir ein Zugticket geschenkt. Und gestern habe ich ihm geschrieben, dass er sein blödes Paris vergessen soll, und dann habe ich mein Handy frittiert. Der Zug fährt um elf.«

Caro schaute auf die Uhr und zerrte mich auf die Füße. »Du hast noch vier Stunden. Auf geht's!«

Germana Lehner

»Den Kopf in den Sack stecken? Gibt's bei uns nicht. Davonrennen schon gar nicht. Aber ich darf nicht unfair sein. Ich kann mich nämlich daran erinnern, dass ich als junge Frau auch hin und wieder davongerannt bin, wenn's mir zu viel wurde. Blöd war nur, dass wir dann halt dagestanden sind mit einem Lager voll sündteurer Lebensmittel. Ich hab noch am gleichen Abend eine Notfall-Familienkonferenz einberufen und mir den Zorn meiner Nichten eingehandelt. Mit griesgrämigen Gesichtern sind sie um den Tisch gesessen. Und plötzlich sagt Annabell ganz gelangweilt: »Also gut. Ich mach's.« Ich bin aus allen Wolken geschwebt. Ich meine, die wenigsten Leute kennen sich in einer Gastronomieküche aus. Weißt du, was da los ist, wenn man vierundfünfzig Salate und vierundfünfzig Suppen und vierundfünfzig Desserts servieren muss? Und das alles gleichzeitig, also hintereinander, aber gleichzeitig? Das muss man bis ins Effeff planen. Da muss man im Keller die großen Holztische aufklappen und Teller hinstellen und alles hinunterschleppen und darauf dann vierundfünfzig Salate anrichten und vierundfünfzig Suppen und vierundfünfzig Desserts. Und da sitzt die Annabell so vor mir, so ganz unschuldig und sagt, sie macht's, einfach so, ohne mit der Wimper zu wackeln. Das hat mich in eine ordentliche Zwicklage versetzt. Ich war mir nicht sicher, ob ich ihr das zutrauen konnte. Aber Annabell hat gesagt, sie kocht die vierundfünfzig Menüs nur, wenn sich keine ihrer Tanten in der Küche blicken lässt. Wir dürften erst zum Servieren und zum Anrichten auftauchen. Und hol's der Teufel. Die Annabell ist eine Lehnerin durch und durch. Wir Lehnerinnen werfen die Flinte nicht ins Gras. Nie. In uns steckt mehr, als wir selbst glauben. Das hat uns die Johanna ja eindrücklich bewiesen. Und weißt du, was die Annabell gemacht hat? Die hat alle ihre Freundinnen eingeladen und Glastext geredet. Ich hab gedacht, ich spinn. Die haben geschuftet wie die Ölgötzen. In der Küche ist es zugegangen wie in einer Mädchen-Umkleidekabine. Ich hab mir noch gedacht, was ich mir da wieder eingehalst habe. Aber die Annabell hatte das so was von im Griff. Die hat ihre Freundinnen herumkommandiert, so scharf, dass es mich grad an mich selbst erinnert hat. Nur einmal habe ich es gewagt, einen Fuß in die Küche zu setzen. Da hat sie den Schneebesen von sich geworfen und in die Runde gebrüllt: »Arbeit sofort einstellen!« Und diese Gören, die haben auch noch gefolgt. Wie auf Knopfdruck haben die ihre Arme gehoben und nichts mehr gemacht. Da bin ich wieder gegangen und hab mir gedacht, in der Kraft liegt die Ruhe, und statt nach dem Rechten zu sehen, habe ich mir einen kleinen Ausflug ins benachbarte Ausland gegönnt. Ich denke, dass ich in Zukunft mehr solche Ausflüge machen werde.«

Germana Lehner, 65, Wirtin Gasthaus Lamm

EINUNDDREISSIG

Ein Fahrradreifen hatte über Nacht die Luft verloren. Caro und ich schoben gemeinsam das schwere Rad durch die matschige Wiese den Berg hinunter. Mein Puls drehte durch, und mein Kopf fühlte sich an, als sei er eine rohe Blutwurst. Abwechselnd überfielen mich Schüttelfrost, Hitzeattacken und Schwindel. Nebel stieg auf, verflüchtigte sich und ließ die aufgehende Sonne durch. Ich konnte die Mooser Kirche erkennen. Der Karren drängte abwärts, und wir brauchten alle Kraft, ihn zu bändigen. Ich war froh, dass Caro bei mir war.

»In Deckung!«, zischte sie mir eine Warnung zu.

Aber es war zu spät, um ins Haselnussgesträuch zu hechten. In der Formation eins-zwei-eins – Alice Mangold vorneweg, dahinter Renate und Irmela Hopfner, zum Schluss Evi Eberle – näherten sich uns die Laufgazellen mit großen, schnellen Schritten. Jede der vier Frauen hielt Stöcke in Händen, die energisch klackerten. Obwohl es steil bergauf ging, hatten sie einen unheimlichen Zahn drauf. Dabei plauderten sie so entspannt miteinander, als säßen sie bei einem Tässchen Kaffee. An keiner von ihnen entdeckte ich auch nur eine Schweißperle.

Wir rammten den Karren zwischen zwei Babytannen an den Wegrand und stellten uns auf, als wenn gleich die Tour de France vorbeikäme, bereit, fröhlich zu winken, obwohl mir grottenschlecht und Caro völlig erschöpft war.

Seit Renate mich vor dem ganzen Dorf geoutet hatte, reagierte ich einigermaßen empfindlich auf sie. Morgen würden alle wissen, dass wir die Nacht gemeinsam am Berg verbracht und zum Kotzen ausgesehen hatten.

Alice Mangold reduzierte die Geschwindigkeit. »Was macht ihr denn so früh schon hier oben!«, rief sie erstaunt.

Evi Eberle wirkte besorgt. »Ja, du, aber du, Johanna, aber du, Caro«, stammelte sie.

»Kleiner Morgenspaziergang, frische Luft schnappen.« Ich versuchte ein Lächeln, winkte sie weiter und hoffte, dass sie es extrem eilig hatten. Normalerweise konnte sie nur ein Erdrutsch oder eine Lawine stoppen.

»Du bist mir noch was schuldig«, sagte Renate zu Caro, die keinen Schimmer zu haben schien, worum es ging. »Aber das hab ich mir ja gleich gedacht. Kannst du dich nicht mehr erinnern? Ist dir der Erfolg schon so zu Kopf gestiegen?«

Caro japste nach Luft, sah peinlich berührt zwischen Renate und mir hin und her.

»Selbstverständlich kriegst du ein Autogramm von Caro«, sagte ich lächelnd und schubste sie. »Nicht wahr, Caro?« Ich kramte in meinem Rucksack und fand ein aufgerissenes, leeres Briefkuvert, das ich mit den alten Zeitungen zum Anzünden aus dem Altpapier gezogen hatte, und einen Zweitbleistift – Schreibzeug hatte ich immer irgendwo versteckt.

»Klar kriegst du ein Autogramm.« Caro spielte das Spiel mit und schrieb in Schulschrift

Caroline Mätzler

Alle vier Frauen steckten ihre Köpfe über dem Fresszettel zusammen.

»Verstehe«, zischte Renate, riss ihr den Zettel aus der Hand und wandte sich ab. »So wichtig bin ich dir also.«

»Aber du, aber Renate, du, ist doch eine tolle Unterschrift«, versuchte Evi Eberle zu beruhigen.

»Weiter geht's.«

Auch die anderen setzten sich zu unserer Erleichterung in Bewegung. Sie marschierten weiter und drehten in unterschiedlichen Abständen ihre Köpfe nach uns um, wobei Renate prompt mit einem Fuß in einer Rinne hängen blieb. Alice und Evi verhinderten einen Sturz, indem sie sie unter den Armen packten.

»Kommt doch mal mit, ihr zwei!«, rief Evi. »Würde euch guttun! Ihr seid ja ganz blass.«

»Machen wir!«, riefen wir und winkten ihnen fröhlich hinterher. Schon fühlte ich mich etwas besser. Lachend rissen wir das Gefährt zurück auf den Weg und hetzten hinunter zum Sonnenrain. Wir keuchten aus dem letzten Loch. Würde ich es mit öffentlichen Verkehrsmitteln nach Zürich schaffen? Ich musste mit dem Bus hinaus in die Stadt, in den Zug steigen und über die Grenze durch St. Gallen und nach Zürich. Knapp. Alles verdammt knapp.

Die Zeit lief uns davon. Fritz Fuchs kehrte den Splitt in unserer Einfahrt – das tat er, wenn er bei sich zu Hause keine Arbeit mehr fand. »Johanna. Wir haben dich gesucht. Du bist ja gestern Hals über Kopf davongerannt.«

»Bin ich. Und jetzt bin ich wieder da.« Der hatte mir gerade noch gefehlt. »Ich muss nach Paris.«

Ausnahmsweise war Fritz sprachlos. Dann tat er das, worauf ich gehofft hatte: Er hörte auf zu kehren und trug die Neuigkeit brühwarm nach Hause.

»Ich check die Verbindungen bis Zürich!«, rief Caro und hackte auf ihr Handy ein, sobald wir die Treppe hinauf ins Lamm stolperten. »Du packst.«

Welchen Koffer sollte ich nehmen?

»Vergiss deinen Ausweis nicht!«, rief Caro.

Wann hatte ich den zuletzt benutzt? War er gar schon abgelaufen?

»Und das Ticket!«

Wo hatte ich das eigentlich hingelegt?

»Und Geld!«

Ich rannte durch den Flur. Steffi kam aus der Gaststube. »Meine Güte, da bist du ja! Das ganze Dorf sucht dich. Wo bist du denn gewesen?«

»Tut mir leid, ich habe jetzt echt keine Zeit.«

Steffi hielt mich fest. »Johanna! Was ist los?«

»Nicht jetzt.«

Ich rannte die Treppen hinauf in den Dachboden und suchte einen Koffer. Steffi folgte mir. »Was suchst du?«

»Einen Koffer. Ich muss nach Paris. Zu Jérôme.« Ich drängte mich an meiner verdutzten Freundin vorbei, hinein in mein Zimmer und warf den erstbesten Koffer aufs Bett. Schweinsleder.

»Wann fährt der Zug?«, fragte Steffi.

Ich schaute auf die Uhr. »In zweieinhalb Stunden.«

»Und wie kommst du dahin?«

»Keine Ahnung.«

Wahllos warf ich Klamotten in den Koffer, Zahnbürste, Socken, Unterwäsche. Wo war das verdammte Zugticket? Ich riss alle Schubladen auf, suchte in Hosentaschen und in meinem Dirndl. Ich war den Tränen nah.

»Wir brauchen ein Auto«, sagte Caro, die inzwischen hinter Steffi aufgetaucht war.

»Germanas Benz ist in der Reparatur. Verdammte Scheiße. Wo ist das Ticket?«

»Ruf Mathias an. Mathias hat ein Auto«, rief Steffi und zappelte noch mehr als ich.

»Der ist im Krankenhaus.«

»Seit gestern nicht mehr.«

Ich verschloss den Koffer, riss ihn vom Bett und polterte damit die Treppe hinunter, an Germana vorbei, hinüber zu Mathias. Ich klingelte Sturm und hörte Mathias' Stimme in der Gegensprechanlage.

»Leihst du mir dein Auto und deinen Fabian?«, brüllte ich in die Gegensprechanlage.

»Mein Auto, ja. Meinen Fabian, nein. Der kommt erst am Abend wieder.«

»Wer ist dann bei dir?«

Ein Milchgesicht öffnete die Tür und sagte schüchtern: »Ich.«

»Und wer bist du?«

»Lorenz. Zivildiener.«

Mathias kam mit dem elektrischen Rollstuhl aus seiner Wohnung. Er sah wesentlich besser aus als Anfang der Woche. Lorenz trat zur Seite und ließ ihn vorbei. Gleichzeitig quasselten wir auf ihn ein: Steffi, Caro und ich. Zu dritt versuchten wir Mathias beizubringen, was das Problem war.

»Oh, bitte«, flehte ich. »Jérôme glaubt, ich komme nicht. Weil ich Idiotin es verbockt habe.«

»Sie muss nach Paris!«, rief Steffi.

»Nach Zürich!«, korrigierte Caro und schlug Steffi auf den Oberarm.

»Der Zug fährt in zweieinhalb Stunden«, sagten sie unisono.

Endlich kam Mathias in Schwung. »Gut. Wer von uns kann Auto fahren?«

Steffi, Lorenz und ich hoben den Arm.

Mathias sah Lorenz an und musste lächeln. »Wer von uns kann Auto fahren *und* hat einen gültigen Führerschein?«

Frustriert ließ Lorenz seinen Arm sinken. Blieben Steffi und ich.

»Du scheidest auch aus, Johanna. Oder wie stellst du dir das vor? Fährst mit dem Auto nach Zürich, steigst in den Zug und lässt uns stehen? Mit Auto und ohne Fahrer? Du fährst«, sagte Mathias und zeigte mit seiner Nasenspitze auf Steffi.

»Echt jetzt?«, fragte Steffi. »Deine Riesenkarre? Ist das etwa Automatik? Bei uns fährt immer Tju.«

»Einen Schmarrn wirst du!« Ich fuhr herum. Germana trug ihren Hasenfellmantel, schwenkte ihre Handtasche am Arm wie einen Morgenstern und kam wild entschlossen auf uns zu. »Die Einzige in der Runde, die amtlich fahren kann, bin ich. Nach Zürich geht's? Wo ist der Schlüssel?«

»Hängt neben der Tür«, sagte Mathias. Wir traten zur Seite, Mathias kurvte an uns vorbei und öffnete mit seiner Mundsteuerung das Garagentor.

»Weißt du inzwischen, wo dein Zugticket ist?«, fragte mich Caro. Mathias streifte sie mit dem Rollstuhl. »Sag mal, ist es eigentlich wahr, dass du *Salamanca* geschrieben hast?«

»Nein, das war Johanna«, sagte Caro und nahm mir den Koffer ab.

»DUUU?« Steffi, Germana und Mathias riefen es gleichzeitig.

»Ach herrje. Jetzt fällt's mir wieder ein.« Ich schlug mich an den Kopf. »Das Zugticket. Ich hab's ins Buch gesteckt. Bin gleich wieder da.«

»Jérôme tut ihr gar nicht gut«, hörte ich Steffi noch zu den anderen sagen. Aus der Küche kam Mädchengegacker. So musste es klingen, wenn zwanzig Girls auf ihren Auftritt in einer Castingshow warteten. Keine Zeit, mich darum zu kümmern. Sobald ich das Ticket hatte, trampelte ich, zwei Stufen auf einmal nehmend, die Treppe wieder nach unten und fiel beinah über Elisabeths Putzeimer. »Du meiner Seel'«, rief sie.

»Ich fahr nach Paris, Germana bringt mich nach Zürich, bin am Sonntagabend wieder zurück, pass auf Antonia auf!«

»Auf mich muss man nicht aufpassen!«, rief meine Mutter aus der Poststube. Ihr Gehör war einwandfrei. Mit einem Pinsel und einem Tuch staubte sie ein Gemälde meiner Großmutter ab. Ich drückte ihr (also meiner Mutter, nicht meiner Großmutter) einen Kuss auf die Wange. »Hab dich lieb. Bin bald wieder da.«

»Meine liebe Josefine«, sagte meine Mutter und hauchte auf eine kleine goldene Namensplakette unter dem Gemälde. »Dich haben sie am schönsten gemalt.«

Josefine. Josefine. Eine Blendgranate explodierte in meinem Gehirn, hinterließ viel Nebel und den diamantenen Schimmer einer Ahnung.

Als ich nach draußen kam, schob sich die Rampe aus dem Wagen – und ich traute meinen Augen nicht: Statt wieder in sein Apartment zurückzukehren wie üblich, fuhr Mathias durch das Wageninnere neben den Fahrersitz.

Mir kamen fast die Tränen. Ich wusste, was ihn das für Überwindung kosten musste. Wie oft hatte ich versucht, ihn aus dem Haus zu locken. Und jetzt?

»Wenn du weiter blöd rumstehst, fährt der Zug ohne dich«, schimpfte er.

»Ist dir das nicht zu viel?«, fragte ich von außen durch die offene Scheibe auf dem Beifahrersitz. »So kurz nach dem Infekt?«

»Steig ein, bevor ich's mir anders überlege!«

Germana wuchtete ihren massigen Körper auf den Fahrersitz, versuchte sich von der Größe des Chryslers nicht einschüchtern zu lassen und machte sich – für meinen Geschmack viel zu lang – mit der Technik vertraut, während wir die hinteren Sitze aufklappten, fixierten und einstiegen: Steffi, Caro, Lorenz und ich – der reinste Familienausflug. Jeden Schmarrn ließ Germana sich von Mathias erklären, und erstmals verfluchte ich seine Geduld.

»Wenn's anfängt zu regnen, kannst du dich immer noch mit dem Scheibenwischer beschäftigen. Fahr einfach!«, brüllte ich.

»Ah! Da liegt der Haken im Pfeffer begraben«, sagte sie freudig, als der Scheibenwischer über die trockene Scheibe quietschte. Dann machte sie sich mit dem Gurt vertraut, der sich aus unerfindlichen Gründen nicht so um ihre Oberweite spannen ließ, wie sie das wollte.

»GERMANA!«, rief ich.

»Ist ja schon gut.« Als müsste sie einen Präzisionstest auf Millimeterpapier absolvieren, kurvte meine Tante aus der Garage, zwei Millimeter zurück, zwei nach vor, so gemächlich, als hätten wir den ganzen Tag Zeit. Der Chrysler machte einen Sprung, und wir hüpften rückwärts aus der Garage.

»Sauschlechte Kupplung. Was hast du bezahlt für den Wagen?«, knurrte Germana.

Im Schritttempo fuhr sie auf den Sonnenrain und bog dann, statt nach rechts ins Dorf nach links ab, wo wir über die Brücke mussten, die für den Wagen viel zu schmal war. Wir schrien im Kollektiv.

»Jetzt macht euch nicht ins Hemd. Dieser Weg ist viel kürzer. Ich fahr immer hier.«

Ich sah Sterne. Der Hyänenhund vom alten Mohr belegte die Straße und hob nicht einmal den Kopf.

Germana drückte auf die Hupe. Der Hund wedelte mit dem Schwanz, bewegte sich aber keinen Millimeter.

»Na warte!« Ich schob die Autotür auf, packte den Köter, vor dem ich mich mein ganzes Leben lang gefürchtet hatte, an den Ohren, berührte mit meiner Nase fast seine Schnauze, schaute ihm in die blutunterlaufenen Augen und sagte sehr leise, aber eindringlich: »Wenn ich wegen dir den Zug verpasse, bringe ich dich um.« Da leckte mir das nach Verwesung stinkende Vieh das Gesicht ab. Ich brüllte, er erhob sich und trottete von der Straße.

Ich hechtete rein ins Auto, schob die Tür zu, wischte mir das Gesicht ab, und Germana bewegte uns meterweise vorwärts.

»Ich hab Feuchttücher!«, bemühte sich Steffi und kramte in ihrer Tasche. Vor der gedeckten Holzbrücke trat Germana auf die Bremse, verengte ihre Augen zu Schlitzen und zeigte mit einer drohenden Geste aus der Windschutzscheibe. »Also, das schlägt doch das Fass aus der Krone. Als ich das letzte Mal hier gefahren bin, war sie breiter. Das Auto passt da nicht durch!«

Meine Nerven kamen mir vor wie die undichten Leitungen von einem Gasherd, über dem Germana gefährlich nah herumzündelte.

Wir waren noch nicht einmal durch Moos und hatten schon wieder fünfzehn Minuten vergeigt.

»Wie fährt man eigentlich rückwärts?«, fragte sie seelenruhig.

Mathias fand das Theater sehr amüsant. »Hilft's dir, wenn ich sage, dass der Wagen durchpasst?«

»Bitte, gib einfach Gas!«, drängte ich.

»Na gut, auf eure Verantwortung«, sagte Germana mit beleidigtem Unterton, trat völlig unvermittelt aufs Gas und donnerte über die Holzbrücke wie eine Rakete von der Abschussrampe, mähte beinah ein Verkehrsschild nieder, sagte: »Schwan rüber«, rammte um ein Haar den Traktor von Dokus, kurvte millimeterdicht daran vorbei, beschleunigte in einer Sekunde von null auf sechzig, nietete einen Mülleimer um, fuhr an der Remise von der Dampflok vorbei und riss im Fahrtwind fast Peggy die tomatenroten, langen Zöpfe von ihrem gestrickten Wikingerhelm.

»Geile Mütze. Wer war das?«, fragte Mathias.

»Peggy Kühn!«, riefen wir, während Germana den Chrysler durch das Dorf jagte.

»Wow!«, stöhnte Mathias, der windschief in den Gurten lag. »Du weißt, dass ich hohen Geschwindigkeiten gegenüber nicht abgeneigt bin, aber das finde ich jetzt ein wenig übertrieben.«

»Sei mir nicht böse, Junge, aber da musst du durch. Ich will nicht daran schuld sein, dass meine Nichte ihren Jérôme verpasst.«

Jetzt plötzlich.

Steffi kicherte, und Caro hielt mir die Hand.

Als wir die Autobahn erreichten, wurde es flüssiger, und Germana schien sich an den Wagen gewöhnt zu haben. Trotzdem rechnete ich mit allen Hindernissen, um mein Drama bis zum Anschlag zu steigern: ein Tornado, der zum ersten Mal seit der Wettermessung auftrat, eine Landmine aus dem Zweiten Weltkrieg, die achtzig Jahre lang gewartet hatte, um genau dann zu explodieren, wenn ich Jérôme erreichen musste, Weltraumschrott, der uns aufs Auto fiel, ein Amokläufer, ein leerer Tank, ein Reifenplatzer, ein Zollbeamter, der uns nicht durchließ. Nichts davon passierte. Nicht einmal der Rhein war überschwemmt. Die Brücke war frei, und an der Windschutzscheibe klebte, was mich nun wirklich erstaunte, sogar eine Vignette für die Schweizer Autobahn, schließlich war das Jahr noch jung. »Die hat mir Marlies zu Weihnachten geschenkt in der Hoffnung, dass ich mal wegfahre«, erklärte Mathias.

»Das tust du ja jetzt«, sagte Germana.

»Stimmt eigentlich«, sagte er vergnügt.

»Geht's nicht schneller?«, fragte ich, weil Germana konsequent hundertzwanzig Stundenkilometer fuhr.

»In der Schweiz fährst du nur ein einziges Mal zu schnell«, sagte Germana wohl aus Erfahrung.

Wie auf Schienen glitt der Chrysler dahin. Wenn wir dem GPS glauben durften und nichts dazwischenkam, würden wir es knapp schaffen. Kein Grund zur Aufregung. Trotzdem war ich so nervös, dass ich mich kaum auf dem Sitz halten konnte, nicht wusste, was ich mit meinen Händen tun sollte, und davon ausging, noch vor Rorschach einen Herzinfarkt zu bekommen.

»Johanna, beruhig dich. Den Zug schaffst du locker«, sagte Mathias.

»Ja, aber ... aber ... aber.«

Sie lachten mich aus. Caro klopfte mir auf den Oberschenkel. Steffi reichte mir ein Bonbon, das sie wahrscheinlich schon mehrere Jahre in der Jackentasche mit sich herumgetragen hatte. (So schmeckte es dann auch.) Und Lorenz bot mir seinen Kopfhörer an, aus dem es wummerte. Ich lehnte dankend ab.

Caros Telefon meldete sich. Auf dem Display stand Manons Name. Caro verdrehte die Augen und nahm das Gespräch an: »Ich bin in der Schweiz, also fass dich kurz. Nein, Manon. Ich habe deinen Artikel über mich noch nicht gelesen. Die Jeans, die ich gestern getragen habe, waren überhaupt keine Snake & Dagger. Und bei dir gekauft habe ich sie auch nicht. Verdammt! Ich habe diesen Roman nicht geschrieben. Wie oft muss ich dir das noch sagen? Nein, Interviews gebe ich auch keine. Und keine Autogramme. Ciao.« Caro steckte ihr Handy ein und beäugte mich unsicher. »Sie will meine Managerin sein.«

Ich musste hellauf lachen. »Viel Spaß! Das stelle ich mir großartig vor.«

»Also hast du das Buch doch geschrieben, Caro? Ich kenn mich nicht mehr aus«, sagte Mathias und wandte sich an Germana. »Kennst du dich aus? Hat sie dieses Buch jetzt geschrieben oder nicht?«

»Also, ich glaube, Marlies hat's geschrieben«, sagte Steffi plötzlich. Als Caro und ich lachten, war sie beleidigt.

»Meine Schwester?«, fragte Mathias. »Nie und nimmer. Die schreibt nur unverständliche Anwaltsbriefe.«

»Aber ihre Aufsätze wurden in der Schule immer vorgelesen. Könnt ihr euch nicht mehr erinnern?«, fragte Steffi.

»Die Aufsätze von Johanna wurden auch immer vorgelesen«, gab Caro zu bedenken.

»Stimmt eigentlich«, sagte Steffi, und da schienen sie es endlich glauben zu können.

Es wurde still. Fragend sahen sie mich an, und ich erzählte meine Geschichte noch einmal. Steffi fiel das Bonbon aus dem Mund. Germana schnäuzte sich, und Mathias lächelte. Lorenz hatte sich die Kopfhörer aus den Ohren genommen und lauschte.

Als ich fertig war, schlang mir Steffi beide Arme um den Hals und hielt mich fest. »Oh, es muss furchtbar für dich gewesen sein. Warum hast du nie etwas gesagt?«

»Wer hat denn jetzt das Manuskript geklaut?«, fragte Lorenz.

»Ich habe eine Vermutung«, sagte ich, »aber zuerst muss ich mit Jérôme sprechen.«

Es war keine Landmine, sondern ein Schild, das kurz nach Winterthur auftauchte und in großen Lettern eine UMLEITUNG verkündete. Germana musste ihm folgen und eine andere Ausfahrt nehmen. Das GPS änderte seine Ankunftszeit. Da war es. Das Drama. Hatte ich es doch gewusst.

»Du könntest die Tram durch die Stadt nehmen«, meldete sich Lorenz.

Ich schüttelte hilflos den Kopf. Bis jetzt hatte mich das Adrenalin vorwärtsgetrieben, aber nun wurde mir bewusst, was ich tat.

Gleich waren wir in Zürich, und ich war mir ziemlich sicher, dass Jérôme nicht auf dem Bahnsteig warten würde. Immerhin war meine Nachricht unmissverständlich gewesen.

Was hatte ich mir nur gedacht? Sollte ich allein nach Paris fahren und ihn dort suchen? Aber wie sollte ich das schaffen? Ich wusste ja nicht mal, wo seine Schwester heiratete. Gab es noch ein Zurück?

Die Fahrt in die Innenstadt raubte mir fast den Verstand. Abwechselnd schloss ich die Augen, betete und kaute an meinen Lippen. Und auf einmal lag er vor uns. Der Bahnhof. Zwölf Minuten blieben mir noch.

»Was soll ich machen, wenn er nicht da ist?«

»Er ist da«, sagte Germana mit der Sicherheit eines Überwachungsbeamten, der einen Verdächtigen auf einem Bildschirm beobachtete.

»Und was, wenn ich in Paris Heimweh bekomme?«

Mathias blickte Caro an. »Könntest du ihr bitte einen Tritt in den Hintern geben mit schönen Grüßen von mir?«

Germana lachte. »Der Junge weiß, was Sache ist. Kind! Reiß dich zusammen. Du gehst jetzt da raus. Und dann setzt du dich in den Zug und knöpfst dir diesen Jérôme vor, auf der Fahrt soll er dir endlich reinen Tisch einschenken, und dann schaust du, dass du endlich unter die Kühlerhaube kommst.«

»Genau!«, rief Mathias vergnügt.

Ich küsste Caro, ich küsste Steffi, ich küsste Lorenz, und

ich küsste Germana. Vor Mathias wich ich zurück. Er war nicht länger vergnügt, sondern warf mir einen Blick zu, den ich zuletzt an ihm gesehen hatte, als er mit einem Killerinstinkt im Starthaus einer Weltmeisterschaftsabfahrt stand und in die Tiefe blickte, kurz bevor er das Visier seines Helms herunterklappte »Wenn du jetzt nicht augenblicklich aussteigst und zusiehst, dass du diesen Zug erwischst, kriegst du bei mir Hausverbot. RENN!« Der Zeiger der großen Uhr unter der Schweizer Flagge war unaufhaltsam vorgerückt. Noch fünf Minuten.

Ich bekam Panik und rannte los.

»JOHANNA!«, brüllte Steffi und eilte mir nach. »Dein Koffer.«

Ich schnappte ihn und überflog die Anzeigen, bevor mir wieder Jérômes Notiz einfiel. Gleis dreizehn. Natürlich. Dort drüben stand der TGV. Durchsagen hallten über den Bahnsteig. Ich nahm meine Beine in die Hand und rannte wie noch nie in meinem Leben.

Die meisten Türen des Zuges waren bereits geschlossen. Zugbegleiter in Uniformen stiegen als Letzte ein. Ich betätigte einen Knopf. Die Tür ging auf. Nur ein Schritt. Die Menschheit würde ihn nicht bemerken. Aber er konnte mein Leben für immer verändern. Saß Jérôme im Zug? Oder saß er nicht im Zug? Liebte er mich, oder hatte er mich doch für seine Zwecke missbraucht? Ich verharrte im luftleeren Raum. Plötzlich schien es mir unmöglich, diesen einen einzigen, letzten Schritt zu machen.

Ich konnte das hier tun. Und ich würde. Doch in diesem Moment ertönte ein Zischen. Die Tür glitt zu. Ich hämmerte auf den Schalter. Vergeblich. Zu spät. Der Zug fuhr ab.

Aus. Vorbei.

Mein Kopf sackte nach unten, als wären all meine Halsmuskeln mit einem Schlag durchtrennt worden. Ich starrte auf den schmutzigen Boden des Bahnsteigs. Um keinen Preis der Welt hätte ich es fertiggebracht, diesem Zug hinterherzusehen. Den Chancen und den Möglichkeiten, die sich mir geboten hatten.

Leer mein Kopf. Leer meine Seele. Ich war eben doch eine Lehnerin. Selbst, wenn wir ganz nah dran waren, unseren Arm schon ausstrecken konnten, waren wir doch unfähig, etwas in unserem Leben zu ändern.

In mein Blickfeld schoben sich Schnürsenkel, die gerissen und wieder zusammengeknotet waren.

»Willst du mich eigentlich fertigmachen, Bergfrau?«

Da stand Jérôme. In seinem Mantel. Und sah sehr blass aus. Angst und Unsicherheit flackerten in seinen braunen Augen. Und noch viel mehr. Wie hatte ich nur zweifeln können? Ich trat auf ihn zu, legte meine Arme um ihn, meine Brust auf seine, zwei wild schlagende Herzen, und hielt ihn fest.

Er drückte mich eng an sich und flüsterte mir ins Ohr. »Am liebsten würde ich dich nie wieder loslassen.«

»Was ... was ... was machst du denn hier?«, schluchzte ich. »Müsstest du nicht im Zug sein?«

»Ich hab doch gesagt, ich warte am Gleis«, sagte er und lächelte.

»Hast du mein Manuskript gestohlen?« Ich musste es wissen. Jetzt und sofort.

Er hob seine Augenbrauen. »Welches Manuskript?«

Mooser Heimatchronik

»Die ganze Sache begann ein Jahr vor der Lesung mit Ruben Sauter. Es war mein erster September im Buchladen in der Königsstraße. Der Schulanfang ist eine stressige Zeit, und ich wusste nicht, was ich zuerst tun sollte. Eltern und Großeltern kauften Bücher für die Einschulung. Mitten unter all den Kunden stand eine weißhaarige Frau. Sie wirkte verloren, als hätte man sie im falschen Laden abgesetzt. Zierlich und aufrecht stand sie da. Sie trug eine jagdgrüne Lodenjacke und einen Filz-Schlapphut über weißen Locken. In ihrer Hand, sie hatte im Verhältnis zu ihrem zarten Körper sehr kräftige Hände, hielt sie eine rosarote Schultasche mit Einhörnern und Leuchtstreifen fest. Sie fiel mir auf, weil sie kein einziges Buch ansah. Bücher schienen sie überhaupt nicht zu interessieren. Sie betrachtete sie mit Abstand, eher so, als seien es explosive Fremdkörper. Dann sah ich, wie sie mit einem Kind in einem Bilderbuch blätterte. Bereitwillig und freundlich ließ sie alle anderen Kunden vor und sagte, sie habe Zeit, der werte Herr Buchhändler solle nur in Ruhe bedienen. Als ich endlich eine kleine Pause hatte, ging ich auf sie zu und fragte, was ich für sie tun könne. Sie trat an die Kasse und stellte die Schultasche ab. Dann zog sie einen Stapel Hefte heraus und schob sie mir entgegen. Kleine, linierte, sechzig Blatt dicke Schulhefte. Sie schienen schon in die Jahre gekommen zu sein.

»Ich will wissen, was Sie davon halten«, sagte sie.

Ich war verblüfft und starrte sie wohl nur an. Als ich nicht reagierte, nahm sie das oberste Heft und hielt es mir entgegen. Ich schlug es auf. Die sorgfältig geschriebene, schmale Schreibschrift faszinierte mich.

Ich muss gestehen, dass mich der Inhalt nicht interessierte. Ich war nur fasziniert von dieser Handschrift. Trotzdem wusste ich nicht, was ich damit anfangen sollte.

»Sie kennen sich doch aus mit Büchern«, sagte die Frau.

»Ein wenig«, sagte ich. Glocken klingelten, und neue Kunden kamen in den Laden.

»Ich möchte, dass Sie das lesen.«

»In Ordnung«, sagte ich und stellte den Stapel zur Seite.

»Nein, nein!«, sagte die Frau mit Nachdruck. »Sie sollen das sofort lesen. Heute noch!«

Da musste ich lachen. »Aber Sie sehen doch, was hier los ist. Lassen Sie mir Ihre Telefonnummer da, dann werde ich es lesen und Sie anrufen.«

»Nein«, sagte sie und wirkte immer verzweifelter. »Ich habe keine Zeit zu verlieren. Wissen Sie, was? Ich setze mich in die Bäckerei gegenüber. Dort werde ich so lange sitzen bleiben, bis Sie mir sagen, was Sie davon halten.« Dann verließ sie die Buchhandlung, setzte sich in die Bäckerei ans Fenster und kritzelte hin und wieder etwas auf einen Zettel.

Den ganzen Tag ließ sie mich nicht aus den Augen. Ich hielt sie für ein wenig verrückt. Ich konnte ja nicht wissen, was mit ihr los war. In der Mittagspause ging ich zum Japaner und aß Ramen-Suppe. Als ich zurückkam, saß sie immer noch in der Bäckerei. Sie saß auch noch dort, als ich um achtzehn Uhr den Laden schloss. Eine halbe Stunde später schloss auch die Bäckerei. Man bat die alte Frau zu gehen. Sie setzte sich ins Freie an den Rand eines Stuhls, der bereits an einen Tisch gekettet war, hielt die Schultasche im Arm und schaute permanent auf ihre Zettel. Sie fror. Aber sie wirkte unendlich geduldig. In dem Moment wusste ich, dass sie ihr Versprechen wahr machen würde. Sie würde dort, wenn es sein musste, die ganze Nacht sitzen bleiben; so lange, bis ich ihr Bescheid gab. Ich würde sie nicht loswerden, bis ich einen Blick in die Hefte geworfen hatte. Ich hatte Mitleid mit ihr, bat sie herein, kochte eine Kanne Tee, knipste das Licht an, setzte mich hinter die Kasse und begann zu lesen. Ich las ein, zwei Hefte und war sofort gefangen. Die Geschichte und der Schreibstil waren speziell, aber großartig. »Es gefällt mir. Ich finde es gut«, sagte ich zu ihr. Sie kramte nach ihren Zetteln, überflog sie und sagte: »Ich möchte, dass Sie ein Buch daraus machen.«

Das war die ungewöhnlichste Bitte, mit der ich je konfrontiert worden war. Sie war so ungewöhnlich, dass ich lächeln musste. »Ich bin Buchhändler. Kein Verleger. Sie müssen sich damit an einen Verleger wenden.«

»Und wo finde ich einen Verleger?«

Darauf wusste ich keine schnelle Antwort. Offenbar hatte die Frau keine Ahnung. Ich erklärte ihr anhand von anderen Büchern, wie Verlage hießen, wo sie ansässig waren und wie man vorgehen musste.

»Hören Sie, Herr Buchhändler!« Die alte Frau wurde ungeduldig. »Ich weiß nicht, was Sie mir da alles erzählen. Das ist mir zu kompliziert. Ich will einfach nur, dass Sie die Geschichte in ein Buch drucken. Ist das zu viel verlangt?«

»Wer hat es denn geschrieben?«, fragte ich. Die Hände der alten Frau fingen plötzlich an zu zittern, sie schien verwirrt und nervös. »Meine … meine … meine Mutter«, sagte sie schließlich.

»Hat Ihre Mutter auch einen Namen?«

»Josefine«, sagte sie.

»Und weiter?«

Ihr Blick irrte umher. »Feder«, sagte sie.

Zu dem Zeitpunkt wusste ich noch nicht, dass sie den Namen den altmodischen Schreibfedern entlehnte, die bei mir an der Kasse zum Verkauf angeboten wurden. Sie erfand ihn schlichtweg in diesem Moment.

»Wie alt ist denn Ihre Mutter?«

»Sie … ich glaube … meine Mutter, Josefine, nein, sie lebt nicht mehr. Aber finden Sie nicht, sie hätte es verdient, dass ihre Geschichte gelesen wird?«

»So einfach geht das nicht.«

»Dann sagen Sie mir doch, wie es geht.«

Meine Geduld nach diesem anstrengenden Tag hing schon an einem dünnen Faden, aber die Frau war so entschlossen, dass ich mir die Mühe machte und das Szenario in allen Konsequenzen durchspielte, auch wenn ich nicht ernsthaft glaubte, dass es jemals zu einer Veröffentlichung kommen würde. »Nun gut. Ich kenne ein paar Leute in der Branche. Ich könnte versuchen, das Manuskript einem Verlag zukommen zu lassen.«

»Und dann?«

Ich wollte ihr ersparen, was dann passieren würde. Das Buch würde ungelesen zurückgeschickt werden. »Gut, also, nehmen wir einmal an, es gäbe einen Verlag, der das Manuskript tatsächlich veröffentlichen möchte, dann wird als Erstes ein Vertrag aufgesetzt.«

»Ein Vertrag?« Sie wirkte noch nervöser, und inzwischen tat sie mir entsetzlich leid. »Ich, also mit Verträgen, ich fürchte, ich kenne mich überhaupt nicht aus mit Verträgen, das machen immer meine Schwestern.«

»Sie könnten sich einen Anwalt nehmen, der Ihnen dabei hilft.«

»Das ist eine gute Idee. Wissen Sie was? Ich werde Ihnen jemanden vorbeischicken, der sich um all das kümmert. Ja, das ist eine gute Idee. Vielen herzlichen Dank.«

Ich war sehr beeindruckt von ihrem kräftigen Händedruck. Beschwingt verließ sie die Buchhandlung. Dabei fielen ihr die zerknüllten Zettel aus der Hand. Auf einem stand schwer leserlich gekritzelt: »Ich warte auf den Buchhändler. Er muss aus der Geschichte ein Buch machen. Der Bus Nummer vierzig bringt mich heim. Ich heiße…« An dieser Stelle war der Zettel abgerissen.

Diese Nachricht berührte mich sehr. Ich las die ganze Nacht in den Heften. Und tatsächlich bekam ich am nächsten Tag Besuch von einer Anwältin. Sie war etwas jünger als ich und hatte sehr helle, blaue Augen. Sie reichte mir eine Visitenkarte und sagte: »Meine Mandantin war gestern bei mir. Ich habe eine Vollmacht und vertrete sie in allen Angelegenheiten, was das Manuskript von Josefine Feder betrifft.«

»Ich kann Ihnen nichts versprechen«, sagte ich.

»Das ist mir klar«, sagte die Anwältin und lächelte. Ein Lächeln, das mir zu verstehen gab, dass sie genau wusste, auf welch unmögliches Unterfangen sie sich da eingelassen hat. »Ich kenne die Tochter von Frau Feder schon sehr lange und habe ihr versprochen, mich um ihren Letzten Willen zu kümmern… Finden Sie das Manuskript denn gut?«

»Ja, das finde ich.«

Ich rief Ruben Sauter an, den ich kurz zuvor kennengelernt hatte, und erzählte ihm von dem Manuskript. Er versprach mir, es seiner Lektorin zu geben. Also schrieb ich ein paar Zeilen, mit der freundlichen Bitte, das Manuskript zu prüfen, das – meiner bescheidenen Einschätzung nach – von hoher Qualität sei. Für alle weiteren Fragen möge man sich an die Anwaltskanzlei wenden. Die Visitenkarte liege bei. Ich verpackte alles in eine Kartonschachtel und gab sie Ruben Sauter mit, als er bei mir vorbeikam.

Von diesem Moment an hatte ich nichts mehr damit zu tun. Sauter erwähnte später eher beiläufig, dass das Manuskript angenommen worden war und veröffentlicht werden sollte. Ein Jahr verging. *Salamanca* erschien, und ich dachte oft an die verwirrte, weißhaarige Frau, die zu mir in den Laden gekommen war. Ich konnte ja nicht ahnen, wer das Manuskript wirklich geschrieben hatte.«

Jérôme Morel, 42, Buchhändler

ZWEIUNDDREISSIG

Jérôme saß auf einer Bank am Bahnsteig, die Ellenbogen auf seine Knie gestützt, bleich im Gesicht, und versuchte sich von dem Schock zu erholen, dass ich Josefine Feder war. Seine Körpersprache zeigte mir, dass ich jetzt besser Abstand hielt.

»Du hast meine Mutter nie im Lamm gesehen?«, fragte ich. Konnte das sein?

»Nur Germana. Und deine Tante Francis.«

Wir schwiegen. So viel zu erfassen. So viel zu verarbeiten.

Schließlich holte er sein Handy hervor. »Du hast wirklich geglaubt, ich hätte dich betrogen?«, fragte er erschüttert. »Hast du mir deswegen diese schreckliche Nachricht geschickt, dass ich dich vergessen sollte?«

Ich nickte beschämt.

Jérôme seufzte. »Ich konnte mir absolut keinen Reim daraus machen. Außer vielleicht, dass dich der Mut verlassen hatte.« Er schüttelte den Kopf. »Aber warum hast du dein Telefon nicht abgenommen? Ich habe dich so oft angerufen.«

»Ich habe es frittiert«, sagte ich kleinlaut.

Er lachte leise.

Vor uns hielt mit kreischenden Bremsen ein Regionalzug. Trauben von Reisenden mit Fahrrädern und Gepäck quollen aus den sich öffnenden Türen. Wir beobachteten sie stumm.

Jetzt war ich wieder an der Reihe, eine Frage zu stellen. »Warum hast du trotz meiner Nachricht auf dem Bahnsteig gewartet?«

Er strich mir mit einem Finger sanft über die Hand. »Weißt du, du hast mir zwar geraten, dich zu vergessen. Aber ich hatte nicht viel Lust dazu«, sagte er.

Ein paar Teenager bauten sich kichernd unweit von uns auf und machten Selfies. Da hatte ich einen Einfall. »Darf ich mir mal dein Handy leihen?«

Er gab es mir, und ich rief Germana an. Ich war froh, dass ich mir Zahlen gut merken konnte. »Hat alles geklappt?«, rief sie. Täuschte ich mich, oder hatte sie den Mund voll?

»Ja, ja, alles gut! Tante Germana, kannst du mir bitte auf diese Nummer ein paar Fotos schicken, auf denen Antonia drauf ist?«

»Ihr wollt Familienfotos anschauen? Also, ich an deiner Stelle würde mit dem Franzosen etwas ganz anderes machen.«

»Isst du gerade?«, fragte ich.

»Ich habe die ganze Mannschaft in die Kronenhalle eingeladen. Weißt du, was die für ein Schnitzel verlangen? Fünfundfünfzig Franken! Johanna! Wir sind viel zu billig. Und Leberknödelsuppe müssen wir dringend auf die Speisekarte setzen. Und stell dir vor, begrüßt wird man mit Handschlag. Sehr aufmerksam. Ich glaube, das werde ich auch einführen. Und soll ich dir noch was sagen? Die erste Patronin hieß Hulda Zumsteg. Ist das nicht ein schrecklicher Name? Wolltest du Hulda heißen?«

»Johanna, James Joyce und Friedrich Dürrenmatt haben hier auch schon gegessen!«, rief Caro ins Telefon. Ich musste lachen.

»Na und? Bei uns im Lamm kocht Josefine Feder«, sagte Germana schmatzend.

»Kannst du mir bitte die Fotos schicken?«, warf ich ein.

»Ich sorge dafür, dass du sie kriegst«, versprach Mathias aus dem Hintergrund.

»Freunde der Medizin. Von nun an werde ich jeden Monat eine kulinarische Reise unternehmen und schauen, was die Konkurrenz so treibt. Seid ihr dabei?«, fragte Germana euphorisch. Den Rest hörte ich nicht mehr.

Augenblicke später erschienen auf Jérômes Handy Familienfotos. Mit offenem Mund und aufgerissenen Augen starrte er meine Familie an, wie sie leicht betrunken und singend rund um das Weihnachtsfeuer saßen.

»Das da ist die Frau, die bei mir im Laden war«, sagte er und tippte auf den Bildschirm.

»Darf ich vorstellen: Antonia Lehner. Meine Mutter.«

Er betrachtete sie lange. »Wie kam sie auf den Namen Josefine?«, fragte er dann. »Gab's die wirklich?«

»Sie war meine Großmutter. Wir Kinder hatten immer Angst vor ihr. Die ›wilde Josefine‹ wurde sie genannt, weil sie alles durchsetzte, was ihr in den sturen Schädel kam. Im Dorf geht die Geschichte um, dass sie nach ihrer Hochzeit unbedingt ihren Mädchennamen behalten wollte. Weil das damals noch nicht möglich war, änderte sie ihren Pass einfach handschriftlich und hängte ihren Mädchennamen an den Namen meines Großvaters. Das war der erste Doppelname in Moos am Buckel. Als ich sieben war, ist sie an einem Schlaganfall gestorben.«

Jérôme nickte und betrachtete weiter meine Familie. »Mon dieu!«, rief er plötzlich aus. »Da, neben Mathias, die Frau, das ist die Anwältin, die zu mir kam.«

Ich hatte es schon geahnt. Jérôme hatte helle, blaue Augen erwähnt. Ich kannte niemanden mit helleren Augen. »Das ist Marlies Ritter, die Schwester von Mathias.«

»Wer aus Moos hängt eigentlich nicht in dieser Geschichte mit drin?«, stöhnte er.

Ich hob entschuldigend meine Arme und ließ ihn seine Gedanken sortieren. Ich hatte mit meinen auch genug zu tun.

Er brauchte eine ganze Weile, um das Bild, das er von mir hatte, zurechtzurücken. Ich konnte nicht anders, als zu lächeln. Und da hörte ich aus dem Lautsprecher eine Durchsage. Um kurz vor zwölf Uhr fuhr der nächste Zug nach Paris, mit Halt in Mulhouse und Lyon. Um halb fünf würden wir dort sein. Stunden zu spät, aber egal.

»Ich bin gleich wieder da«, sagte ich, rannte zu einem Automaten, schob meine Bankkarte in den Schlitz und bezahlte zwei Tickets nach Paris.

Als ich zurückkam, war er immer noch in die Betrachtung der Fotos versunken.

»Jérôme!«

»Hm?«

»Kommst du mit mir nach Paris?«

»Was?«

Ich winkte mit den Tickets. »Gleis dreizehn.«

Er stand auf. »Josefine Feder«, murmelte er und schüttelte den Kopf. »Du bist wirklich eine Frau mit sehr vielen Überraschungen.« Er nahm mich im wahrsten Sinne des Wortes in die Arme, wie etwas, das man sehr fest beschützen musste. Wir küssten uns. Der Zug fuhr ein. Die Türen öffneten sich. Wir stiegen ein. Es fiel mir federleicht. Josefine Federleicht.

Die Fahrt zwischen Zürich und Paris dauerte nur vier Stunden, viel zu wenig Zeit, um über alles zu reden, aber wir waren dankbar für jede Sekunde, die wir miteinander hatten. Denn obwohl ich Jérôme inzwischen grenzenlos vertraute, gab es noch so viele lose Enden. Und auch ihm schien noch etwas auf der Seele zu brennen, denn kaum hatten wir unsere Plätze eingenommen und unser Gepäck verstaut, bekam sein Gesicht einen angespannten Ausdruck, der mir schon ein paarmal bei ihm aufgefallen war.

»Jetzt, wo ich deine Geschichte kenne, ist es höchste Zeit, dass du meine erfährst«, sagte er. »Aber ich muss dich warnen, ganz so unterhaltsam ist sie nicht. Ich versuche es kurz zu machen.«

Während der Zug in der sanften Hügellandschaft hinter Basel beschleunigte, erfuhr ich, dass Jérôme mich niemals angelogen hatte. Er hatte mir in jedem Moment die Wahrheit gesagt, auch wenn es bitter für ihn gewesen sein musste.

Jérôme wuchs mit seiner Schwester Anique in Lausanne auf. Sein bester Freund hieß Raphaël. Es war so ähnlich wie bei Marlies und mir. Auch ihre Wege trennten sich. Jérôme machte nach dem Abitur eine Buchhändlerlehre in der Westschweiz, arbeitete anfangs in der großen Filiale einer Buchkette und war für Wissenschaftsbücher zuständig, was ihn nicht sehr interessierte. Er durfte sich dort nicht ausleben, und sein Traum, sich selbstständig zu machen, erfüllte sich anfangs nicht. Raphaël ging nach Paris, um Kunst zu studieren. Jérôme besuchte ihn oft, ließ sich vom Puls der Großstadt mitreißen und fand immer mehr Gefallen an dessen Leben. Er fing ein Literaturstudium an und zog zu Raphaël in die Wohngemeinschaft, gemeinsam mit zwei Chaosforschern und Zoé, die Schauspiel studierte und als Model arbeitete.

»Es war eine unvergessliche Zeit. Lange, durchzechte Nächte, viel Alkohol und interessante Gespräche mit den verrücktesten Menschen«, erzählte Jérôme.

Raphaël schleppte jeden Abend Männer an, angeblich, um sie zu malen, obwohl alle wussten, dass sie in Wirklichkeit seine Liebhaber waren. Die Chaosforscher kritzelten Formeln auf die Badfliesen, stritten sich und soffen bis in den Morgen. Zoé brachte Schauspielkollegen mit – durchgedrehte, exzentrische Typen. Und schließlich verliebte sie sich in Jérôme und er sich in sie.

Zoé schloss ihr Studium ab und bekam ein Engagement an einem Theater. Sie zogen aus, nahmen sich eine kleine Wohnung, und Raphaël blieb ihr engster Freund. Er hatte viele unglückliche Beziehungen, mit Männern und Frauen. Um mit seinem Liebeskummer fertigzuwerden, suchte er Hilfe bei Jérôme und Zoé.

»Du glaubst nicht, wie viele Nächte er bei uns auf dem Sofa schlief und wie geduldig wir uns seine Probleme anhörten.«

Dann wurde Zoé schwanger und brachte Jolie zur Welt. Jérôme und Zoé heirateten. Nicht einmal ein Jahr darauf kam Lilou. Raphaël war Taufpate beider Mädchen. Das perfekte Familienglück. Nur mit dem Stress hatten sie nicht gerechnet. Zoé wollte ihr Engagement im Theater nicht aufgeben, also brach Jérôme sein Studium ab und verdiente sein Geld, indem er Texte übersetzte, vor allem für eine internationale Werkstofffirma. Das konnte er von zu Hause machen und sich gleichzeitig um seine Töchter kümmern.

»Zoé war unglaublich schön, aber mit Kindern umgehen konnte sie nicht.«

Nach ihren umjubelten Theatervorstellungen war Jérômes Frau gierig nach noch mehr Leben. Sie schlug sich die Nächte in Bars um die Ohren und verschlief die Vormittage.

»Mein Leben dagegen bestand nur noch aus Wickeln, Füttern, Spazierengehen, Einkaufen und Putzen. Was Zoé praktisch fand, aber nicht sehr sexy. Ich wurde ihr zu bieder, zu langweilig. Sie umgab sich lieber mit Künstlern, und ich ahnte längst, dass sie eine Affäre hatte.«

Er legte eine Pause ein, und ich hielt den Atem an.

»Sie hat es mit Raphaël auf dem Sofa getrieben, während ich im Kinderzimmer beim Geschichtenerzählen eingeschlafen war. Zuerst mochte ich es gar nicht glauben. Raphaël und ich, wir waren wie Brüder.«

Nachdem Jérôme den ersten Schock überwunden hatte, setzten sie sich zu dritt an den Tisch und überlegten eine vernünftige Lösung. »Für mich war die Sache einfach«, sagte er. »Ich schlug vor, uns einvernehmlich zu trennen. Von mir aus konnte sie Raphaël haben und ich die Kinder. So bekam jeder, was er wollte, und alles wäre gut.«

Aber das war es nicht. Woran es auch immer lag, Zoé wollte Jérôme die Kinder unter keinen Umständen überlassen. Es wurde richtig hässlich. Zoés Vater war einer der gefürchtetsten Scheidungsanwälte von ganz Paris. Er lud Jérôme vor, bat ihn, Platz zu nehmen, und eröffnete ihm, dass er keine Chance hatte. Er bot ihm Geld für die Unannehmlichkeiten, die er mit den Kindern gehabt hatte. Das Wort »Unannehmlichkeiten« setzte Jérôme mit einer Geste in Anführungszeichen. »Als ob meine Kinder eine Unannehmlichkeit waren.«

Er nahm die Drohung nicht ernst. Schließlich konnten alle ihre Freunde bestätigen, dass ausschließlich er sich um die Kinder gekümmert hatte, während Zoé ihre Karriere zelebrierte.

Die Wahrheit, warum er vor Gericht keine Chance haben würde, erfuhr er dann von Zoé selbst. »Jérôme, du kriegst die Kinder nicht«, sagte sie eiskalt. »Es sind nämlich nicht deine. Du hast sie nicht gezeugt.«

»O Gott«, murmelte ich. »Aber nicht Raphaël!«

»Natürlich. Der Vaterschaftstest hat mir endgültig den Boden unter den Füßen weggezogen. Raphaël ist der Vater meiner Töchter.«

Wie ein Stein, der ins Wasser plumpste, zog dieser Satz

seine Wellen um sich und drohte mich mitzureißen. »Aber ich versteh das nicht. Warum hat sie dich geheiratet, wenn sie schon mit ihm ein Verhältnis hatte, bevor die Kinder da waren?«

Jérôme antwortete nicht, knetete stattdessen meine Hand. »Meine Kinder waren mein Ein und Alles. Ich habe sie geliebt. Und plötzlich sollte alles anders sein? Biologisch waren es vielleicht nicht meine Kinder. Aber emotional. Für mich änderte das nichts. Man kann Liebe doch nicht einfach abstellen. Ich wollte mit Jolie und Lilou zusammen sein, auch wenn ich nicht wusste, wie sich unsere Beziehung nun verändern würde.«

»Was hast du gemacht?«

»Ich bin vor Gericht gegangen. Ich habe um die Kinder gekämpft, aber Zoés Vater fuhr alle Geschütze auf. Ich hatte keine Chance.«

Er unterbrach seine Erzählung, und auch ich sagte nichts. In so einer Situation gab es nichts zu sagen. Leeren Trost wollte ich nicht spenden. Ich nahm seine Hand und dachte an die Mädchen auf dem Foto, das auf seinem Nachttisch stand.

Irgendwann sprach er weiter. »Ich hätte in die nächste Instanz gehen können. Aber ich tat es nicht. Die Kinder litten ohnehin fürchterlich unter der ganzen Geschichte. Sie waren noch so klein. Und ich wusste im Grunde meines Herzens, dass ich keinen Erfolg haben würde. Zoé ging es nicht um das Wohl der Kinder, sondern ums Gewinnen – und ihrem Vater erst recht.«

Er sah aus dem Fenster. Ich hielt ihn fest. »Ich wusste keinen anderen Ausweg, als zu fliehen. Das war vielleicht feige, aber ich konnte nicht anders. Ich habe mein altes Leben komplett hinter mir gelassen. Ich musste weg, möglichst weit, weit weg von all den Egomanen, Exzentrikern und Narzissten, mit denen ich mich jahrelang umgeben hatte. Ich wollte irgendwohin, wo es Menschen gab, die nicht nur an sich selbst dachten. Menschen, die durch eine verregnete Nacht laufen, um einem Freund Hustentee zu besorgen, wenn er krank ist. Menschen, die erkennen, dass ihre Haarfarbe und ihre Schuhe nicht der Mittelpunkt des Universums sind. Menschen, denen es nicht egal ist, ob der querschnittsgelähmte Nachbar den ganzen Tag allein ist… Menschen wie du.«

Mit offenem Mund starrte ich ihn an. Er hatte mich weich gerührt und schaumig geschlagen. Ich umarmte ihn. Ich spürte die in Gold gefassten Kieselsteine, die er an der Kette am Hals trug. Seine Mädchen hatten sie im Park beim Spielen gefunden und ihm geschenkt, am letzten Nachmittag, der noch in Ordnung war, bevor alles zusammenbrach. Jérôme ließ die Kieselsteine in Gold fassen. Ich wollte mir nicht vorstellen, wie sehr er sie vermisste.

»Was war mit deinen Eltern in der schrecklichen Zeit?«

»Das nächste Problem.« Er seufzte. »Du musst wissen, dass mein Vater ein ähnlicher Exzentriker ist wie Zoé. Er wollte, dass ich Wirtschaft studiere, und ich wollte Buchhändler werden. Unser Verhältnis war schwierig. Es wurde etwas besser, als die Mädchen zur Welt kamen. Nach dem Prozess allerdings kam es zum Bruch zwischen uns.«

»Aber wieso?«, fragte ich entgeistert. »In Krisen muss man doch zusammenhalten. Da braucht man seine Familie besonders.«

»Ja, so ist das bei dir vielleicht. Er wollte mir Geld geben. Er dachte, wenn ich die richtigen Anwälte beauftragte, könnte ich den Prozess gewinnen. Er verstand nicht, dass man mit so einem Krieg Jolie und Lilou auch noch den letzten Rest Stabilität genommen hätte. Wir stritten uns fürchterlich und sprachen ab da nicht mehr miteinander.«

»Und so fährst du nun auf die Hochzeit?« Ich war entsetzt.

»Nein.« Jetzt lächelte Jérôme. »Du hast mich zum Nachdenken gebracht. Du und deine Loyalität zu deinen verschrobenen Tanten. Ich habe mitgekriegt, wie dir Germana zugesetzt hat, und mir wurde klar, dass sie in gewisser Weise meinem Vater nicht ganz unähnlich ist. Beide wollen vielleicht das Beste für uns, aber sie begreifen nicht, dass wir unser Leben auf unsere Art leben müssen.« Er rutschte unruhig auf dem Sitz herum. »Jedenfalls: Die Vorstellung, meinem Vater auf der Hochzeit von Anique nach Jahren gegenübertreten zu müssen, wurde unerträglicher, je länger ich dich kannte. Und in der Ballnacht mit dir ist mir dann klar geworden, dass ich das vorher in Ordnung bringen musste. Ich bin diese Woche zu ihm nach Lausanne gefahren und erst gestern wieder zurückgekommen.«

Und ich Idiotin hatte gedacht, dass das, was er zu erledigen hatte, mit dem gestohlenen Manuskript zusammenhing.

»Wie ist es gelaufen?«

Jérôme zuckte mit den Schultern. »Wir traten uns gegenüber wie die Krieger zweier befeindeter Stämme und wussten nicht, was wir reden sollten. Aber dann schlug er vor, fischen zu gehen. Mein Vater hat in seinem ganzen Leben noch nie für irgendwen in der Familie einen Geschäftstermin abgesagt. Diesmal hat er es getan. Seine Art zu leben ist mir nach wie vor fremd, und ihm ist meine fremd. Aber es fühlt sich jetzt anders an. Besser.«

Ich glaubte zu verstehen, was er mir sagen wollte.

Mit dreihundert Stundenkilometern zog die sanfte Hügellandschaft am Fenster vorbei, unterbrochen von kleinen, französischen Städten. Obwohl wir geradeaus fuhren, hatte ich das Gefühl, in die Tiefe zu fallen, fast ein bisschen wie im Flugzeug. Mir war mulmig. Das mochte auch an der ganzen verrückten Aufregung liegen.

»Ich finde dich übrigens nicht besonders feige«, sagte ich.

Jérôme lächelte mich zärtlich an. »Danke. Das aus dem Mund einer berühmten Schriftstellerin zu hören tut gut.«

Ich musste lachen und er auch, und dann knurrte mein Magen. Jérôme nahm meine Hand und lächelte mich an. »Komm, Josefinchen. Genug Trübsal geblasen. Lass uns feiern. Ich kann dir zwar nichts kochen, aber ich lade dich ein.«

Ich wurde rot und folgte ihm in den Speisewagen. Zum ersten Mal hörte ich Jérôme Französisch sprechen, und es klang sehr schön. Zur Vorspeise aßen wir Antipasti, danach eine Weißweinsuppe, und dann ich ein indisches Dal und Jérôme einen Tafelspitz – das Gericht erinnerte mich an meine Vorspeise, die keiner hatte haben wollen. Ich erzählte Jérôme von dem Abend im Lamm, als alle es auf Caro abgesehen hatten. Von Fritz und der Literaturgruppe. Von dem übergroßen Blumenstrauß, den Peggy geschwenkt hatte. Von Gabriela Landmann mit ihren wallenden Gewändern. Er versuchte sich das Lachen zu verkneifen, aber als ich ihm erzählte, dass die Dorfältesten vorhatten, einen Wanderweg auf den Spuren von Josefine Feder zu errichten, um den Tourismus anzukurbeln, konnte er sich nicht mehr halten. Ihm liefen vor Lachen Tränen aus den Augenwinkeln.

Er wurde richtig übermütig. Als wollte er alles hinter sich lassen, die ganze traurige Vergangenheit weglachen. Und ich wollte es auch. Es befreite uns. Aber vorher musste ich noch die letzten Fragen stellen: »Was machst du denn jetzt mit deiner Buchhandlung?«

Fragend schaute er mich an.

»Musst du nicht zumachen?«

»Ach, Johanna. Wie oft muss ich dir noch sagen, dass du Gerüchten nicht glauben sollst. Denen in der Königsstraße schon gar nicht.«

»Aber dein Laden. Läuft der denn? Ich meine, kannst du davon leben?«

Er schob sich eine Olive in den Mund und lachte. »Ich lebe nicht vom Ladengeschäft allein. Das ist mein ganz persönlicher Traum. Einen wichtigen Teil meines Einkommens beziehe ich über Schulbücher. Ich bin nicht der einzige Buchladen, bei dem das so läuft. Ich hatte viel Glück und konnte etliche Schulen von meinem Vorgänger übernehmen. Das Hauptgeschäft beschränkt sich auf August und September, für diese Zeit miete ich mir ein Lager am Stadtrand und zwei oder drei Studenten, die mir stundenweise helfen. Den Rest des Jahres kann ich dafür etwas langsamer machen. Abgesehen davon, brauche ich nicht viel zum Leben.« Er rief den Kellner, reichte ihm seine Kreditkarte und gab ein großzügiges Trinkgeld.

Wir gingen zurück zu unseren Plätzen und verschliefen, eng aneinandergekuschelt, den Rest der Fahrt.

Mooser Heimatchronik

»Bevor du das, was ich jetzt erzähle, in der Heimatchronik veröffentlichst, möchte ich den Text prüfen und gegebenenfalls zurückziehen. Ich habe meiner Mandantin versprechen müssen, bis zu ihrem Tod mit niemandem in der Familie über das Manuskript zu sprechen. Die Familie hat ja nun unabhängig von mir davon erfahren, und niemand, ich am allerwenigsten, hätte gedacht, dass dieses Manuskript das Leben so vieler Menschen nachhaltig verändern würde. Falls ich einen Fehler gemacht habe, tut es mir aufrichtig leid. Die Demenz meiner Mandantin ist inzwischen leider stark fortgeschritten, aber vor eineinhalb Jahren, als mich Antonia Lehner um Hilfe bat, war das noch anders. Es war Anfang September. Ich hatte einen langen Tag hinter mir und wollte gerade Feierabend machen, als es klingelte. Antonia hielt Johannas alte Schultasche umklammert und war verwirrt, offenbar hatte sie den ganzen Tag in einer Bäckerei verbracht. Im Vergleich zu heute war sie damals trotzdem noch erstaunlich klar. Sie erzählte mir, dass sie sich am Tag ihrer Diagnose aus Verzweiflung und Scham im Dachboden versteckt hatte und in ihrer Wut und ihrem Zorn alles umräumte. So war sie auf die Schulhefte gestoßen – die ihre Mutter verfasst hatte, wie ich damals glaubte.

Im Nachhinein bricht es mir das Herz, wenn ich an ihre Worte denke. »Die ganze Welt soll das Buch lesen«, beschwor sie mich. In Wirklichkeit ging es natürlich nicht um ihre Mutter, sondern um Johanna. Nur für sie hatte sie so viel auf sich genommen. Die Fahrt mit dem Bus, der Besuch der Buchhandlung, das lange Warten, die Angst vor dem Vergessen – wie zermürbend das für sie gewesen sein musste.

Aber an jenem Abend ahnte ich noch nichts von diesem Kampf. Ich bewunderte sie nur dafür, wie sie der Krankheit ins Auge blickte und eigenständig ihre letzten Wünsche ordnete.

Noch am gleichen Abend setzte ich einen Vertrag auf, in dem sie mich bevollmächtigte, Josefine Feder in allen Belangen zu vertreten. Ein Notar aus meiner Kanzlei, der noch da war, beglaubigte den Vertrag. Dann fuhr ich Antonia nach Hause. Im Lamm trafen wir eine aufgebrachte Familie an, und da erst wurde mir klar, dass sie den ganzen Tag verzweifelt nach ihr gesucht hatten. Das tat mir leid, aber die Wahrheit durfte ich ihnen nicht erzählen. Meine Loyalität lag bei meiner Mandantin.

Am nächsten Morgen besuchte ich Jérôme Morel in der Buchhandlung. Ich gab ihm meine Visitenkarte und ging davon aus, dass sich die Angelegenheit damit erledigt hatte. Was habe ich für Augen gemacht, als ich ein paar Wochen später einen Anruf von einer Lektorin bekam, die das Manuskript von Josefine Feder veröffentlichen wollte. Das war mir unheimlich, und ich verlangte eine Kopie des Manuskripts. Ich las es und war begeistert. Alles Weitere

ist schnell erzählt. Ich tat mich mit einer Literaturagentur zusammen, die hervorragende Arbeit leistete und das Manuskript schließlich für eine erstaunliche Summe verkaufte. Ich selbst schaltete mich nur noch einmal ein, und zwar, als das Lamm überschwemmt wurde. Johanna war verzweifelt und wusste nicht, wie die Familie die Renovierung finanzieren sollte. Ich sorgte dafür, dass der Verlag sofort eine größere Abschlagszahlung überwies, was kein Problem war, da das Buch jede Erwartung übertroffen hatte.
Wissen Sie, als Anwältin bin ich nicht stolz darauf, wie das alles gelaufen ist. Wenn ich die Wahrheit gekannt hätte, wäre es anders gekommen. Aber eins erfüllt mich doch mit einer überbändigen Freude. Wir haben inzwischen Auslandslizenzen in sechsundzwanzig Länder verkauft. Antonias Wunsch ist wahr geworden. Die ganze Welt liest das Buch ihrer Tochter.

Dr. Marlies Ritter, 38, Rechtsanwältin

DREIUNDDREISSIG

Am Bahnhof Gare de Lyon stiegen wir aus. Ich schleppte meinen Schweinslederkoffer. Hand in Hand betraten wir die Rolltreppe. In der Bahnhofshalle spielte ein Pianist. So viele Menschen. So viele Hautfarben. Jérôme steuerte auf ein Taxi zu. Der dunkelhäutige Fahrer wollte unsere Koffer einladen, aber Jérôme lehnte ab. »Wenn wir uns im Taxi umziehen, schaffen wir es noch«, sagte er. »Die Trauung ist um fünf.«

In der Eile hatte ich nur das Dirndl eingepackt, das mir Edgar Wintersteiger geschneidert hatte.

»Ist das total daneben?«, fragte ich und versuchte mich mithilfe meines Taschenspiegels etwas zu restaurieren.

»Es ist perfekt.«

Der Taxifahrer reagierte überhaupt nicht. Für ihn war es wohl normal, dass sich Leute in seinem Wagen bis auf die Unterwäsche aus- und wieder anzogen.

»Wo heiratet Anique?«, fragte ich und bürstete mir das Haar.

»Sacré-Cœur«, murmelte er.

Ich starrte ihn an.

Jérôme lächelte verkrampft.

»Alles okay?«, fragte ich.

Er nickte wenig überzeugend. »Johanna, es gibt da noch

etwas über meine Familie, das ich dir vielleicht sagen sollte. Sie sind ... nun ja, etwas eigen.«

Ich lachte. »Keine Sorge, damit habe ich Erfahrung.«

Der Taxifahrer bog um eine Ecke, und Jérôme schaute aus dem Fenster. »O Gott, wir sind schon fast da.«

Jetzt war ich es, die nervös wurde. Mit zittrigen Fingern steckte ich meine Haare hoch und malte mir die Lippen an. Jérôme band sich eine Fliege um den Kragen und holte eine Smoking-Jacke aus seiner Tasche. Ich staunte, aber für Fragen war keine Zeit mehr. Er versuchte rasch sein Haar zu bändigen, was ganz und gar unmöglich war. Mit einem Taschentuch polierte ich meine Schuhe. Da fiel mein Blick auf meine Fingernägel. Sie sahen schrecklich aus.

Das Taxi hielt.

Jérôme nahm meine Hand. Seine war kalt. Seine Lippen ein wenig fahl. Ich bestand darauf das Taxi zu zahlen. Wir stiegen aus.

Als wir vor der Kathedrale standen und sich ganz Paris unter uns ausbreitete, bekam ich noch weichere Knie.

»Ist es normal, hier zu heiraten?«

»Ich find's auch übertrieben«, sagte Jérôme, der in seinem Smoking plötzlich fremd wirkte. Wie ein anderer Mensch. Und doch sah es so aus, als wäre es ganz selbstverständlich für ihn, so etwas zu tragen.

Eine Gruppe von Menschen wartete bereits auf den Stufen vor dem monumentalen Portal, man konnte sie leicht anhand ihrer festlichen Kleidung von den vielen Touristen unterscheiden.

Seinen Vater erkannte ich sofort. Er sah aus wie Jérôme, nur dreißig Jahre älter, und mit einer Ausstrahlung, die mir den Atem raubte.

»Bonjour, Papa.«

»Jérôme!« Sein Vater umarmte ihn. Jérôme stellte uns einander vor. »Das ist Johanna. Pierre Morel, mein Vater.«

Jérômes Vater trug einen Siegelring, einen weißen Schal und roch nach Rasierwasser. »Es ist mir eine Freude«, sagte er mit französischem Akzent und erblickte jemanden hinter mir. Jérômes Mutter. Sympathisches Lachen, hochgestecktes Haar, langes Seidenkleid. Sie sah Jérôme, küsste ihn links und rechts auf die Wange und begrüßte mich. Irgendwer rief seinen Namen. Von allen Seiten rauschten sie an und belagerten ihn, offenbar schienen sie ihn lange nicht gesehen zu haben. Er ließ den Körperkontakt zwischen uns trotz des Küsschenregens nicht abreißen und wurde nicht müde, mich vorzustellen. Ich schüttelte viele Hände und verstand wenig von dem, was gesprochen wurde.

Schließlich betraten wir die Kathedrale. Es ging durch den Mittelgang, vorbei an muskelbepackten Sicherheitsmännern mit Walkie-Talkies. Ein Chor aus Soulsängern in königsblauen Gewändern formierte sich unter einer Empore. Immer mehr Hochzeitsgäste strömten herein. Es mussten Hunderte sein. Verstohlen betrachtete ich Jérômes Familie, die um mich herum saß: Beinahe alle trugen ein totes Tier um den Hals, ausnahmslos sahen sie aus, als seien sie dem Kaufhaus Printemps entsprungen.

»Jérôme. Mir ist das nicht geheuer«, flüsterte ich.

»Vielleicht verstehst du jetzt, warum ich dich dabeihaben wollte, Bergfrau.«

Wenn ich nicht so eingeschüchtert gewesen wäre, hätte ich ihn in den Hintern gekniffen.

Bodenlange Seidenkleider, Klunker, Netzschleier, lachsfarbene Pelze, Hütchen, schwarz glänzende Krokodillederhandschuhe, die bis zu den Schultern reichten, goldene Armbänder in Schlangenform. Männer in Smokings.

Diese Familie war nicht reich. Sie war stinkreich.

»Womit, sagtest du, verdient dein Vater sein Geld?«

»Klebstoff«, antwortete Jérôme, seinen Blick ungerührt nach vorne gerichtet, wo letzte Kerzen angezündet wurden.

»Der hat viel Asche, oder?«

»Richtig viel«, sagte Jérôme.

»Und du machst einen auf armer Buchhändler?«

Erstaunt blickte er mich an. »So denkst du von mir?«

Als ich nickte, musste er lächeln. »Ich steh nicht auf den ganzen Klimbim. Goldene Badewannen und protzige Villen brauch ich nicht. Gegen mein Erbe wehre ich mich nicht, finanzielle Sicherheit ist nicht schlecht, das gebe ich zu, aber im Moment lebe ich von dem, was ich mir erarbeitet habe.«

»Und die Leute in Moos halten dich für einen Heiratsschwindler!«

»So kann man sich irren«, sagte er und grinste, wurde aber gleich wieder ernst. »Jedenfalls kennst du jetzt den Grund, weswegen Zoé mich geheiratet hat, obwohl sie von Raphaël schwanger war.«

»Weil du eine gute Partie bist.«

»Jeder, der sich in der Wirtschaft ein wenig auskennt und den Namen Morel hört, fängt an nachzufragen. Sobald die Leute erfahren, wer mein Vater ist, hofieren sie mich. Auch ein Grund, warum mein Umzug richtig und gut war. In der Königsstraße ahnt niemand, wer ich bin. Du glaubst nicht, wie befreiend das sein kann.«

Die Musik fing an zu spielen. Alle drehten die Köpfe. In der Tür zur Kirche erschien die Braut. Die Ähnlichkeit zu Jérôme war verblüffend. Sie trug ein prächtiges Kleid und nahm nun den Arm von Jérômes Vater, der sie nach vorn zum Altar brachte.

Um uns herum raschelten die Seidenkleider, alle erhoben

sich. Mächtig brausten die Orgelklänge durch die Kathedrale, und die Touristen hinter den Absperrbändern starrten uns an. Handys blitzten auf.

»Eines musst du mir noch schnell verraten«, flüsterte ich und stellte mich auf die Zehenspitzen, damit mich Jérôme besser verstehen konnte. »Fährt deine Schwester zufällig einen Tesla?«

Jérôme sah mich verdutzt an. »Woher weißt du das denn?«

EPILOG

Ich schaue in den Garten – die Rhabarberblätter neben dem Misthaufen sind so groß wie Sonnenschirme, die Kapuzinerkresse blüht orangefarben, und Schwalben fliegen schnell und zielsicher in die Brutlöcher unter dem alten Dach, um die Jungtiere zu füttern. *Wenn der Sommer nicht mehr weit ist,* haben wir auf dem Ball gesungen. Jetzt ist der Sommer da. Aber wie.

»Hast du alles?«, fragt Caro noch einmal.

Ich nicke und nehme einen Schluck Leitungswasser aus einem Glas. Seit einer Stunde sitze ich im Zimmer *Bergblick* und weiß nicht, wohin mit der Hitze und meiner Nervosität, und nutze die Gelegenheit, meinen Bericht zu Ende zu bringen.

Alles hat sich verändert, seit ich aus Paris zurückgekommen bin. Anfangs habe ich versucht, so weiterzumachen wie bisher. Aber es geht nicht mehr. Ich bin eine andere geworden. Oder die Leute sind anders geworden, seit sie wissen, dass ich Josefine Feder bin.

Sie wollen sich nicht mehr von mir bedienen lassen. Sie starren mich an. Sie kommen, um mich zu sehen, um ein Autogramm zu ergattern. Eine Weile habe ich mich in die Küche zurückgezogen, aber das Kochen macht mich nicht mehr glücklich. Es ist vorbei. Ich habe über den Tellerrand geblickt.

Als ich von Paris nach Hause gekommen bin und mich in meiner Dachkammer umgesehen habe, konnte ich es nicht fassen, dass ich so lange wie eine Dienstmagd auf derart wenigen Quadratmetern gehaust habe. Lachen habe ich müssen. Eine goldene Badewanne brauche ich zwar nicht und keine Villa. Aber eine ganz normale Wohnung: Küche, Schlafzimmer, Badezimmer. Ein bisschen mehr ist es dann doch geworden. Jérôme und ich haben uns eine Wohnung mit Terrasse und Blick auf den See gekauft. Seine Wohnung über der Buchhandlung verwendet er nur noch als Lager für die Buchhandlung und als Büro. Der Auszug aus dem Lamm ist mir schwergefallen. Immerhin habe ich achtunddreißig Jahre hier gelebt.

Fast noch schlimmer hat es Annabell erwischt. »Krasse Scheiße! Was mache ich denn ohne dich?« Sie hat viel geweint und mir versichert, ohne mich auch das Handtuch zu werfen. Aber kaum war ich weg, hat sie meine Rolle in der Küche übernommen, und ihre Schwester Fabienne ist an ihre Stelle im Service nachgerückt. Die Lehnerinnen auf dem Weg in die nächste Generation. Sie werden genauso weitermachen wie bisher. Gnadenlos. Heillos. Es trieb mir die Tränen in die Augen, als ich erfuhr, dass Annabell in meine Kammer unters Dach gezogen ist und sich sogar noch darüber gefreut hat, weil sie endlich ein eigenes Zimmer besitzt. Ich redete auf sie ein, aber es war zwecklos. Wer weiß, vielleicht werde ich es sein, die ihr irgendwann einmal unter die Arme greifen kann, wie es meine Mutter, Marlies, Mathias, Caro und eine Menge anderer Leute bei mir gemacht haben.

Meine Mutter hat jetzt eine Vierundzwanzigstunden-Hilfe. Eine junge Frau aus der Slowakei. Sie steht ihr zur Seite, geht mit ihr spazieren, verbringt viel Zeit mit ihr im Garten, legt ihr die Kleider zurecht und passt darauf auf, dass sie Kartoffeln nur dann schält, wenn sie auch gebraucht werden. Langsam verliert meine Mutter ihre Angst, hört auf, in der Nacht herumzuwandern, und wird ruhiger.

Germana schaltet und waltet wie eh und je. Nur einen neuen Mercedes hat sie sich gekauft. C-Klasse-Coupé. Der muss halten. Für die Ewigkeit.

Mein Auszug? Der hat für sie nie stattgefunden. Sie ist nach wie vor davon überzeugt, dass es nicht lange dauern wird, bis mich Jérôme sitzen lässt, am Alkohol zugrunde geht oder sich wie Göpf, René, Björn, Joachim und Jürgen gnadenlos selbst ins Jenseits befördert und ich reumütig zurückgekrochen komme.

Im Moment sieht es allerdings nicht danach aus.

Somit schreibe ich mein zweites Buch zu Ende. Ich habe es gebraucht, um zu verarbeiten, wie mein erstes Buch mein Leben verändert hat, nur etwas fehlt noch. Das schiebe ich auf bis zum Schluss, weil es mir das Herz zerreißt, wenn ich nur dran denke.

Im Oktober wird das Lamm für mehrere Monate schließen. Salvatore und sein Sohn Matteo wollen die Renovierungsarbeiten koordinieren. Germana hat ganz große Pläne. Anstatt es ein wenig ruhiger anzugehen, will sie den Schuppen abreißen und einen Wellnessbereich anbauen lassen. Ich lasse sie machen. Jetzt könnte ich mich hier noch lange in Details verlieren, aber es ist Zeit, den Schluss zu finden und die letzte Geschichte zu erzählen, die mir Marlies anvertraut hat, nachdem ich aus Paris zurückkam.

An jenem Abend, als meine Mutter bei Marlies war und alles in Gang brachte, wollte sie ihr allerletztes Geheimnis loswerden, bevor es mit ihrer Erinnerung für immer verschwand. Marlies sollte es mir erzählen, wann sie es für richtig befand.

»Es geht um deinen Vater«, sagte Marlies.

Es fällt mir schwer, die richtigen Worte zu finden, für das, was vor fast vierzig Jahren geschah und das mein Bild, das ich von mir selbst hatte, noch einmal umfärbt. Noch ein Moment, der mein Leben trennt in ein Leben vorher und ein Leben nachher. Als hätte jemand die Zeit mit dem Fingernagel gefaltet. In dem Leben vorher gab es eine Illusion von einem irischen Straßenmusiker namens John. In dem Leben danach bleibt folgende Geschichte übrig wie eine von Aasgeiern zerfledderte Leiche:

In jener Nacht, als ich gezeugt wurde, war meine Mutter allein im Lamm, weil meine Tanten ausnahmsweise auf einer Kaffeefahrt waren. Sie bewältigte den Abend spielend. Die letzten Stammgäste gingen. Sie wollte zusperren, da fuhr ein schickes Auto vor, und zwei Männer stiegen aus, die sie noch nie zuvor gesehen hatte. Die Männer hatten Hunger, und weil meine Mutter merkte, dass die beiden schon angetrunken und sehr aggressiv waren, wärmte sie ihnen etwas auf, in der Hoffnung, sie schnell wieder loszuwerden. Das Essen schmeckte ihnen nicht. Plötzlich standen sie in der Küche und fielen abwechselnd über sie her. Sie hatte keine Chance. Als sie wieder bei Sinnen war, waren die beiden weg und kamen nie wieder.

Als ich diese Geschichte aus Marlies' Mund hörte, war mir, als würde ein eisiger Gletscher in Zeitlupe über mich hinweggeschoben. Ich war nicht mehr in der Lage zu denken, fühlte nur noch das auf mein Herz einstechende Mitleid für meine Mutter und einen kaum erträglichen Ekel auf mich selbst. Mit der Illusion von John konnte ich leben. Mit dem, was tatsächlich geschehen ist, nur mit der Hilfe von Jérôme, der mir zuhörte, mit mir redete, an meiner Seite stand und mir stündlich versicherte, dass ich okay war. Vielleicht musste meine Mutter vergessen. Vielleicht war das Vergessen ihr Notausgang. Sie hatte keinen Gefährten an ihrer Seite gehabt und das Reden nie gelernt. Sie hat sich keiner ihrer Schwestern anvertraut. Sie hat niemandem erzählt, was passiert war.

Als sie merkte, dass sie schwanger war, stürzte sie das in große Verzweiflung. Wenn es gar nicht mehr ging, versteckte sie sich im Dachboden. Dort fand sie eine Tonbandkassette mit irischen Liedern. *Molly Malone* tröstete sie ein klein wenig. Sie hörte sich das Lied immer wieder an, begann sich die Realität zu verbiegen, und erfand die Geschichte von John, dem irischen Straßenmusiker. Sie erträumte sich die Geschichte so oft, bis sie selbst daran glaubte. Sie überpinselte die Erinnerung mit einer falschen und fand Gefallen daran, jedem die neue Erinnerung zu erzählen, wodurch sie stabiler wurde. Der irische John wurde bald so etwas wie ein Mythos im Dorf. Für meine Mutter war klar: Ihre *Molly Malone* sollte es besser haben als sie. Sie gab den Glauben an mich nie auf.

»Es geht los!«, sagt Caro und reißt mich brutal aus meinen Erinnerungen. Ich wische mir die Tränen von den Wangen und schlucke und lächle sie an. Sie erschrickt, als sie mich sieht.

»Alles okay mit dir?«

»Ja, klar, ist nur alles ein bisschen viel.«

Caro schlingt mir ihre Arme um den Hals. Auch ihr Leben hat sich verändert. Gabriela Landmann hat ihr einen Job im Literaturarchiv verschafft, und Caro hat aufgehört zu unterrichten. Ein letzter Blick in den Spiegel. Ich gehe die Treppe hinunter und betrete den Saal. Alle sind da.

Steffi, Tju, Caro, Manon Andexlinger-Müller und Herb mit den drei Söhnen Zack, Franklin und Delian, Sybille und Fritz Fuchs, Edgar Wintersteiger, Ruben Sauter, Ariel Dorner, der Dokus, Salvatore und Matteo, Traugott Künzler, der alte Mohr, Evi Eberle und der Weidewichtel, Alice Mangold, Renate Oberhauser und der Schuldirektor, Herlinde Beer, sogar Toni vom Foodexpress ist da. Bartle Lässer, Ferdl Hopfner und seine Frau Irmela und deren Schwester Ulrike und die Band: Joe Moosbrugger, Konrad Rüscher. Sie klatschen bereits, als ich den Saal betrete und mir auf weichen Knien einen Weg bahne. Dann lasse ich mich auf den Stuhl fallen und sehe Mathias. Er sitzt am Rand und lächelt. Rechts von ihm steht Peggy Kühn, links Marlies. Fabian dahinter. Marianne und Oskar halten sich an den Händen und strahlen. Kameras sind auf mich gerichtet. Lichter blitzen. Charly Mohr hält eine Ansprache, die ich nicht mitbekomme. Jérôme ist nervöser als ich. Er steht bei Annabell im Ausschank und hat nichts mehr mit dem mitleiderregenden Buchhändler in armseligen Kleidern zu tun – für den heutigen Anlass hat er sich ein maßgeschneidertes Hemd aus Paris schicken lassen. Mit blitzenden Augen und voller Stolz nickt er mir zu. Ich betrachte ihn und weiß, dass nichts schiefgehen kann, denn selbst wenn etwas schiefgeht, habe ich jemanden an meiner Seite, der zu mir hält. Ich konzentriere mich auf den Text. Und beginne zu lesen.

*

Daniel Winter legte den Bleistift hin, schlug sein Heft zu und streckte sich. Die Tasse war schon wieder leer, und er rief den alten Wirt: »José! Bringst du mir noch einen Espresso?«

Sein Nacken schmerzte, seine Augen brannten. Der Schluss war ihm zu kitschig geraten. Das passierte ihm oft, er war anfällig für Kitsch. Schon immer gewesen. Er sehnte sich danach, dass das Leben gut ausging. Aber konnte ihm das jemand verübeln?

Er öffnete das Heft noch einmal und setzte eine Klammer um die Schlussszene mit der Lesung mit der Anmerkung:

»Streichen«. Wie hatte er nur all die Bewohner, die er sich mühsam ausgedacht hatte, noch einmal aufzählen können? Es waren zu viele. Salvatores Sohn Matteo konnte raus, ebenso Charlys Sohn Marian, der nur einmal über die Straße gegangen war, an dem Morgen, als Johanna ihre Mutter suchte. Ach, die Sache mit der Mutter hatte ihn wirklich mitgenommen. Am liebsten hätte er sie in den Arm genommen. Mutter und Tochter. Am liebsten hätte er ihnen zugeflüstert, dass sie nur erfunden waren, aber machte das den Schmerz erträglicher? Sein eigener Cameo-Auftritt in der Geschichte war lächerlich. Und Paris musste natürlich auch raus. Wie war er nur auf Paris gekommen? Vielleicht, weil er selbst um Paris einen großen Bogen gemacht hatte. Weil er Angst hatte, dort wirklich der Liebe seines Lebens zu begegnen, einer Frau aus Fleisch und Blut. Bisher gab es sie nur in seiner Fantasie. Vielleicht war und blieb Johanna die einzige große Liebe seines Lebens. Es wurde Zeit, das Träumen zu beenden und wieder nach Hause zurückzukehren. Vorher musste er allerdings noch nach Salamanca, um sein kleines Apartment zu räumen, in dem er ein halbes Jahr gelebt hatte, um den Roman beenden zu können. Eine nie da gewesene Hitzewelle und Wasserknappheit hatten ihn aus der Landesmitte hierher an den Atlantik getrieben. Am Meer wehte eine Brise. Ein letztes Mal wollte er mit dem Schiff an der Küste entlangfahren bis Porto und dort in den Zug steigen. Er hatte genug vom rastlosen Leben. Sobald er in Salamanca seine Sachen gepackt und die Schlüssel übergeben hatte, wollte er so schnell wie möglich nach Hause. Er würde sich niederlassen und sich um den Hof kümmern, der verfiel, seit seine Eltern nicht mehr lebten.

Vorfreude stieg in ihm auf. Er hatte so viel vor. Die alten Motoren, die sein Vater gesammelt hatte, mussten raus. Hühner mussten her. Und Schafe. Einen Gemüsegarten anlegen. Vielleicht ein paar alte Getreidesorten. Einen Backofen in den Garten bauen. Sich selbst versorgen. Ja, es wurde Zeit. Aber konnte er Johanna einfach so ihrem Schicksal überlassen? Würde es ihr gut gehen mit Jérôme? Ja, natürlich, sie würde heiraten und Kinder kriegen. Und alle Kinder würden hübsch und klug sein. Und sie würden glücklich leben bis an ihr Lebensende ...

Ach, verdammt, kein Mensch wollte heute noch solche Märchen lesen, und selbst wenn, würde er keinen Verlag finden, der die Geschichte von Johanna und Jérôme veröffentlichen würde, und wenn sie ihm noch so real vorkam. Da konnte er die Hefte gleich auf dem Tisch liegen lassen oder sie an die Fische verfüttern.

Der alte Wirt kam aus der Kneipe, brachte ihm den Espresso und setzte sich neben ihn. Sie schauten hinaus aufs Meer. Im Hafen schaukelten Boote. Fischer flickten ihre Netze.

»Na, kommst du voran mit deinem Roman, Daniel?«

»Ich bin so gut wie fertig.«

»Wie lange hast du daran geschrieben?«

»So lange, wie ich unterwegs bin.«

»Gutes Ende oder schlechtes Ende?«

Daniel spielte mit dem Bleistift. »Eins, für das man mich auslachen wird. Eigentlich hatte ich vor, am Ende jemanden sterben zu lassen. Ganz klassisch. Johanna. Ein Autounfall oder irgendein dummer Zufall. Aber ich habe es nicht übers Herz gebracht. Bei Jérôme habe ich das Gleiche überlegt. Wobei das genauso schlimm wäre. Wie Mathias, Antonia oder Germana.«

»Muss denn immer jemand sterben?«, fragte José. Er sah hoch und zeigte mit seinen knotigen Gichtfingern hinaus aufs Meer. »Da kommt übrigens dein Schiff«, sagte er.

Daniel schlug sein Manuskript zu, steckte den Bleistift ein, schulterte seinen Rucksack, verabschiedete sich vom Wirt und ging hinunter zum Hafen. Er fuhr mit dem Schiff nach Porto. Dort nahm er den Zug nach Salamanca.

Vom Bahnhof ging er zu Fuß durch die Altstadt in Richtung seines Apartments und war so in Gedanken versunken, dass er den Mann nicht bemerkte, der mit flackerndem Blick nur wenige Meter vor seiner Wohnung auf ihn zukam. Der Mann hatte nichts Besonderes an sich, doch in seiner Hand hielt er ein glänzendes Messer.

Stammbaum

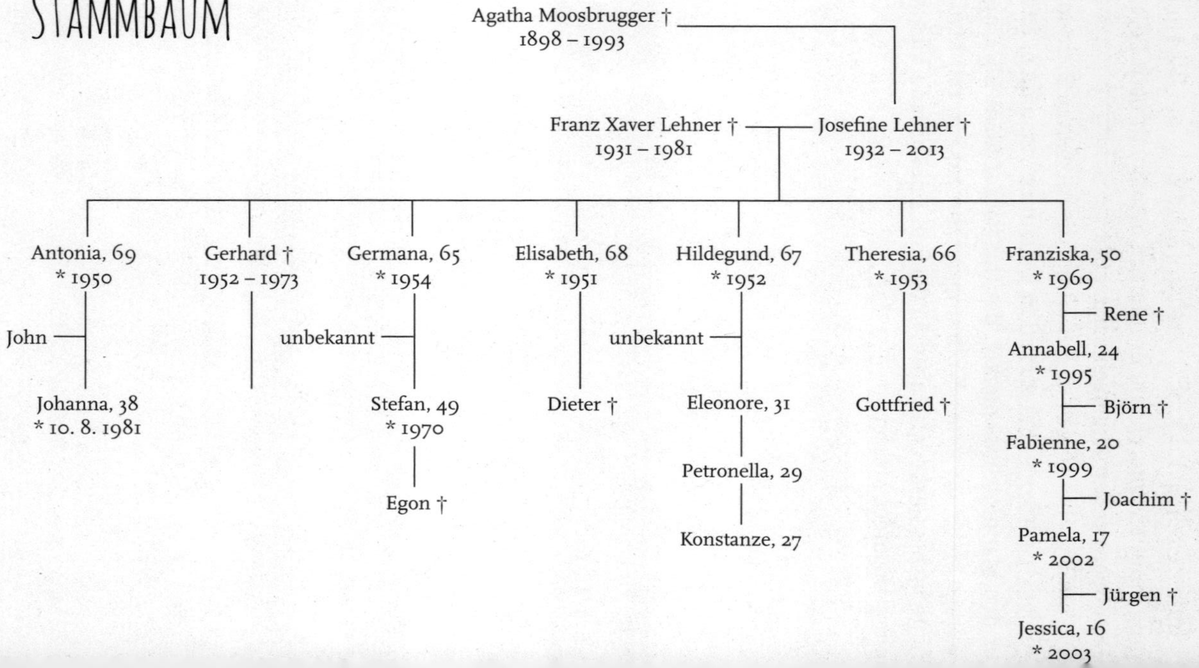

Agatha Moosbrugger † 1898 – 1993
Franz Xaver Lehner † 1931 – 1981
Josefine Lehner † 1932 – 2013
Antonia, 69 * 1950
Gerhard † 1952 – 1973
Germana, 65 * 1954
Elisabeth, 68 * 1951
Hildegund, 67 * 1952
Theresia, 66 * 1953
Franziska, 50 * 1969
John
unbekannt
unbekannt
Rene †
Annabell, 24 * 1995
Johanna, 38 * 10. 8. 1981
Stefan, 49 * 1970
Dieter †
Eleonore, 31
Gottfried †
Björn †
Fabienne, 20 * 1999
Petronella, 29
Egon †
Joachim †
Konstanze, 27
Pamela, 17 * 2002
Jürgen †
Jessica, 16 * 2003

REZEPTE

Alle Rezepte sind für sechs Personen.

MARONI-SELLERIE-SUPPE

600 g Maroni
600 g Knollensellerie
1 ½ Zwiebeln
1 ½ Liter Gemüsesuppe
Salz
Pfeffer
3 EL Butter
200 ml Sahne
1 Schuss trockener Weißwein
Saft einer halben Zitrone

Die Maroni auf der flachen Seite mit einem scharfen Messer kreuzweise einritzen und in einem Topf mit Wasser weichkochen. Die warmen Maroni schälen und beiseitestellen. Zwiebeln und Sellerie schälen und klein schneiden. In einem großen Topf die Butter erhitzen. Zwiebeln und Sellerie darin anrösten. Maroni dazugeben und kurz mitbraten. Mit Wein ablöschen. Suppe aufgießen. Etwa 25 Minuten köcheln. Ist das Gemüse weich, die Sahne dazugeben. Mit dem Passierstab fein mixen. Mit Salz, Pfeffer und Zitronensaft abschmecken. Heiß anrichten. Mit frischem Thymian garnieren.

SÜSSKARTOFFELSUPPE MIT INGWER

1 ½ Ingwerwurzeln
750 g Süßkartoffeln
1 große Zwiebel
1 ½ EL Pflanzenöl
750 ml Gemüsebrühe
150 ml Sahne
Salz und Pfeffer
Kerbel
Orangensaft frisch gepresst

Tante Germana mag die Suppe mit getrocknetem Chili (aber Achtung – in der Suppe entfaltet sich Chili viel schärfer als in anderen Gerichten, ein Brösel genügt).

Ingwer, Zwiebel und Süßkartoffeln schälen und würfeln. Öl erhitzen. Zwiebel glasig anbraten. Ingwer und Süßkartoffeln dazugeben und ein paar Minuten mitbraten. Die Brühe aufgießen. Zehn Minuten köcheln. Die Sahne hinzufügen. Alles pürieren, aufwallen lassen, würzen, mit einem Schuss frisch gepresster Orange abschmecken.

TAFELSPITZ

1 Tafelspitz (2 kg)
750 g Rindsknochen
Wurzelgemüse (Sellerie, gelbe Rüben, Karotten, Petersilwurzeln)
1 große Zwiebel mit Schale
½ Lauchstange
10 Pfefferkörner
Salz
Liebstöckel
2 Lorbeerblätter
4 Liter Wasser
Meersalz aus der Mühle
4 EL Schnittlauch, geschnitten (zum Bestreuen)

Die nicht geschälte Zwiebel halbieren, mit der Schnittfläche nach unten in eine heiße Pfanne legen und ohne Fett sehr dunkel, fast schwarz braten. Zur Seite geben. Tafelspitz und Knochen warm waschen. In einem großen Suppentopf Wasser zum Kochen bringen. Tafelspitz, Knochen und Pfefferkörner schwach wallend 2 Stunden köcheln. Wurzelgemüse, Lauch, Liebstöckel, Lorbeerblätter und Zwiebel zugeben und noch 1 Stunde köcheln. Schaum ständig abschöpfen. Bei Bedarf frisches

Wasser nachgießen. Fertig gegartes Fleisch aus der Suppe heben. Suppe würzen, durch ein Sieb oder Tuch seihen. Fleisch gegen den Faserlauf in fingerdicke Scheiben schneiden. Mit Suppe begießen. Mit Meersalz und Schnittlauch bestreuen.

Eine Delikatesse ist es, die Rindermarkscheiben kurz in heißer Suppe zu pochieren und mit Salz und Pfeffer gewürzt auf einer Schwarzbrotscheibe zu reichen. (Tante Germana beansprucht dieses Stück meist für sich.)

Als Beilage passen Dillkürbis, Dillfisolen, Rösterdäpfel, Apfelkren oder Semmelkren, Dillfisolen oder Cremespinat und Schnittlauchsauce.

FALSCHER HASE

(Hackbraten, faschierter Braten)

1 kg Faschiertes (Rind und Schwein gemischt)
2 Semmeln (altbacken)
3 kleine Zwiebeln (fein geschnitten)
4 EL Butterschmalz oder Öl
2 große Eier
Salz
Pfeffer, schwarz, aus der Mühle
1 Prise Majoran
1 Prise Muskatnuss
Knoblauch (fein gehäckelt)
2 TL Paprikapulver, edelsüß
Cayennepfeffer
3 Gewürzgurken (in feine Würfel schneiden)
1 kleiner Bund Petersilie (frisch)
75 g Butter
½ Liter Rindssuppe
1 Schuss Weißwein

Die harten Semmeln in Wasser einweichen, quellen lassen und ausdrücken. Zwiebeln in Fett anrösten und erkalten lassen. Faschiertes, Semmelmasse, Eier, Zwiebel, Knoblauch, Petersilie, Paprikapulver, Majoran, Muskatnuss, Pfeffer, Salz und Cayennepfeffer vermengen und kräftig mit den Händen durchkneten. Die Butter schmelzen und damit eine Form fetten. Den Fleischteig zu einem Laib formen und hineinlegen. 30 Minuten bei einer Backrohrtemperatur von 220 Grad (Umluft 180 Grad) backen, dabei ständig mit flüssiger Butter bestreichen. Mit Suppe oder Fleischbrühe ablöschen und reduzierend garen. Mit einem Schuss Weißwein verfeinern.

JOHANNAS TEUFLISCHER EINTOPF

1 kg Fleisch von Huhn, Schwein, Kalb
200 g Speck und/oder Wurst
2 Zwiebeln
3 Knoblauchzehen
300 g Gemüse nach Lust und Laune
(Fisolen, Mais, Erbsen, Karotten, Paprika, Tomaten …)
Hülsenfrüchte nach Lust und Laune
(fertig gekochte Kichererbsen, Bohnen …)
2 Chilischoten (frisch oder getrocknet, sehr fein schneiden – anschließend Hände waschen)
1 TL Cayennepfeffer
1 Paprikaschote rot
1 Paprikaschote gelb
2–3 Kartoffeln
3 EL Tomatenmark
½ Liter passierte Tomaten
1 TL Kreuzkümmel
Senf (scharf)
Paprikapulver (edelsüß)
Rosmarin
Majoran
Salz
Schwarzer Pfeffer aus der Mühle
Olivenöl
Rotweinessig
Rinderfond

Portwein
Petersilie (gehackt)
(Sollten Ihnen das Gericht zu wenig scharf sein, versuchen Sie es mit Schwarze Witwe Extrem Hot Soße.*)*

Das Fleisch in mundgerechte Stücke schneiden. Den Speck würfeln. Zwiebeln und Knoblauch schälen und fein schneiden. Kartoffeln schälen und vierteln. Olivenöl erhitzen. Zwiebeln darin goldbraun rösten. Paprikapulver und Senf beigeben, scharf anbraten, durchrühren, mit einem Spritzer Rotweinessig ablöschen. Kartoffeln, Knoblauch und Gewürze beimengen. Mit passierten Tomaten ablöschen. 50 Minuten garen, mit kräftigem Rinderfond nachgießen. Paprika, Mais, Erbsen, Kichererbsen, Bohnen (und was sonst noch in der Küche herumsteht und wegmuss, etwa Reis oder Nudeln) zugeben. Mit Portwein abschmecken. Mit Petersilie bestreuen.

ACHTUNG! Scharf, würzig und nicht vegan! (Schnaps und Bier bereithalten.)

PFIFFERLINGE (EIERSCHWAMMERL) MIT SEMMELKNÖDEL

Für 6 Semmelknödel
200 g Knödelbrot (Semmelwürfel), getrocknet
4 Eier
¼ Liter Milch
80 g Butter
80 g Zwiebel, feinwürfelig geschnitten
2 EL Petersilie, gehackt
Salz

Butter erhitzen, Zwiebel darin anschwitzen und mit Knödelbrot vermischen. Eier verschlagen, ebenfalls mit Brotwürfel vermengen, Milch (sehr heiß!) unter die Masse mischen, kräftig durchrühren, würzen und Petersilie beigeben. Reichlich Salzwasser zum Kochen bringen. Aus der Masse mit nasser Hand Knödel formen, kräftig pressen und drehen, bis sich durch die Nässe der Hand eine cremige, glatte Oberfläche bildet. Knödel aufkochen, ziehen lassen. Eierschwammerl zubereiten.

1 kg Eierschwammerl
Olivenöl
3 Schalotten, fein geschnitten
¼ Liter Sahne
Spritzer frisch gepresste Zitrone
Petersilie gehackt
Salz
Weißer Pfeffer, gemahlen
¼ Liter Weißwein
(Grüner Veltliner, Chardonnay)

Schwammerl putzen (kein Wasser verwenden, Erde nur mit Messer vorsichtig befreien, Enden abschneiden). Je nach Größe ganz lassen oder schneiden. Olivenöl erhitzen, Zwiebel anschwitzen, Schwammerl beigeben, salzen und pfeffern. Scharf, also sehr schnell anbraten. Mit Weißwein ablöschen, bevor Wasser austritt. Kurz köcheln. Mit Salz, Pfeffer und einem Spritzer Zitrone verfeinern. Knödel aus dem Wasser heben und anrichten. Schnell und heiß servieren.

BIRNE HELENE

Für die Birnen
3 feste große Birnen
¼ Liter Weißwein
100 g Feinkristallzucker
50 ml frischen Zitronensaft
Etwas Zitronenschale (abgerieben)
1 Stange Zimt

Für die Schokoladensoße
125 ml Wasser
125 g Feinkristallzucker
100 g gehackte Zartbitterschokolade
1 EL Rum
Kandierte Veilchen zum Garnieren

Für das Vanilleeis
1 Vanilleschote
¼ Liter Milch
¼ Liter Sahne
100 g Feinkristallzucker
6 Dotter
1 Prise Salz

Die Birnen schälen, halbieren und das Kerngehäuse mit einem spitzen Messer entfernen. Weißwein,

Wasser und Zucker, Zitronenschale, Zitronensaft und Zimt aufkochen. Die Birnenhälften in den Topf legen. Den Topf vom Herd ziehen. Die Birnen im Sud abkühlen lassen.

Für das Eis das Mark aus der Vanilleschote kratzen. Schote und Mark mit Sahne und Milch langsam erhitzen. Zucker, Eidotter, Salz dazugeben. Masse gleichmäßig erwärmen. Achtung. Bei fünfundachtzig Grad beginnt das Ei zu stocken. Wer kein Thermometer hat, macht es wie Johanna und zieht die Masse zur Rose ab. Damit die Masse am Rand oder am Boden nicht erhitzt, zieht man sie mit einem Holzspatel oder einem Teigschaber fortwährend von Rand und Boden ab. Die Probe erfolgt, indem man mit einem Kochlöffel etwas Masse entnimmt und daraufpustet; bildet sich ein wellen- oder kringelartiges Muster, das an eine Rosenblüte erinnert, ist die gewünschte Konsistenz erreicht.

In eine Metallschüssel umfüllen. Bei Zimmertemperatur abkühlen lassen. Immer wieder umrühren. Ist die Masse komplett kalt, mit Frischhaltefolie andecken und für mindestens 3 Stunden ins Gefrierfach stellen. Alle 30 Minuten umrühren, damit sich keine Eiskristalle bilden.

Für die Soße Zucker und Wasser zu einem leichten Sirup kochen. Die Schokolade einrühren und mit einem Schneebesen glatt rühren. Die Birnenhälften mit Vanilleeis anrichten, mit Schokosoße und Rum beträufeln. Mit kandierten Veilchen bestreuen.

FLAMBIERTE ZIMTÄPFEL

6 große, säuerliche Äpfel
(Johanna empfiehlt
Cox Orange vom Biohof Hirschbühl)
Zitronensaft (wenig)
300 ml Sahne
150 g Butter
3 EL Zucker
200 ml Calvados
2 EL Zimt, gemahlen
Pfefferminzblätter, frisch zum Dekorieren

Äpfel schälen und in je 8 Scheiben schneiden. Mit Zitronensaft beträufeln. Zucker in einer Pfanne schmelzen (nicht braun werden lassen). Butter einrühren. Äpfel und Zimt dazugeben und unter mehrmaligem Wenden nicht zu lange goldgelb braten. Die Äpfel sollen bissfest bleiben. Die Apfelscheiben herausnehmen und zur Seite stellen. Calvados darübergießen und mit einem Streichholz anzünden. Äpfel flambieren. Sahne dazugießen und so lange köcheln, bis sie cremig wird. Über die Apfelscheiben gießen und 5 Minuten ruhen lassen. Lauwarm servieren. Dazu passt Schokolade- oder Vanilleeis. Mit Pfefferminzblättern dekorieren. Johanna wünscht guten Appetit.

DANK

Christiane Düring, ohne die ich das Buch nicht hätte schreiben können.

Petra Hermanns von den Buchagenten.

Nora Haller, mit der ich erleben durfte, wie viel Spaß gutes Lektorat macht.

Ingrid Ladner, Lucia und Walter Gmeiner, Gabi Haid, Regina Maier, Margarethe Broger, Isabella Gerstgrasser, der Hämmi Fämmi, den Fishers, Katja und Werner Nussbaumer.

Allen Menschen in der Gastronomie, die mir während der letzten sieben Jahre für das Reisemagazin *Bregenzerwald* ihre Geschichten erzählt haben: Lothar Eiler und Helene Zoller (Taube Alberschwende), Barbara Wild (Wälderhof Lingenau), Erika und Florian Kühne (Alpenblick Lingenau), Familie Simma (Adler und Rössle Au), Jürgen und Marlies Hirschbühl (Adler Krumbach), Helene und Dietmar Nussbaumer (Krone Hittisau), Gabi und Herbert Strahammer (Schulhus Krumbach). Sie alle führen fantastische Restaurants und brennen, trotz dramatischen Personalmangels, für das, was sie tun.

Milena Broger, die mir Johannas Menü zusammengestellt hat und deren Leidenschaft zu kochen eine Inspiration ist.

Antonia und Emanuel Moosbrugger für das Wilde-Weiber-Menü. Es ist eine Erfindung der Moosbruggers und kann im

Biohotel Schwanen in Bizau genossen werden (www.biohotel-schwanen.com).

Felix, Simon, Florian, Peter und Petra Messner vom Adler Schwarzenberg, die mich ohne Bedenken in ihre Küche aufgenommen haben und mich am eigenen Leib erfahren ließen, was es heißt, im Hochsommer täglich zweihundert Schubertiade-Gäste mit Essen à la carte zu versorgen.

David Seyfried für die Einführung in das Geheimnis der Salatwäscherei.

Sebastian Baumann, der mir erklärt hat, dass ohne Mise en Place gar nichts geht.

Ingo Bergander, ein Held in der Küche, der, wenn er nicht kocht, in seiner Dachkammer liest. Er hat sich gewünscht, einmal seinen Namen in einem Buch zu sehen – hier ist er: Danke, Ingo. Halt durch!

Ein turbulenter Sommer auf Procida

Susanne Fülscher

Das rosa Haus am Meer

Roman

Piper Taschenbuch, 320 Seiten
€ 9,99 [D], € 10,30 [A]*
ISBN 978-3-492-31043-7

Eine ältere Dame, die jeden Tag feiert, als wäre er der letzte. Eine junge Schauspielerin, die nicht weiß, was sie vom Leben will. Ein Sanitäter, der unter Hypochondrie leidet. Eine Frau, die verlernt hat zu vertrauen. Ein älterer Herr, der nie aufgehört hat zu lieben. Ein gut gehütetes Familiengeheimnis. Eine malerische italienische Insel. Ein wunderbarer Sommer und ein rosa Haus am Meer.

* Cover- und Preisänderungen vorbehalten

Leseproben, E-Books und mehr unter www.piper.de

Eine Frau, ein Wohnmobil und ein Sack voll Geld

»Cover- und Preisänderungen vorbehalten

Gisa Pauly

Der Mann ist das Problem

Roman

Piper Taschenbuch, 336 Seiten
€ 9,99 [D], € 10,30 [A]*
ISBN 978-3-492-31018-5

Als ihr Mann sich zu ihrem Geburtstag seinen eigenen Wunsch erfüllt und ihr ein Wohnmobil schenkt, hat Helene genug! Sie setzt sich in den Wagen und düst los, ohne Ziel und ohne Kohle. Letzteres ändert sich, als sie im Wohnmobil ein kleines Vermögen findet. Wie ist Siegfried an so viel Geld gekommen? In einem toskanischen Städtchen beginnt für Helene ein aufregendes neues Leben. Als Siegfried plötzlich vor ihrer Tür steht, ist aber erstmal Schluss mit Dolce Vita. Ob er wohl sie zurück will oder nur sein Geld?

PIPER

Leseproben, E-Books und mehr unter www.piper.de